DE MAGDALENACODEX

D1699506

DE
MAGDALENA
CODEX

JEROEN WINDMEIJER

JACOB SLAVENBURG

HarperCollins

MIX
Paper from
responsible sources
FSC® C021394

Voor het papieren boek is papier gebruikt dat onafhankelijk is gecertificeerd door FSC®
om verantwoord bosbeheer te waarborgen.
Kijk voor meer informatie op www.harpercollins.co.uk/green.

HarperCollins is een imprint van Uitgeverij HarperCollins Holland, Amsterdam.

Copyright © 2022 Jeroen Windmeijer en Jacob Slavenburg
Omslagontwerp: HarperCollins Holland
Omslagbeeld: © Shutterstock
Zetwerk: Mat-Zet B.V., Huizen
Druk: ScandBook UAB, Lithuania, met gebruik van 100% groene stroom

ISBN 978 94 027 1137 0
ISBN 978 94 027 6688 2 (e-book)
NUR 305
Eerste druk oktober 2022

HarperCollins Holland is een divisie van Harlequin Enterprises ULC.
® en ™ zijn handelsmerken die eigendom zijn van en gebruikt worden door de eigenaar van het handelsmerk
en/of de licentienemer. Handelsmerken met ® zijn geregistreerd bij het United States Patent & Trademark Office
en/of in andere landen.

www.harpercollins.nl

Voor Hamide

Personen

Italië

Marco Visconti	bibliothecaris Monastero San Pietro nabij Pisa
Luigi Navagero	senior bibliothecaris Marciana in Venetië
Agostine Barbarigo	hoofd van de bibliotheek Marciana
Sofia Palazzo	docent Kunstgeschiedenis, Lerarenopleiding Bologna
Giacomo Palazzo	docent Italiaanse Taal- en Letterkunde, Universiteit van Bologna
Mauricio Bellini	inspecteur bij de politie van Bologna
Milan Donato	inspecteur bij de politie van Bologna
Gabriele Bondini	raadsheer van de Congregatie voor de Geloofsleer

Frankrijk

Pierre Delarue	antiquair uit Cassis, Frankrijk
Susanna de Nijs	echtgenote van Pierre Delarue
Pascal Berger	antiquair uit Cassis; baas van Pierre
Antoine Bonhomme	echtgenoot van Pascal

Nederland

Veronica de Nijs	docent Feministische Theologie, Universiteit Leiden; zus van Susanna
Alwina Glückhorscht	docent Klassieke Talen, Universiteit Leiden; collega van Veronica
Willem Rijsbergen	inspecteur bij de politie van Leiden
Danny van de Kooij	inspecteur bij de politie van Leiden

Why can't you see what I am?

Sandra – *(I'll Never Be) Maria Magdalena*

Proloog

Een lage bewolking hangt over de stad. Boven de grijzige mist torent de koepel van de Santa Maria dei Miracoli uit, de kerk van de Heilige Maria van de Wonderen. Het is net alsof hij in het luchtledige zweeft.

Op de kade staan een paar mensen te kijken naar een politieboot die ligt aangemeerd. Het piepende, kletterende geluid van een kettinglier overstemt het zachte gemompel van de toeschouwers. Ze vallen helemaal stil zodra ze zien dat het lichaam van een man uit het water omhoog wordt getakeld. Het water druipt van hem af terug de rivier in, als een zeer lokale regenbui.

Twee politiemensen bevrijden de drenkeling voorzichtig van de banden van de lier, waardoor hij helemaal vrij op het dek ligt. De man gaat eenvoudig gekleed, als iemand die bij leven weinig om uiterlijk vertoon gaf. Zijn gezicht is niet opgezwollen en zijn kleding ziet eruit alsof hij nog maar kort daarvoor te water was geraakt.

Maar de redding kwam te laat.

Een derde agent komt aangelopen met een grote zwarte lijkzak, die hij uitvouwt en opengeslagen naast het slachtoffer op het dek legt. Gedrieën leggen de agenten de man in de zak, waarna die wordt dichtgeritst. Het lijkt net of ze een enorm, voorwereldlijk insect in zijn cocon hebben opgevist.

De boot maakt zich los van de kade. Het geluid van een startende motor klinkt en zwarte pufjes rook ontsnappen uit de korte schoorsteen op het dak. Langzaam verwijdert de boot zich en nog voor die de bocht van het kanaal heeft bereikt, is hij al opgelost in de nevel.

DEEL I
MARCO − PIERRE

Marco

Marco Visconti stond licht voorovergebogen, de beide handen losjes op de rug. Hij klakte een paar keer met zijn tong. 'Het is schitterend, Luigi,' zei hij en hij moest slikken om zijn ontroering de baas te kunnen. 'In één woord schitterend.'

Luigi Navagero, de oude bibliothecaris van de Biblioteca Marciana in Venetië, stond naast hem en keek zijn jonge vakbroeder met een gulle glimlach aan. 'Het is niet veel mensen gegeven om een directe blik op de *Venetus A* te werpen – zonder tussenkomst van beschermend glas.'

'De oudste complete tekst van de *Ilias*,' zei Marco, terwijl hij een miniem stapje dichterbij deed.

Luigi's gezicht verstrakte een ondeelbaar kort moment. In een beschermend gebaar stak hij onwillekeurig een arm uit en omvatte hij lichtjes de bovenarm van Marco.

'Goddelijke muze,' vertaalde Marco uit het hoofd de beroemde openingszinnen van Homerus, zijn ogen op de Griekse tekst gericht. 'Zing van de wrok van de Pelide Achilles, de onzalige wrok, die aan de Grieken eindeloos leed bracht...'

'Die veel zielen van krachtige helden zond naar de Hades...' nam Luigi het van hem over, zonder ook maar naar het manuscript te kijken. '...en hun lichaam tot prooi gaf aan honden en vogels; zo voltrok zich de wil van Zeus.'

Marco deed een stapje terug en Luigi ontspande zich zichtbaar.

'De verraderlijkheid van de vrouw,' zei Luigi. 'Het is een universeel thema, ook in dit boek. Hoe de bandeloze Helena met haar schoonheid al die mannen het hoofd op hol bracht en daarmee twee volkeren in het ongeluk stortte... Tienduizenden onschuldige zielen werden door haar schuld naar de Hades gezonden. En bij Circe, de tovenares die de manschappen van Odysseus in varkens veranderde, ligt de symboliek er bijna te dik bovenop: de verleidelijke vrouw die bij mannen een dierlijke lust opwekt waardoor ze veranderen in beesten.'

Marco opende zijn mond, maar sloot die weer. Deze discussie kon hij maar beter niet aangaan.

'Dan houd ik mezelf liever aan de wijze raad die de apostel Paulus ons gaf in de Eerste Brief aan de Korintiërs,' ging Luigi verder. 'Ik zou best willen dat iedereen ongetrouwd was zoals ik.'

'Maar ieder mens krijgt van God zijn eigen gave,' maakte Marco het beroemde citaat af. 'De een krijgt de gave om te trouwen, de ander de gave om níét te trouwen.'

'Exact,' zei Luigi tevreden. 'En godzijdank heeft Hij jou en mij met die laatste gave begiftigd.'

Luigi borg de *Venetus A* weer op, het manuscript uit de tiende eeuw met zijn gehandschoende handen bijna teder aanrakend, als een vader die zijn pasgeboren baby verzorgde.

'Ongelofelijk toch, dat een andere monnik zich duizend jaar geleden over dit manuscript heeft gebogen...' zei Marco.

'Terwijl hij woord voor woord een ouder manuscript kopieerde... Helaas is dat verloren gegaan.'

'Of niet...' zei Marco, die lachte. 'Daarom ben ik hier toch?'

'Zet dat maar uit je hoofd,' zei Luigi toen alles weer veilig achter slot en grendel zat. 'Als dat er was, dan zouden we het in de afgelopen vijfhonderd jaar hier wel hebben gevonden.'

De Biblioteca Nazionale Marciana behoorde tot de oudste bibliotheken in Italië en herbergde een van de grootste verzamelingen van klassieke teksten in de wereld. Ze beschikte over meer dan één miljoen banden, meer dan dertienduizend boekdelen met manuscripten, een kleine vijfduizend niet-gebonden manuscripten, bijna drieduizend incunabelen en iets meer dan vierentwintigduizend zestiende-eeuwse drukwerken. De lijst van topstukken was schier eindeloos en bevatte behalve de *Venetus A* ook een laatveertiende-eeuwse editie van Dantes *La Divina Com-*

media, een exemplaar van de *Naturalis historia* van Plinius, rond 1481 gekopieerd door niemand minder dan de grote Pico della Mirandola zelf, en de originele *Fra Mauro*-wereldkaart uit 1459, een kaart van de toen bekende wereld aan de vooravond van het tijdperk van de grote ontdekkingen.

'Wij hebben een andere taak, maar die is niet minder spannend,' zei Luigi.

Ze verlieten de zaal.

'Het is heel, heel lang geleden dat onze collectie systematisch is doorgenomen,' legde Luigi uit. 'Dat is wat jij en ik – met hulp van een heel team natuurlijk – gaan doen, aan de hand van de nieuwe criteria die inmiddels gelden om manuscripten te rubriceren. Die hebben we gesynchroniseerd met classificatiesystemen wereldwijd, zodat we in de toekomst gemakkelijker in elkaars databases kunnen zoeken. Uiteindelijk zal alles ook online beschikbaar worden gesteld voor het grote publiek.'

'En daar kom ik dus om de hoek kijken.'

'Precies. Daar kom jij om de hoek kijken: de schatgraver van San Pietro.'

Broeder Marco Visconti was de bibliothecaris van het benedictijner Monastero San Pietro, gelegen in het nog geen achthonderd inwoners tellende stadje Monteverdi Marittimo in de provincie Pisa in Toscane. Ondanks zijn relatief jeugdige leeftijd van vijfendertig jaar stond Marco wijd en zijd bekend om zijn enorme belezenheid en zijn briljante geest. Al kort na zijn promotie – cum laude vanzelfsprekend – op zijn onderzoek naar 'Middeleeuwse kloosterhandschriften en de aanzet tot bibliotheken' werd hij benoemd tot opzichter van de Italiaanse klooster-bibliotheken. Dat waren vaak ware schatkamers, met veel oude, prachtig verluchte handschriften. Doordat er steeds minder nieuwe priesters intraden, werden kloosters in een steeds hoger tempo gesloten. Het was onder meer Marco's taak om dit moeizame en vaak pijnlijke proces in goede banen te leiden, zodat de schatten uit de kloosterbibliotheken niet beschadigd raakten of – God verhoede – verloren gingen.

De komende maanden was Marco echter te gast bij Luigi Navagero, een van de senior bibliothecarissen van het Marciana, die hem had gevraagd bij deze grote klus te assisteren. Volgend jaar zou ter ere van de vijfhonderdvijftigste verjaardag van de bibliotheek een rijkgeïllustreerde catalogus worden gepubliceerd. Hierin zouden niet alleen de bekende topwerken figureren, maar ook onbekende parels. Dit om het publiek een beeld te geven van de rijkdom die achter de eeuwenoude muren schuilging.

'Ik heb het al honderd keer gezegd,' zei Marco, 'maar ik kan je niet genoeg bedanken voor je uitnodiging om je te mogen assisteren.'

'En, niet voor de eerste keer, zeg ik op mijn beurt dat jij mijn assistent niet bent,' zei Luigi. 'We zijn collega's, niet even oud, maar wel als gelijken samenwerkend. En om iemand als jij konden we met goed fatsoen niet heen, natuurlijk.'

Marco meende in Luigi's laatste woorden iets van een bittere of cynische ondertoon te horen, maar drukte dat gevoel snel weg.

'Dat we het lustrum volgend jaar vieren heeft iets willekeurigs toch?' vroeg Marco, terwijl ze langzaam door de brede gangen voortstapten.

De bibliotheek was niet alleen beroemd vanwege haar duizelingwekkende collectie boeken van onschatbare waarde, maar ook omdat grote kunstenaars als Veronese, Titiaan, Ammannati en Tintoretto de leeszaal en het trappenhuis met hun werken hadden versierd.

'Volgens mij zou je met gemak drie, vier andere stichtingsjaren aan kunnen wijzen, waarmee het jubileum naar voren dan wel naar achteren verschuift.'

'Dat klopt,' zei Luigi. 'Je zou kunnen beginnen in 1362 toen Petrarca de allereerste aanzet gaf tot het oprichten van een openbare bibliotheek in Venetië. Een andere optie is 1553, toen dit gebouw officieel in gebruik werd genomen. Maar voor ons begint het toch echt toen in 1469 de eerste boeken in Venetië aankwamen, een schenking van kardinaal Bessarion. Dat waren bijna negenhonderd Griekse en Latijnse manuscripten, die in een gebouw aan de Riva degli Schiavoni werden ondergebracht. Dat wordt als de geboorte van onze bibliotheek gezien. Dus...'

'Ik begrijp het.'

Aan het einde van een gang stapten ze een klein halletje in waar ze een witte labjas en nieuwe stoffen handschoentjes aandeden, een plastic haarnetje op het hoofd zetten en een mondkapje voordeden. Het netje had bij Luigi iets komisch, omdat hij alleen achter beide oren een plukje haar had, als dons dat uit een kussen piepte. Via een moderne luchtsluis, die niet goed paste bij de rest van het antieke gebouw, kwamen ze een hoge, geklimatiseerde ruimte binnen die voor het grootste deel gevuld was met boekenkasten die tot aan het plafond reikten.

Aan lange tafels zaten verschillende mensen te werken, in precies dezelfde beschermende kleding als zij.

'Onthoud wat ik je heb gezegd,' fluisterde Luigi zo zachtjes dat Marco zich naar hem toe moest buigen. 'Daar verderop zit *dottore* Agostine Barbarigo. Je rapporteert uiteindelijk aan hem – hij is tenslotte de baas hier – maar iedere opvallende vondst…'

'…meld ik eerst bij jou.'

Pierre

Milaan, 3 juli

De van oorsprong Vlaamse antiquair Pierre Delarue lag aangekleed op zijn hotelbed in Milaan. Door het open raam drongen straatgeluiden tot de kamer door, waarin het typisch Italiaanse getoeter in het verkeer de boventoon voerde. Door de dunne gordijnen, die zachtjes heen en weer bewogen, scheen het zonlicht gefilterd naar binnen.

De televisie stond op National Geographic, maar echt kijken deed Pierre niet. Zo nu en dan ving hij flarden op van de Italiaanse voice-over en tevreden constateerde hij dat hij de taal zo goed als volledig begreep.

Er waren momenten waarop hij zichzelf daadwerkelijk in de bovenarm kneep, om er zeker van te zijn dat hij niet droomde. Maar Pierre leidde écht het leven waarvoor hij in de wieg was gelegd. Hij was een antiquair aan wiens deskundige zorg schilderijen, antiek meubilair, beelden en vazen, met een waarde die in de tonnen en soms zelfs in de miljoenen liep, werden toevertrouwd. Hij beschouwde het als een groot voorrecht om in de nabijheid van mooie kunstvoorwerpen te verkeren en hij genoot van het spannende spel van loven en bieden, het onderhandelen op het scherpst van de snede – en dat alles in de beschaafde sfeer van kunstkenners onder elkaar.

De volgende dag zou er een grote internationale beurs plaatsvinden. Als intermediair vertegenwoordigde Pierre een grote kunsthandelaar uit het Zuid-Franse Cassis, waar hij en zijn vrouw Susanna woonden.

Aanvankelijk had hij kunstenaar willen worden, maar al tijdens zijn tijd op de Koninklijke Academie voor Schone Kunsten was een ander talent naar boven gekomen: zijn goede oog voor antiek en zijn neus voor koopjes. In de lunchpauzes struinde hij tweedehandswinkeltjes en rommelmarkten af en een heel enkele keer wist hij de hand te leggen op zaken waarvan de eigenaar de waarde niet besefte. Toen hij voor de zoveelste keer tijdens zijn strooptocht de tijd weer eens was vergeten en te laat in de les was verschenen, had zijn docent hem het welgemeende advies gegeven om zich voortaan maar op de koop en verkoop van kunst te richten, in plaats van op het maken ervan. Pierre had de raad ter harte genomen – en hij had eerlijk moeten toegeven dat hij zich enorm opgelucht had gevoeld.

Zijn werkterrein verlegde hij naar de verkoop en veiling van boedels in de stad en naar marktjes op het platteland waar hij vaak een goede slag sloeg. In de antiekwinkels in de stad kenden de eigenaren meestal zelf maar al te goed de waarde van hun spullen.

Het idee om op ieder moment op iets van grote waarde te kunnen stuiten, zorgde bij Pierre voor een verslavend gevoel van opwinding. Binnen enkele jaren was het hem gelukt om in de binnenstad van Gent een florerend antiquariaat op te zetten, waar zijn vrouw werkte.

'Blijft u vooral kijken,' hoorde hij een vrouwelijke stem op de televisie zeggen. 'Nu volgt een documentaire over de boeiende geschiedenis van het mysterieuze Jakobus-ossuarium en de verwikkelingen rond de Israëlische kunsthandelaar Oded Golan, de bezitter van dit unieke artefact.'

Onmiddellijk ging Pierre rechtop zitten, waardoor hij even wat suizingen in zijn hoofd voelde.

'Is dit kistje te linken aan Jezus en zijn familie, zoals sommigen beweren?' ging de vrouw verder. *'Rimanete sintonizzati...'*

Pierre tastte naar de afstandsbediening, terwijl hij zijn ogen op het scherm hield en zette het geluid harder. De kwestie van het tweeduizend jaar oude beenderkistje, een zogenoemd 'ossuarium', had hem altijd erg geïnteresseerd. Het was de droom van iedere antiquair om ooit op een vondst te stuiten die hem wereldroem zou brengen – én grote rijkdom. Maar hier speelde meer dan alleen faam en financiën.

Pierre kende de kistjes wel, want heel af en toe doken ze op in het zwarte circuit. In Israël was men in de eerste eeuw gewoon om enige tijd na iemands begrafenis zijn botten schoon te maken en die in een ossuarium bijeen te brengen. Het bijzondere aan dit specifieke beenderkistje was dat het een opzienbarende inscriptie in het Aramees droeg, de taal die in Jezus' tijd werd gesproken – ook door Jezus zelf.

De tekst op het kistje luidde: 'Jakobus, zoon van Jozef, broer van Jezus.'

Marco

Het volgens de nieuwe richtlijnen catalogiseren van de vele manuscripten was in de eerste plaats vooral een administratieve handeling. Van ieder exemplaar werd bepaald of het al op bestaande lijsten voorkwam, en dat was tot nu toe bij vrijwel ieder boek dat Marco Visconti in handen had gehad het geval geweest. Een enkele keer leek dit niet zo te zijn en dan voelde de jonge monnik een vuur in zich oplaaien, hopend op een spectaculaire ontdekking. Maar als hij er dan samen met Luigi naar keek, bleek de oplossing vrijwel altijd erg eenvoudig. Soms was het onder een andere titel gerubriceerd, soms waren de lidwoorden *il, la, un, uno* of *una* wel en dan weer niet als eerste woord genomen of was een tweede auteur per ongeluk als eerste genoemd. De twijfelgevallen kwamen op het bureau van Agostine Barbarigo terecht, de eindverantwoordelijke voor het hele project.

Marco voelde zich bevoorrecht dat hij zo direct in contact stond met de boeken, waarbij hij in veel gevallen vermoedde dat zijn ogen de eerste waren die sinds lange tijd een blik op het titelblad wierpen. Het stof van eeuwen, dat zich tussen de bladzijden had verzameld, dwarrelde soms op en bleef dan even dansend in de lucht hangen, gevangen in een lichtbaan van de lamp die boven het bureau hing.

'Waarom wil je eigenlijk dat ik ongewone vondsten eerst bij jou meld?' vroeg Marco later in de middag op gedempte toon aan Luigi. 'Vanwaar deze geheimzinnigheid?'

Zijn mentor – want zo beschouwde Marco hem – glimlachte als een vader die op het punt staat zijn zoon een wijze raad te geven. 'Er is niets geheimzinnigs aan,' zei hij. 'Je kunt me vertrouwen, echt. Maar je moet ook weten... Deze bibliotheek is mijn werkgever. Ze geeft mij een salaris of beter gezegd mijn orde, want het geld gaat niet naar mij. Maar mijn échte broodheer is...' Hij wees met de wijsvinger van zijn rechterhand naar boven. '...niet van deze wereld, laat ik het zo zeggen. En mijn orde... De nieuwe paus, Franciscus... Mijn orde vindt hem wat te radicaal, ook in zijn streven naar openheid en transparantie. Wij vinden dat we als hoeders van het geloof een grote verantwoordelijkheid hebben, vooral jegens toekomstige generaties gelovigen. Daarom laten wij ons niet leiden door de waan van de dag, zogezegd. Wij denken niet in jaren, maar in eeuwen...'

'Maar...' begon Marco, maar Luigi legde hem met een eenvoudig handgebaar het zwijgen op.

'Onze baas hier, dottore Agostine Barbarigo, en ik...' zei Luigi terwijl hij een hand op Marco's schouder legde. 'We kennen elkaar al heel erg lang. Ik zie hem als mijn vriend en ik durf te zeggen dat hij mij ook als zodanig beschouwt. We vertrouwen elkaar. Maar helaas lijkt ook hij zich te hebben laten meevoeren met de wind van verandering. Wat dat betreft zitten hij en ik niet meer in hetzelfde team.'

Marco keek hem niet-begrijpend aan.

'Als we op een werk stuiten met een inhoud die...' Luigi deed alsof hij naar woorden zocht, maar Marco voelde aan alles dat hij allang wist wat hij wilde zeggen. '...in tegenspraak is met de eeuwige waarheid van ons geloof, dan is het beter dat wijze mannen er eerst eens goed naar kijken voordat het naar buiten komt. Maar het punt is: juist omdat Barbarigo me zo vertrouwt, durf ik niets, kan ik niets mee naar buiten nemen.'

'Iets mee naar buiten nemen?' vroeg Marco, die geschokt was dit uit de mond te horen van iemand voor wie hij zoveel respect had. 'Waarom zou je dat ook willen?'

'Mijn orde wil het graag weten als er iets... ongewoons wordt gevonden,' zei Luigi. 'Het Marciana is een eerbiedwaardig instituut. Ik heb er buitengewoon veel respect voor en elke dag opnieuw geef ik al mijn energie, mijn kennis en mijn kunde. Maar in het licht van de eeuwigheid is zelfs deze bibliotheek mensenwerk. Wij dienen een hogere Heer.'

Marco knikte, maar kon een gevoel van onbehagen niet onderdrukken.

'In zijn Tweede Brief aan Timotheüs, de eerste bisschop van Efeze, schreef mijn geliefde Paulus,' legde Luigi uit, 'dat elke schrifttekst door God was geïnspireerd en kon worden gebruikt om onderricht te geven, om dwalingen en fouten te weerleggen, en om op te voeden tot een deugdzaam leven, zodat een dienaar van God voor zijn taak berekend was en voor elk goed doel volledig was toegerust.'

'Ik ken de tekst,' zei Marco.

'Maar andersom geredeneerd geldt het ook,' zei Luigi, die nu pas zijn hand van Marco's schouder af haalde. Zijn stem leek killer te zijn geworden en de blik in zijn ogen was plots verhard. 'Een tekst kan ook tot dwalingen en fouten leiden.'

Marco knikte opnieuw, maar zonder enige overtuiging.

Luigi stond op en keek Marco indringend aan. 'Dat willen we voorkomen. Het is dat we gezien je functie eigenlijk niet om je heen kunnen, maar die stunt van laatst hoef je niet te herhalen. Wat je hier doet, kan voor het vervolg van je carrière zomaar eens allesbepalend worden.'

Het werd Marco koud om het hart.

Pierre

Pierre betrapte zichzelf erop dat hij met enige jaloezie naar Oded Golan keek, de antiquair uit Jeruzalem die een prominente rol speelde in de documentaire over het Jakobus-ossuarium. De Jakobus wiens naam in het ossuarium was gebeiteld, was volgens het Nieuwe Testament de broer van Jezus. Na diens dood, opstanding en hemelvaart zou Jakobus de eerste leider van de christelijke gemeente van Jeruzalem zijn geweest.

Naar eigen zeggen had Golan het kistje ooit op de zwarte markt gekocht, maar zijn herinneringen aan de koop en de verkoper waren erg vaag. Jarenlang had hij er weinig aandacht aan besteed, omdat hij nog meer van dit soort ossuaria in zijn zaak had staan. Maar nu geleerden de inscriptie hadden ontcijferd, was zijn aankoop van destijds opeens wereldnieuws geworden. Voor veel mensen was dit eindelijk concreet bewijs dat Jezus een echte historische figuur was – iets waar steeds meer theologen openlijk aan twijfelden omdat hij buiten de evangeliën feitelijk nergens werd genoemd. Ze redeneerden: als ook maar een fractie van zijn daden, zoals in de evangeliën stonden beschreven, op waarheid berustte dan zou hij in zijn tijd veel opzien hebben gebaard en door veel meer schrijvers moeten zijn genoemd.

Pierre bekeek de documentaire, terwijl hij letterlijk op het puntje van zijn bed zat. Tot nu toe had hij echter nog niets gehoord wat hij niet al wist.

Critici vonden het kistje en de inscriptie eenvoudigweg te mooi om waar te zijn, zeker in combinatie met de vage verklaring van de handelaar over hoe hij eraan was gekomen.

De Franse paleograaf André Lemaire, die het kalkstenen object voor het eerst bestudeerde, geloofde dat de inscriptie naar de Bijbelse Jezus verwees. Maar volgens Shuka Dorfman was daar geen sprake van. 'Het ossuarium is echt,' verklaarde Dorfman stellig, 'maar de inscriptie is vals.' Naar zijn mening had iemand een authentiek tweeduizend jaar oud kistje gebruikt en er zelf een opschrift in gebeiteld om zo de prijs van het object op te drijven.

Veel aandacht in de uitzending ging uit naar de rechtszaak waarin de Israëlische Oded Golan uiteindelijk werd vrijgesproken van vervalsing.

Pierre verbaasde zich over het feit dat het wat hem betreft meest spectaculaire deel van deze zaak pas helemaal aan het einde werd verteld, een beetje tussen neus en lippen door, terwijl de aftiteling al over het scherm liep. Het was alsof de makers van de documentaire beseften dat ze er niet omheen konden, maar het tegelijkertijd niet al te prominent wilden vermelden.

De commentator vertelde dat de authenticiteit van de inscriptie inmiddels was vastgesteld. Er was onderzoek gedaan naar het patina op het ossuarium, het residu van mineralen en afzettingen dat zich door de tijd heen op een voorwerp vormde. In een onafhankelijk laboratorium was vastgesteld dat het patina op de dieperliggende letters van de inscriptie exact overeenkwam met dat op de rest van de kist. De inscriptie was dus net als het ossuarium bijna tweeduizend jaar oud. De verwijzing naar Jakobus, de broer van Jezus, leek dus wel degelijk oorspronkelijk.

Wat zou ik doen als iets dergelijks mij werd aangeboden, langs legale dan wel illegale weg. Zou ik het dan kopen? Die vraag had Pierre zichzelf niet eens hoeven stellen, want het antwoord erop wist hij al.

Marco

Marco verbleef in het zestiende-eeuwse San Giorgio Maggiore Monastero. Hij zat aan zijn bureau in de kamer die precies was zoals je van een klooster zou verwachten: eenvoudig ingericht met een eenpersoonsbed, een nachtkastje, een bureau met stoel en een kledingkast. Boven het bed hing een met de hand gesneden houten crucifix, waarbij de maker echte spijkertjes had gebruikt om Jezus aan het kruis te bevestigen.

Marco overwoog opnieuw Luigi's woorden, een nauwverholen waarschuwing aan zijn adres. 'Die stunt van laatst hoef je niet te herhalen,' had Luigi tegen hem gezegd. Vanzelfsprekend had Marco onmiddellijk geweten waar Luigi op had gedoeld. Bij een eerdere klus in een kloosterbibliotheek in Toscane had hij een conflict met de bibliothecaris gekregen. De discussie ging over twee manuscripten, die de bibliothecaris van het klooster dat zijn deuren sloot niet op de inventarislijst had willen hebben 'vanwege hun gevoeligheid'. Het waren geschriften die ooit op de beroemde lijst van de door het Vaticaan verboden boeken hadden gestaan en daardoor buitengewoon zeldzaam waren geworden. Om te voorkomen dat ze voorgoed in de onbereikbare bibliotheek van het Vaticaan zouden verdwijnen, had Marco op de website van het gezaghebbende vaktijdschrift *Summa Theologiae* de inventarislijst van de bibliotheek gepubliceerd, waarbij hij deze twee manuscripten had uitgelicht. Op die manier had hij de bibliothecaris voor het blok gezet. Nu de hele wereld wist dat deze codices in zijn bibliotheek lagen, kon hij ze niet meer achteroverdrukken.

'Het is dat we gezien je functie eigenlijk niet om je heen kunnen,' had Luigi nog gezegd. De uitnodiging was dus minder eervol dan Marco had gedacht. Er had van het begin af aan een andere bedoeling achter gezeten. Marco zou zich niet alleen loyaal moeten betonen, maar door zijn medewerking zou hij voor altijd gecompromitteerd zijn. In het geval van niet-medewerking zou zijn carrière een ernstige knauw krijgen dan wel ten einde komen.

'Maar die tijd ligt toch allang achter ons,' peinsde Marco hardop. 'En zeker met deze nieuwe paus die een frisse wind door het Vaticaan laat waaien. Het is duidelijk een eigen initiatief van de orde van Luigi. Maar waarom haalt hij dan niet die ándere woorden van de door hem zo geliefde Paulus aan? "Onderzoek alles, behoud het goede..." Het Goede Nieuws van Jezus Christus houdt niet voor niets al tweeduizend jaar stand. Als het allemaal verzonnen zou zijn, dan zou het verhaal niet al die eeuwen hebben overleefd en niet tot op de dag van vandaag honderden miljoenen mensen aanspreken. Die boodschap kan wel tegen een stootje, ook als die van zogenaamd "ketterse" geschriften komt.'

Marco boog zijn hoofd en vouwde zijn handen in gebed.

Het tweede deel van Paulus' citaat luidde: '...en vermijd elk kwaad, in welke vorm het zich ook voordoet.'

Marco vroeg zich af wat in dit geval het kwaad was.

Hij bad dat hij in het Marciana niet op iets zou stuiten wat zijn loyaliteit op de proef zou stellen.

Hij zou er al snel achter komen.

Pierre

Dat tweede glas wijn had ik misschien beter niet kunnen nemen, dacht Pierre toen hij na de lunch het beurs- en congrescentrum Fiera Milano in de Milanese voorstad Rho weer binnenstapte. Het eerste glas barolo was echter zo uitmuntend geweest, dat hij het aanbod van de ober om bij te schenken niet had kunnen weerstaan.

Toen hij bij zijn stand aankwam, gaf zijn leidinggevende Pascal Berger hem met het hoofd een licht knikje in de richting van een man en een vrouw die bij een schilderij stonden. Het was een werk dat Pierre een jaar geleden had aangekocht.

Hij liet ze even begaan en liep toen naar hen toe. 'U houdt van Hollandse meesters?' vroeg hij het echtpaar in het Engels.

De man en de vrouw keken hem aan. De man, eind vijftig, was gekleed in een strakgesneden donkerblauw maatpak en droeg een stropdas met een logo met daaromheen de tekst: UNIVERSITÀ DI BOLOGNA.

'Ja, heel erg,' antwoordde de vrouw in het Frans, die waarschijnlijk aan Pierres accent had gehoord dat hij die taal ook machtig moest zijn. Ze had zwarte krullen tot op de schouders met hier en daar een grijze streng en droeg een op het oog eenvoudige jurk tot over de knieën, die haar gespierde en gebruinde armen bloot liet. Om haar nek had ze een zilveren kettinkje met daaraan een klein medaillon in de vorm van een hartje. Onder haar ogen had ze met kohl een subtiel lijntje aangebracht, maar verder droeg ze geen make-up. 'Het heeft ook nog eens de perfecte grootte,' zei ze.

'Uit mijn hoofd… Ik meen dat het ongeveer dertig bij vijfenveertig centimeter is,' zei Pierre, die rap op het Frans overschakelde. 'Maar pardon, ik zal me eerst even voorstellen. Ik heet Pierre Delarue.'

'Mijn naam is Sofia Palazzo,' zei de vrouw, terwijl ze zo gracieus haar hand uitstak dat Pierre zich een kort moment afvroeg of hij die moest kussen. 'En dit is mijn man, Giacomo.'

Ze schudden elkaar de hand.

'Niet dat de grootte van het schilderij doorslaggevend is,' zei Giacomo. 'Maar we zoeken een nieuw werk voor boven het dressoir in de woonkamer. Alleen zegt de naam van de schilder ons niet zoveel.'

'Dat is ook helemaal niet gek,' zei Pierre. 'Jacob Storck is niet zo bekend als zijn tijdgenoten Rembrandt, Vermeer en Ruysdael. Toch was hij in zijn tijd een geliefd schilder. Hij was een broer van Abraham Storck, die ook schilder was en eveneens zeetaferelen schilderde.'

'Wat mij aanspreekt is het thema,' zei Sofia. 'De Middellandse Zee en dan geschilderd door een Hollandse meester. Het is of er twee culturen samenkomen.'

Pas nu keek Pierre haar goed aan. Wat een ontzettend mooie vrouw, schoot het door hem heen.

Ze lachte naar hem, waarbij een perfect gebit zichtbaar werd.

'Ja, precies,' zei Pierre. 'Dat heeft u mooi verwoord. De stijl is zeker typisch Hollands, het tafereel Zuid-Europees, dus inderdaad: er komen twee werelden samen.'

Samen met hen keek hij naar het schilderij, alsof ook hij het voor de eerste keer zag.

'Ik zie geen prijs op de beschrijving,' merkte Giacomo op.

'Heeft u zelf een prijs in gedachten?'

'Nee, dat laat ik aan u over. Ik zeg wel of het ons redelijk lijkt.'

Pierre wist dat dit onderdeel van het spel was. Nu was het zaak niet zo'n hoge prijs te noemen dat ze wegliepen en niet zo'n lage prijs dat ze onmiddellijk akkoord gingen. Net op het moment dat Pierre zijn openingsbod wilde noemen, wankelde Giacomo.

'Wat is er?' riep Sofia.

Pierre sleepte er snel een stoel bij. 'Gaat u even zitten, meneer.'

'Heb je weer pijn in je borst, *tesoro*?' vroeg Sofia. Haar ogen waren groot van schrik.

Giacomo's gezicht was bleek geworden. 'Ik voel me niet goed,' bracht hij moeizaam uit.

Marco

Venetië, 4 juli

De test kwam eerder dan Marco had verwacht, veel eerder dan hem lief was. In eerste instantie leek het een 'gewoon' manuscript te zijn, voor zover dit woord in deze bibliotheek überhaupt van toepassing was. Vrijwel alles wat Marco in handen kreeg, was eeuwen oud. Vaak betrof het unieke eerste drukken of exemplaren van boeken waarvan er over de hele wereld slechts enkele kopieën bekend waren.

De band die Marco in handen kreeg, had een wat afwijkend formaat, een beetje als van een atlas. Luigi stond naast hem en samen lazen ze de titel en de auteur die op het schutblad stonden vermeld.

'Ah, Tertullianus,' zei Luigi waarbij hij de naam uitsprak alsof het een zeer intieme vriend van hem betrof. 'Wat houd ik toch van die man.'

Tertullianus was een christelijke auteur uit eind tweede, begin derde eeuw, een 'kerkvader' zoals belangrijke auteurs en leraren – meestal bisschoppen – van de vroegchristelijke kerk werden genoemd. Hij had meer dan dertig geschriften nagelaten, maar in de kerkgeschiedenis genoot hij vooral faam door het *Apologeticum*. In dit document verdedigde hij de christenen tegen de roddels die de heidenen in het Romeinse Rijk over hen vertelden. Daarnaast was hij invloedrijk, omdat hij de eerste belangrijke christelijke auteur uit het Westen was die niet zoals gebruikelijk in het Grieks schreef, maar zich van het Latijn bediende. Hierdoor werd hij als de schepper van het Kerklatijn beschouwd.

Het manuscript waar Marco en Luigi nu naar keken bleek een laatmiddeleeuwse kopie te zijn van *De cultu feminarum*, een geschrift waarin Tertullianus de vrouw er flink van langs gaf.

'Helaas mag je het in deze tijd bijna niet meer hardop zeggen,' zei Luigi, terwijl hij met zijn gehandschoende hand een stofje van de omslag wegveegde. 'Zelfs binnen de kerk moet je tegenwoordig op je woorden passen. Toch heeft Tertullianus maar wel mooi de vinger op de zere plek gelegd. En wat toen gold, geldt nu nog steeds. Eva, en daarmee uiteindelijk iedere vrouw, is verantwoordelijk voor de zondeval, voor het feit dat God geen andere keuze had dan de mens wegsturen uit de Tuin van Eden: Eva is de hoofdschuldige en trok Adam mee in haar val.'

Marco kende de redenering. Hij dacht er zelf heel anders over, maar koos ervoor zijn mening op dit moment voor zich te houden. 'Stelt hij daarom niet voor dat de vrouw zich het best zou moeten hullen in rouwkleding?' vroeg hij.

'Precies,' zei Luigi fel, waarbij wat speeksel uit zijn mond vloog. 'Ze moet elke praal mijden, geen make-up, het haar eenvoudig, geen opsmuk, geen sieraden, geen parfum. Zo kan ze in het openbaar boete doen voor haar misdaad en de man niet opnieuw met haar behaagzucht verleiden. Tertullianus schreef niet voor niets dat Gods oordeel nog steeds doorwerkte in alle dochters van Eva: zij zijn allemaal de poort van de duivel. *Tu es ianua diaboli.* Zij hebben het eerste goddelijke verbod genegeerd om van die ene boom in het paradijs de vruchten te eten. De duivel kon de man niet aanvallen, maar Adam werd door Eva overgehaald. En hun ongehoorzaamheid heeft er uiteindelijk zelfs toe geleid dat de Zoon van God moest sterven. Door een vrouw kwam de zonde in de wereld, door een man werd de zonde gebroken.'

Marco keek naar het gezicht van Luigi, dat rood was aangelopen. Opnieuw verbaasde hij zich over de metamorfose die zijn mentor in zo'n korte tijd kon ondergaan. Op het ene moment was hij nog een rustige oude baas – een lieve opa als hij getrouwd was geweest en kleinkinderen had gehad – en op het volgende moment was hij veranderd in een onverdraagzame, religieuze fanaticus die vooral een kennelijk diepgevoelde haat jegens vrouwen uitstraalde.

'Hoe zou dit werk hier in het Marciana zijn terechtgekomen?' vroeg Marco, om de aandacht van het onderwerp af te leiden.

'Tja,' zei Luigi, die met een zakdoekje zijn mondhoeken schoonveegde. 'Wie zal het zeggen? Nadat de boeken van Bessarion in 1469 in Venetië arriveerden, is de bibliotheek sterk uitgebreid door een groot aantal schenkingen en legaten – en ook dankzij het samengaan met andere bibliotheken. Verder zijn er heel veel boeken uit Constantinopel, dat in 1453 door de Ottomanen werd veroverd.'

Marco knikte. 'Als het niet expliciet ergens staat vermeld, komen we er waarschijnlijk nooit achter.'

'Inderdaad,' zei Luigi.

'Voor nu doet dat er ook minder toe eigenlijk,' zei Marco. 'Hier hebben we een fraai exemplaar van een bijzondere schrijver.'

Met twee handen sloeg Luigi het boek open, voorzichtig. Zo bladerde hij rustig verder, terwijl zijn ogen over de bladzijden gleden.

Het luchtte Marco op dat het zien van de tekst blijkbaar een kalmerend effect op Luigi had, al vroeg hij zich af hoe hij het nog maanden aan zijn zijde ging uithouden. Er zou toch zeker een moment komen waarop hij zich niet langer kon inhouden om zijn eigen opvattingen over de gelijkwaardigheid van man en vrouw te uiten.

'Hé,' zei Luigi plots. 'Wat is dit?'

Marco zag wat zijn collega bedoelde. Door het bladeren leek er een pagina te zijn losgekomen, maar deze kon geen onderdeel hebben uitgemaakt van het oorspronkelijke boek, omdat die qua kleur en formaat afweek van de rest.

'Dat lijkt wel...' begon Marco aarzelend.

Luigi sloeg de bladzijde nu helemaal om waardoor de losliggende pagina volledig zichtbaar werd.

Marco bekeek het boek van opzij. 'Er zitten nog meer van die afwijkende vellen tussen.'

'Dat is papyrus,' zei Luigi.

Ook Marco had het gezien. Hij had de karakteristieke structuur van een papyrusvel, met horizontale en verticale stroken, meteen herkend. 'En het is Grieks,' zei hij. 'Dus het is niet van Tertullianus.'

'Maar wat doet het dan hier?' fluisterde Luigi, die nu rode vlekken in zijn hals had gekregen. 'Dit is onmogelijk.'

'Het lijkt in perfecte staat,' zei Marco. 'Ik heb nog nooit iets dergelijks gezien dat zó goed leesbaar is. Het is –'

'Die eerste zin,' onderbrak Luigi hem, maar wel zo zacht dat Marco hem nauwelijks kon verstaan.

Hij keek naar Luigi, die nu onhoorbaar voor zich uit prevelde, alsof hij bad, maar zijn ogen waren op de tekst gericht. Daarna wierp Marco snel een blik op Agostine Barbarigo, maar die ging zo op in zijn eigen werk dat de opwinding aan deze tafel hem volledig ontging.

'Simon, broeder en apostel van de Heer,' zei Luigi nu, de tekst ter plekke vertalend, 'groet Philokrater en de gemeente van Alexandrië.'

'Simon?' herhaalde Marco ongelovig.

'De broeder van de Heer,' zei Luigi, die schichtig om zich heen keek.

In het Evangelie van Matteüs werden vier broers van Jezus genoemd: Jakobus, Jozef (of: Joses), Juda. Ook stond er dat hij zussen had, maar hun aantal noch hun namen werden vermeld.

En Simon.

'We moeten snel handelen nu,' zei Luigi gejaagd. 'Ik leid de boel af hier.'

'Wat?'

'Ik leid de boel af,' herhaalde hij. 'We moeten dit in alle rust onderzoeken. Dat kan niet hier.'

'Jij leidt wat?' vroeg Marco niet-begrijpend.

'Ik schop een scène hier.'

'En dan?' vroeg Marco. 'En ik?'

'Jij verdwijnt,' zei Luigi en hij keek Marco indringend aan. 'Met dat. Stop het onder je kleding.'

'Wat? Ik –'

Met een ijselijke kreet stortte Luigi ter aarde.

'Ik… Mijn hart!' schreeuwde hij. '*Aiuto!*'

Pierre

Schuin onderuitgezakt zat Giacomo op de stoel die Pierre erbij had geschoven. Een van zijn mondhoeken hing open, in een vreemde grimas.

'Twee jaar geleden heeft hij een hartaanval gehad,' zei Sofia gejaagd. 'We moeten snel...' Ze rommelde in haar tasje, maar haar handen trilden te veel om iets te kunnen pakken.

Pierre haalde zijn telefoon uit zijn binnenzak en belde onmiddellijk het alarmnummer.

'Pascal,' riep hij daarna naar zijn baas. 'Let op hen. Meneer is niet goed geworden, mogelijk iets met zijn hart. Ik ga naar buiten om de ambulance op te wachten.' Zonder op Pascals antwoord te wachten, haastte hij zich naar buiten. Gelukkig liet de ziekenwagen niet lang op zich wachten. Pierre leidde de twee verpleegkundigen met hun brancard op wielen door de doolhof van standjes heen. Toen ze bij zijn stand waren aangekomen, hadden twee EHBO-mensen van de beurs de zorg voor Giacomo al op zich genomen. Hij leek nog bleker te zijn geworden dan zo-even.

'Een heel alerte buurman heeft ze erbij gehaald,' zei Pascal. 'Ze hebben blijkbaar een post in de hal hiernaast.'

De ambulanceverpleegkundigen namen het van de EHBO'ers over. Kort erna werd Giacomo, liggend op de brancard, naar de uitgang gereden, gevolgd door Pierre en Sofia.

Vlak voor Sofia instapte om zich bij haar man in de ambulance te voegen, krabbelde hij zijn telefoonnummer op een briefje en overhandigde hij dat haar.

'Alstublieft, *signora*,' zei hij. 'Houd me op de hoogte.'

Ze knikte. 'Dat zal ik doen,' beloofde ze. 'Heel erg bedankt voor uw kordate optreden.'

Pierre staarde de ambulance die met grote snelheid van het terrein af reed na.

'En?' vroeg Pascal toen hij terug bij de stand was.

'Ik weet het niet,' zei Pierre. 'Hij is naar het ziekenhuis en –'

'Nee, dat bedoel ik niet,' onderbrak Pascal hem geïrriteerd. 'Hadden ze al geboden? Komen ze terug?'

Uitdrukkingsloos keek Pierre zijn baas aan. Hij opende zijn mond om te spreken, maar sloot die toch maar weer.

Le silence est d'or, dacht hij en hij keerde zich om.

Met hernieuwde blik keek hij naar het schilderij dat Sofia en haar man hadden bewonderd.

Twee werelden komen samen.

Marco

Venetië, 4 juli

Een ondeelbaar kort moment stond Marco als verstijfd, nadat Luigi naar zijn hart had gegrepen en op de grond was gevallen. Met een verbeten trek om zijn mond en een enkele knik spoorde hij Marco ertoe aan te handelen.

'*Aiuto!*' schreeuwde Luigi nog een keer.

De collega's in de ruimte waren opgesprongen en kwamen op Luigi afgesneld, terwijl Marco zich juist naar de uitgang begaf. Het boek hield hij stevig tegen zich aan gedrukt, zo goed mogelijk verborgen onder het voorpand van zijn labjas.

'Ik ga hulp halen,' riep hij tegen niemand in het bijzonder.

In het halletje probeerde hij de witte beschermende jas uit te trekken, maar dat kostte hem door zijn trillende handen veel moeite. Toen de laatste knoop maar bleef steken in het stugge gat rukte hij aan de jas waardoor de knoop eraf sprong. Hij trok ook het haarnetje af en gooide dat samen met de jas op de grond. De handschoentjes stak hij in zijn broekzakken.

Aan de andere kant van de deur hoorde hij naderende voetstappen. Snel trok hij zijn overhemd uit zijn broek en klemde het boek tussen zijn broekband en zijn buik. Al lopend naar de gang probeerde hij zijn overhemd terug te stoppen toen achter hem een deur openvloog.

'Marco!' riep Alesandra, een jonge bibliothecaresse van wie Marco wist dat ze nog niet lang in dienst was. 'Wat doe je hier? Je zou toch hulp halen?'

'Ik was ook...' zei Marco, die het plots heel warm kreeg. 'Mijn jas, ik kreeg mijn jas niet uit.'

'Je jas?' schreeuwde Alesandra. 'Maar dat is nu toch helemaal niet be-langrijk!' Ze stormde langs hem heen en duwde hem hardhandig opzij. 'Ik haal de defibrillator uit de leeszaal. Meer hulp is onderweg. Er is al gebeld.'

Marco voelde hoe er een zweetplek ontstond op de plek waar de leren omslag tegen zijn blote huid drukte. Hij draaide zich om en deed een paar stappen in de richting van de zaal.

Als ik nu terugga, kan ik het boek terugleggen en dan is er niets aan de hand. Maar Luigi lijkt hooggeplaatste vrienden te hebben – en wie weet ook laaggeplaatste. Ik wil niet dat mijn carrière op mijn vijfendertigste al voorbij is.

Het was een duivels dilemma. Voor een bibliothecaris was iets weg-nemen uit een bibliotheek of archief doodzonde nummer één. Aan de andere kant wilde Marco niet de toorn van een invloedrijke persoon als Luigi over zich afroepen.

De deur vanaf de gang zwaaide weer open. Zwaar hijgend en met een rood aangelopen gezicht kwam Alesandra binnen, de defibrillator in haar hand.

'Sta je hier nou nog?' riep ze.

'Ik-ik...' stamelde Marco, maar de vrouw luisterde niet eens naar wat hij eventueel had willen antwoorden.

Met haar heup duwde ze de andere deur open en verliet ze het halletje.

Kom op nou! Marco duwde de deur open en stapte de gang op. Ik geef Luigi de kans om ernaar te kijken, besloot hij. *Maar niet voordat ik er eerst zelf naar gekeken heb.*

Toen hij met grote passen over de brede gang naar het trappenhuis liep, passeerden hem in enorme haast drie verpleegkundigen, van wie eentje een brancard op hoge wielen achter zich aan voorttrok. Ze werden voorafgegaan door een van de portiers die hun de weg wees.

In de centrale hal passeerde Marco de nu verlaten portiersloge en hij stapte naar buiten, de volle zon en de frisse lucht in. Bij een stalletje met toeristenspulletjes griste hij een plastic tasje mee dat in een tros aan een paal hing. Hij haalde het boek onder zijn overhemd vandaan en stopte het in de tas. Plots had hij letterlijk meer ruimte om te ademen.

Wat moet ik doen? Wat moet ik doen?

Marco liep de Riva degli Schiavoni af en stak de Ponte degla Paglia over, waar een grote groep toeristen hem bijna de doorgang belemmerde. Hij liep de kade op en kwam als vanzelf uit bij de San Marco San Zaccaria, een halte van een bootdienst die onder meer op het Stazione Venezia Santa Lucia voer, het treinstation van Venetië.

Dat is het, schoot het door hem heen. *Natuurlijk!*

Hij had geluk dat er net een bootje op het punt van vertrekken stond. Het had zich al losgemaakt van de kade, maar met een klein sprongetje lukte het hem om aan boord te komen.

'Naar het centraal station,' zei Marco tegen de bootsman en hij ging zitten.

Pierre

Milaan, 4 juli

Het was druk in het restaurant van het hotel. Onder de gasten herkende Pierre veel gezichten van mensen die net als hij op de kunstbeurs waren afgekomen.

Samen met Sofia zat hij aan een kleine ronde tafel, met naast zich aan de muur enkele schilderijen van Milanese stadsgezichten.

'Ik zou nog even contact met je opnemen,' had Sofia gezegd toen ze hem die middag had gebeld. 'Over mijn man, Giacomo. Hij maakt het goed, *grazie a Dio*. En met dank aan jou natuurlijk.'

'Wat ontzettend fijn om te horen,' had Pierre geantwoord, die een oprechte opluchting had gevoeld.

'Ze willen hem alleen nog een nachtje ter observatie in het ziekenhuis houden. Het zekere voor het onzekere.'

'Ik begrijp het.'

In een opwelling had Pierre Sofia uitgenodigd om samen te dineren. Ze had door de telefoon een wat verloren indruk op hem gemaakt.

'Ik zou je dan nog meer kunnen vertellen over het schilderij waar jij en je man het oog op hadden laten vallen,' had hij gezegd en dat bleek een goede strategie te zijn geweest om haar over te halen.

Zelf had hij ook sterk de behoefte aan contact gevoeld. Het vele reizen, het vaak alleen eten, de overnachtingen in de hotelkamers die allemaal op elkaar leken... Het stond hem soms allemaal ontzettend tegen.

'Dat is goed,' had Sofia gezegd, met iets van aarzeling in haar stem. 'Maar het is waar: Giacomo en ik waren allebei erg gecharmeerd van dat schilderij. En eten moet ik toch, dus dat kan ik dan beter met iemand samen doen.'

Het hotel waar Sofia verbleef, bleek op een steenworp afstand van dat van Pierre te liggen. Ze had haar verblijf met een nacht moeten verlengen, omdat zij en haar man aanvankelijk diezelfde avond al terug naar Bologna zouden zijn gegaan.

'Je komt uit Frankrijk?' had Sofia gevraagd nadat de ober beiden een glas rode wijn had ingeschonken en de fles op tafel had gezet.

'We wonen in Cassis,' legde hij uit. 'Mijn vrouw Susanna en ik. Zuid-Frankrijk. Ben je bekend daar?'

'Zeker,' zei ze. 'We zijn er zelfs weleens geweest. We waren in Marseille en hebben op een dagtrip Cassis bezocht. Giacomo wilde dolgraag een keer de Cap Canaille zien.'

'Ah, natuurlijk,' zei Pierre. 'Een van de hoogste kliffen van Europa, een populaire bezienswaardigheid.'

Ze glimlachte alsof ze een fijne herinnering herbeleefde.

'Ik ben in Frankrijk geboren,' zei Sofia. 'En ik weet niet wat het is met geboortegrond, maar het land is me altijd blijven trekken. Ik heb weleens overwogen om naar Aix-en-Provence terug te gaan, mijn geboortestreek. Mijn van oorsprong Italiaanse familie woont nog steeds daar. Het is een ingewikkelde geschiedenis. Giacomo en ik hebben in Aix zelfs een huis. Wie weet komt het er op een dag nog van, als Giacomo over een paar jaar met pensioen gaat.'

'Wij zijn ook heel erg blij dat we ooit naar Zuid-Frankrijk zijn verhuisd.'

'Wat bracht jullie daar?'

'Het is...'

'Ook ingewikkeld zeker?' vroeg Sofia en ze lachte.

'Ja, eigenlijk wel,' zei Pierre. 'Het punt is: ik was altijd veel op pad voor mijn werk – ik ben nog steeds veel op pad eigenlijk. Susanna bestierde de winkel in onze woonplaats en op zich liep alles op rolletjes. Maar als je elkaar weinig ziet, dan vindt er hoe dan ook verwijdering plaats, ook al bel je elkaar een paar keer per dag. Maar ons grootste probleem... Ik ben normaal gesproken niet zo open hoor.'

'Vertel maar,' zei Sofia, die kort haar hand op de zijne legde.

'We hebben een kinderwens, of hadden een kinderwens,' zei Pierre.

'Bij Susanna was die heel sterk. Ik was meer bezig met praktische zaken zoals: wie moet haar werk in de winkel dan overnemen? We verdienden nog niet genoeg om iemand in dienst te nemen. En dat was… Om een heel erg lang verhaal heel erg kort te maken: het kwam erop neer dat Susanna wilde scheiden.'

'Ja, dat kan ik me voorstellen,' zei Sofia. 'Zeker als jij dat argument van die winkel ertegen in hebt gebracht. Ze is toch meer dan je winkelbediende lijkt me.'

Pierre voelde dat hij rood kleurde. 'Ik… Je hebt gelijk. En Susanna had gelijk. Ik zag dat ook in. We verkochten de zaak en kochten een huis in Cassis. Ik begon een nieuwe winkel, maar die werd geen succes. Daarna kreeg ik een baan bij de kunsthandelaar die je vanmiddag hebt gezien. En toen is het allemaal minder hectisch geworden.'

Hij vertelde haar niet over het grote verlies waarmee hij de zaak in Cassis had moeten verkopen, waardoor hij en Susanna nog altijd onder een aanzienlijke schuldenlast gebukt gingen.

'En de kinderwens?' vroeg ze. 'Je zei: hadden?'

'Hadden, ja,' zei Pierre. 'Om medische redenen is dat een onbereikbare droom gebleven.'

'Ach.'

'Ja, dat was… Dat is niet gemakkelijk, voor ons allebei niet. Nu zijn we allebei begin veertig en hebben we geaccepteerd dat we geen vader en moeder zullen worden.'

'Het belangrijkste is dat je elkaar niet uit het oog verliest,' zei Sofia. 'Giacomo en ik hebben ook onze issues gehad. Dat kan ook niet anders als je al bijna veertig jaar samen bent; we kregen verkering op ons vijftiende. En hoewel het soms misschien een sleur is – alles is zo vertrouwd – is dat uiteindelijk voor twee mensen toch het hoogst haalbare denk ik. Giacomo is de man van wie ik zielsveel houd én hij is mijn beste vriend.'

'Dat is mooi om te horen,' zei Pierre, die een slokje van zijn wijn nam om tijd te winnen. 'Susanna en ik hebben op dat terrein nog wat werk te verrichten.'

Toen Pierre later die avond in zijn bed lag, liet hij het gesprek nog eens de revue passeren. Na het diner was hij met Sofia naar haar hotel gelopen waar ze in de lobby als oude vrienden afscheid van elkaar hadden genomen. Ze hadden afgesproken contact te houden.

Het verbaasde hem hoe snel de avond voorbij was gevlogen en hoe open ze naar elkaar waren geweest.

Vanzelfsprekend hadden ze ook over kunst gesproken en in het bijzonder over het schilderij dat Sofia en haar man die middag op het oog hadden gehad. Sofia bleek kunsthistorica te zijn en werkte als docent aan de Lerarenopleiding Geschiedenis in Bologna. Haar man Giacomo doceerde Italiaanse taal- en letterkunde aan de Universiteit van Bologna, met als specialisatie oude geschriften. Om die reden werd zijn hulp vaak ingeroepen door antiquairs, boekhandelaren en bibliothecarissen om de echtheid van een document vast te stellen.

Maar ze hadden vooral veel over persoonlijke zaken gesproken, waarbij ze elkaar soms hadden moeten aansporen een hapje te nemen van het heerlijke eten dat koud dreigde te worden. Pierre had Sofia zelfs verteld over hoe Susanna zich in hun huis aan de kust steeds meer leek terug te trekken – zeker na de dood van haar zwager enkele jaren geleden op wie ze buitengewoon gesteld was geweest. Bérnard was getrouwd geweest met haar zus Veronica, docente Feministische Theologie aan de Universiteit Leiden. Susanna en Veronica zochten elkaar twee, drie keer per jaar op en Pierre verbleef regelmatig bij Veronica als hij voor zaken in Nederland was.

Pierre pakte zijn telefoon en een kort moment zweefde zijn vinger boven de naam van Sofia. Hij was van plan haar een welterusten-appje te sturen, maar schudde toen het hoofd.

Bijna halftwaalf. Laat, maar niet te laat om te bellen.

Susanna nam na twee keer overgaan al op.

'Bonsoir, ma chérie,' zei Pierre met veel warmte in zijn stem. 'Ik ga zo slapen en wilde graag je stem nog even horen.'

Marco

Marco zat op een hotelkamer in Bologna. Giacomo Palazzo was niet thuis geweest, noch zijn vrouw Sofia. Het was een volkomen spontaan besluit geweest om naar zijn oud-docent van de universiteit te gaan. Het was de enige persoon die hij kende met genoeg kennis van zaken én die hij voor de volle honderd procent vertrouwde. Tijdens zijn studie en vooral tijdens zijn promotie had hij een vriendschappelijke band met Giacomo opgebouwd en was hij een vaak – én graag – geziene gast in huize Palazzo geworden.

In de trein van Venetië naar Bologna, een reis van iets meer dan anderhalf uur, had hij juist op het punt gestaan *professore* Palazzo te bellen toen zijn telefoon was overgegaan. Het was Luigi geweest die hem vanuit het Ospedale Giovanni e Paolo had gebeld.

Zonder een zweem van ironie had Luigi hem meegedeeld dat de artsen versteld hadden gestaan van zijn wonderbaarlijk snelle herstel, maar dat ze hem ter observatie nog een nacht in het ziekenhuis wilden houden. Om het spel mee te spelen was hij daarmee akkoord gegaan.

'Is het veilig?' had Luigi toen plots gevraagd. 'Is het gelukt?'

'Het is gelukt. Het is veilig.'

'Waar ben je nu?'

Marco had willen zeggen waarnaartoe hij onderweg was, maar plots had een gevoel van twijfel hem overvallen. 'Dat kunnen we beter niet over de telefoon bespreken.'

'Uitstekend,' had Luigi gezegd. 'Je hebt helemaal gelijk. Goede gedachte. We zien elkaar snel, *se Dio vuole*. Ik lig in het goede ziekenhuis gelukkig. De heilige Paulus en de heilige Johannes waken hier over me.'

'Dan hang ik nu op.'

'Je hebt de juiste beslissing genomen hoor,' had Luigi nog gezegd. 'Voor God, voor jezelf en voor je carrière.'

Nadat Luigi had opgehangen, had Marco eerst de locatiefunctie van zijn telefoon uitgezet. En toen hij Giacomo's nummer had ingetoetst, overviel een irrationele angst hem en schakelde hij zijn mobiel helemaal uit.

Ik weet niet waar Luigi toe in staat is.

Zijn treinkaartje had hij contant betaald en de kosten voor de hotelkamer hoefde hij bij vertrek pas te voldoen, dus wat dat betreft had hij geen sporen achtergelaten.

En ik hoef niet te bellen, zo had hij overwogen, *want Giacomo is een echte huismus. Of hij zit op de universiteit óf hij is thuis.*

Naar de universiteit wilde Marco niet. De kans was te groot dat hij er bekenden tegenkwam en dat wilde hij voorkomen.

Marco stond licht voorovergebogen naast het grote tweepersoonsbed waar hij de vellen papyrus over had uitgespreid, daarbij de volgorde aanhoudend waarmee ze in het boek hadden gezeten. Hij had de handschoentjes uit de bibliotheek aangetrokken en de losse bladen zo min mogelijk aangeraakt.

In een speciaalzaak in het centrum die hij nog uit zijn studententijd kende, had hij een stevige hardkartonnen map gekocht en een pak zuurvrij papier van A3-grootte dat van honderd procent katoen was vervaardigd. Natuurlijk wist hij dat het zaak was het manuscript zo snel mogelijk naar een plek te brengen waar de temperatuur en de luchtvochtigheid precies goed waren om het niet te beschadigen. De vellen tussen deze A3'tjes bewaren, was op dit moment echter even het enige dat hij kon doen.

Het papyrus was in een onvoorstelbaar goede staat en Marco kon zich niet voorstellen dat het heel erg lang in het boek van Tertullianus verborgen had gezeten. Het papier van dat boek zou de vellen hebben aangetast.

Hij vermoedde dat het deel had uitgemaakt van een codex – een samengebonden bundel losse vellen perkament die vaak meerdere werken bevatte. Iemand moest deze vellen eruit hebben losgehaald en ze in het boek hebben verborgen.

Marco pakte het eerste vel op en ging aan de kleine schrijftafel zitten. Zijn Oudgrieks was zeer goed, maar het probleem met dergelijke teksten was altijd dat er in die tijd geen hoofdletters, spaties, punten of komma's werden gebruikt, waardoor het lezen zeer traag ging. Per keer moest je kijken waar het ene woord ophield en het andere begon, waar de ene zin eindigde en een nieuwe aanving.

De eerste zin was gemakkelijk. Die had ook Luigi direct kunnen ontcijferen.

Of heeft hij...

Marco schudde het gevoel van onbehagen van zich af en begon te lezen.

Simon, broeder en apostel van de Heer, groet Philokrater en de gemeente van Alexandrië.

Als het echt was geschreven door Simon, de broer van Jezus, dan zou het een regelrechte sensatie zijn. Maar ook als het door iemand anders onder de naam van Simon is geschreven, is het nog steeds een spectaculaire vondst. Want het lijkt me zonder meer een oud handschrift, dacht Marco.

Het kostte hem meer dan drie uur om de volgende passage te ontcijferen. Hij las de vertaling die hij op het hotelbriefpapier had geschreven. Door het ontbreken van een woordenboek en omdat hij zijn telefoon niet durfde in te schakelen om woorden te googelen, was het een wat vrije vertaling geworden.

Je schrijft me dat je weliswaar de woorden kent die mijn broeder Juda, ook wel Thomas genoemd, heeft opgeschreven, maar dat daarin niets staat over het leven van de Heer. En nu onze geliefde broeder Jakobus ons door een onrechtvaardig vonnis is ontvallen, is ook een van de laatste getuigen van Jezus, de Christus, niet meer onder ons.

'Het moet een soort van evangelie zijn,' mompelde Marco voor zich uit.

Jakobus zou na Jezus' dood de nieuwe leider van de christenen in Jeruzalem zijn geworden. De hogepriester Ananias eiste dat hij zou stoppen met zijn prediking over de verrijzenis van Jezus, want dat was volgens hem een dwaalleer. Tijdens het joodse paasfeest dwong hij Jakobus om op het dak van de tempel te klimmen en tegen Jezus te preken. Maar boven op dat dak sprak Jakobus juist vol vuur over het goede nieuws van Jezus' dood en opstanding. Hierop liet de hogepriester Jakobus van het dak naar beneden gooien. Toen hij na zijn val nog in leven bleek, sloeg een man met een stang net zo lang op zijn hoofd tot hij eraan bezweek.

Marco keek op de klok waarvan de secondewijzer geluidloos doortikte en zag dat het al na drieën was. Hij viel bijna om van de slaap. Hoezeer hij er ook naar verlangde om de rest te lezen, hij wist dat het hem niet lang meer zou lukken om wakker te blijven.

Marco gaapte hardgrondig, kleedde zich uit en ging in bed liggen. De opwinding in de bibliotheek, de onverwachte reis en al de tegenstrijdige emoties hadden hem uitgeput – nog afgezien van de tekst die hij zojuist had gelezen.

'En nu onze geliefde broeder Jakobus ons door een onrechtvaardig vonnis is ontvallen…' mompelde hij voor zich uit alsof hij een gebed uitsprak.

Als dit een originele tekst is…

Aan de tweede helft van de gedachte kwam hij niet eens toe.

Pierre

Pierre en Susanna zaten achter hun huis, goed beschut en uit de wind. Als twee katten hadden ze de ogen gesloten, het hoofd schuin omhooggericht om de stralen van de warme zomerzon optimaal op te vangen.

Op de tast zocht en vond Pierre Susanna's hand. Ze kneep zachtjes in de zijne.

Sofia had veel indruk op Pierre gemaakt en beschaamd had hij aan zichzelf moeten toegeven dat het niet aan hem had gelegen dat er na het etentje niets was voorgevallen. Als ze maar haar pink had uitgestoken, zou dat voldoende voor hem zijn geweest. Tegelijkertijd resoneerden ook de woorden na die ze had gesproken over de vertrouwdheid die na verloop van tijd tussen twee echtelieden ontstaat.

Misschien heb ik de laatste tijd alles wat ik heb voor te vanzelfsprekend beschouwd...

In de verte ruiste de zee. De zachte wind voerde een ziltige geur mee, vermengd met de geur van de pijnbomen in de achtertuin. De trompetboom stond in bloei en zag eruit alsof iemand hem met witte bloemen uitbundig had versierd.

Het is nog altijd een goede beslissing geweest, mijmerde hij, dat we het hoge noorden voor deze plek aan de Middellandse Zee hebben verruild.

Hier kenden ze veel kleine geluksmomenten, zoals dit bijvoorbeeld. Ook was Susanna's gezondheid, waar ze in Vlaanderen zo vaak mee had geworsteld, in Cassis met sprongen vooruitgegaan. Beiden waardeerden ze het lagere tempo waarin het leven zich hier voltrok. De mensen leken nooit echt haast te hebben en toch liep alles op rolletjes.

Die ochtend had Pierre om zeven uur nog aan de ontbijttafel in zijn hotel in Milaan gezeten en om tien uur al zat hij in het vliegtuig dat hem in iets meer dan een uur naar Marseille bracht. Susanna was hem vanaf het Aéroport Marseille Provence met de auto komen ophalen.

'Ik heb gisteren in het hotel met een klant gegeten,' zei Pierre, die zijn ogen opende en naar zijn vrouw keek. 'Sofia Palazzo, uit Bologna.'

'Toe maar,' zei Susanna, die haar ogen gesloten hield. Een flauw glimlachje speelde rond haar lippen. 'Wat een offers breng jij toch voor de zaak.'

'Ik... Ze was...' stamelde Pierre. 'Haar man is...'

Susanna lachte. 'Ik plaag je maar, *mon amour*. Ik vertrouw je toch.'

Pierre ontspande zich. Hij vertelde over hoe ze met haar man op de beurs was en hoe die in elkaar was gezakt, net nadat ze hun belangstelling voor een schilderij kenbaar hadden gemaakt.

Nu keek ze hem wél aan. 'En hoe is het met hem?'

'Inmiddels goed,' zei Pierre. 'Ze hebben hem een nachtje ter observatie in het ziekenhuis gehouden. Hij had in het recente verleden een hartaanval gehad, dus ze waren erg geschrokken.'

'Dus jij ontfermde je over de bijna-weduwe.'

'Inderdaad.'

'En?'

'En wat?'

'Heeft ze het gekocht?'

'Ah,' zei Pierre en hij lachte. 'Dat wilde Pascal ook weten. Het eerste wat hij me vroeg toen die man in een ambulance was afgevoerd: of ze al geboden hadden.'

'Dat klinkt als typisch iets voor Pascal, ja.'

'Ze hebben alle gegevens,' zei Pierre. 'Met haar man in het ziekenhuis kon ze nog geen knopen doorhakken, maar het ziet er goed uit, denk ik.'

'Fijn, lieverd,' zei ze. 'Ik ben blij voor je.' Ze kneep nog een keer in zijn hand en stond toen op. 'Ik ga nog even wat in de tuin werken. Dan kunnen we straks een wijntje drinken.'

Pierre keek Susanna na en pakte zijn telefoon van tafel. Er waren wat appjes binnengekomen, waarvan er eentje onmiddellijk zijn aandacht trok.

Sofia.

Om acht uur vanmorgen werd Giacomo al ontslagen uit het

ziekenhuis. We zijn direct met de auto op weg gegaan. Nog een uurtje en dan zijn we in Bologna. Nu zitten we in een restaurant voor een late lunch.

Dat is fijn om te horen, **appte hij terug.**

Bijna direct verscheen er een nieuw bericht in Pierres scherm:

Je krijgt de hartelijke groeten van Giacomo, die je ook ontzettend dankbaar is. Mocht je ooit in Italië zijn, dan ben je van harte welkom! Misschien om het schilderij af te leveren, want we zijn nog steeds geïnteresseerd. Over de prijs worden we het vast wel eens.

Dat is mooi nieuws. Onze spullen van de beurs worden pas volgende week terug naar Frankrijk gebracht. Mogelijk lukt het voor die tijd om tot overeenstemming te komen, dan kan het in Italië blijven. Ik zal het mijn baas doorgeven.

Goed, dan houden we contact. En nu gaan we weer rijden. *Bacio.'*

Wij gaan nog in de tuin werken, **appte Pierre.**

Daarna maakte hij een selfie met op de achtergrond Susanna die over een grote bloempot gebogen stond.
Al vrij snel nadat hij de foto had verstuurd, reageerde Sofia:

Heel mooi. Doet me denken aan een tekst uit Prediker, een van mijn favoriete Bijbelboeken: 'Twee zijn beter dan één, want samen krijgen zij een goede beloning voor hun zwoegen.'

Pierre legde zijn telefoon weg.
'Ik kom je wel even helpen,' riep hij naar Susanna en hij stond op.
Twee zijn beter dan één...

Bondini

Consultator Gabriele Bondini, raadsheer van de Vaticaanse Congregatie voor de Geloofsleer, stond voor het raam van zijn rijk ingerichte appartement, gelegen aan de Piazza di Santa Maria in de Romeinse wijk Trastevere. De oude man oogde vermoeid en hield zijn handen op zijn rug alsof hij iets voor de buitenwereld verborgen hield.

'Zijn' in 1542 opgerichte Congregatio pro Doctrina Fidei bewaakte en bevorderde al bijna vijf eeuwen de katholieke geloofsleer en ondersteunde de studie die aan de bloei van het geloof bijdroeg. Hij had het altijd betreurd dat de oorspronkelijke naam 'Opperste Heilige Congregatie van de Romeinse en Universele Inquisitie' in 1984 werd veranderd in het naar zijn zin veel te neutrale Congregatie voor de Geloofsleer. Diep in hem leefde een alleen in zeer kleine kring uitgesproken verlangen naar die begintijd, toen de Congregatie nog over rechtbanken beschikte. Toen konden ze tenminste nog wereldwijd personen vervolgen die zich schuldig hadden gemaakt aan misdaden met betrekking tot de religieuze leer. Gelukkig was de oorspronkelijke doelstelling wél in stand gebleven: de verdediging van de ware leer, de christelijke traditie en het leergezag – de autoriteit om te bepalen wat de waarheid is en wat niet.

Met paus Franciscus was er echter een nieuwe wind gaan waaien door het Vaticaan. Een frisse wind volgens velen, maar Bondini deelde die mening niet. Het huidige streven naar openheid en transparantie was hem een doorn in het oog – en gelukkig voor hem stond hij niet alleen in die opvatting.

Zijn groep telde dertien leden die afkomstig waren uit verschillende geledingen van de rooms-katholieke kerk. Het waren stuk voor stuk mannen die zijn opvattingen deelden en dezelfde passie kenden om de kern van het ware geloof te verdedigen en zuiver te houden.

Zij vonden het hun taak om informatie te 'filteren' voordat die bij de gewone gelovigen terechtkwam. Christus had dit nota bene zelf ook zo gedaan. In het dertiende hoofdstuk van het Evangelie van Matteüs sprak Jezus in gelijkenissen tot het volk. De werkelijke betekenis van deze verhalen legde hij alleen uit aan zijn leerlingen, pas nadat de gewone mensen vertrokken waren.

Niet iedereen kan immers de volle waarheid aan... 'Velen zijn geroepen, maar slechts weinigen uitverkoren,' zegt de Heer in datzelfde evangelie.

Normaal gesproken werkte Bondini in zijn kantoor van het Palazzo del Sant'Uffizio, de zetel van de Congregatie. Het paleis lag ten zuiden van de Sint-Pietersbasiliek, vlak bij de Petriano-ingang van Vaticaanstad.

Maar vandaag werkte hij daar niet. Vandaag speelde een kwestie die hij liever niet binnen de vier muren van het Palazzo besprak.

Hij draaide zich naar de laptop op zijn bureau. Het scherm was grotendeels gevuld met een man met een gepijnigde uitdrukking op zijn gezicht. 'Ik waardeer het ontzettend dat je direct nadat je uit het ziekenhuis bent ontslagen contact met me hebt opgenomen, broeder Luigi,' zei Bondini. 'Het is bijzonder spijtig dat het zo gelopen is... Het leek een waterdicht plan om die gevaarlijke tekst waar jij al inzage in had te liquideren, maar we hadden buiten de inmenging van deze Marco Visconti gerekend. Heb je enig idee waar hij met de codex naartoe kan zijn gegaan?'

Luigi Navagero schudde het hoofd. 'Hij heeft hier in Venetië geen bekenden naar ik weet... Hij is niet van hier. Misschien is hij teruggegaan naar zijn eigen klooster in Toscane? Maar dat zou te veel voor de hand liggen.'

'Waar heeft hij gestudeerd?'

Luigi keek hem met grote ogen aan. 'Maar natuurlijk...' zei hij en van opwinding stond hij op, waardoor nu alleen zijn buik zichtbaar was. 'Wat stom dat ik daar niet aan heb gedacht.'

'Ga zitten,' beval Bondini. 'Waar heb je niet aan gedacht?'

'Hij heeft in Bologna gestudeerd,' zei Luigi, die weer had plaatsgenomen. 'Bij Giacomo Palazzo. Marco is ook bij hem gepromoveerd... Natúúrlijk is hij naar hem toe! Wat een rund ben ik toch.'

'Giacomo Palazzo zeg je?'

'Precies.'

'Uitstekend,' zei Bondini. 'Dan stuur ik daar nu twee mensen naartoe.'

Marco

Bologna, 5 juli

Giacomo Palazzo zat diep weggezakt in een grote lederen fauteuil. In de open haard brandde een bescheiden vuur dat een aangename warmte verspreidde.

Marco zat tegenover hem. Het tasje met het boek van Tertullianus had hij op het glanzend mahoniehouten bureau van zijn vroegere professor gelegd.

Tot zijn onbeschrijfelijke opluchting had hij tegen drie uur 's middags Sofia en Giacomo uit de auto zien stappen. Al sinds het einde van de ochtend had hij in een café-restaurant tegenover hun huis gezeten, hopend en biddend dat ze snel zouden komen.

Giacomo had er bleekjes uitgezien, maar een grote glimlach was op zijn gezicht doorgebroken toen hij zag dat het Marco was die hem bij de voordeur had aangesproken.

Ook Sofia had hem hartelijk begroet, als een lid van de familie dat ze te lang niet had gezien. 'Kom binnen, *mio caro*,' had ze gezegd.

In de grote hal van het huis had Sofia Marco kort verteld wat er in Milaan was gebeurd.

'Ik zal jullie even alleen laten,' had ze met een warme glimlach gezegd. 'Maar rustig aan, want Giacomo kan even niet te veel opwinding hebben.'

Marco had geslikt.

'En laat me straks niet ontdekken dat je er zonder gedag te zeggen vandoor bent gegaan,' had Sofia eraan toegevoegd terwijl ze hem met een strenge blik had aangekeken, maar aan haar pretoogjes was te zien geweest dat het maar spel was.

Sofia was de keuken in verdwenen.

In zijn werkkamer had Giacomo de open haard ontstoken. Vurige vonken schoten op en verdwenen in de schoorsteen.

De mens is voor het ongeluk geboren, schoot een tekst uit het Bijbelboek Job Marco te binnen. *Zoals vonken uit het vuur omhoog spatten.*

'Je was in de buurt?' vroeg Giacomo toen ze de beleefde uitwisseling van de laatste nieuwtjes achter de rug hadden. In zijn stem had iets van ongeloof doorgeklonken.

'Niet helemaal,' begon Marco aarzelend. 'Het is een ingewikkeld verhaal. Ik weet niet goed waarin ik me heb begeven.'

Heel precies deed Marco verslag van de gebeurtenissen van de vorige dag, waarbij hij zoveel mogelijk details gaf.

Giacomo onderbrak hem af en toe met een vraag om iets te verhelderen. Al die tijd hield hij zijn handen plat op elkaar en zijn kin rustte op de toppen van zijn vingers. Hij zuchtte diep toen Marco was uitgesproken. 'Simon, de broer van Jezus,' sprak Giacomo voor zich uit. 'Als dit echt is...'

'Daarom ben ik ook naar jou toe gekomen,' zei Marco. 'Ik kon niemand anders bedenken, niemand die ik vertrouw.'

'Je hebt zowel wijs als onwijs gehandeld. Gezien de situatie kon je misschien weinig anders, dat begrijp ik. Ook gezien de bedreigingen van deze Luigi. Aan de andere kant...' Giacomo deed er het zwijgen toe.

'Aan de andere kant?' vroeg Marco.

'Ik kan even zo snel geen andere kant verzinnen,' moest Giacomo toegeven. 'Behalve dan dat het tegen iedere ethische code ingaat om iets uit een bibliotheek mee te nemen.'

'Ja, dat begrijp ik ook wel,' zei Marco. 'Ik heb precies gedaan wat die andere bibliothecaris wilde doen toen ik diep in de nacht die inventarislijst online zette om hem voor het blok te zetten.'

Giacomo lachte hartelijk. 'Ja, dat was een meesterlijke zet van je.'

'Maar nu...'

'Ik neem mijn woorden terug, Marco. In de gegeven omstandigheden heb je waarschijnlijk toch wel het beste gedaan. Je hebt in ieder geval weten te voorkomen dat het manuscript direct al in de krochten van het Vaticaan zou verdwijnen...'

'Ja,' zei Marco bedachtzaam. 'Zo kun je het ook zien natuurlijk.'

'En niemand weet dat je hier bent?'

'Nee, ik ben met de boottaxi naar het station gegaan en heb de eerste trein naar Bologna genomen. Ik heb mijn telefoon uitgezet en alles contant betaald, zodat ik voor nu even niet traceerbaar ben.'

'En waar is het nu? Het manuscript?'

'Waar het is?' vroeg Marco verbaasd. 'Op je bureau natuurlijk. Wat dacht jij dan?'

'In die plastic tas?' Giacomo deed een poging op te staan, maar liet zich met een zachte kreun achterovervallen.

'Je moet...' Marco sprong op en hielp zijn oude leermeester uit zijn fauteuil. '...je volgens Sofia niet te veel inspannen.'

'Nee, daar heeft ze gelijk in,' zei hij. 'Maar nu wil ik het zien natuurlijk. Dit is positieve opwinding. Dit zal mijn hart juist goeddoen. Ik had niet gedacht... In een plastic tas...'

Marco ondersteunde Giacomo en begeleidde hem naar zijn bureaustoel. Hij haalde het boek van Tertullianus en de hard kartonnen map met de papyrusvellen uit de tas.

Giacomo trok een laatje open, deed witte handschoentjes aan en gaf Marco ook een paar.

Met de grootste omzichtigheid vlijde Marco het eerste vel voor Giacomo neer.

'Wat een schitterend handschrift is dit,' zei Giacomo onmiddellijk. 'En de kwaliteit van het papyrus... Als dit echt oud is, dan moet het onder de meest ideale omstandigheden bewaard zijn.'

'Ja, dat denk ik ook. Hoewel het me nog verbaasde hoe goed sommige manuscripten onder het woestijnzand vandaan zijn gekomen,' zei Marco, 'nadat ze daar soms wel vijftienhonderd jaar begraven hadden gelegen. Het moet eigenlijk door een onafhankelijk laboratorium onderzocht worden. Daarom kom ik bij jou, vanwege al je connecties in die wereld.'

Maar Giacomo leek hem al niet meer te horen. Zijn ogen gleden over de Griekse tekst. Af en toe mompelde hij een woord, een naam, een halve zin, alsof hij een brief van zijn geliefde las. 'Ik heb nog nooit zoiets gezien,' stamelde hij toen. 'Dit... dit kan bijna niet. De vellen zijn bruin geworden, natuurlijk, maar verder... Er zitten geen gaten in, de woorden zijn goed te lezen.'

'Ja,' beaamde Marco. 'Het is van een uitzonderlijke schoonheid.'

'Alsof de tijd er geen vat op heeft gehad,' zei Giacomo. 'Of het moet niet lang geleden zijn gemaakt. Dat moet onderzocht worden. En iemand moet het vertalen.'

'Ik heb al een begin gemaakt,' zei Marco nadat hij Giacomo alle vellen had laten zien. 'Maar ik had weinig hulpmiddelen. Als ik mezelf een paar weken zou vrijmaken, zou ik de klus wel kunnen klaren, denk ik.'

'En nu?' vroeg Giacomo, terwijl hij zich achterover in zijn bureaustoel liet zakken. Marco zag dat de vermoeidheid nu toch vat op de oudere man had gekregen.

Er klonk een bescheiden klop op de deur, die daarna onmiddellijk openging. Het was Sofia, alsof ze had aangevoeld dat het voor haar man tijd was om te rusten.

'Giacomo, *mio tesoro*,' zei ze terwijl in de deuropening bleef staan. 'Marco, *mio caro*, het spijt me, maar hoe dringend en interessant het misschien ook is wat jullie samen te bespreken hebben, ik moet even streng zijn. Het is tijd voor je medicijnen en je gaat even een uurtje op bed liggen, goed?'

'Goed, *mio amore*,' zei Giacomo. 'Ik kom er zo aan, tien minuutjes. Wil jij mijn pilletjes vast klaarleggen?'

'Zal ik doen,' antwoordde Sofia.

'En nu?' vroeg Marco, nadat Sofia de kamer had verlaten.

'We hebben een kluis boven,' zei Giacomo. 'Ik heb hier natuurlijk vaker oude manuscripten in huis. Het is daar veilig, en de temperatuur en luchtvochtigheid zijn in orde. Het moet er niet te lang liggen, maar het is in zo'n goede staat dat het wel tegen een stootje kan.'

Marco knikte. Hij merkte dat hij voor het eerst sinds de vorige dag weer diep kon ademhalen, alsof er een blokkade was verwijderd.

'Dan bel ik morgen mijn vaste contactpersoon op het lab,' zei Giacomo. 'Honderd procent discretie verzekerd. Ik breng altijd alles wat ik ter beoordeling voorgelegd krijg bij hen langs. Het is een topinstituut. Voor nu… voor nu is het beter als verder niemand hier iets van weet. Ik zal zelfs Sofia nog even niets zeggen – of zo min mogelijk.'

Marco knikte instemmend.

'Laten we snel wat foto's maken,' stelde Giacomo voor, terwijl hij naar de binnenzak van zijn colbert greep. 'In het instituut gaan ze dat ook doen, maar gewoon… voor de zekerheid. Mijn telefoon heeft een ontzettend goede camera. Dan zet ik straks de foto's in een mapje op mijn computer.'

'Goed plan,' zei Marco. 'Dan hebben we die maar alvast.'

In minder dan tien minuten hadden ze ieder vel gefotografeerd: telkens een foto van het gehele blad en vier detailfoto's. Ze liepen naar boven en borgen de vellen, zorgvuldig ingeklemd tussen het zuurvrije papier, op in de kluis.

Giacomo pakte een bundeltje bankbiljetten en nam er wat van af. 'Alsjeblieft,' zei hij terwijl hij het geld aan Marco gaf. 'Hiermee kun je nog even onder de radar blijven. Geef het later maar een keertje terug.'

'Bedankt,' zei Marco. Hij stopte de biljetten in zijn portemonnee. 'Wat is dat?' vroeg Marco verbaasd. Hij wees naar een tafel met papyrusvellen die er zeer oud uitzagen. 'Liggen die zomaar onbeschermd buiten je kluis? In de openlucht?'

'O, die?' zei Giacomo geamuseerd. 'Ik kreeg ze van een antiquair hier uit Bologna om te beoordelen, maar daar hoefde ik het lab niet eens voor in te schakelen. Op het oog zien ze er authentiek uit, maar het gaat duidelijk om een vervalsing. Op knappe wijze verouderd, dat wel – waarschijnlijk door ze een tijdje te begraven en daarna aan de felle zon bloot te stellen. De antiquair dacht dat het een manuscript uit de vroege tweede eeuw was, maar er komen Griekse woorden uit de vierde eeuw in voor. De vervalser was goed, maar blijkbaar was hij niet helemaal op de hoogte van de taalkundige ontwikkelingen van het Grieks in die tijd. Het is waar ik altijd het eerste naar kijk.'

'En wat doe je ermee?'

'Tja,' zei Giacomo. 'De antiquair schaamde zich dat hij erin was getrapt en hoefde ze niet terug te hebben, dus ik bewaar ze. Misschien kan ik ze tijdens mijn colleges gebruiken en studenten laten beoordelen of het een vervalsing is of niet. Heb ik dat nooit gedaan toen jij les bij me volgde?'

'Natuurlijk, natuurlijk,' zei Marco. 'Dat weet ik nog.' Even dwaalden zijn gedachten af naar zijn onbezorgde studententijd, waarin hij als een spons alle nieuwe kennis opzoog. Hij schudde met zijn hoofd om zichzelf weer terug naar de werkelijkheid te dwingen. 'Dit mag je hebben,' zei Marco en hij haalde het pak met het restant van het zuurvrije papier uit de tas en legde het op het bureau. 'Ik heb er toch verder niks aan nu.' Daarna nam hij het boek van Tertullianus. 'Dan leg ik dit terug in de bibliotheek,' zei hij tegen Giacomo. 'En ik vertel Luigi dat het manuscript op een veilige plek is.'

'Zeg hem maar niet waar je bent geweest,' drukte Giacomo hem op het hart. 'Laten we eerst alles goed uitzoeken.'

'Dat zal ik doen,' zei Marco. 'Of dat zal ik niet doen, bedoel ik: zeggen waar ik ben geweest.'

Ze lachten en liepen de overloop op.

'Ah, hier zijn jullie,' zei Sofia, die hen in het trappenhuis tegemoet was gekomen. Ze glimlachte vriendelijk, maar leek haar irritatie niet helemaal te kunnen verbergen. 'Ik zocht je al. Het is echt hoog tijd, Giacomo. Kom.'

'Goed, zuster,' zei Giacomo, terwijl hij Marco een knipoog gaf.

'En jij?' richtte Sofia zich tot Marco. 'Je blijft toch zeker wel eten?'

'Ik denk dat ik beter naar Venetië terug kan gaan,' zei hij, hoewel hij daar enorm tegen opzag.

Ze namen afscheid en Marco liet zichzelf uit.

Enkele uren later, toen de trein vaart minderde omdat ze het centraal station Venezia Santa Lucia naderden, voelde Marco hoe de spanning in zijn borst zich weer had opgebouwd.

Hij voelde zich als een veroordeelde op weg naar het schavot.

Pierre

Voor Pierre was het of hij een harde reset had ondergaan. Het vreemde was dat er feitelijk niets aan hun situatie was veranderd, maar het leek net of hij Susanna en zichzelf – hen sámen – met nieuwe ogen zag.

Na de appjes van Sofia, die hem op de hoogte had gebracht van het voorspoedige herstel van Giacomo, had hij samen met Susanna in de tuin gewerkt. Ze hadden uitgebreid gedineerd en zaten nu in de huiskamer, ieder verdiept in een boek, terwijl op de achtergrond zachtjes klassieke muziek klonk. Het was een tijd geleden dat de sfeer in huis zo vredig en warm was geweest.

Pierre had Pascal, die nog in Milaan was, op de hoogte gesteld van de duurzame belangstelling van Sofia en Giacomo voor het schilderij. Hij had hem gevraagd het apart te zetten, aangezien hij verwachtte het binnen een of twee dagen met het echtpaar eens te worden over de prijs. Pascal was daar vanzelfsprekend erg enthousiast over geweest, en precies zoals Pierre had verwacht had hij niet geïnformeerd naar de gezondheid van zijn klant die nota bene in zijn stand een hartaanval had gekregen.

Op de terugvlucht van Milaan naar Marseille had Pierre, getriggerd door de documentaire die hij in zijn hotelkamer in Milaan had gezien, wat zitten googelen op antieke beenderkistjes en speciaal op het ossuarium van 'Jakobus, zoon van Jozef, broer van Jezus'. Er was zelfs een film over gemaakt: *The Lost Tomb of Jesus*. In 1980 werd in de Jeruzalemse wijk Talpiot een graftombe met beenderkistjes uit de eerste eeuw gevonden. Het graf was intact en de inscripties, die zes van de tien kistjes droegen, authentiek en de namen op de kistjes waren niet alleen van familie van Jezus, maar ook van Jezus zelf!

Twee decennia later ontdekten programmamakers van de BBC, die een documentaire over beenderkistjes met inscripties voorbereidden, bij toeval dat de namen in de inscripties in het graf van Talpiot een wonderlijke combinatie vormden.

Diezelfde dag nog, toen Pierre op de luchthaven op zijn vlucht had zitten wachten, had hij onmiddellijk twee recente boeken over het onderwerp besteld. *Het graf van Jezus* was een van die boeken.

Vanavond bladerde hij naar de foto's in het boek waarop de inscripties inderdaad goed te onderscheiden waren:

Jezus, zoon van Jozef
Juda, zoon van Jezus
Maria
Joses
Matteüs
Mariamme e Mara

De schrijver van het boek legde uit dat de naam 'Joses' overeenkwam met de schrijfwijze van 'Jozef' in het Evangelie van Marcus, waar die betrekking had op een broer van Jezus. Verder bestond er in de academische wereld brede steun voor de hypothese dat de naam Mariamme verwees naar Maria Magdalena. De auteur wees op het regelmatig voorkomen van precies die naam wanneer het in de Nag Hammadi-geschriften over de vrouw uit Magdala ging.

Pierre kende het verhaal over de Egyptische boer, die op een begraafplaats bij Nag Hammadi naar kostbare teelaarde aan het graven was en een zeer oude kruik vond. Daarin zaten vroegchristelijke geschriften, onder meer met onbekende uitspraken van Jezus en teksten over Maria Magdalena.

'Wat is dat, lieverd?' vroeg Susanna.

'Fascinerende materie,' zei Pierre, die opkeek van zijn boek. 'Ik lees over het graf van Jezus. Het is een overtuigend verhaal hoor. Het blijft gek dat het relatief zo weinig aandacht heeft gekregen.'

'Nou, er zijn toch boeken over geschreven? Je hebt er zelf een in je hand.'

'Dat is waar, maar voor zo'n revolutionaire ontdekking zou je echt iets veel groters hebben verwacht. Er was wel een internationale conferentie over dit onderwerp in Jeruzalem, maar in kranten en tijdschriften heb ik er verder niets over gelezen. Terwijl het explosief materiaal is, want het legt in principe een bom onder het christendom zoals we dat kennen.'

'Dan zal dat wel de reden zijn,' zei Susanna wat afwezig en ze verdiepte zich weer in haar eigen boek.

In Pierres boek opperde de schrijver dat de naam 'Mara' heel goed kon staan voor Martha, de zus van Maria Magdalena. Het was niet ongewoon dat wanneer naaste familieleden kort na elkaar overleden hun beenderen in één ossuarium bijeen werden gezet.

JUDA, ZOON VAN JEZUS, stond er op een van die kistjes.

Vreemd... Ik heb nooit ergens iets over een kind van Jezus gelezen. Weleens iets over neven van Jezus. Waar was dat ook alweer?

Pierre beende naar zijn boekenkast en kwam terug met Eusebius' standaardwerk over de vroege geschiedenis van het christendom.

Hier heb ik het.

De kerkvader Eusebius schreef in zijn *Kerkgeschiedenis* over de kortdurende christenvervolging van 81 tot 96 na Christus. In een verslag stond te lezen dat keizer Domitianus beval dat alle leden van Davids geslacht moesten worden geëxecuteerd. De keizer had namelijk gehoord dat ene Jezus een koninkrijk had willen stichten en hij wilde dit streven in de kiem smoren. Uiteindelijk werden twee neven van Jezus opgepakt. Domitianus ontdekte echter al snel dat dit maar eenvoudige boeren waren en dat Jezus bovendien niet een werelds, maar een geestelijk koninkrijk voor ogen had. Jezus' familieleden werden vol verachting het paleis weer uit geschopt.

Daar was toch iets mee, dacht Pierre. *Met dat woord voor 'neven'...*

Pierre stond opnieuw op, nu om een ander boek te pakken. Hij herinnerde zich de beroemdste vertaalfout uit de Bijbel die de aanleiding was geweest voor de verering van Maria, de moeder van Jezus, als maagd. In het boek Jesaja stond het Hebreeuwse woord *ha'almah*, dat gewoon 'jonge vrouw' betekende. Als de profeet specifiek een maagd had bedoeld zou hij het woord *betulah* gebruikt hebben. In het Nieuwe Testament was *haʾalmah* echter met het Griekse *parthenos* vertaald en dat betekende 'maagd'.

De macht van het woord… Pierre had het idee iets op het spoor te zijn, maar hij kon zijn vinger er nog niet goed op leggen.

De vingers van zijn rechterhand gleden over de ruggen van de boeken op de plank. 'Ha,' zei hij triomfantelijk. 'Dit is het.'

Marco

Venetië, 5 juli

Vanaf het centraal station had Marco direct een taxiboot naar het Marciana genomen. Giacomo had hem 500 euro meegegeven. Daarmee kon hij de hotelkamer en het treinkaartje betalen.

Eenmaal in het bootje durfde hij zijn telefoon weer aan te zetten. Hij zag dat hij meerdere gemiste oproepen had; allemaal van Luigi.

Marco luisterde de drie berichten op zijn voicemail af, die steeds dringender – en dreigender – van toon werden. Het liefst had hij de confrontatie willen uitstellen, maar hij besefte dat hij die vroeg of laat toch aan moest gaan.

Dan maar vroeg.

Al na één keer overgaan, nam Luigi op. 'Waar ben je?' schreeuwde hij.

'Rustig.' Marco probeerde hem te kalmeren. 'Maak je geen zorgen. Alles ligt op een veilige plek.'

'Waar?'

'Ik ben nu op weg naar de bibliotheek om het boek terug te brengen,' zei Marco snel, de vraag van Luigi negerend.

'Zonder...'

'Ja, natuurlijk,' zei Marco geïrriteerd. 'Ik zei toch dat het veilig is. Je kunt me vertrouwen.'

'Goed, goed,' zei Luigi, veel rustiger nu. 'Ik was alleen geschrokken. We wisten niet waar je was.'

'We?'

'Ik, bedoel ik. Ik wist niet waar je was,' herstelde Luigi zich. 'Wat is nu je plan?'

'Zoals ik al zei: ik breng het boek nu terug,' herhaalde Marco. 'En dan verschijn ik morgen gewoon weer op mijn werk.'

'Maar er is nu niemand,' zei Luigi. 'Alleen de nachtwakers.'

'Des te beter toch?' zei Marco. 'Ik heb mijn toegangspas. Ik zeg gewoon dat ik iets ben vergeten en dat het dringend is.'

'Oké,' zei Luigi. 'Leg het maar terug. Dan voeren we het boek morgen in het systeem in.'

Marco verbrak de verbinding. Hij keek naar de lichtjes van de huizen en van de lantaarns waar ze aan voorbijvoeren, alsof de stad zelf één groot drijvend schip was.

Alea jacta est. De teerling is geworpen.

'Luister naar mijn hulpgeroep,' zong hij zachtjes de eerste verzen van de vijfde psalm voor zich uit. 'Mijn koning en mijn God, tot u richt ik mijn bede.'

De verfrissende wind in zijn haren en de zilte geur van de zee maakten dat hij iets begon te ontspannen. Ook het telefoongesprek met Luigi was beter gelopen dan hij van tevoren had verwacht.

'U bent een God die zich niet verheugt in het kwaad. Bij u is de misdaad niet welkom.'

De golfjes braken tegen de boeg en klotsten er af en toe overheen.

'Maar ik mag door uw grote liefde uw huis binnengaan.'

Pierre

Pierre had gretig verder gelezen. Hij zat nog steeds op de bank, inmiddels met een behoorlijke stapel boeken naast zich. En hij had gevonden wat hij had gezocht. Als er in het Nieuwe Testament over de broers van Jezus werd gesproken, dan stond er het Griekse woord *adelphos* en dat betekende zonder enige dubbelzinnigheid 'broer'. In het geval van een 'neef' zou men het woord *anepsios* hebben gebruikt. De kerk had nog geprobeerd zich eruit te redden door te zeggen dat het 'broeders van de Heer' waren zoals immers alle christenen broeders en zusters van elkaar waren. Maar dat was weer typisch zo'n kronkelredenering die nog geen seconde standhield als je er ook maar iets langer bij stilstond. Op alle andere plekken in de Bijbel waar 'adelphos' stond, ging het om broers, dus waarom in het geval van Jezus niet?

'Of je nog een glas wijn wilt?' hoorde hij Susanna plots zeggen.

'Sorry, ik hoorde je niet,' verontschuldigde hij zich. 'Ja, lekker. Graag zelfs.'

'Ik hoefde het maar drie keer te vragen,' zei Susanna en ze glimlachte. 'Waar ben je zo door gegrepen?'

'Maagdelijkheid,' zei hij. 'Ik bedoel: de maagdelijkheid van Maria, de moeder van Jezus.'

'Mannen...' zei ze spottend. 'Mannen en hun eeuwige obsessie met maagden.'

'Tja. In het geval van Jezus is het een soort noodgreep geweest natuurlijk. Maria moest een zondeloos kind baren, dus mocht zij zelf ook op geen enkele manier bezoedeld zijn.'

Susanna schonk de wijn in en nam tegenover Pierre plaats in een fauteuil. 'Maar er staat toch duidelijk…' zei Susanna nadenkend. 'Ergens bij Matteüs volgens mij. Er staat dat Jozef het wonderlijke nieuws van Maria's zwangerschap hoort en dan iets als: "Maar hij had geen gemeenschap met haar gehad voordat ze haar eerstgeboren zoon gebaard had." Daarna dus wel, zou je denken.'

'Ja, precies. En bovendien: waarom zou je over je "eerstgeboren" zoon spreken als je verder geen andere kinderen hebt gekregen?'

'Inderdaad.'

'Ik zit te lezen over het graf van Talpiot,' zei Pierre. 'En over hoelang na Jezus' dood zijn neven zouden zijn gearresteerd. Alles wijst erop dat het geen neven, maar nazaten van Jezus waren.'

'Zijn kinderen?'

'Nee, zijn kleinkinderen, zei Pierre. 'Er zit echt een generatie tussen. En bizar genoeg is het allemaal al uitgezocht.' Hij merkte hoe een enthousiast vuur binnen hem oplaaide. 'Ik vertelde je toch over dat beenderkistje dat in het nieuws kwam omdat er "Jakobus, zoon van Jozef, broer van Jezus" op stond? Analyse bewijst nu dat het kistje van Jakobus ook uit de Talpiottombe kwam. Het patina – zeg maar de chemische afdruk – van het ossuarium van Jakobus was voor de volle honderd procent identiek aan dat van het Jezusgraf in Talpiot.

'Ongelofelijk. Maar… dat Jakobuskistje kwam toch niet voor op de inventarislijst van de tien kistjes uit dat Talpiotgraf?'

'Dat klopt. Van de tien ossuaria die in het Talpiotgraf zijn gevonden, hebben er maar zes een inscriptie. Maar in de opslagplaats van het Israëlische departement van oudheden staan maar negen van de tien kistjes. Eén kistje zou zoekgeraakt zijn.'

'Een administratief foutje?'

'Nee hoor. Het is heel simpel. Toen het graf door archeologen werd onderzocht, hadden ze een paar kistjes buiten in de zon gezet om te drogen en met de bedoeling ze daarna naar de opslagplaats te transporteren. Eén van die kistjes moet gestolen zijn, waarschijnlijk omdat het zo'n mooie duidelijke inscriptie had en daarom heel veel waard zou zijn.'

'En dat zou dan het Jakobuskistje zijn geweest, waarover al die heibel is ontstaan?'

'Ja. En dat ondersteunt ook de waarheidsclaim van het Talpiotgraf. Van de negen kistjes die nu in het Israëlische departement van oudheden zijn opgeslagen dragen er dus zes een inscriptie. Het gaat om Jezus – de zoon van Jozef; Juda – de zoon van Jezus; Maria – de moeder van Jezus; Jozef – de broer van Jezus; Matteüs –waarschijnlijk de halfbroer van Jezus en Mariamme e Mara –Maria Magdalena. Nu waren Jozef, Maria en Jezus namen die in die tijd heel veel in de regio rond Jeruzalem voorkwamen. Een statisticus van de Universiteit van Toronto heeft berekend dat ongeveer acht procent van de bevolking in die tijd één van deze namen droeg. Maar de kans dat de namen in de Bijbelse combinatie binnen één familie zouden voorkomen was zeer veel kleiner. Dat is logisch. Statistisch komen bijvoorbeeld de individuele namen John, Paul en George in onze wereld zeer veel voor, maar als je ze tegenkomt in combinatie, met daarbij ook bijvoorbeeld nog de naam Ringo, dan gaat er toch wel een lampje branden, zelfs voor mensen die geen fan van The Beatles waren.'

'En als je daar het Jakobuskistje aan toevoegt, wordt de waarschijnlijkheid dat we met het echte graf van Jezus te maken hebben nog veel groter?'

'Precies! En het wordt nóg mooier,' zei Pierre. 'Je kent James Cameron toch?'

'De regisseur van *Titanic*?'

'Ja, onder andere. Cameron had voor de persconferentie ter gelegenheid van de première van de film over het Talpiotgraf twee beenderkistjes van de Israëlische overheid geleend. Het waren de kistjes met de inscripties van Jezus en Mariamme, Maria Magdalena dus. Toen die kistjes in New York tentoon waren gesteld heeft hij naar de aangekleefde restjes in de kistjes DNA-onderzoek laten doen. Daarbij werd zonneklaar dat deze Jezus en Maria Magdalena geen familie van elkaar waren. Als ze allebei in zo'n intiem graf met tien kistjes zijn bijgezet en ze zijn geen familie, dan kan het bijna niet anders dan dat ze man en vrouw waren. Verder onderzoek naar dat kistje van Juda, de zoon van Jezus, zou duidelijkheid kunnen brengen.'

'En waarom wordt dat dan niet verder onderzocht?' Susanna leek nu werkelijk geïnteresseerd.

'Ja, wat denk je? De implicaties zouden groot zijn. Te groot. Dan is een huwelijk tussen Jezus en Maria Magdalena plots geen Dan Brown-achtige fictie meer. Dan blijken ze kinderen te hebben gekregen en die hebben weer kinderen gekregen. Het zou alles op zijn kop zetten. Ik denk dat ze er daarom voor kiezen om het maar zo te laten. Het graf van Jezus, zijn botten… Dat zou de doodsteek voor de Kerk betekenen. Twintig eeuwen lang iets verkondigen wat helemaal niet waar blijkt te zijn: de opstanding van Jezus in zijn fysieke lichaam.'

'Terwijl voor mij…' zei Susanna peinzend. 'Voor mij zou zo'n aardse Jezus die getrouwd was, een relatie had en samen met zijn vrouw kinderen kreeg juist heel aantrekkelijk zijn. Die andere Jezus is zo'n perfecte, onaardse figuur dat het moeilijk is je ertoe te verhouden – of hem na te volgen. Juist dat menselijke vind ik mooi, dus als dit zou uitkomen, zou het christendom voor mij alleen maar aan aantrekkingskracht winnen.'

'Je hebt gelijk,' zei Pierre. 'Maar de Kerk ziet dat dus anders…'

Susanna nam het laatste slokje van haar wijn. 'Ik ga zo maar eens naar bed. Kom je mee?'

'Oké,' zei Pierre. Hij stond op en volgde haar naar boven.

Marco

'Ik ben mijn telefoon vergeten,' zei Marco tegen de nachtwaker die in de centrale hal achter zijn bureau zat. 'Ik kwam er thuis pas achter.'

'Geen probleem, Marco,' antwoordde de man met een gebaar dat hij door kon lopen.

Het plastic tasje probeerde Marco zo nonchalant mogelijk in zijn hand te houden, zich afvragend of de portier zou weten wat het was als hij Marco dwong het te laten zien. Hij moest zich inhouden om niet te rennen.

'Signore Visconti!' Een luide stem galmde door de hal op het moment dat Marco zijn voet op de eerste trede van de trap wilde zetten.

Hij wilde net doen alsof hij zo diep in gedachten verzonken was dat hij zijn naam niet had gehoord, maar toen klonk zijn naam nog een keer. Luider deze keer. Achter zich hoorde hij voetstappen zijn kant op komen.

Het was de portier die zijn kant op kwam gesneld.

'U mag geen tassen mee naar binnen nemen,' zei hij, licht hijgend. 'Protocol. Ik weet, het lijkt een beetje overdreven allemaal... U werkt hier, er is verder niemand, maar regels –'

'Zijn regels,' zei Marco, op een zo rustig mogelijke toon. Voor zijn gevoel had hij onmiddellijk een knalrood hoofd gekregen. 'Ik begrijp het.'

'En ook al is het maar een klein tasje,' zei de man. 'Het punt is: als we uitzonderingen gaan maken, is het eind al snel zoek.'

'*Stessi monaci, stessi cappucci,*' grapte Marco. Gelijke monniken, gelijke kappen. Het was een uitdrukking die hij een Nederlandse academicus een keer in een lezing had horen gebruiken. Het bleek een Nederlands gezegde te zijn geweest, dat Marco sindsdien vaak had gebruikt.

'Precies,' zei de portier, die de grap niet leek te hebben begrepen, maar die wel opgelucht leek. 'Zal ik de tas even van u overnemen?'

Marco reikte het tasje in zijn richting, maar liet het niet los. Voor even leken ze op twee kinderen in een peuterspeelzaal die allebei hun begerige oog op hetzelfde stuk speelgoed hadden laten vallen.

'Nou, eigenlijk...' begon Marco. Zijn hersenen maakten overuren. *Waarom heb ik dan ook niet gewoon tot morgen gewacht?* Hij wilde zo graag van het boek af zijn, dat hij niet tot de volgende dag had kunnen wachten. Toen besloot hij maar openheid van zaken te geven. 'Ik ben niet helemaal eerlijk geweest tegen je,' zei hij. 'Tegen de regels in had ik een boek meegenomen om dat te kunnen... om dat te kunnen vergelijken met een soortgelijke uitgave in mijn persoonlijke bibliotheek.'

'Maar waarom heeft u dát boek niet mee naar hier genomen dan?' vroeg de portier.

'Ja, goed punt,' moest Marco toegeven. 'Ik ben nieuwsgierig én ongeduldig. Dat is een van mijn vele... zonden.' Hij trok het boek naar zich toe waardoor de man zich gedwongen zag los te laten. 'Vergeef me. Ik was teruggekomen om het terug te leggen, zodat niemand –'

'Marco,' klonk het opnieuw. Deze maal kwam de stem van bovenaan de trap. Het was Agostine Barbarigo. 'We hebben je gemist vandaag,' zei hij. 'Wat doe je zo laat nog hier?'

'Ik...' begon Marco, terwijl hij hard in het hengsel van het tasje kneep omdat het anders uit zijn bezwete hand zou glijden. 'Wat doet ú zo laat nog hier?'

'Ach, een man alleen... Wat moet ik thuis?' Met een glimlach die Marco wat geforceerd aandeed, kwam hij naar beneden gelopen. 'Dan zit ik net zo lief hier, tussen de boeken.'

Agostines blik gleed naar het tasje dat Marco in zijn handen had.

'Met Luigi is het weer goed, hoorde ik?' zei Marco. 'Wat een schrik was dat gisteren.'

'We dachten dat jij hulp was gaan halen, maar Alesandra vertelde me –'

'Ik was erg... onder de indruk,' stamelde Marco, terwijl de tas in zijn hand steeds zwaarder leek te worden. 'Als kind heb ik… Een leraar van mij, voor de klas… Hij heeft het maar net overleefd. Dat kwam allemaal terug, ik was als verlamd.'

'Dat begrijp ik,' zei Agostine en hij legde een hand op Marco's schouder. 'Zulke ervaringen kunnen erg indrukwekkend zijn.'

Marco knikte.

'Maar je hebt nog geen antwoord gegeven op mijn vraag,' zei Agostine. Hij toonde een beminnelijke glimlach, maar zijn ogen stonden kil.

'Ik, eh…'

'En wat zit er in die tas die je zo krampachtig vasthoudt?'

Marco

Precies op het moment dat Agostine zijn hand van Marco's schouder af haalde en zijn arm uitstrekte om het plastic tasje van hem over te nemen, griste de portier het weg. 'Ik had signore Visconti er al op aangesproken dat niemand een tas mee naar binnen mag nemen,' zei de man, terwijl hij zich achteruitlopend van hen verwijderde. 'Ik zal het achter de balie bewaren.'

'Dank je wel, Riccardo,' zei Marco luchtig.

'*Stessi monaci...*' zei de portier nog met een knipoog voor hij zich omdraaide.

'*Stessi cappucci*,' maakte Marco de zin af.

Agostine hield het hoofd een beetje schuin, alsof hij niet helemaal begreep wat zich zojuist vlak voor zijn ogen had afgespeeld.

'Riccardo heeft gelijk ook,' zei Marco, die zijn zelfvertrouwen zichtbaar had herwonnen. 'Regels zijn regels. Ik was teruggekomen omdat ik mijn telefoon was vergeten. De enige plek waar die kan liggen, is in het kantoortje van Luigi. Van Luigi en mij. Dus als u het me niet kwalijk neemt...' Met een vriendschappelijk gebaar sloeg Marco de oude man een paar keer zacht op de rug, alsof hij een dier was dat gerustgesteld moest worden. Hij passeerde hem, maar net toen hij dacht een vrije doorgang te hebben, voelde hij hoe de benige hand van Agostine de zijne vastgreep, als een klauw.

'Ik houd je in de gaten,' siste Agostine.

Marco gebruikte zijn vrije hand om zich los te maken. 'Ik geloof niet dat dat nodig is hoor,' zei hij. 'Ik zou niet weten waarom.'

Zonder op een antwoord te wachten, liep Marco naar boven, rechtstreeks naar zijn kantoor. Hij bleef er net lang genoeg om geloofwaardig over te komen en ging weer naar de centrale hal waar Riccardo hem handenwringend stond op te wachten.

'Wat is er, Riccardo?'

'Signore Barbarigo dwong me je tasje aan hem af te geven.'

'Wat?'

'Wat kon ik doen? Hij is de baas hier.'

'En nu?'

'Hij maakte het open, haalde het boek eruit en beende weg. Duidelijk kwaad.'

Hoe kon ik zo stom zijn? Waarom heb ik niet rustig tot morgen gewacht? Marco ademde een paar keer diep in en uit. 'Ik leg het hem morgen wel uit,' zei hij. 'Dan begrijpt hij het wel. Komt goed.'

'Ja, dat denk ik ook,' zei Riccardo opgelucht. 'Ik kon niet anders dan –'

'Begrijp ik,' zei Marco, hem geruststellend. 'Er is helemaal geen probleem. Ik had het niet mee naar huis moeten nemen, maar nu is het gewoon weer terug waar het hoort.'

Ze namen afscheid en Marco verwelkomde de avondlucht die zijn verhitte hoofd afkoelde.

Hij had nog geen paar passen gedaan of daar stapte iemand uit de schaduw van een gebouw naar voren.

'Dáár ben je,' klonk een stem, die zich duidelijk moest inhouden om niet te schreeuwen.

Marco herkende de stem onmiddellijk.

Ook dat nog.

Luigi.

Marco

Venetië, 5 juli

'Kom,' zei Luigi eenvoudig en hij liep voor Marco uit in de richting van de aanlegsteiger.

Een onbemand bootje dobberde op de kabbelende golfjes van het Bacino San Marco, waar Luigi in stapte. 'We gaan een eindje varen,' zei hij, terwijl hij Marco met een handgebaar uitnodigde.

Marco's eerste neiging was om weg te vluchten, maar hij besefte dat hij op dit moment al genoeg problemen had. Luigi zou binnen het Marciana weleens een heel belangrijke bondgenoot kunnen blijken – misschien wel zijn enige.

Toen ze beiden aan boord waren, startte Luigi de buitenboordmotor, die een zacht pruttelend geluid voorbracht en kleine pufjes rook uitstootte. Hij ging op de smalle rand van de achtersteven zitten, de handgreep van de motor vasthoudend om te kunnen sturen.

Marco nam plaats op de enige brede zitplank in het midden van de boot, met zijn gezicht naar Luigi gericht.

Op de bodem lagen twee korte houten roeispanen, die er verweerd maar robuust uitzagen.

Als een ervaren bootsman stuurde Luigi de Rio del Palazzo in, die achter de Basilica di San Marco langs liep. Al snel voeren ze onder de beroemde Ponte dei Sospiri door, de Brug der Zuchten, een van populairste bestemmingen in de stad. De overlevering wilde dat twee mensen die, in een gondel gezeten, elkaar onder deze brug kusten, voor eeuwig verliefd zouden zijn.

De brug, die het Palazzo Ducale, het Dogepaleis op de Piazza San Marco, met de oude gevangenis verbond, had een sinistere geschiedenis. Weinig kussende toeristen beseften echter dat de naam 'zuchten' niet naar iets romantisch verwees.

'Je weet dat veroordeelden vroeger over deze brug moesten lopen voordat ze in de kille en vochtige kerkers werden opgesloten?' vroeg Luigi op het moment dat ze kort in het duister verdwenen. 'De gevangenen zagen via de raampjes van de brug voor de laatste keer het daglicht. De "zuchten" slaan op hun gezucht op weg naar hun bestemming.'

Een vaag gevoel van onbehagen bekroop Marco.

Waarom vertelt hij dit uitgerekend nu? Ieder Italiaans schoolkind kent dit verhaal...

'De veroordeelden wisten dat dit waarschijnlijk de laatste stappen waren die ze ooit buiten de gevangenismuren zouden zetten,' zei Luigi. 'Meestal stierven ze tijdens de eenzame opsluiting in de donkere kerkers, of werden ze zonder pardon geëxecuteerd.'

Marco wierp een steelse blik op een van de roeispanen en schatte in hoe snel hij er een in zijn hand zou kunnen nemen, mocht dat nodig zijn. 'En waarom vertel je me dit?' vroeg hij.

'Ik houd van geschiedenis,' zei Luigi, die ontspannen glimlachte. Met een weids armgebaar beschreef hij een halve cirkel. 'Over iedere brug, over iedere wijk, over iedere straat, over ieder huis waar we langs varen, zou je een boek kunnen schrijven.'

'Dat is waar.'

'Casanova heeft hier ooit opgesloten gezeten,' ging hij verder. 'Hij staat vooral bekend als vrouwenversierder, maar dat klopt niet. Eigenlijk was híj de slaaf die zich telkens opnieuw liet vangen in de verraderlijke valstrikken van de vrouw.' Luigi keek hem indringend aan.

Daar gaan we weer... 'En vergeet Galileo Galilei niet,' zei Marco. Hij probeerde het gesprek een andere kant op te sturen.

'Precies,' zei Luigi. 'Die nestbevuiler... Hij zal zijn straf in het hiernamaals niet hebben kunnen ontlopen.'

Marco moest zijn tanden op elkaar klemmen om te voorkomen dat hij een zinloze discussie zou aangaan. Galileo ontdekte dat Copernicus het bij het rechte eind had gehad en dat niet de aarde het centrum van het heelal was, maar dat de aarde juist om de zon draaide. In een rechtszaak die hij verloor, moest hij beloven de copernicaanse theorie niet meer in het openbaar te verdedigen. Pas driehonderdvijftig jaar na zijn dood, in 1992, sprak paus Johannes Paulus II een excuus uit waarmee Galilei's naam werd gezuiverd.

'*Eppur, si muove!*' mompelde Marco onhoorbaar voor zich uit. En toch beweegt ze...

Aan het einde van het kanaal sloegen ze links af, de Rio de San Zulian op die met een bocht naar rechts overging in de Rio de la Fava.

Door zijn eerdere bezoeken aan de stad was Marco enigszins vertrouwd met de loop van de kanalen. Toen ze de Rio del Fontego dei Tedeschi passeerden, ving hij een glimp op van het Grand Canal.

'Hadden we hier niet linksaf gemoeten?' vroeg Marco, bij wie de ongerustheid toe begon te nemen. 'Ik begrijp niet helemaal waarom we nu deze tocht maken. Ik waardeer het dat je me meeneemt, maar er is toch niets wat we niet ook morgen zouden kunnen bespreken?'

Ze staken een waterkruising over en voeren de Rio dei Miracoli op.

'Dat is mijn lievelingskerk,' zei Luigi, de vragen van Marco negerend. 'Kijk, de Santa Maria dei Miracoli. Dit wilde ik je laten zien. Een heel bijzonder gezicht zo vanaf het water, 's avonds als het rustig is.'

Marco moest toegeven dat Luigi gelijk had. Het was uitgestorven en het werd doodstil nadat Luigi de motor had uitgezet. Langzaam dreef het bootje uit, langs het kleine pleintje dat voor de kerk lag. Ze hadden een goed zicht op de façade die was opgebouwd op een fronton in een halve cirkel, veelkleurig marmer en valse kolommen middels pilasters.

'Vijftiende eeuw,' doceerde Luigi. 'Ook wel "de marmeren kerk" genoemd, een typisch voorbeeld van de vroege Venetiaanse renaissancearchitectuur. De architect was Pietro Lombardo, die ook de Scuola Grande di San Marco en de San Giobbe hier in Venetië bouwde. Met hulp van zijn zonen beeldhouwde hij veel graven, onder meer dat van Dante Alighieri in Ravenna. Maar dit... dit moet wel zijn mooiste werk zijn, gewijd aan de moeder Gods, aan Maria. De enige vrouw zuiver genoeg om die schitterende naam te dragen... Niet zoals die hoer van Magdala!'

Marco keek hem niet-begrijpend aan.

Ze waren bijna aan de kerk voorbij.

'En als je even opstaat en je omdraait,' zei Luigi. 'Dan kun je goed zien...'

Marco stond op. De boot wiebelde een beetje toen hij zich omdraaide. Op dat moment besefte Marco dat hij een grote fout had gemaakt.

Met een snelheid die Marco niet van de oude man had verwacht, had Luigi zich meester gemaakt van beide roeispanen. Ook hij was gaan staan. Eén spaan gooide hij in het water, buiten Marco's bereik. De andere hield hij dreigend in zijn handen, als een honkballer die wacht op een bal.

'Wat dóé je?' vroeg Marco.

'Dacht jij nou echt dat het toeval was dat die vellen uitgerekend in dat boek van Tertullianus zaten?' siste Luigi, de ogen tot spleetjes samengeknepen. 'Ik kon ze daar met geen mogelijkheid wegkrijgen... Het was een perfect plan! Totdat jij roet in het eten gooide.'

'Ik... Wat bedoel je? En, huh... Had jij ze al gelezen?'

'Jij had maar één taak,' negeerde Luigi zijn laatste vraag. Terwijl hij sprak, weken zijn lippen nauwelijks van elkaar. 'Maar één taak: en dat was het manuscript veilig te stellen. Die codex met de brief van Simon. Wat hij schrijft over Maria van Magdala... dat mag nooit naar buiten komen. Begrijp je? Nooit!'

'Maar het manuscript ís veilig.'

'Nee, het is in Bologna,' fluisterde Luigi zo zacht dat Marco hem nauwelijks kon verstaan.

'Maar... hoe weet je dat? Ik...'

'Dacht je dat ik helemaal achterlijk was? Het is bij die nieuwlichter Palazzo. Natuurlijk is het niet veilig daar. Maar we halen het op.'

'Hoe bedoel je: we halen het op?'

'Je hebt geen idee tegen wie je het hebt opgenomen,' zei Luigi, plotseling heel erg kalm. 'Geen idee. En dit... dit doet mij meer pijn dan het jou zal doen.'

'We kunnen hier toch uitkomen? Als broeders...'

Maar Luigi leek hem al niet meer te horen. 'Voor de laatste keer heb jij het daglicht gezien – of het avondlicht in dit geval.'

Marco opende zijn mond voor een schreeuw en hief zijn arm in een beschermend gebaar op, maar de klap van de roeispaan tegen de zijkant van zijn hoofd kwam snel en was fel. Een splijtende pijn trok door zijn schedel. In een reflex drukte hij een hand tegen zijn hoofd om het bloed uit de wond te stelpen. Daardoor was hij niet voorbereid op de volgende klap, zo mogelijk nog harder dan de eerste. Een kort moment wankelde hij, starend in het duivelse, van woede vertrokken gezicht van Luigi.

'*Moriturum saluto*,' zei Luigi. Ik groet hem die gaat sterven. Hij hief voor de derde keer de spaan en haalde opnieuw uit.

Marco voelde hoe zijn jukbeen en oogkas braken. Door het bloed dat in zijn ogen liep, zag hij niets meer. Hij probeerde op zijn knieën te zakken, maar voelde toen hoe Luigi met het hout tegen zijn borst duwde. Met gesloten ogen klauwde Marco voor zich uit – het voelde alsof hij tegen onzichtbare demonen streed. Een zacht duwtje tegen zijn bovenlichaam was genoeg om hem zijn evenwicht te doen verliezen en met een plons viel hij overboord. Toen hij tevergeefs naar adem hapte, gulpte het naar grond smakende water zijn mond binnen.

Ik zink weg in bodemloos slijk en vind geen grond voor mijn voeten... Marco voelde hoe hij naar de bodem zonk en hoe het hem aan iedere vorm van kracht ontbrak om zich hiertegen te verzetten.

'Heilige Maria, Moeder van God,' klonk het in zijn hoofd. 'Bid voor ons, zondaars, nu en in het uur van onze dood...'

Het was alsof er een sluier over zijn geest werd getrokken.

Geen deus ex machina, geen engel die uit de hemel neerdaalde en zijn reddende hand uitstrekte.

Alleen maar pijn.

Amen...

Duisternis.

DEEL II
SOFIA – PIERRE

Sofia

Bologna, 6 juli

Sofia lag in bed te woelen, in het niemandsland tussen slapen en waken in. Zo nu en dan dommelde ze even in, maar dan werd ze al snel weer wakker. Telkens tastte ze met een hand naar de plek waar Giacomo altijd lag, maar die was nog leeg. *Dit bed is veel te groot voor één persoon*, dacht ze terwijl ze zich voor de zoveelste keer omdraaide.

Na Marco's bliksembezoek had Sofia moeite gehad Giacomo ervan te overtuigen zijn door de artsen voorgeschreven rust te nemen. Pas toen ze boos haar bezorgdheid over zijn broze gezondheid had geuit, had hij willen luisteren.

Maar na het avondeten was hij weer zijn ouderwetse koppige zelf geweest. Hij wilde per se iets uitzoeken wat te maken had met wat hij en Marco die middag hadden besproken. Giacomo vertelde dat Marco hem een Oudgrieks manuscript afkomstig uit het Marciana ter beoordeling had voorgelegd dat vermoedelijk uit de eerste eeuw stamde. Het was mogelijk door Simon, de broer van Jezus, geschreven. Verder had hij er niets over kwijt gewild en Sofia had ook niet doorgevraagd. Ze was eraan gewend geraakt dat Giacomo op professioneel gebied buitengewoon discreet was. Dat irriteerde haar weleens en dan verdacht ze haar man ervan dat hij van de sfeer van geheimzinnigheid rond zijn werk genoot. Maar ze gunde hem dit pleziertje van harte. Bovendien begreep ze dat hij meer dan eens te maken kreeg met zeer kostbare artefacten en manuscripten die eigenaren in het volste vertrouwen van volledige geheimhouding aan hem hadden toevertrouwd.

Sofia was naar bed gegaan, gerustgesteld door Giacomo die had gezegd dat hij zich kiplekker voelde. Hij had haar verteld dat hij een professionele opwinding door zijn aderen voelde stromen die hij in lange tijd niet zo sterk had gehad.

Ze had hem welterusten gekust en had zich klaargemaakt voor de nacht.

Voordat ze het nachtlampje had uitgeknipt, had ze Pierre Delarue nog een mail gestuurd met een prijsvoorstel voor het schilderij waar zij en Giacomo hun zinnen op hadden gezet.

Sofia had geen benul hoe laat het was toen ze wakker schrok van een geluid. *Eindelijk.* 'Giacomo?' riep ze. 'Kom je naar bed, *amore mio?*'

Er kwam geen antwoord.

'Giacomo?'

Plots twijfelde ze of ze eigenlijk wel iets had gehoord. Het deed haar denken aan het advies dat een psychologe haar ooit gaf. 'Iedere gebeurtenis is in principe neutraal,' had zij gezegd. 'Jij bepaalt met je gedachten of het iets negatiefs of iets positiefs wordt.' En ze had precies dit voorbeeld gegeven. 'Je ligt in bed en hoort een geluid. De gedachte "het is een inbreker" maakt je bang en zenuwachtig. Maar als je denkt: het is de wind, dan draai je je lekker om en ga je verder slapen.'

Ze had deze les in haar leven vaak toegepast. Als iemand je op straat niet groette, hoefde dat niet te zijn omdat die persoon een hekel aan je had. Hij kon ook gewoon even in gedachten zijn geweest.

Het was de wind, besloot Sofia.

Ze draaide zich om en verzonk al snel in een diepe slaap.

Pierre

Cassis, 6 juli

Het was pas zes uur 's ochtends, maar Pierre was klaarwakker en hij voelde zich energiek. Hij liet zich uit bed glijden, zachtjes om Susanna niet wakker te maken. Toch kon hij niet voorkomen dat het dekbed deels van haar naakte lichaam af gleed. Voorzichtig drapeerde hij het weer over haar heen. Ze knipperde even met haar ogen, maar werd niet wakker.

Hij huiverde lichtjes. Met een glimlach overzag hij de wirwar van kleren op de grond, die ze als pubers van elkaars lijf hadden getrokken toen ze gisteravond eenmaal in de slaapkamer waren aangekomen. De intensiteit van hun vereniging leek heftiger dan anders te zijn geweest, alsof ze op dat terrein ook een nieuw begin hadden gemaakt.

In plaats van te douchen, besloot Pierre eerst een stuk te gaan hardlopen. Hij pakte zijn renkleding, kleedde zich aan en trok in het halletje zijn sportschoenen aan.

Net toen hij zijn oortjes had ingedaan en op zijn mobiel zijn hardloopafspeellijst wilde selecteren, zag hij dat Sofia hem een berichtje had gestuurd. Het was een allerhartelijkst bericht, geschreven op een toon alsof ze oude vrienden waren. Zij en Giacomo deden een bod op het schilderij, hoog genoeg om een beschaafd bod te zijn, maar als verkoopprijs voor hem en Pascal te laag. Hij appte terug.

> Wat fijn om van je te horen. Ik moet zulke zaken vanzelfsprekend met mijn baas overleggen, maar we komen hier vast wel uit. Ik sta op het punt een stuk te gaan hardlopen nu. Moet mijn teveel aan energie even kwijt! We hebben later nog contact.

Hij liet in de keuken een briefje achter voor Susanna, deed de deur van het slot, stapte naar buiten en draaide de deur achter zich dicht. Hij gespte zijn telefoon met een band om zijn bovenarm en stak de sleutel in het kleine zakje achter zijn broekband, terwijl de opwindende openingsriff van 'Eye of the Tiger' van Survivor klonk.

Al na een minuutje had Pierre zijn goede loopritme gevonden. *'So many times it happens too fast,'* zong hij mee. *'You change your passion for glory.'* Opgezweept door de muziek zette hij een tandje bij. *'Don't lose your grip on the dreams of the past,'* galmde zijn stem door de verlaten straten. *'You must fight just to keep them alive.'*

Sofia

Bologna, 6 juli

Sofia werd wakker doordat de telefoon, die vlak bij haar hoofd op het nachtkastje lag, trilde. Slaperig tastte ze ernaar, waarbij ze een paar keer misgreep en uiteindelijk de telefoon van het kastje stootte.

Door haar wimpers heen zag ze dat de wekkerradio kwart over zes aangaf. Zonder om te kijken greep ze met haar ene hand naar de vloer om haar telefoon te pakken en met haar andere hand naar achter om contact met Giacomo te maken.

Die lag niet in bed.

Dat is... vreemd, dacht ze, terwijl ze zich omdraaide. *Dan moet hij weer zo vroeg zijn opgestaan dat ik niets in de gaten heb gehad. Het moet wel iets heel bijzonders zijn wat hij nu onder handen heeft.*

Ze las het appje van Pierre dat net was binnengekomen. Natuurlijk was hun bod slechts als opening bedoeld, maar aan zijn reactie te zien, beschouwde hij het als een redelijke prijs om mee te beginnen. Ze appte hem terug dat ze vandaag nog contact met hem op zou nemen om de zaak verder te bespreken.

Sofia liet zich achterover op haar kussen vallen. Ze sloot haar ogen en visualiseerde hoe het zeelandschap in de woonkamer boven het dressoir zou hangen. Daar hing nu al jaren een ander achttiende-eeuws schilderij, waarop 'de kuise Susanna' stond afgebeeld, een populair thema in de beeldende kunst. Ze waren er inmiddels een beetje op uitgekeken en wilden het elders in huis op een minder prominente plek ophangen.

Susanna was een van die Bijbelse vrouwen wier schoonheid haar in grote problemen bracht. Maar dit verhaal kende wél een gelukkig einde, een van de redenen waarom Sofia het schilderij destijds graag had willen hebben.

Op een dag baadde Susanna, een zeer knappe en godvrezende vrouw, in een afgesloten tuin, ervan uitgaand dat niemand haar kon zien. Twee rechters hadden zich echter in haar tuin verstopt, ziek van verlangen om een blik op haar naakte lichaam te kunnen werpen. Uiteindelijk verlieten zij hun schuilplaats en deden ze Susanna oneerbare voorstellen. Als zij niet op hun avances inging, zouden ze haar wegens overspel aanklagen – een vergrijp waar de doodstraf op stond. De kuise Susanna weigerde resoluut, waarop de mannen haar inderdaad aanklaagden en zij ter dood werd veroordeeld.

De in het publiek aanwezige profeet Daniël gaf echter luidkeels te kennen dat hij het verhaal van de mannen niet geloofde. Hij ondervroeg hen onafhankelijk van elkaar en hun verhalen liepen zó uiteen dat het al snel duidelijk werd dat ze hadden gelogen. De straf die zij Susanna hadden toebedacht, ondergingen zij vervolgens zelf.

Ik ga zo ook maar eens baden, dacht Sofia. *Maar eerst even Giacomo goedemorgen wensen en koffie maken.* Ze stond op, liep naar de badkamer, trok haar ochtendjas aan en deed haar telefoon in een van de zakken.

Terwijl ze de trap afliep, zag ze dat de deur van Giacomo's werkkamer op een kier stond. Normaal gesproken hield hij die altijd goed gesloten.

'Giacomo?' riep ze, terwijl een onverklaarbare ongerustheid van haar bezit nam. 'Ben je daar?'

Een heel enkele keer ging haar man 's ochtends voor het ontbijt weleens wandelen om zijn gedachten te ordenen, maar de laatste keer was alweer een hele tijd geleden.

Sofia stond voor de deur en liet haar hand rusten op het glanzende hout dat koel aanvoelde. *Wat is er gebeurd?* Ze aarzelde met het openduwen van de deur, alsof ze daarmee iets onomkeerbaars in werking zou stellen. Na een ademteug opende ze toch nog resoluut de deur.

Giacomo zat aan zijn bureau, zijn bovenlichaam was voorovergevallen en zijn hoofd rustte op het tafelblad, alsof hij sliep.

'Giacomo!' gilde Sofia en half struikelend snelde ze naar hem toe. Ze legde haar hand op zijn wang en voelde hoe steenkoud die was, als van iemand die de nacht in de vrieskou had doorgebracht.

'Giacomo!' gilde ze opnieuw. *'Mi tesoro!'* Ze viel op haar knieën naast hem neer, met één hand de rand van het bureau vastgrijpend. Uit de wijde zak van haar ochtendjas pakte ze haar telefoon om 112 te bellen, maar aanvankelijk trilden haar vingers te erg om de toetsen te kunnen indrukken.

Sofia richtte zich op en wreef met de rug van haar hand in haar ogen om haar tranen weg te vegen. Nu lukte het om de drie cijfers in te toetsen. *Wat moet ik eigenlijk vragen,* dacht ze. *Ambulance? Politie?*

Plots viel haar de grote lege plek onder de tafel op. Door het stof op het tapijt dat zich eromheen had opgehoopt was de leegte nog beter zichtbaar. Aan de achterkant van het bureau bungelden de computerkabels zinloos in de lucht.

Sofia knipperde met haar ogen, hoewel ze wist dat ze het goed had gezien.

De computerkast was weg.

Bondini

Voor Enzo en Dario was het een koud kunstje gebleken om het huis van Palazzo binnen te dringen. Toen Dario telefonisch verslag deed, had hij bijna teleurgesteld geklonken. 'Dat beveiligingssysteem is hoognodig aan vervanging toe,' had hij gezegd.

Hij vertelde dat er in een kamer op de begane grond ondanks het nachtelijke uur nog licht had gebrand. Op hun hoede en klaar voor een eventuele confrontatie waren beiden naar binnen gegaan. Een man zat in zijn stoel, maar hij rustte met zijn hoofd en bovenlichaam op het bureau, alsof hij door vermoeidheid was overmand. Het werd hun al snel duidelijk dat dit niet het geval was.

Hij was morsdood.

'Mijn eerste impuls was maken dat we wegkwamen, maar Enzo hield gelukkig het hoofd koel,' zei Dario. 'Rustig liep hij om het bureau heen en op het scherm zag hij een afbeelding van een oud manuscript. Er was een mapje geopend waarin nog veel meer van dat soort foto's zaten.'

'Had dat mapje een naam?'

'Ja, het heette "Marco V", dus toen wisten we het zeker... Het was zo... eenvoudig allemaal.'

'Heel goed, heel goed.'

'We hebben de hele computer meegenomen plus alle aantekeningen die op het bureau lagen,' ging Dario verder. Hij klonk erg tevreden met zichzelf.

'En de codex zelf?'

'Enzo is nog een stuk de trap op gelopen, maar hij verstapte zich. We waren bang dat –'

'Dat wat?'

'Dat die vrouw wakker zou worden.'

'Ja, nou en?'

'En die dode man... Dat was ons ook niet in de koude kleren gaan zitten.'
Van de bravoure van kort ervoor leek nog maar weinig over.

Amateurs!

'Nee,' siste Bondini, 'maar die vrouw weet misschien wél of die codex in hun huis is en waar die dan ligt.'

'Ja, maar... dan hadden we met geweld... Dat was niet de afspraak. We zouden naar binnen gaan en dan die professor dwingen ons de codex te geven. Er zouden geen gewonden vallen, en zeker geen doden. Die Palazzo had niets kunnen doen, aangezien hij dat manuscript niet eens in zijn bezit had mogen hebben. Maar nu hij dood bleek... Dat veranderde de zaak.'

'Dat veranderde de zaak?' viel Bondini woedend uit. 'Wat zijn jullie voor een stel prutsers! Als jullie hadden doorgepakt...'

'Wil je die computer nou nog hebben of niet?' vroeg Dario, nu ook geïrriteerd.

'Ja, natuurlijk wil ik die hebben, idioot!' schreeuwde Bondini. 'Jullie hebben een gouden kans laten liggen! Die codex móét in dat huis liggen. Mijn hemel... Straks staat die vrouw op en ontdekt ze haar overleden echtgenoot. Dan komt de politie en wordt iedereen gealarmeerd. Ze komen erachter wat er met Marco Visconti in Venetië... Ze tellen één en één bij elkaar op.'

'Moeten we teruggaan?' klonk het verslagen.

'Nee, natuurlijk niet!' brieste Bondini. 'Kom onmiddellijk met die computer naar Rome. Ik laat anderen dit afhandelen, mannen die wél competent zijn.' Woedend verbrak hij de verbinding.

Ze beseffen niet half wat er op het spel staat.

Onmiddellijk belde hij de man die hij vaker voor dergelijke klussen had ingeschakeld. Enzo en Dario waren weliswaar toegewijde leden van de groep, maar ze waren geen doorgewinterde inbrekers. Bondini had spijt dat hij zich niet direct tot deze man en zijn compagnon had gewend. Hij kende hen alleen als 'Francesco' en 'Tedesco', de Fransman en de Duitser.

Francesco nam op. 'Pronto.'

'Gabriele hier,' zei Bondini. 'Ik heb een klus voor jullie. Er is haast bij.'

Pierre

Het hardlopen had Pierres overschot aan energie nog niet helemaal opgelost. Voor zijn gevoel had hij dezelfde tien kilometer, die hij binnen een kleine vijftig minuten had gerend, zonder enig probleem nog een keer kunnen lopen.

Eenmaal thuis deed hij zijn oortjes uit. Nog flink nazwetend dekte hij de keukentafel, perste sinaasappels en zette koffie. Vanuit de badkamer hoorde hij de douche lopen, dus Susanna was ook al vroeg op. Hij maakte de band rond zijn bovenarm los en keek op zijn telefoon naar de berichtjes die tijdens zijn hardlooprondje waren binnengekomen.

Sofia had hem teruggeappt en geschreven dat ze later op de dag nog contact met hem zou opnemen. Hij verheugde zich erop – ook omdat het contact vanuit hem bezien nu in een bepaald opzicht zuiverder was dan toen hij een paar dagen geleden met haar had gedineerd.

Na het ontbijt met Susanna belde hij Pascal in Milaan en ze spraken af tot welke prijs Pierre mocht zakken in zijn onderhandelingen met Sofia en Giacomo. Hij was al een mailtje aan het typen toen hij in een opwelling besloot Sofia gewoon maar rechtstreeks te bellen.

Ze nam haar telefoon al na één keer overgaan op, alsof ze hem in de hand had gehad toen hij belde.

'Pierre?' hoorde hij Sofia's stem op doffe toon zeggen. In niets leek dit op de sprankelende toon waarmee ze eerder nog zo geanimeerd had gesproken.

'Sorry, Sofia,' verontschuldigde hij zich direct. 'Ik... Als het niet goed uitkomt, dan bel ik op een later moment terug. Of ik mail –'

'Giacomo is dood.'

Sofia

Sofia zat op de bank in de woonkamer. Naast haar zat Rosa, haar beste vriendin sinds de eerste klas van de middelbare school. Nadat Sofia de politie en een ambulance had gebeld, had ze Rosa onmiddellijk gevraagd te komen. Die had alles uit haar handen laten vallen en was in nog geen kwartier bij haar geweest.

Pierre had vanuit Frankrijk gebeld, en ze had hem in een kort gesprek op de hoogte gesteld van het drama dat zich hier had afgespeeld.

De ambulance en de politie waren bijna tegelijkertijd gearriveerd. Op het dringende verzoek van de telefoniste had ze hun komst in de geopende voordeur afgewacht. Voor het geval er nog iemand in het huis is, had de vrouw uitgelegd.

'U moet even aan de lijn blijven,' had ze gezegd. 'Dat is standaardprocedure. We mogen de verbinding pas verbreken als we zeker weten dat mijn collega's zijn gearriveerd. Gewoon, voor de zekerheid.'

Toen de agenten en de ambulancebroeders waren aangekomen en Sofia hun had verteld dat haar man reeds was overleden en dat zijn computer leek te zijn verdwenen, was het allemaal niet meer zo standaard. Het was nu een mogelijke moordzaak.

Na een korte inspectie werd Giacomo's werkkamer afgesloten totdat de schouwarts, de recherche en een team voor het sporenonderzoek zouden komen.

De twee agenten die op de oproep waren afgekomen – en die de kamer voorlopig hadden verzegeld – hadden een korte inspectieronde door het huis gemaakt. Alles leek in orde te zijn geweest: er waren zo op het eerste gezicht geen braaksporen bij de ramen of de keukendeur naar de achtertuin te zien geweest. In geen van de overige kamers van het huis was er iets overhoopgehaald.

'En het alarmsysteem functioneert gewoon?' had een van de agenten gevraagd.

'Ja,' had Sofia geantwoord. 'Ook aan de achterkant. Gewoon… Er klinken piepjes als je binnenkomt en dan moet je een bepaalde code intoetsen. Als je dat niet binnen een minuut doet, gaat er een stil alarm af bij de centrale.'

'En die registreert ook op welke tijden het wordt geactiveerd en gedeactiveerd?' had zijn collega gevraagd.

'Ik neem aan van wel. Ik heb me daar nooit zo mee beziggehouden. Dat zou je moeten navragen.'

'Dat zullen we doen,' had de eerste agent gezegd. 'Al moet ik wel zeggen…' Hij keek zijn collega even kort van opzij aan. 'Nog los van wat hier precies is voorgevallen is het systeem dat u heeft sterk verouderd. In deze tijd… Laat ik het zo zeggen: je hoeft geen whizzkid te zijn om de code hiervan te kraken.'

'Ik… Ik zal ernaar laten kijken,' had Sofia gestameld.

Het had Sofia geërgerd dat de agenten haar dwongen om direct over dergelijke banale, praktische zaken na te denken. Gelukkig had Rosa vrijwel direct na dit gesprek aangebeld.

En nu zat Rosa naast Sofia op de bank, met haar linkerhand de rechterhand van Sofia omvattend.

'Ik denk dat er vannacht dan tóch misschien iemand naar boven is gekomen,' dacht Sofia hardop. 'Op een gegeven moment werd ik wakker omdat ik dacht iets te horen.' *Wat een waardeloos advies van die psycholoog dan eigenlijk*, dacht Sofia. *Soms is het dus gewoon wél een inbreker…* 'O, ik voel me zo schuldig,' zei Sofia. 'Ik…' Het lukte haar niet haar zin af te maken doordat haar keel zat dichtgeknepen. Ze maakte haar hand los van die van Rosa en begroef haar gezicht in haar beide handen. 'Dat hij daar beneden lag dood te gaan,' stamelde ze tussen het snikken door, 'terwijl ik me nog eens lekker omdraaide. Misschien hebben ze hem wel vermoord!'

'Sofia, *mia cara*. Zo moet je niet denken,' zei Rosa in een poging haar vriendin te troosten. 'Je kon dat toch niet weten? En Giacomo bleef toch vaker tot laat doorwerken en stond toch vaker vroeg op? Dit was normaal. Er was niets geks aan. Je moet jezelf niet zo kwellen. Dat is zinloos.'

'Ik weet het,' stamelde ze. 'Ik weet het, maar de gedachte dat hij daar in zijn eentje lag en dat ik gewoon in ons bed lag. Ik vind het zo zielig.' En opnieuw begon ze hartverscheurend te huilen.

Sofia werd door haar vriendin in de armen genomen totdat ze weer een beetje was gekalmeerd. Rosa schonk een glas water voor haar in, dat ze in een paar slokken achteroversloeg.

Met een lege blik staarde Sofia naar de geblakerde houtblokken in de open haard. Het was nog maar zo kort geleden dat Giacomo en Marco hier samen voor een knapperend haardvuur hadden gezeten.

'Marco!' riep ze geschrokken uit.

'Marco?' vroeg Rosa.

'Ik moet hem bellen. Hij was hier gisteren om iets met Giacomo te bespreken. Hij moet het weten.' Ze pakte haar telefoon en belde Marco.

Na drie keer overgaan hoorde ze zijn stem. 'Hallo, met Marco Visconti.'

'Marco!' onderbrak ze hem. 'Luister! Alsjeblieft. Giacomo is dood, hij –'

'...kan ik de telefoon niet aannemen,' hoorde ze hem onverstoorbaar verder praten. 'Maar als je een bericht achterlaat na de piep, dan bel ik je zo snel mogelijk terug.'

Pieeeeeeeeeep.

Pierre

'Ik moet terug naar Italië,' zei Pierre.

Hij was ontzettend geschrokken toen Sofia hem van Giacomo's dood had verteld. Bij de overdaad aan energie die hij deze morgen nog had gevoeld, was nu heel veel onrust gekomen.

'Voor dat schilderij?' vroeg Susanna. 'Kan Pascal dat niet afhandelen? Hij is er toch al.'

'Nee, voor de begrafenis,' zei Pierre geïrriteerd. 'Maar ook voor dat schilderij, ja.'

'Ik denk niet dat Sofia dat nu erg belangrijk vindt, denk je ook niet?'

'Ik weet niet. Het is... Ik voel een grote behoefte om de begrafenis bij te wonen. Nog maar twee dagen geleden zakte die man in onze stand in elkaar. En nu is hij dood.'

'Maar je kende hem toch helemaal niet?'

'Nee, dat weet ik,' gaf Pierre toe. 'Het is ook niet iets rationeels. Ik vind het te bizar dat ik deze man nog maar pas in levenden lijve heb gezien en dat hij er nu niet meer is.'

'Knappe vrouw? Die Sofia?'

'Ja, een heel knappe vrouw,' antwoordde Pierre iets te snel. 'Ik bedoel, het is een heel mooie vrouw, maar dat heeft hier niets mee te maken. Echt niet.'

Susanna keek hem onderzoekend aan, alsof ze zijn aura las om zijn ware bedoelingen te peilen. De vorige dag bereikte harmonie leek voor een kort ogenblik te zijn verdwenen.

'Ik vertrouw jou, Pierre,' zei Susanna toen gedecideerd. 'Dat is het punt niet. Ik vind het alleen vreemd dat je per se de begrafenis wilt bijwonen van een man die je nog geen vijf minuten hebt gesproken.'

'Het is ook vreemd,' zei Pierre. 'Maar toch...'

'Het is al goed,' zei Susanna. 'Wil je vandaag nog vertrekken?'

'Met de auto is het iets meer dan zes uur rijden naar Milaan voor het schilderij,' dacht hij hardop na. 'In twee etappes van drie uur... En dan morgen door naar Bologna.'

'Maar we hebben die afspraak bij de bank morgen,' zei Sofia. 'Je weet hoeveel daarvan voor ons afhangt.'

'Ik weet het.'

'Eergisteren kon ik het voorgesprek in mijn eentje voeren, maar ze gaven wel aan dat ze het fijn zouden vinden als jij er morgen wel bij zou zijn.'

'Het spijt me, maar dit kan niet wachten,' zei Pierre. 'Ik heb er alle vertrouwen in dat jij dit goed afhandelt. Je kunt me altijd bellen.'

'Hm.'

Als om verdere tegenwerpingen voor te zijn, maakte Pierre haast met het inpakken van een reiskoffertje, waarmee hij in nog geen tien minuten klaar was. Op het laatste moment had hij er nog wat leesvoer bij gedaan, waaronder het boek *Het graf van Jezus* waarin hij de avond ervoor zo gefascineerd had zitten lezen.

'Goed dan,' zei Susanna, die zich bij Pierres vertrek leek te hebben neergelegd. 'Ik zal je op de hoogte houden.'

Bij het afscheid omhelsden ze elkaar wel vijf minuten lang stevig, alsof Susanna hem fysiek wilde inprenten geen gekke dingen in zijn hoofd te halen.

Toen hij een uurtje onderweg was, liet Pierre zijn gedachten nog eens over het hele gebeuren gaan. Hij begreep wel dat het allemaal wat vreemd overkwam, maar diep vanbinnen wist hij dat zijn motieven zuiver waren.

Deze keer wel.

Sofia

De hoge pieptoon van Marco's voicemail resoneerde op een onaangename wijze in Sofia's hoofd, alsof er iemand van heel dichtbij in haar oor gilde. Ze staarde naar de telefoon alsof ze voor het eerst van haar leven een mobieltje zag. Ze verbrak de verbinding, maar belde direct erna opnieuw. Deze keer liet ze wel een boodschap achter.

'Ik heb slecht nieuws, mijn lieve Marco,' zei ze op een toon zo kalm en beheerst dat het haar zelf verbaasde. 'Giacomo is overleden. Het is... Misschien is het toch zijn hart geweest.' *Even geen paniek zaaien nu.* 'Bel me alsjeblieft zo snel mogelijk terug.' Ze wilde ophangen, maar zei toen nog snel: 'En pas alsjeblieft goed op jezelf!'

'Wat was dat?' vroeg Rosa, toen Sofia had opgehangen.

Op dat moment klonk een korte, dringende klop op de deur, die vrijwel direct erna openzwaaide.

'Mevrouw Palazzo,' zei een van de agenten die al in het huis waren. 'Hier zijn de inspecteurs. Zij willen u graag spreken.'

'Dat is goed,' zei Sofia.

De twee inspecteurs kwamen de kamer binnen.

'Mijn naam is Mauricio Bellini,' stelde de oudste van de twee zich voor. Het was een vijftigplusser, met kort grijs haar en een keurig getrimd grijs borstelsnorretje. 'En dit is mijn partner Milan Donato. Allereerst onze condoleances.' Hij keek haar met een sombere blik aan.

'Bedankt,' zei Sofia.

'En nu...' zei Mauricio. 'We willen u graag een paar vragen stellen. Aan u alleen.'

'Dat is goed,' antwoordde Rosa, die zich daarna tot Sofia richtte. 'Ik ga wel even naar de keuken. Maak je geen zorgen, ik ga nergens heen. Je staat er niet alleen voor.'

Sofia knikte afwezig, alsof Rosa's woorden niet helemaal tot haar waren doorgedrongen.

'Het spijt me voor u,' zei Mauricio toen Rosa was weggegaan en hij en zijn collega hadden plaatsgenomen. 'Ik begrijp heel goed dat uw hoofd hier totaal niet naar staat, maar voor ons is het belangrijk om zo snel mogelijk aan de slag te gaan.'

Milan nam het van hem over. 'De eerste vierentwintig uur –'

'Het is al goed,' zei Sofia. 'Ik weet toch niet wat ik met mezelf aan moet op dit moment. Hoe sneller dit achter de rug is, hoe beter.'

Heel precies vertelde Sofia de inspecteurs wat er was gebeurd, hoe ze Giacomo had gevonden, hoe ze zag dat de computerkast ontbrak, hoe ze 's nachts een gerucht op de trap had opgevangen, maar ook over Giacomo's hartaanval eerder op de beurs van Milaan en het bezoek van zijn oud-student Marco Visconti.

Beide inspecteurs maakten driftig aantekeningen, haar af en toe onderbrekend met een vraag om iets toe te lichten.

'Enig idee wie of wat achter een eventuele inbraak zou kunnen zitten?' vroeg Milan.

'Eventuele inbraak?' vroeg Sofia. 'Zijn computer is toch weg? Die is niet uit zichzelf weggewandeld.'

'U heeft gelijk,' excuseerde Milan zich. 'Maar een computerbehuizing… Mijn eerste gedachte is dat het de inbreker niet daarom gegaan kan zijn. Zoiets brengt op de zwarte markt nog geen vijftig euro op. Het moet iets anders zijn geweest.'

'En waar denkt u dan aan?'

'Heel eenvoudig. Aan de informatie die de persoon op de harde schijf hoopt aan te treffen.'

Sofia dacht diep na. 'Weet u,' zei ze. 'Mijn man is… Mijn man was…' Ze schoot vol en het kostte even om zich weer te hernemen. 'Mijn man was gespecialiseerd in oude handschriften. Mensen uit binnen- en buitenland schakelden hem in om de echtheid van documenten vast te stellen.'

'Doen ze dat niet in laboratoria?' vroeg Mauricio.

'Ja, ook,' zei Sofia. 'Het puur technische onderzoek waarbij ze kijken naar hoe oud papier of inkt is bijvoorbeeld. Maar Giacomo keek naar taalgebruik, zinsconstructies, woordkeus... Heel eenvoudig gesteld, als je nu een tekst leest waarin het woord "wifi" staat, weet je dat die niet vóór een bepaald jaar kan zijn geschreven, omdat er toen eenvoudigweg nog geen wifi was.'

'Dus?'

Sofia schudde het hoofd. 'Ik weet het gewoon niet. Het was puur academisch. Meestal werkte hij met foto's of facsimile's. Soms hebben we kostbare werken in huis, maar dat is altijd tijdelijk. En die borg hij dan boven in de kluis op.'

Volkomen synchroon keken de beide inspecteurs op.

'Een kluis?' sprak Mauricio als eerste. 'Zouden we die straks even mogen bekijken?'

'Natuurlijk,' zei Sofia. 'Geen probleem. We lopen zo wel even naar boven.'

'Maar verder?' vroeg Milan. 'Geen bedreigingen? Geen vreemde telefoontjes? Geen afspraken? Geen afwijkend gedrag?'

'Nee,' zei Sofia. 'Zoals ik al vertelde was Marco Visconti hier, een oud-student met wie Giacomo altijd een zeer goede band had. Marco was in zijn studententijd en ook erna nog kind aan huis hier, totdat hij als benedictijner monnik intrad in het Monastero San Pietro in Monteverdi Marittimo. Nu werkt hij tijdelijk in de Marciana-bibliotheek in Venetië.'

'Dan zullen we ook met hem contact opnemen,' zei Mauricio.

'Giacomo was echt enthousiast na Marco's bezoek,' zei Sofia. 'Hij zei dat hij zich in tijden niet zo goed had gevoeld. Daarom bleef hij ook nog tot laat op om dingen uit te zoeken.'

'Maar u heeft geen idee –'

'Nee, nee,' zei Sofia. 'Kijk, zelf geef ik kunstgeschiedenis op de Lerarenopleiding Geschiedenis hier in Bologna, maar waar Giacomo zich mee bezighield, was gewoon een ander terrein. Als Marco hier was... Ik ving weleens flarden van gesprekken op, maar zij konden zonder te overdrijven een uur volpraten over een bepaald voorzetsel of over de vervoeging van een werkwoord. Twee taalfanaten samen... Ik denk dat hun gesprek gisteren over zoiets is gegaan, maar dat zullen jullie Marco zelf moeten vragen.'

Mauricio sloeg zijn aantekenboekje dicht. 'U heeft ons uitstekend geholpen,' zei hij. 'We gaan hiermee aan de slag en dan –'

'De kluis,' onderbrak zijn collega hem. 'Daar zouden we nog een kijkje nemen.'

Sofia stond op en ging hun voor naar de kamer waar de kluis was. Ze haalde het schilderij weg en draaide aan de knop. Beide inspecteurs wendden hun blik af.

'Wilt u alles eruit halen en hier op de tafel neerleggen?' verzocht Mauricio.

In drie keer pakte Sofia de inhoud uit de kluis en spreidde die op de tafel uit.

Er waren twee bundeltjes geld bij, een van euro's en een van dollars, een rechthoekig kistje met juwelen van Sofia en een map die persoonlijke papieren bleek te bevatten zoals eigendomsaktes van het huis en van dat in Zuid-Frankrijk, de testamenten, bankpapieren, oorkondes en diploma's. Ten slotte waren er drie antiek ogende boeken, een stapel papier met papyrusvellen ertussen en twee enveloppen met oude documenten.

'Precies wat ik had verwacht hoor,' zei Sofia. 'Ik zie niks raars, maar ik kan natuurlijk de waarde of het belang van deze spullen niet inschatten. Dan zou er echt een expert bij moeten komen, een collega van Giacomo wellicht. Ik weet ook niet van wie deze zaken zijn.'

'Uitstekend,' zei Mauricio. 'Dat is een goed idee. Voor nu... Legt u alles maar weer terug in de kluis. Daar ligt het het veiligst lijkt me.'

Nadat Sofia alles weer had opgeborgen, vroeg ze zich hardop af of het niet vreemd was dat een inbreker de computer meeneemt, maar verder niets.

'U heeft hem waarschijnlijk in het trappenhuis gehoord,' zei Milan. 'Dus mogelijk is hij – of zijn zij – wel degelijk op zoek geweest naar iets.'

'Maar je zou denken dat ze mij dan uit mijn bed zouden hebben gehaald, niet?' vroeg Sofia. 'En mij zouden hebben gedwongen de kluis te openen?'

Mauricio dacht na. 'Een inbreker maakt altijd een risicoanalyse, een afweging tussen de kosten en de baten zogezegd. Misschien waren ze echt alleen op de computer uit.'

'Of ze komen later terug,' zei Milan.

Geschrokken keek Sofia hem aan.

Zichtbaar geïrriteerd keek Mauricio zijn jongere collega aan. 'Laten we niet al te zeer op de zaken vooruitlopen,' zei hij. 'Al heeft mijn partner toch wel een goed punt moet ik zeggen. Onze collega's vertelden dat het alarmsysteem wat achterhaald leek?'

'Dat zeiden ze, ja,' zei Sofia.

'In dat geval,' zei Mauricio, 'is het een goed idee om dat zo snel mogelijk te laten vervangen. Het liefst vandaag nog.'

Pierre

Gij zult geen overspel plegen... Het zesde van de tien geboden schoot door Pierres hoofd. Hij had ooit ergens gelezen dat men in vroegere samenlevingen van jagers en verzamelaars geen privébezit kende om de eenvoudige reden dat er niets was om te bezitten. Als je rondtrekt, kun je alleen meenemen wat je kunt dragen. Ook relaties tussen mannen en vrouwen zouden fluïde zijn geweest, want ook een ander mens kon nooit jouw bezit zijn. Mannen waren nooit zeker van hun vaderschap en zelfs dat was geen punt, omdat de kinderen óók weer niemands bezit waren geweest en door de hele groep werden opgevoed.

Pas toen de mens zich vestigde en bezit begon te verzamelen, begon de man zich zorgen te maken over wie zijn bezittingen na zijn dood zou krijgen. Die mochten alleen naar zijn eigen vlees en bloed gaan, dus vanaf dat moment claimde hij een vrouw en wilde hij dat zijn seksuele omgang met haar exclusief zou zijn.

Net als in veel andere samenlevingen waren ook in de Bijbel de straffen op overspel streng, zowel voor de man als voor de vrouw. Pierre had echter het idee dat de vrouw er in het algemeen meer op werd aangekeken dan de man.

Er was het beroemde verhaal van de overspelige vrouw, die door schriftgeleerden en de farizeeën bij Jezus werd gebracht. Ze zeiden tegen Jezus: 'Meester, deze vrouw is op heterdaad betrapt toen ze overspel pleegde. Mozes draagt ons in de wet op zulke vrouwen te stenigen. Wat vindt u daarvan?' Jezus antwoordde niet, maar hij bukte zich en schreef met zijn vinger op de grond. Toen ze bleven aandringen, richtte hij zich op en zei: 'Wie van jullie zonder zonde is, laat die als eerste een steen naar haar werpen.'

Pierre keek in de achteruitkijkspiegel en glimlachte, alsof hij dit verhaal aan iemand vertelde die op de achterbak zat.

Hoe verzin je zo'n antwoord... Briljant gewoon.

Toen ze dat hoorden gingen ze weg, een voor een, de oudsten het eerst, en ze lieten hem alleen, met de vrouw die in het midden stond.

De oudsten het eerst...

Jezus richtte zich op en vroeg haar: 'Waar zijn ze? Heeft niemand u veroordeeld?'

'Niemand, heer,' zei ze.

'Ik veroordeel u ook niet,' zei Jezus. 'Ga naar huis, en zondig vanaf nu niet meer.'

Pierre had zich altijd afgevraagd waar de man met wie de vrouw in kwestie overspel zou hebben gepleegd in dit hele verhaal was gebleven. Het bevestigde hem in zijn overtuiging dat het vrouwen zwaarder werd aangerekend.

Dat gold tot op de dag van vandaag.

Pierre ving een flard op van een liedje dat op de radio klonk.

Het is alsof de duivel ermee speelt...

Opnieuw glimlachte hij, terwijl hij het volume omhoog draaide.

Hey Joe.

'I'm going down to shoot my old lady,' zong Jimi Hendrix. *'You know I caught her messin' 'round with another man.'*

Nergens zong Hendrix dat hij ook de man zou gaan neerschieten.

Sofia

Sofia en Rosa stonden naast elkaar op de stoep voor het huis, de armen in elkaar gehaakt, alsof ze om zouden vallen als ze dat niet deden.

Het lichaam van Giacomo werd op een baar naar buiten gedragen. Sofia voelde zich zelfs te afgestompt om ook maar te kunnen huilen, terwijl haar man in de gereedstaande lijkwagen werd geschoven.

'Dit is te absurd,' zei Rosa, terwijl ze probeerde woorden te geven aan hun beider verbijstering.

Nadat de begrafenisondernemer de deuren van de auto zachtjes had dichtgedaan, draaide hij zich om en maakte hij een lichte buiging naar de beide vrouwen. Hij stapte in en reed langzaam weg.

Eerder op de middag had de schouwarts meegedeeld dat met betrekking tot de dood van Giacomo alles op een natuurlijke oorzaak leek te wijzen. De symptomen kwamen overeen met het gangbare beeld van een hartaanval. Hij raakte nog meer overtuigd van de juistheid van zijn analyse toen hij hoorde dat de overledene nog maar enkele dagen eerder vanwege dezelfde aandoening in het ziekenhuis had gelegen.

Het forensisch team had zijn sporenonderzoek afgerond en Giacomo's werkkamer en de keuken waren vrijgegeven – de rest van het huis was dat al. De inspecteurs hadden afscheid genomen, nadat ze allebei hun kaartje hadden afgegeven met daarop hun nummer waarop ze vierentwintig uur per dag bereikbaar zouden zijn.

Vlak voor Sofia en Rosa naar binnen wilden gaan, kwam een auto van een lokaal beveiligingsbedrijf aangereden. Het bedrijf had uit eigener beweging gebeld, iets waar Sofia zich aanvankelijk over had verbaasd. Maar ze noemden de naam van Mauricio Bellini en waren op de hoogte van de noodzaak om het verouderde alarmsysteem te vervangen.

'Wat een attente man,' had Sofia tegen Rosa gezegd nadat ze had opgehangen. 'Hij heeft direct al een bedrijf ingeschakeld.'

Rosa had opgelucht geknikt. 'Dan bel ik het bedrijf waar je nu klant bent om de wijzigingen door te geven.'

In één moeite door had Rosa nog heel veel andere telefoontjes gepleegd om allerlei praktische zaken te regelen, van de notaris tot de uitvaartonderneming en van de universiteit tot de directe familieleden. Sofia had zichzelf daartoe niet in staat geacht.

Rosa liet ook de twee mannen van het beveiligingsbedrijf binnen, die voortvarend te werk gingen. In een mum van tijd plaatsten ze nieuwe codekastjes bij de voor- en achterdeur, en camera's die het hele huis in de gaten konden houden. Ook brachten ze op de deuren en ramen sensoren aan die iedere beweging registreerden en zo nodig het alarm zouden activeren.

'Mocht er een inbraakpoging worden gedaan,' zo legde een van de twee mannen haar uit toen ze aan het eind van de middag klaar waren met hun werkzaamheden, 'dan pikken deze sensoren dat op. Die activeert u zodra u 's avonds naar bed gaat. U kunt 's nachts gerust van uw slaapkamer naar de badkamer lopen. Dat is geen enkel probleem. Maar als u naar beneden gaat, komt u in de gedetecteerde zone en dan gaat het kastje piepen. U toetst de code in en alles is weer uitgeschakeld. Als u opnieuw naar boven gaat, schakelt u alles weer in.'

Sofia knikte.

'Jullie laten de instructies ook op papier achter mag ik hopen?' vroeg Rosa. 'Het is wel wat veel informatie ineens.'

'Vanzelfsprekend,' zei de man. 'In principe werkt het allemaal niet heel anders dan wat u al had, alleen is dit systeem veel geavanceerder. Maar ook hierbij krijgt de centrale bij iedere onderbreking een melding. Als de code niet binnen een minuut is ingetoetst, zal iemand u bellen om te vragen wat er aan de hand is. Mocht u niet opnemen, dan wordt er onmiddellijk een wagen gestuurd om poolshoogte te komen nemen.'

'Dat klinkt allemaal goed, toch Sofia?' vroeg Rosa.

'Mag ik dan alleen nog even uw mobiele telefoon?' vroeg de man. 'Dan kan ik het toestel en het nummer aan de centrale koppelen.'

'Dat is goed,' zei Sofia en ze overhandigde hem haar telefoon.

Hij verliet de kamer en was na enkele minuten weer terug.

'Zo,' zei hij. 'Ik heb het getest en alles is in orde. Het is een waarborg, een extra service die wij bieden. Ik heb het nummer van onze centrale in uw telefoon gezet, maar er is meer. Als er op de een of andere wijze onraad dreigt en u kunt niet hardop praten, dan toetst u achter elkaar de cijfers een, twee en drie in. Dan gaat er bij ons een stil alarm over. U wordt niet door de centrale teruggebeld, maar die stuurt dan zonder dralen een wagen langs.'

Voordat ze vertrokken, lieten ze zoals beloofd de instructies op papier achter.

'Ik vind het echt een fijn idee dat het direct geregeld is,' zei Rosa.

'Ik ook,' zei Sofia. 'En we hadden natuurlijk al een alarminstallatie, maar toch... Al die camera's erbij ook... De Engelsen zeggen: *"My home is my castle"*, maar nu begint het huis meer op een vesting te lijken.'

Pierre

In Milaan aangekomen, belde Pierre eerst Susanna en daarna Sofia.

'Ik bel niet voor...' begon hij tegen Sofia, maar hij kreeg de kans niet zijn zin af te maken.

'Ik weet het, Pierre,' stelde Sofia hem gerust. 'Mijn mensenkennis zou me behoorlijk in de steek hebben gelaten als je dat wel zou doen, want zo schat ik jou helemaal niet in. En ook al bel je niet voor het schilderij, ik wil je laten weten dat ik het hoe dan ook wil hebben. Het is het laatste werk waar Giacomo en ik samen naar hebben gekeken, dus het zal een bitterzoete herinnering worden.'

'Oké, Sofia, dat gaan we regelen,' zei hij. 'Op dit moment ben ik weer in Milaan, bij wijze van tussenstop. Ik was... Ik ben erg onder de indruk van de dood van je man en wil graag bij de begrafenis zijn. Als je dat goed vindt tenminste.'

'Natuurlijk,' zei Sofia zachtjes. 'Alle steun... alle steun is welkom. Mijn lieve vriendin Rosa is hier nu en die zal een paar dagen bij me blijven. Maar mijn huis is groot en je bent van harte welkom. We hebben een logeerkamer waar je kunt verblijven.'

'Dat is heel genereus, maar een extra gast? In deze tijd?'

'Op dit moment vind ik het juist fijn om mensen om me heen te hebben,' zei ze. 'En je voelt al als een oude vriend, ook al klinkt dat misschien vreemd.'

'Dat is wederzijds.'

'Het is iets meer dan tweehonderd kilometer,' zei Sofia toen. 'Je zou hier in minder dan drie uurtjes kunnen zijn. Ben je met de auto? Anders huur je er een?'

'Ik ben met de auto,' zei Pierre. 'En die drie uurtjes kunnen er ook nog wel bij.'

Sofia gaf hem haar adres en ze namen afscheid.

In nog geen uur tijd had Pierre alle formaliteiten met Pascal geregeld en was hij al onderweg, het schilderij veilig verpakt in een beschermende houten box die ze voor de beurs al speciaal op maat hadden laten maken.

'Ik word het met haar wel eens over de prijs,' had hij tegen Pascal gezegd.

Tegen elke prijs.

Sofia

'Was dat nou wel zo verstandig?' vroeg Rosa toen Sofia had opgehangen. 'Ik bedoel, je kent die man niet eens. Hij kan toch net zo goed in een hotel verblijven?'

'Weet je,' zei Sofia. 'Ik denk dat het geen kwaad kan om een man in huis te hebben nu. We hebben dan wel een nieuw alarmsysteem, maar je weet het niet. Eigenlijk vind ik dit juist wel een prettig idee.'

'Als je het zo stelt...'

'En jij bent er ook nog bij.'

Ze gingen naar de keuken, waar Rosa in een handomdraai een maaltijd in elkaar draaide.

'Het is echt heerlijk, Rosa,' zei Sofia, terwijl ze lusteloos in haar pasta prikte. Met haar vork bracht ze uiteindelijk een blaadje sla naar haar mond. 'Maar ik heb gewoon helemaal geen honger. Ik heb vandaag nauwelijks nog iets gegeten trouwens.'

'Je moet goed eten, lieverd,' zei Rosa quasistreng. 'Ik meen het. Juist nu moet je goed voor jezelf zorgen. De tijd die voor je ligt, zal zwaar genoeg zijn. Dan is het extra belangrijk dat je een goede weerstand hebt.'

'Je hebt gelijk,' zei Sofia, die haar bord vervolgens leegat, al was het met lange tanden.

Nadat ze hadden afgewassen, gingen ze in de woonkamer zitten, waar Rosa de open haard had aangestoken. 'Je familie komt overmorgen toch?' vroeg ze.

'Ja, klopt,' zei ze. 'Net voor de begrafenis. Giacomo had verder geen levende familie meer. Enig kind... De broers en zussen van zijn ouders zijn allemaal overleden, en met de neven en nichten had hij zo goed als geen contact.'

'Ik begrijp het,' zei Rosa. 'Morgen moeten we nog wat praktische zaken regelen. Ik hoop dat ze zijn lichaam… Dat ze Giacomo…'

'Ik hoop het ook,' zei Sofia, die volschoot. Ze sloot haar ogen, maar kon de tranen niet binnenhouden. 'En we hadden nog zoveel plannen…'

De rest van de avond brachten ze pratend door, waarbij Sofia van haar vriendin ook de ruimte kreeg om soms wel tien minuten lang te zwijgen, nippend aan haar rode wijn, starend in het vuur van de open haard.

Toen de bel door de hal galmde, schrokken ze allebei.

'Dat zal Pierre zijn,' zei Sofia en ze stond op.

Toen Sofia de voordeur opendeed – Rosa stond schuin achter haar – zag ze dat het niet Pierre was die voor de deur stond. Het waren twee mannen in strak gesneden maatpakken. Ondanks het late uur droegen beiden brillen met donkere glazen. De linkerman toonde een badge met een fotootje erop, maar haalde die zo snel weer weg dat Sofia niet de kans kreeg er goed naar te kijken.

'Signora Sofia Palazzo?' vroeg hij.

Sofia knikte. Ze draaide zich een kwartslag om naar Rosa en keek haar vragend aan.

'Wij zijn van het onderzoeksteam uit Venetië,' zei de man. 'Mogen we even verder komen?'

'Venetië?' bemoeide Rosa zich met het gesprek. 'Mag ik u vragen waar het over gaat?'

'Jazeker,' antwoordde hij. 'Ik ben bang dat we slecht nieuws voor u hebben. Marco Visconti is overleden.'

Sofia

Sofia ging de mannen voor naar de woonkamer, aan één zijde onder- steund door Rosa. Ze voelde zich plots jaren ouder geworden.

'We zouden mevrouw Palazzo graag alleen spreken,' zei de man die tot nu toe als enige had gesproken. Zijn bril had hij inmiddels afgezet en twee lichtblauwe ogen, die een kille, zakelijke blik uitstraalden, werden zichtbaar.

'Ik heb geen geheimen voor Rosa,' zei Sofia met zwakke stem.

'Dat begrijpen wij,' zei de man. 'Maar het was geen verzoek. Het zijn de voorschriften die wij volgen. Wat we anders ook kunnen doen, is naar het bureau in Bologna gaan om daar het gesprek voort te zetten.'

'Nee, nee,' zei Rosa. 'Dat is te onrustig voor haar. Ik ga wel even naar de keuken.'

Sofia schudde haar hoofd in ongeloof, terwijl Rosa de kamer ver- liet.

'Marco? Dood?' vroeg ze. 'Ik kan het niet geloven. Mijn man...'

'We zijn op de hoogte van de precaire situatie, mevrouw,' zei de twee- de man, in wiens stem ten minste enige medemenselijkheid doorklonk. 'Vanuit de grond van ons hart condoleren we u en we wensen u veel sterkte. Het moet een onvoorstelbaar pijnlijke situatie voor u zijn. Maar deze zaak vereist haast.'

'Maar wat is er met Marco gebeurd dan?' vroeg Sofia, de tranen in haar ogen.

'Hij is...' nam de eerste man het weer over. 'Hij is verdronken. We zijn aan het uitzoeken wat er gebeurd kan zijn.'

'Verdronken? Maar gisteren...' Sofia sloeg een hand voor de mond, alsof ze een schreeuw wilde tegenhouden. Ze keek naar de man die in dezelfde stoel zat als waar Marco een dag eerder in had gezeten.

'Signora,' onderbrak de man haar mijmeringen. Hij kuchte even.

'Ja, *mi scusi*,' zei ze. 'Het is allemaal wat te veel voor me.'

'Dat begrijpen we volledig,' zegt hij. 'Daarom zullen we het kort houden.'

'Maar waarom bent u hier eigenlijk?' vroeg Sofia opeens. 'Ik bedoel...'

'Wat ik nu ga zeggen, kan erg pijnlijk zijn,' zei de tweede man. 'Het komt erop neer...' Hij wierp een snelle blik op zijn collega die strak naar Sofia bleef kijken. 'Ik kan er niets anders van maken, maar signore Visconti wordt verdacht van de diefstal van een kostbaar manuscript uit het Marciana. De zaak wordt voorlopig nog stilgehouden om zijn goede reputatie niet postuum te beschadigen.'

'Marco?' riep Sofia verbaasd uit. 'Nee, nee... Jullie moeten je vergissen. Ik ken Marco al sinds hij hier in Bologna kwam studeren. De bibliotheek is heilig voor hem. Hij zou nooit –'

'En toch heeft hij het gedaan,' onderbrak de eerste man haar streng. 'Mijn collega drukte zich eufemistisch uit toen hij zei dat Visconti van diefstal werd verdacht. We weten dat hij dit heeft gedaan.'

'Maar wat heb ik –'

'We weten dat hij direct na de diefstal de trein naar Bologna heeft genomen,' ging de man op ongeduldige toon verder, 'en zijn oude leermeester heeft bezocht, uw man. Na het bezoek is hij meteen naar Venetië teruggekeerd en heeft hij een ander kostbaar boek proberen terug te brengen. In dat boek had hij waarschijnlijk het document verborgen waardoor hij in staat is geweest het naar buiten te smokkelen. Hij lijkt te hebben gebruikgemaakt van de paniek die ontstond toen een van de oudere medewerkers een hartaanval kreeg. Wij proberen te reconstrueren wat er is gebeurd nadat hij de bibliotheek heeft verlaten. Maar ook willen we weten waar het manuscript is. De waarde ervan is niet in geld uit te drukken.'

'Ik kan het me gewoon niet voorstellen,' zei Sofia, die geïrriteerd begon te raken. 'Ik ken Marco. Ik heb hem zo vaak horen uitvaren, juist tegen mensen die boeken uit bibliotheken wegnamen. Hij vond dat een regelrechte misdaad, omdat hij die boeken zag als een gemeenschappelijk bezit van de mensheid.'

'Dat zijn vaak de ergsten, mevrouw,' zei de man, die ook zijn geduld leek te verliezen.

'Het is...' begon zijn collega in een poging de oplopende gemoederen tot bedaren te brengen. 'We begrijpen dat dit allemaal als een schok komt, maar als u toch eens wist... Mensen van wie je dat het minst verwacht, zijn tot de meest afschuwelijke dingen in staat. Ons werk zou een heel stuk eenvoudiger worden als je aan mensen kon zien of ze iets slechts hebben gedaan.'

'Daar heeft u gelijk in,' moest Sofia toegeven.

'Nu vermoeden we dat signore Visconti dit manuscript aan uw man heeft toevertrouwd,' vervolgde hij. 'En om die reden zijn we hier.'

'En wij zijn niet de enigen die dit denken,' nam de eerste het weer over. 'Wij hebben begrepen dat er de afgelopen nacht een inbraak heeft plaatsgevonden. Die moet hier wel verband mee houden. We weten nog niet wie daarachter zit, maar we hopen dat snel te ontdekken. Ze hebben de computer van uw man meegenomen, begrepen we?'

'Dus het is voor uw eigen veiligheid,' benadrukte de tweede man. 'We hebben mogelijk te maken met gewetenloze figuren, die nergens voor terugdeinzen. Zoals we al zeiden: de waarde van het manuscript is nauwelijks in geld uit te drukken. Maar op de zwarte markt is er altijd wel iemand te vinden die voor iets dergelijks een astronomisch bedrag overheeft.'

Om beurten keek Sofia de mannen aan.

Ze zijn veel te gespannen, schoot het door haar heen. *Het is alsof ze proberen ontspannen over te komen, maar tegelijkertijd bang zijn om door de mand te vallen. Het is net of ze een toneelstukje aan het opvoeren zijn.*

Sofia schudde nadenkend het hoofd. *Ik kan ook toneelspelen...* 'Nee, het spijt me,' zei Sofia toen. 'Ik ben bang dat ik u hierbij verder niet van dienst kan zijn. Mijn man vertelt... Giacomo vertelde mij altijd alles. Als Marco hem iets in bewaring zou hebben gegeven, zou hij me dat zeker hebben gezegd. Mocht er een manuscript uit een bibliotheek zijn ontvreemd, dan zou ik u echt graag hebben geholpen om het bij de rechtmatige eigenaar terug te bezorgen. Giacomo verafschuwde dergelijke praktijken – en naar mijn stellige overtuiging Marco ook. Beiden vonden ze het een ramp voor historici als bibliotheken op die manier werden geplunderd.' Sofia voelde een rilling over haar rug gaan, alsof een intern alarmsysteem was afgegaan.

'Ik heb zelf opengedaan voor Marco,' zei ze. 'Hij had niets bij zich, nog geen tas, niets.'

'Onder zijn kleding kan hij –'

'Het spijt me zeer, heren,' zei Sofia. 'U heeft uw verhaal gedaan en ik kan u oprecht niet verder helpen. We kunnen hier nog uren zitten, maar als u het me niet kwalijk neemt...'

'Een kluis?' probeerde de tweede man nog.

'We hebben geen kluis,' zei ze en ze stond op. 'Als mijn man iets van grote waarde onder zijn hoede kreeg, bewaarde hij het altijd in een kluis op de universiteit waar dag en nacht bewaking aanwezig is. Maar weet u? Het is goed zo. U komt mij afschuwelijk nieuws brengen over mijn goede vriend Marco. Het lichaam van mijn man staat nog boven de grond en u gunt mij, zijn weduwe, niet eens tijd om te rouwen. Uw collega's zijn hier direct na de inbraak sporenonderzoek komen doen. Er is niets aangetroffen wat van Marco kan zijn geweest. Ik snap dat u uw werk doet, maar uw beschuldigingen raken kant noch wal. Wilt u onmiddellijk weggaan voordat ik een klacht indien?'

De mannen stonden ook op.

'Rosa!' riep Sofia.

De deur ging zo kort erna open dat Sofia het idee had dat Rosa er als een wachter achter had gestaan.

'Wil jij deze heren naar de voordeur begeleiden?' zei Sofia op rustige toon. 'Ze zijn klaar hier. En jij en ik hebben nog van alles te bespreken voor de begrafenis.'

Voordat ze de kamer verlieten, draaide de tweede man zich om. 'U heeft nog een laatste kans om dit netjes af te handelen. Denk goed na over wat u doet. U moet beseffen dat de rechtmatige eigenaren van het manuscript niet zullen rusten voordat ze het weer in hun bezit hebben. En ik kan u zeggen dat deze mensen zeer onaangenaam kunnen worden als ze hun zin niet krijgen.' Ook bij hem was nu iedere vriendelijkheid uit zijn stem verdwenen.

'Namens wie of wat bent u eigenlijk hier?' vroeg Rosa. 'Zijn jullie wel agenten? Ik heb jullie badges niet goed kunnen zien.'

'We hebben nooit gezegd dat we van de politie waren, mevrouw,' zei hij kalm. 'Mijn collega en ik werken bij een bureau dat volledig binnen de grenzen van de wet opereert. Het Marciana heeft ons ingeschakeld, juist vanwege het delicate van deze hele kwestie.'

'Dit zal niet ons laatste bezoek zijn,' voegde de tweede man eraan toe.

'Dan zie ik uw komst met vertrouwen tegemoet,' zei Sofia. 'En ik kan u nu al zeggen dat u dan opnieuw met lege handen zult vertrekken.'

'Mocht u iets ter ore komen,' zei de eerste man. 'Of mocht u zich plots op wonderlijke wijze herinneren waar het manuscript is, dan vragen we u dringend contact met ons op te nemen.' Hij overhandigde een wit visitekaartje waar alleen maar een telefoonnummer op stond.

Zonder verder nog te groeten gingen ze weg.

'Wat een vreemde lui,' zei Rosa toen ze de voordeur achter hen had dichtgedaan.

'Ja, nogal,' zei Sofia. 'Privédetectives van het Marciana...' Ze deed Rosa kort verslag van het bezoek. Toen ze over Marco sprak, schoot ze vol.

'En weet je zeker dat Marco niets aan Giacomo heeft gegeven?'

'Nee, geen idee,' zei ze. 'Het zou niets voor hem zijn, maar aan de andere kant... áls hij het gedaan heeft, dan zal hij er een heel goede reden voor hebben gehad.'

'Jullie hebben toch een kluis?'

'Ja, maar ik weet gewoon niet of we het boek, of wat het ook is, in huis hebben. Giacomo vertelde me zulke dingen nooit.'

'Zullen we samen een kijkje nemen dan?'

'Ik heb al gekeken, met die twee inspecteurs van de politie. En er zitten ook documenten in, maar ik weet niet of wat zij zoeken daartussen zat.'

'Maar waarom heb je het niet aan deze mannen laten zien?'

'Ik had precies wat jij ook zei,' zei Sofia. 'Ik vond het maar vreemde lui. Er was iets met ze... Een onderbuikgevoel en ik vertrouwde ze niet.'

De bel galmde door de hal.

'Dat zijn ze toch niet alweer?' vroeg Rosa. 'Dat zou wel erg brutaal zijn, toch?'

Ze liepen samen naar de voordeur.

Sofia ging op haar tenen staan om door het spionnetje in de deur te kijken. 'Ah, het is Pierre,' zei ze opgelucht en ze deed de deur open.

Pierre stapte binnen met een platte houten kist in zijn handen. 'Ik heb het maar meteen voor je meegenomen,' zei hij en hij zette het voorzichtig tegen een muur neer.

Hij kuste Sofia ter begroeting en zij stelde hem aan Rosa voor.

'*Ars longa...*' zei Pierre, terwijl hij door de knieën zakte om het goed ingepakte schilderij weer op te nemen. *De kunst is lang...*

'*Vita brevis,*' vulde Sofia hem met een trieste glimlach aan. *Het leven is kort.*

'Maar kunst biedt troost,' zei Pierre.

Pierre

Pierre was blij dat hij was gekomen. Toen Sofia op een gegeven moment even de kamer uit was gegaan, had Rosa opgemerkt dat zijn bezoek haar vriendin zichtbaar goeddeed. Sofia had honderduit gepraat, soms struikelend over haar woorden, om hem alles te vertellen wat zich sinds hun laatste ontmoeting had voorgedaan – tot en met het onaangename bezoek van de twee mannen uit Venetië.

Voor het slapengaan, gingen ze gedrieën naar de logeerkamer op de eerste verdieping waar ook de kluis in een muur was verwerkt. Sofia opende de kluis en legde daarna de inhoud ervan voorzichtig op een tafel.

'Dit hier…' zei Pierre. Met een briefopener tilde hij voorzichtig een van de grote witte vellen op waardoor het bovenste papyrusvel bloot kwam te liggen. 'Wat hiertussen zit, ziet er zeer oud uit. Papyrus… Grieks… Als dit origineel is, dan is de kans groot dat ze hiernaar op zoek zijn.'

Sofia knikte. 'Het zou heel goed kunnen. Giacomo vertelde me nog wel dat het een Oudgrieks manuscript was, mogelijk geschreven door Simon, de broer van Jezus.'

Pierre klakte met zijn tong. 'Ik denk dat ik…' Hij boog zich over de papyrusvellen en mompelde onverstaanbaar. Daarna richtte hij zich enthousiast op. 'Er is toch nog iets van het Grieks van mijn middelbareschooltijd blijven hangen. Kijk, de eerste regel hier.' Zijn wijsvinger bleef vlak boven de tekst zweven. 'Hier staan de woorden "Simon", "adelphos" en "apostolos". En hier "kuriou", dat is een genitief: "van de Heer". Er staat dus: "Simon, broeder en apostel van de Heer." Dit is tekst die Marco heeft meegenomen, daar is geen enkele twijfel over!' Voorzichtig bedekte hij de pagina weer met een wit vel.

'En nu?' vroeg Rosa.

'En nu?' zei ook Sofia, waarna ze hartgrondig geeuwde. 'Om heel eerlijk te zijn… Ik stort even helemaal in. Op dit moment wil ik nog maar één ding en dat is slapen.'

'Zou je die inspecteur niet eerst even bellen?' vroeg Rosa.

'Het is na middernacht. Ik sta echt te tollen van de slaap. We bergen het manuscript weer op. Het gaat nergens heen vannacht.'

'Je hebt gelijk ook,' zei Rosa. 'En ze kunnen nu toch niks doen.'

'Maar…' zei Pierre. 'Is dat eigenlijk wel zo'n goed idee?'

'Wat?' vroeg Sofia.

'Om andere mensen te vertellen dat je vermoedt wel degelijk iets in huis te hebben waar die inbrekers naar op zoek waren? We weten helemaal niet met wie we te maken hebben. We weten ook niet hoe machtig ze zijn, welke invloed ze hebben, over welke middelen ze beschikken, waar ze hun informanten hebben. Die twee detectives vanavond waren goed op de hoogte toch? Als ze niet rechtstreeks met de politie samenwerken, hoe komen ze dan aan hun informatie?'

'Dat is op zich wel een goed punt,' zei Rosa. 'Als ik er zo over nadenk… Het is eigenlijk geen gek idee om het nog even voor ons te houden. Tot de storm geluwd is.'

Sofia dacht even na. 'Het is wel… Ik heb wel zitten denken dat als Marco zonder toestemming een manuscript uit het Marciana heeft weggenomen, hij daar een heel goede reden voor zal hebben gehad. Jullie kenden hem niet, maar hij was zeer bevlogen, zeer toegewijd en principieel, een man van onbesproken gedrag. En als zo iemand besluit iets uit een bibliotheek naar buiten te smokkelen, dan moet hij ervan overtuigd zijn geweest –'

'Dat het manuscript buiten de muren van de bibliotheek veiliger was dan erbinnen,' maakte Pierre haar gedachtegang af.

'Precies,' zei Sofia, bij wie de vermoeidheid van zo-even als bij toverslag leek te zijn verdwenen. 'Als Marco zo ongeveer de ergste zonde begaat die een bibliothecaris kan begaan, dan moet daar een logische verklaring voor zijn.'

'Dus als we het zomaar teruggeven aan de politie of aan het Marciana,' vervolgde Pierre, 'dan is zijn hele opzet mislukt. Wat die ook geweest kan zijn.'

'Het verklaart ook dat Giacomo geen rust wilde nemen. Hij moet opgewonden zijn geweest door wat Marco had meegenomen,' zei Sofia.

'Dus?' vroeg Pierre.

'Laten we het dan inderdaad nog maar even voor ons houden,' besloot ze. 'Uiteindelijk weten alleen wij drieën dat het zich hier bevindt.'

'Maar die andere inspecteurs hebben het toch al gezien?' zei Rosa. 'De échte inspecteurs zal ik maar zeggen?'

'Is dat zo?' vroeg Pierre.

'Nee hoor,' zei Sofia. 'Ik bedoel: ze hebben het wel gezien. Ik heb de kluis geopend, maar we wisten natuurlijk niet wat wat was. Ze hebben ook geen inventarisatie gemaakt. Er liggen meerdere oude spullen in en die hebben we er allemaal uit gehaald. Ik heb gezegd dat we de hulp van een expert in moesten roepen.'

'Maar dan komen ze toch terug?' vroeg Rosa. 'Met een expert?'

Pierre glimlachte. 'Als we zorgen dat het hier niet meer is, kunnen ze het ook niet vinden. Ze hebben niet vastgelegd wat erin lag toen jij de kluis opende.'

Sofia knikte.

'Wat wil je dan doen?' vroeg Rosa.

'Luister,' zei Pierre. 'Ik vraag jullie me te vertrouwen. Ik ben dan zelf wel geen expert op dit gebied, maar ik ken mensen die dat wel zijn. Ik zou het manuscript aan hen voor kunnen leggen. Er is een beroemd instituut in Brussel waar ik al vaak ben geweest. Er is iemand die nog bij me in het krijt staat. Hij zal geheel discreet een onderzoek kunnen uitvoeren.'

'Dan is het hier in ieder geval weg,' zei Rosa. 'Dat is misschien ook wel een fijn idee.'

Sofia weifelde.

'Luister,' zei Pierre resoluut. 'De begrafenis... Sorry, dat ik er zo over begin.'

Sofia schudde lichtjes met haar hoofd en sloot kort haar ogen, om hem stilzwijgend toestemming te geven door te praten.

'De begrafenis zal over een paar dagen zijn,' ging Pierre verder. 'Met zo'n politieonderzoek er nog bij... In de tussentijd kan ik op en neer naar België. Ik kan morgenochtend vroeg vertrekken. Dan is het hier weg en loop jij hier geen gevaar. Voor de begrafenis kan ik terug zijn.'

Sofia wreef met beide handen in haar ogen. 'Goed,' zei ze toen. 'Maar wat doen we als Mauricio en zijn collega de inhoud van de kluis opnieuw willen zien? Het is dan wel niet precies vastgelegd, maar misschien valt het hun toch op dat er minder in de kluis ligt? En dan?'

'Dan...' Pierre dacht hardop na. Zijn oog viel op de stapel papyrusvellen die open en bloot op het bureau lagen – met ernaast een geopend pak zuurvrij papier. 'Het is net alsof Giacomo die voor ons heeft klaargelegd. We stoppen... Ik doe deze vellen tussen het papier en dan leggen we dat terug in de kluis – in plaats van dat andere werk.' Zonder iets te zeggen verliet Pierre de kamer om na enkele minuten weer terug te keren met de bekisting die hij voor het vervoer van het schilderij had gebruikt.

Hij was akkoord gegaan met het prijsvoorstel van Sofia. In een normale situatie zou hij er meer voor hebben kunnen krijgen, maar hij had dit niet het moment gevonden om op het scherpst van de snede met haar te onderhandelen. En 10.000 euro was een bedrag dat hij tegenover Pascal goed kon verantwoorden.

'Gaan jullie maar slapen,' zei hij tegen Sofia en Rosa. 'Dan pak ik hier alles netjes in. Ik gebruik het beschermende materiaal dat om het schilderij heen zat.'

Sofia legde de spullen terug in de kluis, samen met het stapeltje papier en deed hem op slot.

Nadat ze weg waren gegaan, was Pierre nog even bezig om de vellen met het papyrus ertussen veilig in te pakken, tussen houten plankjes en noppenfolie in geklemd. Met een hamer die Rosa nog was komen brengen, sloeg hij kleine spijkertjes in de randen waarmee hij de bekisting hermetisch afsloot. De papyrusvellen die op het bureau hadden gelegen, had hij om en om tussen de zuurvrije A3'tjes gestopt en in de kluis gelegd.

Het was al ver na middernacht toen Pierre eindelijk in het smalle logeerbed in de kamer met de kluis lag. Hij was van plan om vroeg in de ochtend te vertrekken zonder verder iemand wakker maken. Het was een rit van iets meer dan elfhonderd kilometer naar Brussel. In drie etappes van vier uur moest dat te doen zijn.

Net voor de slaap vat op hem kreeg, hoorde hij gestommel op de overloop. Slaperig opende hij zijn ogen. In de schemerdonkere kamer zag hij de deurklink omlaaggaan.

Sofia? schoot het door hem en hij merkte dat er onmiddellijk een kortsluiting in zijn hoofd ontstond. *Wat moet ik doen?*

De deur ging open en inderdaad stond Sofia in de opening, met achter haar Rosa. Samen kwamen ze de kamer binnen, zwijgend.

Net toen Pierre wilde vragen wat er aan de hand was, begreep hij de reden van hun komst.

Achter hen stonden twee mannen met een bivakmuts op, ieder met een wapen in de hand.

Pierre

'Als je gewoon meewerkt, raakt er niemand gewond,' zei een van de mannen.

Hij benadrukte zijn woorden door bij ieder woord zijn pistool in korte, felle gebaren op en neer te bewegen.

Als in een film stak Pierre zijn handen in de lucht. Hij vervloekte zichzelf om zijn laffe meegaandheid, maar hij besefte ook dat dit niet het moment was voor een heldhaftig optreden.

'Mevrouw Palazzo doet de kluis open,' ging de man verder. Hij was volkomen beheerst, alsof hij in een winkel zijn dagelijkse boodschappen deed. 'Dan geeft ze ons wat niet van haar is en dan gaan wij weg.'

Sofia knikte verslagen.

'Maar het alarm?' bracht Pierre nog uit.

De man stiet een vreugdeloos lachje uit. 'Mijn hemel, dat jullie daarin zijn getrapt...' zei hij. 'Maar goed, de kluis.'

Sofia liep naar de kluis met de ene man in haar kielzog. De andere bleef in de deuropening staan, terwijl hij om beurten Pierre en Rosa onder schot hield, alsof hij een luguber 'iene miene mutte'-spel deed.

Nadat Sofia de zware kluisdeur ontgrendeld had, pakte ze de inhoud uit de kluis en legde die op de tafel neer.

Met één hand inspecteerde de man snel de stapel papieren. Hij klakte tevreden met zijn tong. 'Mooi,' zei hij. 'Dan nemen wij dit gewoon mee en is de zaak opgelost.'

Sofia knikte, wezenloos. 'Kunt u nu weggaan?' vroeg ze met zachte stem.

'We gaan nu weg,' zei de man alsof hij dat zelf ook een redelijk verzoek had gevonden. 'En u blijft hier op de kamer tot u de voordeur beneden in het slot hoort vallen. Naar de politie gaan heeft niet zoveel zin, aangezien u dan moet uitleggen hoe u aan dit kostbare manuscript bent gekomen. U zult de reputaties van uw man en signore Visconti postuum besmeuren. Nog afgezien van de rechtszaak waarmee u te maken krijgt. Daar zit niemand op te wachten lijkt me.'

'Kom,' zei de man in de deuropening.

Zonder verdere plichtplegingen draaiden beide mannen zich om en verlieten ze de kamer.

Pas nadat ze de voordeur beneden dicht hadden horen slaan, durfden ze weer iets te zeggen.

'Het manuscript is veilig,' zei Pierre snel. 'Het zit in die kist.'

'Was het niet beter geweest om het ze gewoon mee te geven?' zei Sofia vertwijfeld. 'Dan waren we er tenminste vanaf geweest.'

'Nee, nee,' zei Pierre feller dan zijn bedoeling was geweest. 'Marco heeft zijn leven hiervoor gegeven. En Giacomo... Het moet echt iets groots zijn geweest.'

Rosa knikte. 'Dat is wel waar maar... Wat doen we nu?'

'Die twee waren geen experts,' zei Pierre snel. 'Maar hun opdrachtgevers zullen er waarschijnlijk wel snel achter komen dat het niet het manuscript was waar ze achteraan zaten. Ik denk... Sorry, maar ik denk dat we hier direct weg moeten. Ik rijd naar Brussel om het manuscript door dat instituut te laten onderzoeken.'

'En wij gaan naar mijn huis,' besloot Rosa.

'Het is allemaal...' stamelde Sofia. 'Het is allemaal een beetje te veel.'

'Het is maar voor een paar dagen,' drong Pierre aan. 'Echt. Dan hebben we duidelijkheid. Ik laat foto's maken, de authenticiteit vaststellen en dan kunnen we alles overdragen aan het Marciana. In ieder geval kan het dan niet meer van de aardbodem verdwijnen. Het kan heel goed zijn dat Marco dát met zijn diefstal heeft willen voorkomen.'

'En de politie?' vroeg Sofia. 'Moeten we die niet bellen?'

'Laten we daar nog heel even mee wachten,' zei Rosa. 'Het is wat die mannen zeiden: je hebt dan heel wat uit te leggen. En op dit moment is een onderzoek wel het laatste dat we erbij kunnen hebben, niet? Als Pierre alles heeft gedaan, dan is het manuscript voor altijd bewaard.'

'Precies,' beaamde Pierre, die zichtbaar blij was dat hij in Rosa een sterke bondgenote had.

'Kom,' zei Rosa, die Sofia bij de arm nam. 'Laten we zo snel mogelijk weggaan.'

'Waar woon je?' vroeg Pierre.

Rosa noemde haar adres en Pierre noteerde het op een blaadje dat hij in zijn portemonnee stak.

'Het is een klein dorpje net buiten Bologna,' zei Rosa. 'Hoewel... Zelfs dorpje is nog een te groot woord. Het is meer een verzameling huizen, een vlek op de kaart.'

'Goed,' zei Pierre. 'Ik kleed me aan, pak mijn spullen en dan vertrekken we.'

'Dat is goed,' zei Sofia, op een toon die verraadde dat ze allerminst overtuigd leek.

'We zijn zo klaar,' zei Rosa. 'Geef ons tien minuutjes.'

'Laat je mobiel hier,' waarschuwde Pierre Sofia nog. 'Als zij het alarm hebben geïnstalleerd, hebben ze vast ook met je telefoon geknoeid.'

Sofia's vriendin had woord gehouden, want toen Pierre tien minuten later de trap afliep, stonden de beide vrouwen al in de hal. Hij omhelsde Sofia en ook Rosa kort, waarna ze de straat op stapten.

Nadat de vrouwen waren weggereden, wachtte Pierre een paar minuten. Hij zag geen enkele activiteit in de straat: geen koplampen die aangingen, geen auto die achter hen aan reed, geen postende figuren op de hoek.

Voor hij de auto startte, wierp hij een blik op de houten bekisting die hij plat op de achterbank had gelegd.

Wat als ik... schoot het door hem heen. 'Nee,' mompelde hij voor zich uit terwijl hij de sleutel in het contact omdraaide. 'Nee,' herhaalde hij als iemand die zichzelf een standje geeft. 'Zo mag ik niet denken...'

Hij wist welk gebod er onmiddellijk op het zesde gebod, dat overspel verbood, volgde.

Gij zult niet stelen.

Bondini

Eindelijk zit het mee, *dacht Bondini nadat hij vanuit Bologna door de Fransman op de hoogte was gebracht van het succesvolle verloop van de operatie. Wat een professionals! En wat is het goed om ook vrienden op lage plaatsen te hebben...*

Dario had hem verteld over het hopeloos verouderde alarmsysteem dat dringend aan vervanging toe was. Francesco en Tedesco hadden dit gegeven onmiddellijk aangegrepen en een bedrijf ingeschakeld dat een nieuw systeem plaatste. De goedgevulde envelop zorgde ervoor dat de eigenaar verder geen lastige vragen stelde en accepteerde dat de Fransman en de Duitser bij de klus aanwezig waren.

Het bezoek 's avonds leek niets op te leveren, maar toen ze kort erna terugkeerden en hun verzoek om de codex wat dwingender hadden geformuleerd, was de weduwe dan eindelijk overstag gegaan.

Francesco kennende scheurde hij op dit moment met 140 tot 160 kilometer per uur zijn kant op, de kostbare codex met zich meevoerend. Tedesco zou Bologna pas verlaten als het 'pakketje' was afgeleverd en alles in orde was.

De waarde ervan was niet in geld uit te drukken. Dat wat bibliothecaris Luigi Navagero had kunnen lezen, was al buitengewoon schokkend geweest. Nu kon Luigi aan de integrale vertaling van het manuscript beginnen, gebruikmakend van de foto's op de computer van Giacomo Palazzo.

Dat hadden Dario en Enzo tenminste wél goed gedaan...

Ondanks het nachtelijke uur schonk Bondini uit een fles die hij voor speciale gelegenheden bewaarde een mooi glas grappa riserva invecchiata stravecchia in, achttien jaar gerijpt op houten vaten. En dit was zo'n speciale gelegenheid. Uit de humidor pikte hij een mooie corona, zijn lievelingssigaar.

Met een flinterdun cederhoutje stak hij de brand erin. Hij nam een paar korte trekjes, totdat het vuur mooi gelijkmatig over het puntje was verdeeld. Tevreden kleine wolkjes rook uitblazend ging hij op de bank zitten, het glas in zijn linkerhand.

Tutto è bene ciò che finisce bene... Eind goed, al goed.

Terwijl zich om hem heen een wolk sigarenrook vormde, verzonk Gabriele Bondini in gepeins. Hij had oprecht nooit begrepen dat in populaire fictie en in films groepen als de zijne altijd zo negatief werden afgeschilderd – alsof ze allemaal gewetenloze fanatici waren die zonder uitzondering een geitenharen boetegordel met ijzeren puntjes droegen om hun vlees mee te pijnigen of voor het slapengaan hun rug tot bloedens toe met een zweep afranselden...

Voor Bondini was het duidelijk dat hij en zijn groep een cruciale en in alle opzichten eervolle taak hadden, namelijk het geloof op zo'n manier doorgeven dat mensen het aankonden.

Want gelovigen waren in zekere zin kinderen. In het Spaans werd een priester niet voor niets met 'padre' aangesproken, vader. En 'papa', het Italiaanse woord voor paus, was niet voor niets afgeleid van het Oudgriekse 'pappas', vader. Een vader wist immers wat het beste was voor zijn kinderen. Daarom schreef de apostel Paulus in zijn Eerste Brief aan de Korintiërs in vers twee van het derde hoofdstuk immers: 'Ik heb u melk gegeven, geen vast voedsel; daar was u niet aan toe. En ook nu nog niet...'

Jezus werd niet voor niets de Goede Herder genoemd, iemand die zijn schapen weidde. En een schaap werd naar grazige weiden geleid als hij gewoon zonder vragen te stellen zijn herder volgde...

Dit krachtige beeld van Jezus hield al tweeduizend jaar stand en inspireerde tot op de dag van vandaag honderden miljoenen mensen, elke dag opnieuw. Bondini en de zijnen zagen geen enkele reden om dit aan te passen – voor het welzijn van hun schapen.

Ook niet als er nieuwe feiten opdoken.

DEEL III
SOFIA – VERONICA

Veronica

De grote collegezaal van het Lipsiusgebouw van de Universiteit Leiden was tot aan de nok toe gevuld. De vijftigplussers waren zichtbaar in de meerderheid: het publiek dat traditioneel in groten getale op de lezingen van Studium Generale afkwam. De organisatie probeerde ieder jaar opnieuw weer met een gevarieerd aanbod te komen, waarbij ze zich richtte op studenten, medewerkers en alle andere geïnteresseerden. In de praktijk kwamen er vooral heel veel ouderen op af, vaak met een academische achtergrond.

Het thema dit jaar was 'De verguisde vrouw' waarvoor sprekers uit verschillende disciplines waren uitgenodigd. Aan bod zouden onder meer komen: Socrates' vrouw Xantippe, keizerin Agrippina en Anna van Saksen, maar ook modernere voorbeelden, zoals politica Ayaan Hirshi Ali, oud-presidentskandidaat Hillary Clinton en klimaatactiviste Greta Thunberg.

Vandaag zou kunsthistorica Veronica de Nijs, gepromoveerd op de portrettering van Bijbelse vrouwen in de schilderkunst van de renaissance, een verhaal over Maria Magdalena houden.

'Een passender figuur dan Maria Magdalena voor deze lezingencyclus is bijna ondenkbaar,' opende Veronica haar gastcollege. 'Je zou bijna denken dat Studium Generale bij haar is begonnen en toen heeft gedacht: over welke vrouwen kunnen we het nog meer hebben?'

Een beleefd gelach klonk op uit de zaal.

'Maria van Magdala is een soort "mystery woman",' zei Veronica. 'Ze is echt met raadselen omgeven en voor een vrouw over wie zoveel te doen is geweest – en nog altijd te doen is – staat er schokkend weinig informatie over haar in de Bijbel. Als we ons puur op de evangeliën baseren, dan valt daaruit alleen op te maken dat Maria van Magdala tot de getrouwen van Jezus behoorde. Zíj volgde hem, zíj was bij de kruisiging aanwezig en zíj ging naar zijn graf. Het ongewone aan haar is dat vrouwen in de Bijbel altijd worden aangeduid met een verwijzing naar de relatie tot een man, bijvoorbeeld als echtgenote, zus of moeder. Maar Maria wordt "uit Magdala" genoemd, hetgeen erop zou kunnen wijzen dat ze geen familie had, ongetrouwd was of haar man had verloren. Naar alle waarschijnlijkheid werd Maria in Magdala geboren, een stadje tussen Tiberias en Kafernaüm, de woonplaats van Jezus en zijn ouders. Magdala, het huidige Mejdel.'

Ze toonde een nieuwe dia. 'Dit is Flavius Josephus,' ging ze verder. 'De Joodse geschiedschrijver die in zijn beschrijvingen voor Magdala de Griekse naam Tarichea gebruikte. Uit zijn boeken komt Magdala in die dagen naar voren als een belangrijke en welvarende stad. Dan zijn er ook nog...' Ze toonde een nieuwe dia, een *artist impression* van het straatleven in Magdala. '...onderzoekers die de naam "Magdala" niet aan de plaats bij het Meer van Tiberias verbinden, maar met het Aramese woord *megadella*, dat zoiets als "kapster" betekent.'

Ze keek even de zaal in. 'En op avonden als deze is het een verademing dat er dan geen student roept dat Maria een megadel was.' Niemand lachte. 'Wat tijdens colleges ieder jaar wel gebeurt... Het grappige is dat dit wel de associatie was die in die tijd bestond. Vrouwen met dat beroep werden door de Joden als zeer gemakkelijk in de omgang beschouwd. Samen met de legenden over het lange haar van Maria van Magdala zou dan de verbinding kunnen worden gelegd dat zij losbandig was.'

Een nieuwe dia toonde een afbeelding van een naakte vrouw, half liggend tegen een rots, aan een meer.

'Op dit beroemde schilderij van de Franse kunstschilder Jules Joseph Lefebvre, dat momenteel in de Hermitage in Sint-Petersburg hangt, zien we Maria Magdalena. Ze doet geen enkele moeite haar naaktheid te verbergen, zelfs niet met haar prachtige lange haar. Het op deze manier afbeelden van Maria Magdalena is lange tijd zeer populair geweest. Maar ik zal de zinnen niet langer prikkelen.' Ze schakelde naar een nieuwe dia, een foto van het Meer van Tiberias. 'Magdala... De geboorteplaats zelf lijkt verder niet van groot belang. De geringe afstand tot Kafernaüm, gelegen aan hetzelfde Meer van Tiberias, maakt banden tussen de inwoners over en weer zeer aannemelijk.'

Er volgende een nieuwe dia, een foto van een archeologische opgraving met op de achtergrond een meer.

'Dit is Kafernaüm,' zei Veronica terwijl ze haar blik op het scherm gericht hield. 'Deze foto heb ik zelf gemaakt. Het blijft bijzonder om daar te zijn, in het besef dat Jezus en zijn leerlingen, Maria Magdalena en al die mensen die we uit de Bijbelse verhalen kennen, daar hebben rondgelopen. Hun ogen hebben op dezelfde bergen gerust, ze hebben op dit water gevaren, ze hebben de zon vanaf deze oever onder zien gaan...'

Ze richtte zich weer tot de zaal. 'Volgens de legendevorming was Maria Magdalena een zondares, een hoer wier zonden Jezus vergaf. Vreemd genoeg is er in het Nieuwe Testament helemaal niets te vinden over het feit dat Maria Magdalena een losbandige vrouw zou zijn geweest. In het Evangelie van Matteüs verschijnt ze pas aan het einde, na Jezus' dood. De evangelist vermeldt dat veel vrouwen, die Jezus uit Galilea hadden gevolgd en hem hadden onderhouden, op enige afstand van het kruis stonden. Onder hen Maria van Magdala. De laatste gaat, samen met de andere Maria, na de sabbat naar het graf van Jezus. De evangelist Marcus wijkt niet veel af van de lezing bij Matteüs. Opvallend is echter dat er aan het oorspronkelijke Marcusevangelie later nog een stuk werd toegevoegd. In het negende vers van hoofdstuk zestien schrijft de evangelist dat de opgestane Jezus verschijnt aan Maria van Magdala "bij wie hij zeven demonen uitgedreven had". Bij de evangelist Lucas is Maria Magdalena ook een van de vrouwen die van een engel hoort dat Jezus is opgestaan. Ze geeft deze boodschap door aan de elf apostelen en alle anderen. Maar Lucas maakt ook melding van Maria tijdens het leven van Jezus. In hoofdstuk acht lezen we: "In de tijd die daarop volgde trok hij door steden en dorpen om de goede boodschap van het koninkrijk van God te verkondigen. De twaalf vergezelden hem en ook enkele vrouwen, die van boze geesten en ziekten genezen waren – Maria van Magdala, uit wie zeven demonen waren weggegaan, Johanna... en Susanna – en nog vele andere vrouwen, die hem uit eigen middelen onderhielden." De evangelist Johannes vermeldt ook de Magdaleense als toeschouwster bij de kruisiging van Jezus. Als ze later naar het graf gaat, ontmoet ze de opgestane Jezus, die ze eerst niet herkent. Daarna brengt ze de boodschap van Jezus' opstanding aan de leerlingen. En dat is alles eigenlijk. In het Nieuwe Testament staat dus maar heel erg weinig over Maria Magdalena.'

'Dat klopt toch helemaal niet?' merkte een oudere man op de eerste rij op.

'Het klopt dus wél,' zei Veronica, feller dan haar bedoeling was geweest. Ze glimlachte vriendelijk naar de man. 'Dat klopt dus wel,' herhaalde ze, rustiger nu.

Boven in de zaal ging een deur open. Een laatkomer, zo leek het.

Veronica keek op.

Wat doet Pierre hier?

Ze moest een paar keer met haar ogen knipperen om er zeker van te zijn dat ze het goed zag.

Hij hoort toch gewoon in Zuid-Frankrijk te zijn?

Sofia

De keren dat Sofia en Rosa gedurende hun lange vriendschap onenig-heid met elkaar hadden gehad, waren letterlijk op de vingers van één hand te tellen. En vandaag was een van die keren.

'Het is absurd dat ik hier in jouw huis ben,' zei Sofia. 'Op de vlucht, terwijl ik de begrafenis van Giacomo moet regelen. We moeten de politie bellen.'

'En dan?' wierp Rosa tegen. 'Wat ga je zeggen? Dat Marco een of ander kostbaar manuscript heeft gestolen? En dat hij dat aan jouw man heeft gegeven, die het in zijn kluis heeft verborgen? En dat jij daar in eerste instantie over hebt gelogen?'

'Ze zijn allebei dood, Rosa!' riep Sofia uit. 'En het kan heel goed dat dat rotmanuscript daarmee te maken heeft. Marco is verdronken, Giacomo's computer is meegenomen, de overval in ons huis...'

'Maar ze zeiden –'

'Ja, hun reputatie, die zal me wat! Als ze iets hebben gedaan wat niet mocht, dan moet dat maar aan het licht komen. Ik ga niet liegen om een mogelijk nóg grotere misdaad te verbergen.'

Rosa zweeg.

'En we zijn er nog niet vanaf, hè,' zei Sofia. 'Mijn hemel, wat spijt het me dat we niet direct het echte manuscript hebben meegegeven. Het is een kwestie van tijd voor die twee mannen ontdekken dat ze het verkeer-de hebben, en dan komen ze alsnog achter me aan.'

'Maar ze weten niet waar je bent.'

'Nee, maar ik kan toch niet de rest van mijn leven hier blijven wonen?' riep Sofia uit. 'Of stiekem mijn huis verkopen, verhuizen en dan onder een andere naam verder leven? Ik wil gewoon thuis zijn nu. Snap dat dan!'

'Maar Pierre –'

'Ik heb hem een paar keer gebeld,' zei Sofia. 'Zijn telefoon staat uit. Ik weet niks van hem! Ja, zijn voornaam en dat hij en zijn vrouw in Cassis wonen. Ze zullen hem vast wel kunnen vinden, maar voorlopig heb ik hem een kostbaar manuscript meegegeven, terwijl ik feitelijk niets van hem weet. Misschien is het wel een oplichter. Wie weet heet hij niet eens Pierre!'

'Sofia…'

'Weet je, het is goed zo. Ik bel inspecteur Bellini. Ik ben stom geweest dat ik daarmee heb gewacht.'

Rosa schudde het hoofd. 'Je moet doen wat jou het beste lijkt, Sofia. Ik denk dat je er niet verstandig aan doet.'

'Ja, nou?' bitste Sofia en ze pakte het kaartje van de inspecteur erbij. 'Het is mijn leven dat overhoopligt, niet het jouwe.'

Mauricio was not amused toen hij het verhaal van Sofia hoorde. 'Waar bent u nu?'

'Bij mijn vriendin Rosa. Ze woont in een klein dorpje net buiten Bologna.' Sofia vertelde dat het manuscript wel degelijk in haar kluis bleek te hebben gelegen en dat ze het aan Pierre had meegegeven, een antiquair uit het Zuid-Franse Cassis.

'Een man die u net had ontmoet?' verzuchtte Mauricio.

'Ja, ik… Mijn man en ik –'

'Ik roep nu mijn collega op,' onderbrak hij haar. 'Dan komen we naar uw huis in Bologna. En u komt ook weer terug. Ik zal ervoor zorgen dat er voorlopig twee agenten onopvallend de wacht houden.'

'Oké,' zei Sofia. 'En het spijt me echt heel erg. Ik kon niet helder denken.'

'We hebben echt onvoorstelbaar waardevolle tijd verloren.'

'Het spijt me,' zei Sofia.

'Het is al goed,' zei Mauricio, al klonk dat niet erg gemeend. 'Ik heb u ook geprobeerd te bereiken, maar ik kreeg telkens uw voicemail.'

'Heeft u nieuws?'

'Ja,' zei Mauricio. 'Het gaat over uw man. We hebben contact gehad met het beveiligingsbedrijf.'

'Ik heb inmiddels een nieuwe installatie,' zei Sofia. 'Tenminste, dat dacht ik. Een bedrijf kwam langs. De mannen zeiden dat u hen had ingeschakeld.'

'*Mio Dio…*' kermde Mauricio. 'Ik zou zoiets toch nooit doen zonder met u te overleggen? En zij hebben een nieuw systeem aangelegd?'

'Ja,' zei Sofia, die zich met de seconde dommer voelde worden. 'En daarna konden ze dus heel gemakkelijk binnenkomen.'

'Dan is het huis nu dus onbewaakt?'

Sofia hoorde hem binnensmonds vloeken. 'Maar wat wilde u over mijn man zeggen?' vroeg ze.

'Twee dingen,' zei Mauricio. 'Het eerste is dat uw man aan een hartaanval is overleden. Er is niets vreemds gevonden, geen vreemde stoffen in zijn lichaam, niets. De schouwarts schat in dat de dood rond middernacht is ingetreden.'

Sofia's ogen prikten. *En de hele nacht heeft hij daar gelegen…*

'Het tweede is het beveiligingsbedrijf,' ging Mauricio verder. 'U weet dat de momenten waarop het alarm wordt in- en uitgeschakeld automatisch worden geregistreerd?'

'Ja.'

'Iemand moet de code hebben gekend,' zei hij. 'Of hebben gekraakt. Het was een verouderd systeem.'

'Ja, en?'

'Rond halfvijf 's ochtends is het stille alarm afgegaan en direct weer uitgeschakeld.'

Sofia moest de consequentie van deze mededeling even tot zich door laten dringen.

'Uw man was toen al vier of vijf uur dood.'

Veronica

Pierre stak eenvoudig zijn hand op naar Veronica, alsof het de gewoon-ste zaak van de wereld was dat hij in Leiden was en niet twaalfhonderd kilometer verderop.

Veronica knikte naar hem. Een paar mensen draaiden zich om, maar Pierre had al op een van de achterste rijen plaatsgenomen.

'Ehm...' Veronica herpakte zich. 'Het klopt dus wel, zei ik al. En het is ook eigenlijk heel erg vreemd. Ik zal u uitleggen wat er is gebeurd en dat is het volgende. Het beeld dat de rooms-katholieke kerk van Maria van Magdala heeft gegeven, is feitelijk een samengesteld beeld van drie verschillende vrouwen. Dat is in 591 begonnen door paus Gregorius, die in een preek drie vrouwen tot één vrouw heeft laten samenvloeien. Zelf denk ik dat dit geen vergissing was, maar een heel bewuste poging om haar – en daarmee alle vrouwen – in een kwaad daglicht te stellen.'

Ze pakte een Bijbel op. 'In het Evangelie van Lucas staat een beroemd verhaal,' vertelde ze, 'dat bekend is komen te staan als "De liefde van een zondares". Hier gaat het over een niet bij naam genoemde vrouw die bin-nenkomt als Jezus bij Simon eet, een farizeeër, iemand die heel streng in de leer is. De vrouw staat in de stad bekend als zondares en komt onuit-genodigd binnen met een albasten flesje met geurige olie. Het verhaal staat in het zevende hoofdstuk van Lucas. Voor de minder Bijbelvasten onder u zal ik een stukje voorlezen: "Ze ging achter Jezus staan aan het voeteneinde van het aanligbed; ze huilde en zijn voeten werden nat door haar tranen. Ze droogde ze met haar haar, kuste ze en wreef ze in met de olie. Toen de farizeeër die hem had uitgenodigd dit zag, zei hij bij zich-zelf: 'Als hij een profeet was, zou hij weten wie de vrouw is die hem aanraakt, dat ze een zondares is.' Maar Jezus zei tegen hem: 'Simon, ik heb je iets te zeggen.' 'Meester, spreek!' zei hij. 'Er was eens een geldschieter die twee schuldenaars had: de een was hem vijfhonderd denarie schuldig, de ander vijftig. Omdat ze het geld niet konden terugbetalen, schold hij beiden hun schuld kwijt. Wie van de twee zal hem de meeste liefde betonen?' Simon antwoordde: 'Ik veronderstel degene aan wie hij het grootste bedrag heeft kwijtgescholden.' Hij zei tegen hem: 'Dat is juist geoordeeld.' Toen draaide hij zich om naar de vrouw en vroeg aan Simon: 'Zie je deze vrouw? Ik ben in jouw huis te gast, en je hebt me geen water voor mijn voeten gegeven; maar zij heeft met haar tranen mijn voeten natgemaakt en ze met haar haar afgedroogd. Je hebt me niet begroet met een kus; maar zij heeft, sinds ik hier binnenkwam, onophoudelijk mijn voeten gekust. Je hebt mijn hoofd niet met olie ingewreven; maar zij heeft met geurige olie mijn voeten ingewreven. Daarom zeg ik je: haar zonden zijn haar vergeven, al waren het er vele, want ze heeft veel liefde betoond; maar wie weinig wordt vergeven, betoont ook weinig liefde.' Toen zei hij tegen haar: 'Uw zonden zijn u vergeven.' Zijn tafelgenoten dachten bij zichzelf: wie is hij, dat hij zelfs zonden vergeeft? Hij zei tegen de vrouw: 'Uw geloof heeft u gered; ga in vrede.'"'

Veronica keek op, de zaal in. 'Onmiddellijk hierna begint het achtste hoofdstuk en de eerste verzen daarvan luiden als volgt: "Kort daarop begon hij rond te trekken van stad tot stad en van dorp tot dorp om het goede nieuws over het koninkrijk van God te verkondigen. De twaalf vergezelden hem, en ook enkele vrouwen die van boze geesten en ziekten genezen waren: Maria van Magdala, bij wie zeven demonen waren uitgedreven." Deze zelfde verwijzing naar zeven demonen vinden we terug in het laatste hoofdstuk van Marcus, waarbij Maria van Magdala de eerste is aan wie de opgestane Jezus verschijnt. Op dit aspect kom ik later nog terug.'

Ze bladerde verder. 'We vinden dit verhaal ook bij Marcus en Matteüs. En we komen het nog een keer tegen in het twaalfde hoofdstuk van Johannes. Hier heeft de vrouw een naam: Maria, de zus van Martha en Lazarus. Er staat: "Zes dagen voor Pesach ging Jezus naar Bethanië, naar Lazarus, die hij uit de dood had opgewekt. Daar hield men ter ere van hem een maaltijd; Martha bediende, en Lazarus was een van de mensen die met hem aanlagen. Maria nam een kruikje kostbare, zuivere nardus-olie, zalfde de voeten van Jezus en droogde ze af met haar haar. De geur van de olie trok door het hele huis. Judas Iskariot, een van de leerlingen, degene die hem zou uitleveren, vroeg: 'Waarom is die olie niet voor drie-honderd denarie verkocht om het geld aan de armen te geven?' Dat zei hij niet omdat hij zich om de armen bekommerde – hij was een dief: hij beheerde de kas en stal eruit. Maar Jezus zei: 'Laat haar, ze doet dit voor de dag van mijn begrafenis; de armen zijn immers altijd bij jullie, maar ik niet.'" Ze legde de Bijbel weer op haar katheder.

'Het zal u zijn opgevallen dat ook bij Johannes van een zondares wordt gesproken. Evenals bij Matteüs en Marcus speelt deze zalving zich af eni-ge dagen voor Jezus' dood en wordt die ook nadrukkelijk met zijn begra-fenis verbonden – alles dus in een totaal ander verband dan bij Lucas. Wel spreekt Johannes over het zalven van de voeten, waar Matteüs en Marcus het over zalving van het hoofd hebben. Bij Johannes worden de voeten wel gedroogd door de haren van Maria, maar het gaat dan om de balsem, niet om haar tranen. Maar nergens lezen we dat dit Maria van Magdala zou zijn. Dat is dus het werk geweest van paus Gregorius de Grote, die in die preek verklaarde dat de niet bij naam genoemde zonda-res, Maria van Bethanië én Maria Magdalena in feite één persoon waren. En daarmee was het kerkelijk lot over de Magdaleense bezegeld. Vanaf nu was zij een zondares, een hoer. De zeven demonen die uit haar waren verjaagd – nergens lezen we overigens dat Jezus zelf dit zou hebben ge-daan – werden verbonden met de zeven hoofdzonden.'

Een nieuwe dia verscheen in beeld met onder elkaar de zeven hoofd-zonden.

'Er is een klein, maar fijn boekje van Theo Sastra,' zei Veronica. 'Dat heet *De magie van het getal zeven*, over het universele voorkomen van dit getal dat ook in de Bijbel een belangrijke rol speelt. Dat geldt dus ook voor de zeven hoofdzonden die er volgens deze zelfde paus Grego-rius waren en die ieder weer ándere zonden teweegbrachten. Het waren: *ira*, woede; *gula*, onmatigheid of vraatzucht; *luxuria*, onkuisheid, wel-lust; *invidia*, nijd, jaloezie; *acedia*, ledigheid, luiheid; *superbia*, hovaardij, hoogmoed en *avaritia*, gierigheid. Het zal u niet verbazen dat men met betrekking tot een vrouw bij zonde in de eerste plaats dacht – en in veel gevallen nog steeds denkt – aan luxuria: onkuisheid.'

Een nieuwe dia verscheen in beeld met daarop groot het woord PAUZE.

Uit ervaring wist ze dat dit voor veel mensen bijna een nog belangrijker reden was om naar dergelijke bijeenkomsten te komen dan de lezingen zelf. De Studium Generale was voor sommigen een soort reünie met tien of twaalf bijeenkomsten.

'Zoals u ziet, gaan we richting de pauze. Om dit gedeelte af te sluiten,' zei Veronica, waarbij ze haar stem iets moest verheffen om boven het rumoer uit te komen. 'Ik weet dat als het woord "pauze" eenmaal is gevallen, mensen moeilijk meer te houden zijn…'

Het werd weer stil.

'Maar het is pas sinds heel, heel recent dat Maria van Magdala in ere is hersteld. Pas in 1969 heeft de katholieke kerk haar standpunt over Maria Magdalena herroepen en geruisloos besloten dat zij niet met de zondares uit het Evangelie van Lucas mag worden gelijkgesteld. Er is weinig ruchtbaarheid aan gegeven en het was een behoorlijke zoektocht om de passage te achterhalen. Het staat in het *Calendarium Romanum*. De tekst luidt…' Ze pakte een A4'tje op en las voor. '"Er is geen verandering aangebracht in de titel van het gedenkteken van vandaag, maar het betreft alleen de heilige Maria Magdalena, aan wie Christus verscheen na zijn opstanding. Het gaat niet om de zuster van de heilige Martha, noch om de zondige vrouw wier zonden de Heer vergeven heeft." En pas op 3 juni 2016 werd de gedachtenis van Maria Magdalena op 22 juli in de rooms-katholieke kerk in opdracht van paus Franciscus opgewaardeerd tot feest. Daarmee werd zij verheven tot de apostelrang. En over haar rol binnen de groep mensen rond Jezus zullen we het na de pauze hebben.'

Een geraas klonk op uit de zaal, van tafeltjes en stoelen die omhoog klapten, geschuifel van voeten en hartelijk geroezemoes van mensen die elkaar begroetten.

Veronica zag hoe één persoon zich op de trap tegen de stroom in naar beneden begaf. Pierre.

Een beetje buiten adem begroette hij haar met drie zoenen. Toen viel hij met de deur in huis: 'Het is een lang verhaal, maar ik heb je hulp dringend nodig.'

'Kunnen we het niet straks bespreken?' vroeg Veronica.

Pierre logeerde vaker bij haar als hij in Nederland was en hij had zelfs een huissleutel. De logeerkamer was min of meer zijn kamer geworden, omdat er buiten hem nooit iemand anders overnachtte.

'Dat is goed,' zei hij gehaast. 'Ik heb mijn spullen vast bij je neergezet. Dus schrik niet als je straks thuiskomt.'

'Hoe wist je dat ik hier was?'

'Dat was een heel klein beetje een toevalstreffer,' zei hij. 'Hoewel... Toen ik je niet thuis trof, heb ik even gegoogeld. Op je website stuitte ik op de aankondiging van deze lezing.'

'Is dat alles voor nu?' vroeg ze.

Typisch Pierre... Hij valt midden in een lezing binnen en dan moet alles wijken voor hem. Dringend, belangrijk, geheim!

'Ik moet straks weer verder en ik wil nog even naar het toilet,' voegde ze eraan toe.

'Ja, dat is alles.'

'En je komt dus vanavond in ons... ik bedoel, in mijn huis slapen?'

'Ja, als dat goed is,' zei hij.

'Dat is altijd goed,' zei ze. 'Maar nu... Ik zit midden in een lezing.'

'Ik weet het, ik weet het,' zei hij zich verontschuldigend en hij maakte aanstalten weg te gaan. 'Ik zal het je vanavond uitleggen. Ik denk dat dit iets heel groots is. Als dit gaat zoals ik heb gepland...' Pierre aarzelde duidelijk om zijn zin af te maken.

'Dan?' vroeg Veronica met een groeiend gevoel van onbehagen.

'Dan zijn alle zorgen van Susanna en mij voorbij.'

Sofia

Bologna, 9 juli

De inspecteurs stonden Sofia en Rosa al bij het huis op te wachten. Ze waren in het gezelschap van twee agenten die duidelijk zichtbaar hun holsters op de heup droegen.

Sofia schaamde zich nog steeds dat ze pas zo laat in actie was gekomen. 'Het spijt me echt,' begon ze onmiddellijk toen ze binnen gehoorsafstand van de inspecteurs was. 'We waren in paniek. Ik was in paniek.'

'Het is al goed,' zei Mauricio in een poging haar gerust te stellen. 'Maar het zou ons werk veel gemakkelijker hebben gemaakt als u ons direct had gebeld nadat de overvallers waren weggegaan.'

Sofia boog berouwvol het hoofd.

'Laten we naar binnen gaan,' stelde zijn collega Milan voor. 'Dat praat wat gemakkelijker.'

Op het kastje bij de voordeur toetste Sofia de code in. 'Zou dit ergens worden geregistreerd?' vroeg ze zich hardop af terwijl ze de deur opendeed.

'Ik denk het wel,' zei Mauricio. 'Ik stel voor dat u dit systeem laat vervangen. Kunt u – of uw vriendin – contact opnemen met een bedrijf om te vragen of ze direct kunnen komen?'

'Ik doe dat wel,' zei Rosa gedecideerd. 'Het nummer van het oude bedrijf staat nog in mijn telefoon.'

Sofia ging met Mauricio en Milan naar de woonkamer. Het voelde vreemd om weer in haar eigen huis te zijn, al was ze niet eens zo lang weg geweest. Het was alsof ze na een vakantie in het buitenland weer thuiskwam.

'Uit de gegevens van het beveiligingsbedrijf blijkt dus dat toen de inbrekers het huis binnenkwamen, uw man al een aantal uur was overleden,' stak Mauricio van wal. 'Ze hebben hem dood aangetroffen, wat het natuurlijk makkelijk maakte om de computer mee te nemen. Het verklaart wellicht dat ze er relatief snel vandoor zijn gegaan. Misschien zijn ze geschrokken en waren ze bang dat zijn dood hun later in de schoenen zou worden geschoven.'

Sofia toonde een pijnlijke glimlach. *Zelfs na zijn dood heeft Giacomo me nog beschermd.*

'We denken dat ze naar boven zijn gegaan – of dat iemand naar boven is gegaan – maar dat al snel het besef kwam dat ze verder weinig uit konden richten,' zei Milan, het van zijn collega overnemend. 'En daarbij kwam dus de aanwezigheid van een dode in het huis.'

Sofia knikte afwezig. 'En die arme Marco,' zei ze. 'Gisteren stonden er nog twee mannen van het Marciana op de stoep. Doodeng.'

'Het Marciana?' vroeg Mauricio, die onmiddellijk rechtop ging zitten. 'Daar weet ik niets van. Jij, Milan?'

Zijn collega schudde het hoofd. 'Dat kan ook helemaal niet,' zei hij. 'Dan hadden ze zich eerst bij ons moeten melden.'

'Wat zeiden ze?' vroeg Mauricio aan Sofia.

Ze lichtte hen in over de twee mannen die haar over de verdrinkingsdood van Marco waren komen vertellen en uiteindelijk waren weggegaan, nauwverholen dreigementen uitend.

'Is Marco Visconti dood?' riep Mauricio uit. 'Ja, sorry hoor, mevrouw Palazzo...' Hij deed geen moeite meer om zijn ergernis te verbergen en stond op. 'Ik begrijp dat dit een buitengewoon stressvolle tijd voor u is, maar dit is toch wel erg –'

'Dom,' maakte Milan, die ook opstond, zijn zin af.

Mauricio pakte zijn telefoon. 'Ik laat even iemand komen die op basis van de beschrijving van u en uw vriendin een schets kan maken van die twee mannen. En dan bel ik Venetië om te vragen hoe het zit met Marco Visconti.'

'En die Pierre,' zei Milan. 'Die moeten we ook zo snel mogelijk zien te lokaliseren.'

'Precies,' zei Mauricio. 'Er is een hoop werk aan de winkel.'

Er werd op de deur geklopt.

Een van de agenten die met hen was meegekomen, stapte naar binnen.

'Er is opnieuw ingebroken,' zei hij. 'Het is een chaos.'

'Een chaos?' vroeg Sofia geschrokken.

'Come se si fosse scatenata una tempesta,' zei de agent.

Alsof er een storm heeft gewoed…

Veronica

'Dan wil ik nu graag ingaan op het beroemde Evangelie van Maria Magdalena,' vervolgde Veronica haar college na de pauze. 'Dit is de eerste tekst in de zogenaamde Berlijnse Codex. Die codex werd in 1896 in Caïro bij een antiquair ontdekt en wordt momenteel in Berlijn bewaard. Twee van de vier geschriften die deze codex telt, zijn in Nag Hammadi gevonden en om die reden worden ze vaak in één adem met de Nag Hammadi-geschriften genoemd. In de Nederlandse vertaling van deze geschriften zijn deze teksten ook opgenomen.'

Op het scherm achter Veronica verscheen een hevig verweerde pagina in beeld, met hier en daar gaten.

'Het evangelie is waarschijnlijk in de eerste helft van de tweede eeuw afgeschreven, gekopieerd dus. Helaas ontbreken de eerste zes pagina's van het oorspronkelijke handschrift en ook de pagina's elf tot en met veertien zijn verloren gegaan.'

Een nieuwe dia toonde Maria Magdalena volgens de iconografische kunst van de oosters-orthodoxe kerk.

'Ah, dit is nog wel aardig,' zei Veronica terwijl ze zich half naar de projectie op het scherm draaide. 'Traditioneel wordt Maria Magdalena met lang haar afgebeeld en als een zogenoemde "myrofoor". Dat is een draagster van een pot met zalf om de overledene mee te balsemen. Dat is vanzelfsprekend gebaseerd op die zalvingsverhalen die ik voor de pauze voorlas – ook al hebben we vastgesteld dat het verband met Maria Magdalena er feitelijk niet is. En waar je haar altijd aan kunt herkennen, is het rode ei in haar linkerhand. Van begin af aan werd Maria Magdalena aan deze rode paaseieren verbonden, omdat zij de eerste persoon was die het lege graf van Jezus na zijn opstanding zag. Zij zou eieren bij zich hebben gehad – een ei is een universeel symbool voor nieuw leven, een nieuw begin. Bij het zien van het lege graf barstte ze in tranen uit. Haar tranen vielen op de eieren die vervolgens rood kleurden. Hier volgt dan nog een mooie legende op en die verhaalt van Maria Magdalena, die naar de Romeinse keizer Tiberius ging om hem het goede nieuws over Jezus' dood en opstanding te vertellen. Het was de gewoonte om bij een bezoek aan de keizer een geschenk mee te nemen. Maria Magdalena bezat niet veel en gaf de keizer een kippenei, en sprak daarbij de woorden: "Christus is opgestaan." Tiberius antwoordde dat het onmogelijk was uit de dood op te staan en dat nog eerder een wit ei rood zou kleuren dan dat dat zou gebeuren. De keizer was nog niet uitgesproken, of het ei in zijn handen kleurde rood. Zodoende zijn gekleurde eieren symbool voor de verrijzenis van Christus.'

Veronica schakelde naar een volgende dia die een tekst uit de Eerste Brief aan Timoteüs toonde.

Vrouwen moeten in alle rust luisteren naar het onderricht en hun plaats weten. Ik sta hun niet toe zelf onderricht te geven of mannen de les te lezen; zij moeten rustig luisteren.

'Nu weer terug naar waar ik was gebleven,' ging Veronica verder. 'De geprojecteerde tekst komt uit een brief waarvan lange tijd geloofd werd dat deze door Paulus zou zijn geschreven.' Ze las de verzen voor. 'Het was een vrouwonvriendelijke omgeving – en dan druk ik mezelf nog zwak uit. Daarom is het opvallend dat ons evangelie op naam van een vrouw is gesteld. De hele toon ervan staat in schril contrast met bijvoorbeeld de zogenaamde brieven van Paulus, want hier is het juist een vrouw die de mannelijke apostelen onderricht.'

Een nieuwe dia toonde een gehavende codex.

'Het is eeuwig zonde dat de eerste zes pagina's van het evangelie ontbreken,' zei Veronica met hoorbare spijt in haar stem. 'De tekst begint midden in een gesprek tussen de opgestane Jezus en zijn leerlingen. Na zijn hemelvaart blijven de leerlingen bedroefd achter, maar ze worden getroost door Maria. Zij vertelt dan over een visioen dat ze had. Helaas ontbreken er dan weer vier pagina's van het oorspronkelijke handschrift. Als de tekst verder gaat, is Maria nog steeds – of opnieuw – aan het woord en vertelt ze de leerlingen wat Jezus aan haar openbaarde.'

'Ik meen dat Petrus daar niet zo blij mee was?' merkte een vrouw op de tweede rij op.

'Ja, dat klopt,' zei Veronica. 'Daar heeft u helemaal gelijk in. Het is een van de opvallendste passages in dit evangelie – en daarmee ook waarschijnlijk de beroemdste. Dat is het stuk waarin Petrus aan Maria Magdalena vraagt of zij hem en de broeders wil vertellen wat Jezus tegen haar heeft gezegd. En dat staat er dan als volgt.'

Veronica nam een blaadje met aantekeningen in haar hand. 'Petrus zei tegen Maria: "Zuster, we weten dat de Verlosser meer van jou gehouden heeft dan van de andere vrouwen. Zeg ons de woorden van de Verlosser zoals jij je die herinnert, die jij kent maar die wij niet kennen en die we ook nog niet hebben gehoord." Maria antwoordde en zei: "Wat voor jullie verborgen is zal ik jullie bekendmaken."'

Veronica nam een slokje water.

'Maria Magdalena vertelt dan wat Jezus haar vertelde in het visioen en dan wordt ze door Petrus en zijn broer Andreas niet geloofd. Er staat – en ik lees opnieuw een stukje voor: "Toen Maria dit had gezegd, zweeg ze, want tot zover had de Verlosser met haar gesproken. Maar Andreas nam het woord en zei tegen de broeders: 'Zeg eens, wat denken jullie over wat zij gezegd heeft? Ik voor mij geloof niet dat de Verlosser dit heeft gezegd, want het is duidelijk dat het afwijkende ideeën zijn.' Petrus nam het woord en sprak over deze zelfde dingen. Hij vroeg hun over de Verlosser: 'Zou hij werkelijk buiten ons om en niet openlijk met een vrouw gesproken hebben? Moeten wij ons soms omkeren en allemaal naar haar luisteren? Heeft hij aan haar de voorkeur gegeven boven ons?' Toen huilde Maria en zei tegen Petrus: 'Mijn broeder Petrus, wat denk je? Denk je dat ik het zelf in mijn hart bedacht heb of dat ik leugens vertel over de Verlosser?'"'

Veronica keek kort de zaal in om te kijken wat het effect van haar woorden was. De aanwezigen keken haar zonder uitzondering geboeid aan.

'"Levi nam het woord," las Veronica verder voor, "en zei tegen Petrus: 'Petrus, jij bent altijd zo heetgebakerd! En nu zie ik weer dat je redetwist met deze vrouw zoals met tegenstanders. Als de Verlosser haar waardig bevonden heeft, wie ben jij dan om haar te verwerpen? Zeer zeker kende de Verlosser haar erg goed en daarom heeft hij van haar meer gehouden dan van ons. We moesten ons eerder schamen en ons bekleden met de volkomen Mens en hem in onszelf verwerven, zoals hij ons heeft opgedragen, en het evangelie verkondigen. En laten we daarbij geen andere bepaling of wet opleggen dan wat de Verlosser gezegd heeft.' Nadat Levi nu deze dingen gezegd had, begonnen ze te gaan om te vertellen en te verkondigen."'

Veronica legde het ene A4'tje weg en pakte een ander. 'Even ter verduidelijking,' zei ze. 'De apostel Levi heeft van Jezus de naam Matteüs gekregen. Al is daar –'

'Ik kan dit niet meer aanhoren,' riep een man vanuit de zaal.

Veronica keek op. Iedereen in de zaal draaide het hoofd in de richting van waaruit de stem had geklonken.

In het gangpad stond een grote man, nogal gezet, met een forse baard. Hij ging gekleed in een pak, dat hem duidelijk een of twee maten te klein was. Het was alsof zijn boosheid hem had doen opzwellen.

'Mijn naam is Hugo Agterijk,' zei de man op luide toon. 'Ik ben voorganger van de pinkstergemeente hier in Leiden en ik wil met klem protesteren tegen –'

'Het spijt me zeer, meneer Agterijk,' onderbrak Veronica hem. 'Als ik straks heb afgerond, is er gelegenheid tot het stellen van vragen.'

'Ik heb helemaal geen vraag,' zei de man die nu rood was aangelopen. 'Ik protesteer tegen het beeld dat u van de vrouw neerzet dat ingaat tegen wat de Bijbel ons erover leert.'

'Wilt u alstublieft gewoon weer plaatsnemen?'

'En tegen het beeld dat u schetst van Maria Magdalena. Van de hoer Magdalena.'

Sofia

Bologna, 9 juli

De puinhoop in de studeerkamer van Giacomo was nauwelijks te overzien. Alle boeken waren uit de kasten getrokken en lagen op de grond, als aangespoeld wrakhout op het strand. Laden waren omgekeerd en de inhoud lag kriskras over de vloer. Schilderijen waren van de muur gehaald en de lambrisering was losgetrokken. Het bureau was omgekeerd, alsof ze op zoek waren geweest naar geheime vakjes. Ook de logeerkamer was geheel overhoopgehaald. De deur van de kluis was opgeblazen en hing zwartgeblakerd aan één scharnier.

'Waarschijnlijk semtex,' hoorde Sofia de ene inspecteur tegen de andere zeggen. 'Maar dat moeten de buren dan toch hebben gehoord?' vroeg ze zich hardop af.

'Dat zou je denken,' zei Mauricio. 'Het is een korte, felle knal, maar op afstand kan het als vuurwerk hebben geklonken. Misschien hebben ze niet eens heel erg veel hoeven gebruiken. De kluis is natuurlijk ook verouderd. Het deurtje was niet erg massief.'

Sofia besloot niet in te gaan op het duidelijke verwijt van de inspecteur.

Alsof het mijn schuld is dat mensen hier inbreken.

'Hoe dan ook,' zei Milan. 'Ze wilden dat manuscript wel heel erg graag hebben.'

'Maar het was hier niet meer,' zei Sofia.

'Nee, en daarom is het ook zaak dat we deze "Pierre" snel weten te vinden.' Milan maakte met zijn vingers aanhalingstekens in de lucht. 'Zijn telefoon staat nog steeds uit, maar er wordt contact opgenomen met Cassis. Als daar echt een Pierre woont die in kunst handelt, zullen we zijn identiteit snel kunnen achterhalen.'

De deurbel klonk.

Niet veel later riep Rosa naar boven dat de tekenaar van de politie was gekomen. Sofia ging naar beneden. Zittend aan de eettafel probeerden zij en Rosa een zo goed mogelijke beschrijving te geven van de mannen die hen de avond ervoor hadden bezocht.

Sofia verbaasde zich hoe snel en hoe accuraat de tekenaar volgens haar zeer goed gelijkende tekeningen wist te maken. De man was zichtbaar tevreden met de complimenten die ze hem gaven.

Mauricio kwam de kamer binnen, de telefoon in de hand. 'We hebben contact gehad met onze collega's in Frankrijk,' zei hij, met zijn wijsvinger over het schermpje van zijn toestel vegend. 'Er is ene Pierre Delarue uit Cassis, die voor Pascal Berger werkt. Hij is inderdaad een antiekhandelaar. Hier.' Hij toonde het schermpje aan Sofia en Rosa om een foto te laten zien.

'Dat is hem,' zeiden ze tegelijkertijd, alsof ze het hadden ingestudeerd.

'Dan hebben we in ieder geval iets,' zei Mauricio. 'Ze zijn op weg naar zijn huis.'

'Maar hij zou naar Brussel gaan.' herinnerde Sofia zich plots. 'Er was een of ander beroemd instituut waar hij het manuscript zou laten onderzoeken.'

'U heeft geen naam zeker?'

'Nee, dat niet,' zei Sofia. 'Maar zoveel van dergelijke instituten zullen er nou toch ook weer niet zijn? Hij had het over een beroemd instituut waar hij in het verleden vaker mee had samengewerkt.'

'Dan ligt het waarschijnlijk niet bij hem thuis,' peinsde Mauricio. 'Maar allicht heeft hij er iets achtergelaten dus of heeft hij iemand verteld waar hij naartoe is gereden. We gaan erachteraan.'

'Het spijt me dat ik niet anders heb gehandeld,' verontschuldigde Sofia zich niet voor de eerste keer.

'En het spijt mij dat ik wat hard ben geweest,' zei Mauricio. 'Het is allemaal afschuwelijk voor u… Het beveiligingsbedrijf kan ieder moment hier zijn, dus dat wordt direct in orde gemaakt – al wordt het nachtwerk. Een forensisch team is onderweg voor sporenonderzoek en ik hoop dat zij voor de ochtend vertrokken zijn. Ik raad u aan om toch hier te blijven, ook al is het onrustig met al die mensen hier in huis. Voorlopig blijven mijn twee mannen hier. Zij zullen later worden afgelost. Zij kunnen u helpen met het opruimen als het onderzoek hier klaar is. Dan is straks uw huis beveiligd en kunt u zich richten op de begrafenis van uw man.'

'En ze komen niet terug toch?' vroeg Rosa.

'Dat lijkt mij onwaarschijnlijk,' zei Mauricio. 'Ik denk dat ze hebben vastgesteld dat wat ze zochten hier niet is. Toch is het goed om op uw hoede te blijven, dus houd uw ogen open en neem contact op als u iets verdachts ziet, een vreemd telefoontje krijgt of wat dan ook. Niet om u onnodig schrik aan te jagen, maar het kan natuurlijk dat ze denken dat u weet waar het door hen zo felbegeerde manuscript is.'

'Ze hebben Pierre gezien,' zei Sofia. 'Pierre Delarue.' Het voor het eerst uitspreken van zijn achternaam had iets vreemds, vond ze.

'Ja, en ik vermoed dat we te maken hebben met mensen die tamelijk professioneel opereren,' zei Mauricio. 'Dus zij zullen vast ook hun manieren hebben om uit te zoeken wie hij was. En...'

'En wat?'

'Waar hij nu is.'

Veronica

Twee andere mannen waren ook opgestaan. Het was Veronica niet duidelijk of ze haar te hulp wilden schieten of dat het juist medestanders van deze dominee waren.

Hier en daar klonken protesten uit de collegezaal.

'Ga toch zitten man!'

'Dit is niet de plaats.'

'Ga terug naar de negentiende eeuw!'

Maar dominee Agterijk bleef vastberaden op de trappen staan, als een moderne profeet. 'Ik ga al,' sprak hij op rustige toon, maar met zeer luide stem. Hij was het duidelijk gewend om puur op basis van zijn stemgeluid een groot publiek te bereiken. 'Dit is gelukkig een vrij land,' ging hij verder. 'En ik ben een vrij man, vrij om te zeggen, te denken en te geloven wat ik wil.'

'Maar u hindert ónze vrijheid om hier rustig te luisteren naar het interessante verhaal van mevrouw De Nijs,' riep iemand.

'De rooms-katholieke kerk heeft het beeld van Magdalena,' zei Agterijk, de protesten negerend, 'onder dwang van de dictatoriale genderlobby aangepast, maar ik houd vast aan het ware Bijbelse beeld van haar: de zondige vrouw die door Jezus werd vergeven. En het is zoals in de tekst van de door mij zo innig geliefde Paulus staat: vrouwen moeten in alle rust luisteren naar het onderricht en hun plaats weten. In mijn kerk sta ik dan ook niet toe dat vrouwen zelf onderricht geven of mannen de les te lezen; zij moeten rustig luisteren.'

Er begonnen mensen luidkeels te protesteren, maar Agterijk kwam er met zijn bassende stem gemakkelijk bovenuit.

'Nog één ding,' ging hij verder, de wijsvinger van zijn rechterhand in de lucht stekend. 'En dat is die schitterende tekst uit het vijfde hoofdstuk van de brief aan de gelovigen in Efeze, ook weer van Paulus. Hij schrijft daar: "Vrouwen, erken het gezag van uw man als dat van de Heer, want een man is het hoofd van zijn vrouw, zoals Christus het hoofd is van de kerk, het lichaam dat Hij gered heeft. En zoals de kerk het gezag van Christus erkent, zo moeten vrouwen in ieder opzicht het gezag van hun man erkennen."'

De twee mannen die waren opgestaan, kwamen nu in het geweer. Ze posteerden zich aan weerszijden van de dominee en vatten hem bij de ellebogen. Ze dwongen hem zich om te draaien en zo begeleidden ze hem de trap omhoog in de richting van de uitgang.

'Ga preken voor je eigen parochie,' riep iemand hem na.

Met trillende hand pakte Veronica de karaf om zichzelf een glas water in te schenken. De handeling van het inschenken en het drinken van het koele water zelf gaven haar enige rust.

Vlak voor hij boven was, draaide Agterijk zich bruusk om.

'Vindt u het gek dat God u met het weduwschap gestraft heeft!' riep hij naar Veronica. 'Wat een bevrijding moet het voor uw man zijn geweest om van u verlost te zijn. Hij heeft een adder aan zijn borst gekoesterd.'

Plots was het doodstil.

Agterijk rukte zich los van zijn begeleiders en keek met een grote glimlach de zaal rond. 'Een fijne avond nog verder,' zei hij. Hij draaide zich om en verliet de ruimte.

'Wat een schande!' riep de vrouw op de tweede rij die eerder de opmerking over Petrus had gemaakt.

De studente die namens Studium Generale de avond in goede banen moest leiden, stond schaapachtig te lachen, duidelijk niet opgewassen tegen deze onverwachte gebeurtenis. 'Wat zullen we doen?' vroeg ze uiteindelijk aan Veronica.

Veronica nam het laatste slokje uit haar glas en streek met een hand over haar gezicht, plotseling zeer vermoeid. 'Ik wil graag mijn verhaal afmaken,' zei ze tegen de vrouw.

Ze herpakte zich een beetje en drukte op een knopje van de afstandsbediening, waarna een nieuwe dia zichtbaar werd. Er verscheen een afbeelding van een oud manuscript, met het bijschrift EVANGELIE VAN FILIPPUS.

'Ik was sowieso aan het eind van mijn verhaal aangekomen,' zei ze, terwijl ze zich tot de zaal richtte. 'Dit was erg… onaangenaam. Erg vervelend. Maar het toont alleen maar… Het laat alleen maar zien hoezeer het verhaal dat ik hier vertel nodig is.' Ze voelde hoe een hernieuwde strijdkracht bezit van haar nam. 'Als je mensen zoals deze dominee hoort, dan besef je dat er op dat gebied nog een wereld te winnen valt.'

Een klaterend applaus daalde vanuit zaal omlaag, alsof er een waterval naar beneden stroomde.

Veronica glimlachte en stak beide handen omhoog, de geopende handpalmen naar het publiek gericht.

'Hartelijk dank voor uw steun,' zei ze. 'Maar goed… waar waren we gebleven?'

'Het gesprek met Petrus,' merkte een jongeman op. Met zijn pen tikte hij op het blaadje waar hij aantekeningen op had gemaakt.

'Ah, precies,' zei Veronica. 'Nu is het zo dat dit niet de enige bron is waaruit we kunnen opmaken dat deze Maria van Magdala binnen de Jezusbeweging waarschijnlijk vanaf het allereerste begin een zeer belangrijke rol heeft gespeeld. Gelukkig beschikken we ook over andere antieke teksten die aantonen dat ze een vooraanstaande plaats in het leven van Jezus innam en in wezen de belangrijkste apostel was. Zo staat er in het Evangelie van Filippus – en ik citeer even – geschreven: "Jezus hield op een andere wijze van Maria dan van de andere leerlingen, en hij kuste haar vaak. De overige leerlingen zagen hoe hij van Maria hield en vroegen hem: 'Waarom houdt u meer van haar dan van ons allemaal?' De Heer antwoordde hun met de woorden: 'Waarom houd ik niet van jullie zoals van haar? Wel, als een blinde en iemand die kan zien samen in het donker zijn, verschillen ze niet van elkaar. Maar als het licht wordt, zal de ziende het licht zien en de blinde in het donker blijven.'"'

Veronica legde haar blaadje neer. 'Maria Magdalena is in deze metafoor de ziende,' zei ze. 'De andere leerlingen vertoeven nog in het duister.' Ze glimlachte breed. 'Net zoals deze meneer Agterijk.'

Sofia

Sofia liet de rode wijn door haar glas rollen, maar dronk er niet van. 'Het is gek,' zei ze tegen Rosa. 'Ik val zo ongeveer om van de slaap, maar tegelijkertijd weet ik dat ik niet zal kunnen slapen ook al zou ik dat willen.'

'Ik begrijp wat je bedoelt,' zei Rosa. 'Te veel adrenaline. Het is een volslagen absurde situatie.'

'En Giacomo... Ik voel me verdoofd. Zelfs het verdriet lijkt maar niet tot me door te dringen. En als ik denk aan alles wat ik nog moet regelen.'

'Maak je geen zorgen, *mia cara*,' sprak Rosa sussend. 'Er is al van alles in werking gesteld. De universiteit heeft ook haar medewerking toegezegd, dus we krijgen genoeg hulp. Morgen moeten we een paar knopen doorhakken en dan kunnen we deze hele toestand hopelijk snel achter ons laten.'

Op de achtergrond klonken de geluiden van voetstappen in de hal, open- en dichtgaande deuren, stemmen van de onderzoekers en van de mannen van het beveiligingsbedrijf.

Mauricio en zijn collega Milan waren naar huis gegaan, maar ze hadden zoals beloofd twee agenten achtergelaten. De komende tweeënzeventig uur zouden er voortdurend twee mensen aanwezig zijn om de boel in de gaten te houden. In de buurt zouden nog agenten in burger surveilleren om eventuele verdachte situaties op te merken.

De dood van Marco was inmiddels bevestigd, net als het feit dat de twee mannen die Sofia en Rosa een bezoek hadden gebracht van een particulier bureau moesten zijn geweest.

Mauricio wist nog te melden dat 'Brussel' een te algemene aanduiding was geweest om heel gericht te zoeken. Hij vertelde dat het Brussels

Hoofdstedelijk Gewest een van de drie gewesten van België was en uit negentien gemeenten bestond, waaronder de stad Brussel. Als Pierre had gezegd dat hij naar Brussel ging, dan betekende het dus niet per se de Belgische hoofdstad zelf. 'Maar goed,' had hij relativerend gezegd. 'Alles is toch dicht op dit moment, dus nu kunnen we hoe dan ook weinig. Het is bij onze collega's in België uitgezet en ik denk dat we er binnen niet al te lange tijd achter komen. Het land weten we, het gebied... Hoeveel van dergelijke instituten kunnen er nou helemaal zijn?'

'Als hij tenminste echt naar Brussel is gegaan,' had Rosa eruit geflapt.

'Inderdaad,' had Mauricio gezegd. 'Laten we daar nog maar even van uitgaan. We hebben verder niet veel anders. Ik wacht ook nog op nieuws van mijn collega's uit Frankrijk. Misschien dat zij ons iets wijzer kunnen maken.'

Sofia staarde naar het schilderij van het zeegezicht dat Pierre was komen brengen. 'Ik weiger te geloven dat Pierre slechte bedoelingen heeft,' zei ze. 'Ik bedoel: hij kwam om de begrafenis van Giacomo bij te wonen en om het schilderij te brengen.'

'Tja,' zei Rosa. 'Maar soms... *L'occasione fa il ladro.*'

De gelegenheid maakt de dief.

'Ja, dat kan dan wel waar zijn,' zei Sofia geïrriteerd. 'Maar dat ding is een kleine tienduizend euro waard. Hij laat dat dan toch niet zomaar achter?'

Rosa opende haar mond, leek er aanvankelijk het zwijgen toe te doen, maar sprak toen toch. 'Het is een hoop geld ja,' zei ze. 'Maar misschien is het een schijntje in vergelijking met wat dat manuscript waard is.'

Bondini

De aaneenrijging van tegenslagen in zijn pogingen de hand op de codex te leggen deed Bondini er aanvankelijk aan twijfelen of er wel zegen op zijn werk rustte. Eerst waren er die twee prutsers van een Dario en Enzo, die wél de computer meenamen, maar niet doortastend genoeg waren om ook de vrouw des huizes onder druk te zetten. Toen de overval van Francesco en Tedesco. Zij bleken te zijn afgescheept met weliswaar oude papyrusvellen, maar niet de bewuste codex. Zodra hij het eerste vel uit de stapel had vergeleken met de foto's van Giacomo Palazzo besefte Bondini dat ook Francesco zich als een klein kind voor de gek had laten houden. In Bologna had Tedesco zich opnieuw toegang tot het huis verschaft – de twee vrouwen en de man waren weggegaan. Als een wervelwind was hij door het huis gegaan en hij had zelfs de kluis opgeblazen, maar dat had allemaal niets opgeleverd.

Toch gloorde er plots weer licht aan het einde van de tunnel.

Volgens Luigi had iemand vanuit Nederland direct contact opgenomen met Agostine Barbarigo, het hoofd van het Marciana. Deze persoon bood een unieke codex te koop aan, die onlangs in zijn bezit was gekomen. Een certificaat dat de ouderdom en de authenticiteit bewees, zou op een later moment kunnen worden geleverd. Hij had Barbarigo nog cryptisch te kennen gegeven dat het om een codex ging die in het Marciana en in het Marciana alleen thuishoorde. Om die reden wilde hij hem uitsluitend aan de Venetiaanse bibliotheek verkopen.

Die omschrijving was cryptisch genoeg geweest om bij Barbarigo alle radertjes in werking te zetten. Hij nam zijn vriend Luigi Navagero in vertrouwen en legde hem de kwestie voor.

Luigi had Bondini later woordelijk verslag gedaan van het gesprek dat hij met Barbarigo had gevoerd. Luigi had hem verteld hoe hij Barbarigo's vermoeden voedde – de man was niet op zijn achterhoofd gevallen – dat Marco Visconti hier weleens heel goed mee te maken kon hebben gehad. Barbarigo op zijn beurt had aan Luigi uitgelegd hoe hij Marco – vlak voor diens onfortuinlijke dood in een van de kanalen van Venetië – had betrapt bij het terugbrengen van een boek van Tertullianus dat hij tegen alle regels in mee naar huis had genomen.

'Dat boek hebben we nog samen in onze handen gehad!' had Luigi toen uitgeroepen. 'Het had de perfecte grootte om papyrusvellen in te verstoppen om die ongezien naar buiten te smokkelen. Ik vond al dat hij zo vreemd deed die ochtend!'

'Misschien had hij iets ontdekt en zinde hij op een goede manier om zijn ontdekking uit de zaal weg te krijgen?' opperde Barbarigo.

Luigi knikte bedachtzaam.

'Hij moet van de gelegenheid gebruik hebben gemaakt toen jij die hartaanval kreeg,' vervolgde Barbarigo zijn eigen gedachtegang. 'Maar waarom zou hij dat in 's hemelnaam doen? Als bibliothecaris?'

'We kunnen niet in de harten van de mensen kijken, Agostine,' zei Luigi. 'Alleen God kan dat. Wie weet ging onze broeder gebukt onder schulden? Of wilde hij door de verkoop van het manuscript zijn eigen klooster redden? Dat zit financieel ook in zwaar weer.'

Bondini prees zichzelf gelukkig dat hij een sluwe vos als Luigi Navagero binnen de gelederen had. Luigi had er bij zijn baas op aangedrongen om weliswaar interesse te tonen in het aanbod, maar dit in alle verborgenheid te doen.

'Dit is je laatste klus,' zei Luigi. 'Je wilt niet dat je afscheid wordt ontsierd door een eventuele onthulling dat onder jouw ogen een kostbare codex uit de bibliotheek is verdwenen.'

Barbarigo keek hem verschrikt aan. 'Nee, nee... Absoluut niet!'

'Dat zou een schandvlek op jouw smetteloze blazoen zijn,' zei Luigi. 'Maar als de codex terug is en jij persoonlijk hem ontdekt... Wat een kroon op je carrière zou dat zijn!'

Barbarigo beaamde het. 'We hebben... geld,' zei hij. 'Er is een fonds waar ik geld uit kan krijgen zonder dat ze al te veel vragen stellen. Het gaat allemaal op basis van vertrouwen.'

'Heeft hij een prijs genoemd?'

'Het ging om... zes miljoen euro,' zei Barbarigo. 'En er viel niet over te onderhandelen.'

'Maar dat valt mee!'

'En hij wilde het hebben in...' Barbarigo had het woord op moeten zoeken. '...monero. Dat is een cryptomunt.'

'Zoiets als bitcoin?'

'Ik denk het.'

'Sluw, sluw... Over die cryptomunten heb ik laatst gelezen dat als het geld is gestort, het zich razendsnel van rekening naar rekening over de hele wereld verplaatst. Binnen een seconde is het al niet meer te achterhalen.'

'Hoe dan ook,' zei Barbarigo. 'Als die codex echt dat geld waard is, dan... Ik wil maar zeggen dat het geld geen probleem is. We moeten alleen eerst iets van zekerheid rond de authenticiteit hebben.'

'Uiteraard, uiteraard,' zei Luigi. 'Dat is het belangrijkste. Maar laten we het dan zo doen. Discreet. Alleen jij en ik zijn op de hoogte. Laat mij het afhandelen voor je. Als je me vertelt hoe ik met deze persoon in contact kan komen, dan regel ik het in alle discretie voor je.'

'Dat is goed,' zei Barbarigo, zichtbaar opgelucht. 'Ik kom toch het beste tot mijn recht in de studeerkamer.'

Luigi had alles woord voor woord aan Bondini overgebracht. Vervolgens was het voor Bondini een koud kunstje geweest om namens het Marciana een afspraak met de verkoper te maken. Francesco had voor Bondini een mailadres aangemaakt dat uit een serie cijfers bestond en op protonmail. com eindigde. Francesco had uitgelegd dat dit een mailservice was waarbij communicatieverkeer volledig versleuteld verliep. Er werd geen enkele persoonlijke informatie gevraagd als je een profiel aanmaakte.

Francesco en Tedesco waren zonder dralen naar Nederland gevlogen. Vanaf Schiphol bleek het met de trein een klein halfuurtje te zijn naar het stadje waar de verkoper zich bevond.

Leiden.

Veronica

Veronica zat in haar woonkamer aan de Witte Singel die uitkeek op de Oude Sterrewacht. Ze had alleen de lamp boven de eettafel aangedaan en zat in relatieve duisternis op de grote bank, haar benen onder zich. Met haar rechterhand omklemde ze een stevig whiskyglas waaruit een turfachtig, rokerig aroma opsteeg.

De onderbreking door dominee Agterijk was haar niet in de koude kleren gaan zitten. Natuurlijk wist ze dat er nog hele volksstammen waren die zijn mening deelden – de man was niet voor niets voorganger van een gemeente hier in Leiden – maar om die dan zo unverfroren te horen, was wel weer confronterend. Vanzelfsprekend zat zijn nare en nergens op gebaseerde opmerking over de dood van Bérnard haar het meest dwars.

Wat haar ook stoorde was het feit dát dit haar zo stoorde. In feite was de man niets meer en niets minder dan een religieuze fanaticus, een fundamentalist die niets van haar wist, behalve dan dat ze haar man aan een vreselijke ziekte had verloren. Dat was in openbare bronnen op internet gemakkelijk te vinden. In interviews had ze er meermalen vrijuit over gesproken.

Na afloop van de lezing waren veel mensen naar haar toe gekomen om hun steun te betuigen. Sommige bezoekers hadden erop aangedrongen dat ze een klacht tegen Agterijk in zou dienen, maar Veronica zag daar het nut niet van in. De denkbeelden van de man zouden er niet door veranderen en bovendien leek hij haar het type man dat nog van dergelijke reuring genoot ook. In zijn wereldbeeld kon hij die waarschijnlijk uitleggen als onderdeel van de geestelijke strijd tegen de vijanden van het ware geloof.

En dat laatste was iets wat Veronica niet goed begreep. Het toebedelen van een gelijkwaardige rol aan de vrouw leverde in haar ogen alleen maar winnaars op. Maar mannen als Agterijk zagen dit als een *zero-sum game*: alles wat de vrouw kreeg, ging ten koste van de macht van de man.

Het leek Veronica een nachtmerrie om met een dergelijke figuur getrouwd te moeten zijn.

Als vanzelf gingen haar gedachten naar Bérnard, die, na een kort ziekbed, alweer vijf jaar geleden was overleden. Hij was nog maar net veertig jaar oud geweest. Ze hadden op de valreep hun twintigjarige jubileum kunnen vieren, maar verder hadden ze nog geen fractie van de plannen kunnen verwezenlijken die ze voor ogen hadden gehad. Veronica wist dat ze zich niet te vaak moest overgeven aan de gedachten aan alle niet-gemaakte reizen, de niet-bezochte concerten en musea, de ongelopen wandelroutes, de niet-geziene films...

Ze nam een slok van haar whisky, die brandde in haar haar keel zoals de tranen achter haar ogen brandden.

Veronica was blij met de afleiding van Pierres bezoek, met wie ze het altijd goed had kunnen vinden. Ze had het jammer gevonden dat haar zus en hij destijds besloten hadden naar Zuid-Frankrijk te verhuizen. Van Susanna had ze begrepen dat dit de redding van hun huwelijk had betekend. Alleen was de schuld, waarmee ze door de overhaaste verkoop van hun zaak en huis mee zaten opgezadeld, een heel vervelend bijeffect geweest.

Maar ja, dacht Veronica. *Ze heeft tenminste iemand om haar lief en leed mee te delen. Ik zou die schuld zo op me nemen als ik Bérnard daarmee terug kon krijgen...*

Ze nam de laatste slok en smakte met haar lippen.

Hoewel ze zich verheugde op Pierres gezelschap was er ook een stemmetje dat op de achtergrond zeurde.

Waarom was hij helemaal naar het Lipsiusgebouw gekomen alleen maar om te zeggen dat hij er was?

Maar het waren vooral zijn laatste woorden die bij haar waren blijven hangen, als een irritant liedje dat maar niet uit je hoofd verdwijnt. 'Als dit gaat zoals ik heb gepland, dan zijn alle zorgen van Susanna en mij voorbij.'

Het kan niet anders dan dat hij denkt een grote slag te gaan slaan.

Veronica stond op en tekende voor de grap met de wijs- en middelvinger van haar rechterhand een kruisje in de lucht. 'Mijn zegen heb je,' zei ze alsof Pierre in de kamer aanwezig was.

Als je maar geen domme dingen doet...

DEEL IV

SOFIA – VERONICA

Sofia

Bologna, 11 juli

'*Requiem aeternam dona eis, Domine,*' klonk het door de kerk. Heer, geef hun de eeuwige rust. '*Et lux perpetua luceat eis.*' En het eeuwige licht verlichte hen.

Sofia zat vooraan in de kerk. Ze zag er stijlvol uit in haar eenvoudige, zwarte jurk tot net over de knieën, en een breedgerande hoed in dezelfde kleur. Haar handen rustten in haar schoot, liggend op elkaar, de handpalmen geopend naar boven. Rosa zat naast haar en had haar hand daar weer bovenop gelegd.

Sofia had niet verwacht dat de massale opkomst bij Giacomo's begrafenis haar zo goed zou doen. Ze was blij dat ze had afgezien van haar eerste opwelling om de plechtigheid in besloten kring te laten plaatsvinden.

Er waren veel vrienden en collega's gekomen, van wie sommigen er een dagreis voor over hadden gehad om Giacomo de laatste eer te bewijzen. Een paar mensen hadden zelfs een verblijf in het buitenland afgebroken om erbij te kunnen zijn.

De kerk bood niet eens genoeg zitplaatsen voor alle belangstellenden, zodat veel mensen aan de zijkanten en in het gangpad moesten staan.

De begrafenis zelf ging als in een roes aan haar voorbij. De muziek, die ze zelf had uitgekozen, ging ook grotendeels langs haar heen, alsof ze de troostrijke noten nog niet toe wilde laten. Van de inhoud van de toespraken registreerde ze weinig tot niets. Wel pikte ze op dat er met veel warmte over haar man werd gesproken. Een enkeling veroorloofde zich zelfs een grapje of een anekdote waarna uit de kerkbanken een bevrijdend gegrinnik klonk.

Na afloop begaven ze zich naar de ernaast gelegen begraafplaats waar ze stopten bij het vers gedolven gat in de grond. Terwijl twee sprekers nog een korte rede hielden, viel Sofia's oog op de donkerzwarte aarden wanden van wat de laatste rustplaats van Giacomo zou worden.

Nadat vier begraafplaatsmedewerkers de kist in de aarde hadden laten zakken, trok een schier eindeloze stoet mensen aan Sofia voorbij. Ze schudde hun handen en ze liet zich omhelzen, maar in zeker de helft van de gevallen had ze geen idee wie ze voor zich had. Veel oud-studenten, zo nam ze aan, collega's van de universiteit, bekenden uit de wereld van de antiquairs... De meeste mensen wisten zich geen houding te geven nadat ze haar de hand hadden geschud of haar hadden omhelsd.

Het is ook moeilijk, dacht Sofia. *Wat kun je tegen iemand zeggen die haar man heeft verloren? Zo onverwacht ook. Geconfronteerd met de dood staan we uiteindelijk allemaal met onze mond vol tanden.*

Zo af en toe keek ze over de schouder van de persoon die voor haar stond om te zien hoe lang de rij wachtenden nog was. Maar ook om te zien of Pierre was komen opdagen.

Hij was er niet.

Veronica

In de drie dagen nadat Pierre onverwacht voor haar neus had gestaan, had Veronica haar zwager nog maar weinig gezien. De keren dat ze hem wel zag, maakte hij een gespannen indruk op haar.

Rond alles wat hij deed, hing een zweem van geheimzinnigheid. Op Pierres bed had Veronica meerdere prepaidtelefoontjes zien liggen. Ze had flarden van een kort telefoongesprek met Susanna opgevangen. Pierre had tegenover zijn vrouw in het midden gelaten waar hij precies was, maar beloofde haar binnen een paar dagen weer in Cassis te zijn.

'Je hebt toch niet gezegd waar ik ben?' had ze Pierre verschrikt horen zeggen.

Susanna's antwoord was vanzelfsprekend niet te verstaan geweest.

'Nee, nee,' had hij Susanna gerustgesteld. 'Dat weet je ook niet natuurlijk. En dat hoef je voor nu ook even niet te weten. Maar mocht de politie nog eens komen, houd dan ook nog maar even voor je dat we elkaar überhaupt gesproken hebben. Ik leg het je nog wel uit.'

Veronica had Pierre een paar keer instemmend horen hummen, maar er had een sterk ongeduld in doorgeklonken.

'Ik was net nog in Lyon,' had hij toen gezegd. 'Ik heb het in de kofferbak gedaan.'

Ik heb het in de kofferbak gedaan? had Veronica gedacht. *Wat een vreemde opmerking... En Lyon? En als hij, zoals hij me vertelde, vanuit Bologna naar Brussel is gereden, is het toch korter als je via Zwitserland rijdt?*

Nadat Pierre had opgehangen, leek hij nóg geagiteerder te zijn geweest. En net als zijn mobiel had hij zijn eigen laptop niet in willen schakelen. Hij had alleen via Veronica's computer mailtjes willen versturen en dingen op internet op willen zoeken. 'Ik wil even onder de radar blijven,' had hij alleen maar gezegd.

Ze wist dat Pierre er een handje van had om zichzelf en zijn werk belangrijker te maken dan in werkelijkheid het geval was. Hij leek het vooral ook leuk te vinden om zichzelf als een grote speler te zien binnen de soms schimmige wereld van de kunsthandel, als een persoon die goede deals sloot door alle anderen te snel af te zijn.

Maar als dat echt zo was, zou hij niet zoveel schulden hebben…

Het enige wat hij los had willen laten, was dat hij via een grote klant in Italië een kostbaar manuscript in handen had gekregen voor wie hij een koper moest zien te vinden. Omdat er veel kapers op de kust waren, moest hij volgens eigen zeggen zeer voorzichtig opereren.

Na het avondeten waren ze nog even aan tafel blijven zitten om een kop koffie te drinken.

'Het contact is gelegd,' zei Pierre, die zich zowaar iets leek te ontspannen. 'De deal is zo goed als rond. Ik wacht alleen nog op de uitslag van het onderzoek in België. Er wordt één bladzijde van het manuscript aan een koolstof 14-datering onderworpen.'

'Dat is fijn om te horen,' zei Veronica. 'En krijgt je klant er een goede prijs voor?'

'Ik ga…' zei hij aarzelend. 'Zeker, zeker. Ze zal aangenaam verrast zijn.' Hij pakte de aktetas op die naast hem op de grond stond. Sinds hij bij Veronica was, had hij die tas nog geen seconde uit het oog verloren. Zelfs als hij naar het toilet ging, nam hij hem met zich mee.

'Nu alles in kannen en kruiken lijkt te zijn, kan ik ook ten opzichte van jou openheid van zaken geven,' zei hij.

'Ik brand inmiddels van nieuwsgierigheid.'

Pierre schoof zijn stoel naar achteren, legde de tas op zijn schoot en klikte hem open. Vervolgens haalde hij er een stevige envelop uit en legde hij de tas op de stoel naast hem. 'Ik was dat ook van plan hoor,' zei hij. 'Ik moest eerst even bepaalde zaken helder krijgen.'

Veronica maakte het tafelblad tussen hen in vrij.

'Ik ben niet voor niets naar Leiden gekomen,' ging Pierre verder. 'Ik ben hier goed thuis natuurlijk. Weinig mensen zullen bedenken dat ik hier kan zijn en… Jij had er ook mee te maken, want ik wilde je om hulp vragen.' Pierre haalde foto's op A4-formaat uit de envelop. 'Op weg naar Nederland heb ik door een bevriende fotograaf in Lyon haarscherpe foto's van het manuscript laten maken. Vervolgens heb ik het manuscript ondergebracht bij…' Hij maakte zijn zin niet af en toonde een sluw glimlachje. 'In Brussel kende ik weer iemand wiens auto ik mocht lenen. Ik heb één pagina meegenomen en bij een onderzoeksinstituut achtergelaten. Als die is onderzocht, wordt hij naar mijn huis in Cassis gestuurd. Aangetekend vanzelfsprekend.'

'Wat een omzichtigheid allemaal,' zei Veronica glimlachend. 'Maar goed… je wilde mijn hulp inroepen?'

'Klopt,' zei Pierre, die de foto's op tafel neerlegde en omdraaide zodat Veronica ze goed kon zien. 'Het gaat om een mogelijk zeer oude tekst, misschien een soort van evangelie.'

'En dit zijn de foto's?' vroeg Veronica ongelovig. 'Maar dan is het in een extreem goede staat. Er zijn nergens gaten. Het papier lijkt onaangetast.'

'Ja, bijna te mooi om waar te zijn,' beaamde Pierre. '

Veronica zweefde met haar vinger boven de eerste regel van de tekst. *'Simon… o adelphos tou kuriou,'* prevelde ze voor zich uit. Geschokt keek ze op. 'Simon?' zei Veronica.

'Wat staat er?'

'Simon, de broeder van de Heer…'

Veronica zag dat er in Pierres nek rode vlekken waren ontstaan. Zelf had ze het van opwinding ook erg warm gekregen

'Een broeder?' vroeg Pierre. 'Maar zo noemen christenen elkaar toch? Broeders en zusters? Ook als ze geen familie van elkaar zijn?'

'Hier staat "adelphos" en dat is gewoon een volle broer, iemand die dezelfde vader en moeder heeft. Volgens de Bijbel was Simon een van de broers van Jezus.' Ze schudde haar hoofd. 'Zou Simon dit echt hebben geschreven? Er zijn natuurlijk ook veel geschriften in omloop die niet in de Bijbel zijn opgenomen.'

'Om die reden laat ik het ook onderzoeken, om in ieder geval vast te stellen uit welke tijd het stamt,' zei Pierre, die hoorbaar moeite had om met vaste stem te spreken.

'Dan nog weten we niet of Simon dit echt heeft geschreven of dat iemand anders dat onder zijn naam heeft gedaan,' zei Veronica. 'Als het van na de eerste eeuw is, weten we sowieso dat iemand anders het heeft geschreven. Maar als het uit de eerste eeuw is, wordt het alweer anders. En als we de inhoud van het geschrift kennen, wordt het mogelijk wéér anders. Als dit echt de broer van Jezus is, dan schrijft hij wellicht over intieme dingen uit het gezinsleven, iets wat hij alleen had kunnen weten als hij in hetzelfde huishouden als Jezus opgroeide.'

'En?' vroeg Pierre. 'Kun je helpen met de vertaling?'

'Hm,' zei Veronica afwezig, terwijl haar ogen over de tekst schoten. 'Ik zie hier staan... "mijn broeder Juda". Dat was ook een broer van Jezus.' Ze sloeg de eerste foto om en bekeek de volgende foto's. Zo af en toe prevelde ze een woord. 'Nazareth... Kafernaüm...' Veronica voelde zichzelf warm worden. 'Hier!' riep ze plots uit.

Haar onverwachte uitroep deed Pierre zichtbaar schrikken.

'Wat is er?' vroeg hij.

'Hier, hier,' zei Veronica opgewonden, er goed op lettend dat ze met haar handen niet de foto zelf aanraakte. 'Hier staat een naam: Mariamme. En hier...' Ze pakte de foto voorzichtig op, de randen tussen haar geopende handpalmen in klemmend. 'Mijn broer Jezus...' las ze langzaam voor als een klein kind dat net heeft leren lezen. 'Zestien jaar...' Veronica legde de foto voorzichtig terug op de stapel.

Haar gezicht was inmiddels wit geworden, alsof al het bloed eruit was weggetrokken.

'Wat?' vroeg Pierre.

'Hier staat,' stamelde Veronica en ze schudde het hoofd. 'Als dit echt is Pierre...'

Dit kan toch niet waar zijn? Maar... alles zou op zijn plaats vallen. Het moet wel kloppen. Zoveel vragen worden hiermee beantwoord.

'Wat staat er? Wat heb je gelezen?' vroeg Pierre ongeduldig.

'Mijn broer Jezus, zestien jaar oud, trouwde met Mariamme. Zij kwam uit Magdala.'

Sofia

Bologna, 12 juli

Dit voelt niet meer als mijn huis, dacht Sofia. Ze wist dat ze veilig was, althans zolang ze binnenbleef. Na de begrafenis was de bewaking met nog eens tweeënzeventig uur verlengd. In het huis zelf was nog maar één agent die elke acht uur werd afgewisseld. Op onregelmatige tijdstippen – maar minstens eenmaal per uur – reden er agenten in burger door de straat.

Het voelt als een gevangenis.

De inspecteur had haar verteld dat ze met hulp van Interpol Pierres route hadden kunnen reconstrueren, op basis van verkeerscamera's. Hij was inderdaad naar Brussel gegaan: zijn auto stond op een terrein voor langparkeerders van vliegveld Zaventem. Er waren beelden waarop hij te zien was, weglopend van het terrein. Hij kon een bus of trein richting het centrum hebben genomen, maar dat wisten ze niet. Hij kon ook een taxi hebben genomen die hij op straat had aangehouden. Vanaf daar waren ze zijn spoor kwijt. Hij had zijn mobiel uitgeschakeld, nergens gepind of met een pas betaald en nergens met zijn laptop ingelogd.

'Het is duidelijk dat deze meneer heeft besloten onder de radar te blijven,' had Mauricio gesproken. 'We hebben contact met zijn vrouw gehad en zelfs die zegt niet te weten waar hij is.'

Sofia had het idee gehad dat hij waarschijnlijk nog veel meer had willen zeggen, maar zich had ingehouden. Ze was blij dat hij dat had gedaan, want ze had zich door het hele gebeuren al stom genoeg gevoeld. Dat ze én de situatie én Pierre zo volledig verkeerd had ingeschat, kon ze alleen maar wijten aan de stress, de enorme druk waaronder ze beslissingen had moeten nemen, het overlijden van Giacomo, de nachtelijke overval…

Pierres oplossing leek op dat moment het meest logisch en het meest voor de hand liggend. Door de documenten aan hem mee te geven zou er bij haar thuis niets meer te halen zijn. *Maar Pierre had die oplossing wel erg snel bedacht...*

Kort schoot de mogelijkheid door Sofia's hoofd dat Pierre en de twee overvallers onder één hoedje hadden gespeeld, maar die kon ze al direct weer verwerpen. Dan zou haar huis daarna niet alsnog overhoop zijn gehaald.

Ze weigerde te geloven dat Pierre haar had opgelicht. Normaal gesproken klopte Sofia zichzelf niet op de borst, maar ze wist dat in ieder geval één ding haar niet vaak in de steek had gelaten en dat was haar mensenkennis.

Het zou ook een ontzettend domme actie van Pierre zijn geweest, omdat ze wisten waar hij woonde, hoe hij heette, waar hij werkte, et cetera. In het geval dat hij iedereen had willen misleiden, zou hij na een eventuele verkoop van het manuscript min of meer van de aardbodem moeten verdwijnen en onder een andere naam een nieuw leven moeten beginnen.

Maar wie zegt dat hij dat niet van plan was? En dat hij nu zijn kans schoon zag?

Sofia besloot uit te blijven gaan van Pierres goede trouw, ook al had hij de schijn tegen. Omdat ook hij niet wist wie de vijand was die zich in het duister verschool, was het goed te verdedigen als een heel rationele keuze om zichzelf tijdelijk onzichtbaar te maken. Ze was ervan overtuigd dat Pierre achter de schermen druk bezig was voor de goede zaak en dat zíj degene zou zijn die excuses zou moeten aanbieden vanwege haar gebrek aan vertrouwen.

Vanuit de hal klonken de voetstappen van de agent die het zoveelste rondje door het huis maakte.

Inmiddels begon ook dat op haar zenuwen te werken.

Ik kan niet eens in rust rouwen...

Ze nam een besluit. 'Alles goed en wel,' zei ze hardop. 'Maar hier blijf ik niet.'

Veronica

'Jezus die op zijn zestiende met Maria van Magdala trouwt…' herhaalde Veronica.

Voorzichtig pakte Pierre de foto's op en stopte ze terug in de envelop.

'Dat bedoelde ik dus,' zei hij, 'toen ik zei dat ik jouw hulp nodig had. Ik ken geen Oudgrieks, en jij wel. En anders ken je wel mensen die je kunnen helpen.'

'Met Grieks kan ik eigenlijk alleen echt goed uit de voeten als het gedrukt staat,' stamelde Veronica, nog steeds onder de indruk van wat ze zojuist had gelezen. 'Je weet misschien dat ze vroeger geen spaties gebruikten, geen hoofdletters, geen komma's, punten, uitroeptekens, vraagtekens, helemaal niets. Bij de vertaling komt veel aan op de context. Welke keuzes maak je? Wat staat er? Wat verandert er als we hier een punt zetten of hier?'

Veronica pakte een papiertje en schreef er iets op en liet het toen aan Pierre zien.

GODISNOWHERE

'Dit is een beroemd voorbeeld,' zei ze.

'*God is nowhere,*' las Pierre hardop.

'Precies,' zei Veronica, die voor het eerst weer even glimlachte. 'Of er staat: *"God is now here."* Daar zit nogal een betekenisverschil in. Kijk, die paar plaatsnamen van net herkende ik. Ook de namen zijn gemakkelijk. Als je die letters uitspreekt, klinkt het zoals we ze in het Nederlands uitspreken.'

Pierre gaf het briefje terug. 'Maar je kent mensen die dit wel kunnen toch?' vroeg hij. 'En die hier op discrete wijze mee om zouden kunnen gaan?'

Veronica peinsde, een diepe frons verscheen op haar gezicht.

'Wacht eens even!' riep ze uit. 'Ik heb een Duitse collega, Alwina Glückhorscht. Ik geloof dat zij wel acht of negen talen beheerst: Grieks, Latijns, Hebreeuws, maar ook Aramees, Amhaars en zelf het Akkadisch. Dat is het spijkerschrift. Plus nog gewoon Duits, Engels en Frans. Alwina is iemand die zichzelf voor het slapengaan verliest in een boek over Finse grammatica. Ik moet het helaas houden bij Engels en Frans.'

'Maar ook Grieks en Latijn toch?'

'Ja, dat is waar.'

'En? Is zij discreet?'

'Ze werkt nog niet heel lang bij ons,' zei Veronica, 'maar ik denk dat Alwina een heel goede keuze is.'

'Mooi, mooi.'

'Laat je deze dan hier?' vroeg ze en ze liet een hand op de envelop rusten.

'Ehm, ja... Dat moet wel, maar zou je haar anders kunnen vragen of ze hier in jouw huis eraan wil werken? Als je alles aan haar geeft, hebben we minder zicht op wat er precies mee gebeurt.'

'Dat zou ik haar kunnen vragen,' zei Veronica. 'En anders kan ik haar één foto per keer geven?'

'Nee, nee,' zei Pierre. 'Toch liever hier. Ze kan ze gaan kopiëren, fotograferen of wat dan ook. Ik heb het liever hier bij jou thuis en dat je goed met haar afspreekt dat er geen foto's gemaakt mogen worden. Ook mag wat ze vertaalt dit huis niet verlaten.'

'Ik kan niet beloven of ze bereid is dat allemaal te doen hoor,' zei Veronica. 'Je vraagt best veel. En het kost haar natuurlijk ook tijd, hoewel het nu zomerreces is, dus ook zij zal wat meer tijd hebben.'

'Ze wordt gewoon betaald,' zei Pierre. 'Ik weet niet wat haar tarief is, maar je kunt akkoord gaan met wat ze vraagt. Daar zorg ik wel voor.'

'Je hebt er echt veel vertrouwen in dus?'

'Ja, heel erg veel,' antwoordde hij. 'Binnen een paar dagen komt er vanuit dat instituut in Brussel een voorlopige uitslag. Met het geld dat ik ervoor kan krijgen… Ik bedoel, het percentage dat ik krijg, zijn mijn… zijn onze financiële zorgen, van Susanna en mij, in één klap voorbij.'

'En dat is mij ook heel veel waard,' zei Veronica. 'Ik weet hoeveel last mijn zusje ervan heeft.'

Pierre slikte alsof hij een iets te grote hap in zijn mond had gestopt.

'Ik zou er ook wel verder naar willen kijken,' zei Veronica. 'Naar de tekst bedoel ik. Kijken hoever ik kom. Ik kan beginnen met het overschrijven?'

'Hm,' zei Pierre. 'Ik heb liever… Je zei zelf dat dit je boven de pet gaat toch? Dan kunnen we het beter gewoon aan die collega van jou voorleggen.'

Veronica keek haar zwager met opgetrokken wenkbrauwen aan. 'Vanwaar die geheimzinnigheid opeens? Ik heb het nu toch al gezien?'

'Het is gewoon…' begon Pierre. 'Jij kunt er verder toch niet veel mee nu. Dan vind ik het een fijner idee als er straks iemand komt die er, zoals je zelf zegt, meer kijk op heeft.'

Ergernis vlamde op bij Veronica.

Dit is precies waar ik zo'n hekel aan heb. Dat interessant doen van hem ook altijd. In die envelop liggen misschien antwoorden verborgen die eeuwenoude vraagstukken in één klap op zouden kunnen lossen. Waarom daar niet nu direct mee aan de slag gaan?

Veronica moest zichzelf inhouden om de envelop niet weg te grissen en naar de badkamer te rennen waar ze zichzelf op kon sluiten. 'En nu?' vroeg ze toen maar. 'Wat ga je nu doen?'

'Eerst Dan Brown maar eens mailen, denk ik,' grapte Pierre, duidelijk met de bedoeling de door hem opgeroepen spanning te breken. 'Dan kan ik hem laten weten dat zijn de *Da Vinci Code* door de werkelijkheid is ingehaald.'

Sofia

In de stem van *inspettore* Bellini klonk opluchting door toen Sofia hem belde om mee te delen dat ze naar Frankrijk vertrok.

'Mijn eigen huis voelt als een gevangenis,' zei Sofia. 'Dat hier de hele tijd een agent is, begint me behoorlijk op mijn zenuwen te werken – hoezeer ik de gedachte erachter ook waardeer. En de noodzaak ervan inzie. Dat spreekt allemaal voor zich, maar –'

'U bent vrij om te staan en te gaan waar u maar wilt, signora,' onderbrak Mauricio haar. 'Mij hoeft u niet te overtuigen. Het maakt ons werk in zekere zin... overzichtelijker. De mensen die uw huis hebben belaagd, zullen inmiddels beseffen dat daar niets te halen valt.'

'Precies,' zei ze. 'En er is een nieuw alarmsysteem, ik heb een andere telefoon met een nieuw nummer... Mijn colleges liggen in verband met de aanstaande zomervakantie toch al helemaal stil. Het werk dat ik moet doen, kan ik vanaf elke computer doen. Ook in ons huis in Frankrijk. Mijn huis...'

'Frankrijk zei u?'

'Ja, klopt. Ik kom daar vandaan en het ouderlijk huis in Aix-en-Provence hebben Giacomo en ik altijd aangehouden. Oorspronkelijk heet ik Sophie, maar die naam is in de loop van de tijd veritaliaanst.'

'Uitstekend, uitstekend,' zei Mauricio. 'Dan moeten we eens even kijken... Uw huis beschikt over een achteruitgang, niet? Via de tuin?'

'Ja, klopt.'

'Het lijkt me goed dat ik naar uw huis kom om de autosleutels op te halen,' stelde hij voor. 'Dan rijd ik de auto naar een straat achter uw huis, waar u dan snel instapt. We stellen de alarminstallatie in en ook mijn collega vertrekt. Hier op het bureau doen we een snelle check om te zien of de auto helemaal schoon is en dat er geen volgchip of iets dergelijks op zit. Dat is zo bekeken. Daarna kunt u op pad.'

'Dat is goed.'

'Maar het is een lange rit, niet?'

'In twee keer vier uur is het goed te doen.'

'Toch raad ik u aan om buiten Bologna eerst een overnachtingsplek te zoeken om goed uit te rusten. We willen niet dat u midden in de nacht door oververmoeidheid een ongeluk krijgt.'

'Dat is waar,' zei ze, opgelucht dat ze haar voornemen niet had hoeven verdedigen zoals ze aanvankelijk had verwacht.

Nadat ze had opgehangen, pakte ze een kleine koffer in met slechts de hoogstnoodzakelijke dingen. In Aix-en-Provence lag in principe alles wat ze nodig had, en wat ontbrak, kon ze kopen.

Het besluit weg te gaan en het daadwerkelijke inpakken gaven haar een enorm gevoel van opluchting. Het was alsof ze het heft weer in eigen handen had genomen en zelf weer sturing aan haar leven kon geven.

Net toen ze haar koffer dichtklikte, hoorde ze de bel gaan. De dienstdoende agent liet Mauricio binnen en nog geen vijf minuten later stapte ze twee straten verderop in haar eigen auto, aan de kant van de bijrijdersstoel.

Het inspecteren van haar auto die op een brug een politiegarage in werd gereden, nam nog geen kwartier in beslag.

'Het lijkt me goed als we elke dag kort even contact hebben,' zei Mauricio bij het afscheid. 'En dan hoop ik dat we deze hele kwestie kunnen oplossen. Die Pierre kan niet nog veel langer buiten beeld blijven. Op een dag zal hij toch echt weer in het volle licht moeten treden en dan kunnen we ontdekken wat hij in zijn schild heeft gevoerd.'

'Ik help het u hopen.' Ze gaf hem haar adresgegevens in Frankrijk.

'En voor nu,' sprak Mauricio op bijna vaderlijke toon, hoewel hij en Sofia qua leeftijd nauwelijks van elkaar konden verschillen, 'zoekt u buiten Bologna een plek om te slapen, zodat u morgen goed uitgerust aan uw reis naar Aix kunt beginnen.'

Als om deze afspraak te bekrachtigen schudden ze elkaar op ietwat formele wijze de hand.

'En neem de tijd om tot uzelf te komen. Het is een bizarre tijd geweest waarin u eigenlijk nauwelijks tijd heeft gekregen om te rouwen om het grote verlies van uw man.'

In de auto duwde ze de cd in de speler die Rosa speciaal voor de begrafenisdienst van Giacomo had samengesteld. En terwijl ze zich langzaam door het avondlijke verkeer van Bologna bewoog, klonk opnieuw Mozarts *Requiem*.

'*Requiem aeternam dona eis, Domine*,' zong ze zachtjes mee, terwijl ze de tranen achter haar ogen voelde prikken. '*Et lux perpetua luceat eis.*'

Veronica

'En jij?' vroeg Pierre. 'Wat ga jij vanavond verder nog doen?'

Veronica besefte dat verder aandringen op het direct een begin te maken met de ontcijfering van het manuscript geen zin had, al vond ze het onbegrijpelijk dat Pierre niet net als zij brandde van ongeduld om het te lezen – al waren het maar flarden. Ze wist dat hij wel degelijk geïnteresseerd was en vaak genoeg hadden ze tot diep in de nacht gesproken over theologische onderwerpen.

Wat speelt hier?

Veronica had iets in Pierres ogen gezien en iets in de toon van zijn stem gehoord wat haar niet beviel, al kon ze er niet goed de vinger op leggen. Het was alsof het hem al niet meer ging om de inhoud van het geschrift, maar om iets anders.

Het geld? Ruilt hij zijn passie hiervoor in?

Van een stapel papieren pakte Veronica een met een ringband ingebonden scriptie. Op de voorkant was een mozaïek afgebeeld met drie duiven op en rond een vaas waaruit kronkelende takken met bladeren groeiden.

'Ik heb dit academische jaar nog één scriptie te beoordelen die ik heb begeleid,' zei ze. '"Dionysos vereerd en verguisd" heet het. Mijn studente Rosanna Hoenderbos heeft een studie gemaakt naar de Dionysoscultus bij de Romeinen en de vroege christenen.'

'Dat is niet direct jouw terrein toch? Dat ligt toch meer bij het feminisme?'

Veronica meende iets van opluchting in Pierres stem waar te nemen, alsof hij blij was dat ze niet verder aandrong en bereid was van onderwerp te veranderen.

'Het is niet helemaal mijn terrein,' gaf Veronica toe. 'Maar soms komt het zo uit. En ik heb me wel met Dionysos beziggehouden, met de zogenoemde Mainaden – vrouwen die binnen de cultus van Dionysos actief waren.'

'Ah, daar heb ik weleens iets over opgevangen. Een bloedige bedoening was dat toch?'

Veronica lachte. 'Ja, dat kun je wel zeggen,' zei ze. 'De vrouwen raakten als het ware bezeten door Dionysos en gingen dan heel wild dansen waardoor ze in een soort trance raakten. Ze trokken de bergen in en vingen met hun blote handen dieren zoals konijnen en reeën, die ze verscheurden en rauw opaten.'

Pierre trok in een onwillekeurig gebaar zijn schouders omhoog.

'Maar goed,' zei Veronica. 'Niet helemaal mijn terrein... Maar die Dionysos is sowieso een interessante figuur.'

'Wil je misschien ook een glas wijn?' vroeg Pierre.

'Ja, die associatie had ik ook. En ik kan wel een glas gebruiken...'

'Ik haal wel even.' Pierre liep naar de keuken en kwam terug met een fles rode wijn. De twee wijnglazen in zijn hand tinkelden zachtjes tegen elkaar aan.

Veronica schoot in de lach toen ze Pierres sokken zag. 'Ik zie het nu pas goed,' zei ze. 'Bijzondere smaak heb je: helblauwe sokken met gele smileys.'

'Mijn beroemde *happy socks*,' zei hij, terwijl hij de wijn inschonk. 'Ik kreeg ze cadeau van Susanna. Ik vind ze wel grappig en ze zitten lekker.' Hij gaf een glas aan Veronica. 'Op Dionysos dan maar,' proostte hij.

'Deze studente,' zei Veronica nadat ze twee haastige eerste slokjes had genomen, 'is bij studentenvereniging Quintus lid van het dispuut Dionysos, zoals ik dat in mijn tijd ook was. Dat schept een band.'

'*Wein, Weib und Gesang...*'

'Inderdaad. Het interessante is dat er veel parallellen zijn te trekken tussen de twee erediensten, die van Dionysos en van Jezus.'

'Vertel.'

Ze bevonden zich weer op vertrouwd terrein.

'Rosanna legt in deze scriptie heel goed uit hoe Dionysos op verschillende momenten en manieren aan het volk verscheen. In de eerste plaats als god van de wijn natuurlijk. Bij het drinken van de wijn was Dionysos altijd aanwezig en doordat mensen hem "dronken" en zo tot zich namen, kwam hij letterlijk en figuurlijk ín de mensen. Zo werden de mensen als het ware één met hem of nam hij bezit van hen. In de christelijke eredienst gebeurt eigenlijk precies hetzelfde. Tijdens de communie verklaart de priester de hostie als symbool voor het lichaam en de wijn voor het bloed van Jezus. Door dat brood te eten en die wijn te drinken, krijgt de gelovige ook een deel van de kracht van Jezus en uiteindelijk ook het eeuwige leven. Het eten van het lichaam van de gedode god is overigens een universeel thema waarover ook al boekenkasten vol zijn geschreven. Zelf denk ik dat het oorspronkelijk is begonnen in samenlevingen van jagers en verzamelaars. Als de jager zijn gedode prooi at, dan nam hij als het ware zijn kracht en snelheid over. Maar goed...'

'Je dwaalt af.'

'Ja, en nee,' zei Veronica, die voelde hoe haar ergernis inmiddels had plaatsgemaakt voor enthousiasme. 'Het is echt frappant. Zo werd ook Jezus bijvoorbeeld "de ware wijnstok" genoemd, net als Dionysos vele eeuwen voor hem. En ook het geloof in Jezus werd verspreid doordat zijn volgelingen met wijn gevulde drinkbekers aan elkaar doorgeven.'

Veronica bladerde in de scriptie. 'Ah, hier is het,' zei ze. 'Ik heb ook niet altijd alle kennis paraat natuurlijk. Een voorbeeld hiervan is het wonder van de wijn in Elis, volgens de overlevering het eerste wonder dat Dionysos zou hebben verricht. Op een bruiloft stonden wijnvaten met water, dat de volgende dag op miraculeuze wijze in wijn bleek te zijn veranderd.'

'Echt?' Pierre kon zijn verbazing nauwelijks onderdrukken. 'Maar dat is bizar toch? Ik moet meteen denken aan de bruiloft van Kana, waar in het Johannesevangelie over wordt verteld.'

'Precies,' zei Veronica. 'En als we straks jouw manuscript hebben ontcijferd...' Ze liet een betekenisvolle stilte vallen, maar Pierre hapte niet. '...dan zullen we na bijna tweeduizend jaar misschien eindelijk begrijpen wat er op die bruiloft nu echt is gebeurd.'

Sofia

Parma, 12 juli

Sofia was iets langer doorgereden dan ze oorspronkelijk van plan was geweest. Niet vlak buiten Bologna was ze gestopt, maar pas in de buurt van Parma.

In een anoniem hotel langs de snelweg vond ze een eenvoudige, maar schone kamer. Het restaurant was nog open en ze bestelde een maaltijd – niet zozeer omdat ze honger had, maar omdat ze zich Rosa's woorden herinnerde dat ze juist in deze tijd goed voor zichzelf moest zorgen. Sofia moest toegeven dat ze zich beter voelde toen ze de pasta carbonara en een groene salade had gegeten.

Nadat ze haar tanden had gepoetst en gedoucht had, was ze in bed gekropen. De lakens waren zeer strak ingestopt, hetgeen haar een prettig gevoel van geborgenheid gaf.

Ze glimlachte bij de herinnering aan hoe Giacomo in hotels de lakens aan zijn kant altijd juist lostrok, omdat hij zich anders beperkt voelde in zijn bewegingsvrijheid en daardoor niet goed kon slapen.

Giacomo... Sofia deed geen enkele moeite de tranen tegen te houden die over haar slapen stroomden en deels in haar oorschelp terechtkwamen. *Wat moet ik toch zonder jou?*

Ze legde haar beide handen op haar borst en dwong zichzelf mee te ademen op het ritme dat ze aangaf. Ze drukte in en ademde uit, verminderde de druk en ademde in. Sofia verplaatste haar handen naar haar buik en herhaalde de handeling. Al binnen korte tijd had dit het gewenste effect.

Met haar gezicht bewoog ze een keer naar links en naar rechts om haar natte gezicht aan het kussen droog te vegen.

Ze sloot haar ogen en in een flits was ze terug op hun bruiloft, een kleine vijfendertig jaar geleden.

Op het platteland nabij Florence hadden ze een rustiek landhuis gehuurd, waar iedereen kon blijven slapen.

Op een open stuk in de olijfboomgaard hadden Sofia en Giacomo elkaar hun jawoord gegeven. Heerlijke zomerse geuren van gras, kruiden en bloemen hadden in de lucht gehangen, zwanger van goed fortuin. In de verte waren de glooiende heuvels te zien, terwijl de cicaden en vogels voor een natuurlijke achtergrondmuziek zorgden.

'Bruid van mij,' citeerde Giacomo het Hooglied, misschien wel het mooiste boek uit de Bijbel. 'Je brengt me in vervoering, je brengt me in verrukking met maar één blik van je ogen, met één flonker van je ketting.' Hij pakte haar hand, terwijl Sofia's hart van geluk bijna uit haar borst barstte. 'Bruid van mij,' ging hij verder. 'Hoe heerlijk is jouw liefde, hoeveel zoeter nog dan wijn. Hoeveel zoeter is je geur dan alle balsems die er zijn.'

'Ik slip, maar mijn hart was wakker,' antwoordde Sofia hem. 'Hoor! Mijn lief klopt aan!' Ze keek hem aan, de ogen gevuld met gelukkige tranen. 'Ik ben van mijn lief, en mijn lief is van mij.'

Ze stonden onder een baldakijn, met vier palen en een afdak van wit doek. Nadat ze hun tekst hadden uitgesproken, zegende de priester een glas wijn waaruit Giacomo en Sofia dronken. In navolging van een oude joodse traditie legde Giacomo zijn lege glas op de grond en trapte het kapot. Het stond symbool voor de broosheid van geluk.

'*Buona fortuna!*' riepen de gasten. 'Mazzeltof!'

Voor het feest had Giacomo als wijnkenner hoogstpersoonlijk de wijnen geselecteerd. Zelfs tegen het einde van het feest werd nog altijd uitmuntende wijn geschonken – volgens sommigen had hij de beste wijn zelfs tot het laatst bewaard.

Ze aten met hun vrienden en vriendinnen. Ze dronken en werden dronken – van liefde.

Ondanks de achter haar ogen prikkende tranen glimlachte Sofia. Ze prees zichzelf gelukkig dat er zoveel fijne herinneringen waren om troost uit te putten – al had het terugdenken aan al die momenten vanzelfsprekend iets bitterzoets.

'De broosheid van geluk…' mompelde ze zachtjes, waarna ze weggleed in een welkome slaap.

Veronica

Leiden, 12 juli

Veronica stond op, liep naar de boekenkast en pakte er een bijbel uit. 'Je noemde de bruiloft in Kana,' zei ze, in de bijbel bladerend tot ze bij de juiste passage was. '"Op de derde dag was er een bruiloft in Kana, in Galilea,"' las ze voor met een gedragener stem dan waarmee ze gewoonlijk sprak. Op de een of andere manier riep de Bijbel dit bij haar op. '"De moeder van Jezus was er, en Jezus en zijn leerlingen waren op de bruiloft uitgenodigd. Toen de wijn bijna op was, zei de moeder van Jezus tegen hem: 'Ze hebben geen wijn meer.' 'Wat wilt u van me?' zei Jezus. 'Mijn tijd is nog niet gekomen.' Daarop sprak zijn moeder de bedienden aan: 'Doe maar wat hij jullie zegt, wat het ook is.' Nu stonden daar voor het joodse reinigingsritueel zes stenen watervaten, elk met een inhoud van twee à drie metrete."' Veronica onderbrak haar verhaal. 'Een metrete is een oude inhoudsmaat. Het komt neer op ongeveer veertig liter. Het waren dus heel erg grote vaten met tachtig tot honderdtwintig liter. Als je dit maal zes doet, kom je uit op vierhonderdtachtig tot zevenhonderdtwintig liter – een enorme hoeveelheid dus.'

'Dat had ik nooit beseft,' zei Pierre. 'Dat het zóveel was.'

'Maar goed... "Jezus zei tegen de bedienden: 'Vul de vaten met water.' Ze vulden ze tot de rand. Toen zei hij: 'Schep er nu wat uit, en breng dat naar de ceremoniemeester.' Dat deden ze. En toen de ceremoniemeester het water dat wijn geworden was, proefde – hij wist niet waar die vandaan kwam, maar de bedienden die het water geschept hadden wisten het wel – riep hij de bruidegom en zei tegen hem: 'Iedereen zet zijn gasten eerst de goede wijn voor en als ze dronken zijn de minder goede. Maar u heeft de beste wijn tot nu bewaard!' Dit heeft Jezus in Kana, in

Galilea, gedaan als eerste wonderteken; hij toonde zo zijn grootheid en zijn leerlingen geloofden in hem. Daarna ging hij naar Kafernaüm, met zijn moeder, zijn broers en zijn leerlingen, en daar bleven ze een paar dagen.'''

Veronica sloeg de bijbel dicht en legde die behoedzaam neer. 'Over dit verhaal valt veel, heel veel te zeggen,' zei Veronica. 'En dan nog los van de kwestie dat het wel érg veel wijn is. Met onze inhoudsmaat van driekwart liter per fles zit je met zevenhonderdtwintig liter op een kleine duizend flessen.'

'Nogal een feest,' zei Pierre en hij lachte.

'Inderdaad! En het interessante is dat het veranderen van water in wijn het eerste van de in totaal zeven wonderen is waar Johannes in zijn evangelie over schrijft. Er is het raadselachtige antwoord van Jezus aan zijn moeder: "Wat wilt u van me? Mijn tijd is nog niet gekomen." Maar het grootste raadsel is wellicht –'

Pierre schudde het hoofd.

'Laat ik het anders formuleren,' stelde Veronica voor. Ze was zich er-van bewust dat Pierre haar grote kennis van zaken enerzijds waardeerde, maar dat hij zich aan haar kon ergeren als ze in haar 'docentenmodus' schoot, zoals hij dat eens had genoemd. Op de een of andere manier genoot Veronica nu juist van deze rol, alsof ze hem wilde 'terugpakken' voor zijn weigering haar de foto's te laten bestuderen.

Je hebt geen koekenbakker tegenover je zitten hoor...

'Stel: je bent te gast op een feest,' zei ze. 'Een bruiloft of wat dan ook. Jij bent een van de vele gasten. Hoe groot is de kans dat de ceremoniemeester of wie dan ook naar jou toe komt om te vertellen dat de drank op is?'

'Ehm,' zei Pierre. 'Die lijkt me niet zo groot als ik gewoon een gast ben. Op een bruiloft zou je naar de...' Hij pauzeerde alsof hij zelf schrok van zijn eigen gedachtegang, maar toen maakte hij zijn zin alsnog af. '...op een bruiloft zou je naar de bruid of bruidegom gaan.'

'En zeker in de tijd waarin dit verhaal speelde,' zei Veronica, 'wendde men zich tot de man, tot de bruidegom. Dus het lijkt erop dat...'

'...de bruiloft in Kana Jezus' eigen bruiloft was.'

Veronica

'Jezus was zélf de bruidegom,' zei Pierre. 'Die theorie is niet nieuw toch?'

'Nee, die gedachte is niet nieuw,' beaamde Veronica onmiddellijk. 'Helemaal niet zelfs, maar het is zoals jij zegt: het is een theorie. Wat mij betreft is die heel aannemelijk, maar er is geen onomstotelijk bewijs voor.'

Ze wierp een snelle blik op de envelop, maar Pierre leek dat niet te zien.

'Maar als ik me nu eens opwerp als advocaat van de duivel,' zei Pierre.

'In dit verband is dat wel een passende metafoor,' riposteerde Veronica.

'Een christen zou zeggen dat je een honderd procent mythologische figuur als Dionysos niet kunt vergelijken met Jezus, een mens van vlees en bloed, die aantoonbaar hier op aarde heeft rondgewandeld. We weten waar hij heeft gewoond, wie zijn familie en vrienden waren, dat hij at en dronk.'

'Wat betreft dat historische karakter van Jezus zijn er ook genoeg twijfels hoor,' wierp Veronica tegen, 'maar dat is weer een heel andere discussie. De parallellen tussen Dionysos en Jezus zijn echt heel erg sterk, daar zijn de wetenschappers het met elkaar wel over eens – alleen lopen de antwoorden op de vraag hoe dit kan uiteen. Duidelijk is in ieder geval wel dat je jezelf er niet uit redt door het verhaal van Dionysos tot mythologie te bestempelen en het verhaal van Jezus tot echte geschiedenis. Het verhaal van Dionysos is heel veel ouder dan dat in het Nieuwe Testament. Zelfs de kerkvaders, de eerste theologen die zich met de christelijke leer bezighielden, zaten al flink in hun maag met de overduidelijke overeenkomsten tussen Dionysos en Jezus – en met die tussen Jezus en nog heel veel meer oudere religieuze tradities in het Midden-Oosten. Weet je waar ze uiteindelijk op uitkwamen?'

Pierre schudde het hoofd.

'Justinus bijvoorbeeld...' Veronica gaf antwoord op haar eigen vraag. '...schreef aan het begin van de tweede eeuw dat demonen de voorspellingen van de oudtestamentische profeten over de komst van Christus op aarde kenden. Daarom verzonnen zij de verhalen over Dionysos om de latere gelovigen te verwarren. Ze lieten de mensen geloven dat ook Dionysos voortkwam uit het samengaan van een sterfelijke vrouw en een god, dat hij water in wijn veranderde – ze wisten blijkbaar dat Jezus dit ook ging doen – en bedachten een ritueel waarbij wijn een grote rol speelde. En ook Dionysos steeg ten hemel na zijn dood.'

'Frappant.'

'Tijdens colleges zijn er altijd wel gelovige studenten die op dit punt beginnen te protesteren. Dan maak ik altijd duidelijk dat het nooit mijn bedoeling is iemands geloof belachelijk te maken, maar dat je als wetenschapper nu eenmaal niet onder de feiten uit kunt. En dat dit er gewoon bij hoort als je aan de universiteit studeert. Ik eindig met de geruststellende mededeling dat de boodschap van Jezus al tweeduizend jaar standhoudt, dus dat die bewezen heeft tegen een stootje te kunnen.'

'Dat is waar,' zei Pierre, die hen beiden nog eens bijschonk.

'Dank je,' zei Veronica en ze nam onmiddellijk een slokje.

'En een rabbi...' begon Pierre.

'Precies,' zei Veronica. 'Ik weet niet of je dat wilde zeggen, maar het punt is dat het voor een rabbi, zoals Jezus was, ook in die tijd heel ongewoon zou zijn om ongetrouwd door het leven te gaan. Juist omdat hij een geestelijk leider was, kwamen mensen bij hem voor advies, óók over zaken die met huwelijk, seksualiteit en opvoeding hadden te maken. Het is lastig om een goed advies op dat terrein te geven als je niet getrouwd bent, geen seks hebt, geen kinderen grootbrengt en geen ruzies met je echtgenote hebt. Alleen al om die reden is het zeer waarschijnlijk dat Jezus gewoon getrouwd was.'

'En de priesters die Jezus navolgen, moeten ongetrouwd blijven,' zei Pierre bedachtzaam.

'Dat is ook weer zoiets,' zei Veronica, die nu weer wist waarom ze het in de regel toch fijn vond om Pierre op bezoek te hebben. De gesprekken met hem verliepen gewoon heel soepel. 'Kijk, de échte reden dat de rooms-katholieke kerk het celibaat verplicht stelde, was dat op deze manier alles wat priesters erfden rechtstreeks naar de kerk ging in plaats van naar hun kinderen. Want het is opvallend dat de kerk niet verwees naar de ongetrouwde status van Jezus. Ook Paulus deed dat niet toen hij in zijn Eerste Brief aan de Korintiërs schreef dat hij niet trouwen beter vond dan getrouwd te zijn. Hij had zijn argument heel wat kracht kunnen bijzetten als hij op dat moment had geschreven dat hij daarmee in de voetsporen van Jezus trad. Al die zaken bij elkaar maken het zeer waarschijnlijk dat Jezus gewoon een vrouw, een huwelijksleven, seks en waarschijnlijk ook kinderen had.'

'Met Maria van Magdala.'

'Ja, inderdaad,' zei Veronica. 'Maar dat zij en de kinderen die ze met Jezus had gekregen naar Zuid-Frankrijk zijn gevlucht en aan de basis heeft gestaan van de dynastie van de Merovingers, kan wel allemaal naar het rijk der fabelen worden verwezen.'

Pierre lachte. 'We gaan het zien,' zei hij en hij legde zijn hand op de envelop.

'Maar nu ga ik naar bed,' zei Veronica. 'Dan spreek ik morgen op de faculteit wel even met Alwina. Het is denk ik beter om niet te mailen over zulk soort zaken.'

'Dat denk ik ook.'

'En jij?'

'Met de kennis die ik vanavond heb opgedaan, kan ik terug naar mijn contactpersoon,' zei Pierre. 'Die zal waarschijnlijk net zo opgetogen zijn als jij.'

Niet 'als ik', dacht Veronica.

Later, toen ze in de badkamer haar tanden stond te poetsen, hoorde ze hoe Pierre zijn slaapkamerdeur op slot draaide – iets wat hij normaal gesproken nooit deed. Veronica spoelde haar mond en keek in de spiegel terwijl ze mompelde: 'Wat voer jij in je schild?'

Sofia

Parma, 13 juli

Sofia schrok wakker.

Het was geen onrustige droom die haar slaap had verstoord. Ze had de vreemde sensatie dat er iets of iemand in haar kamer aanwezig was.

Ze richtte zich half op, steunend op haar ellebogen. Een kort moment dacht ze een gestalte aan haar voeteneind te zien staan.

'Giacomo?' fluisterde ze. 'Ben jij dat?'

Maar toen ze met haar ogen knipperde en nog eens keek, was het beeld verdwenen. Sofia knipte het lampje aan en nam een slokje water uit het flesje dat op het nachtkastje stond.

Ze had weleens gelezen over hallucinaties die op het grensgebied tussen waak en slaap optraden. Omdat de dromer maar deels ontwaakte, zag hij dingen die er niet waren en projecteerde hij een soort droombeelden over de werkelijke omgeving heen.

Ze draaide het flesje weer dicht, zette het terug en deed het licht uit.

Schijnbaar dertig tot zestig procent van alle mensen die een partner hadden verloren, voelde, hoorde, zag of rook hem of haar na de dood nog. Sommige nabestaanden zagen hun geliefde zelfs zo levensecht dat ze tegen diegene praatten. Het fenomeen werd inmiddels aanvaard als een normale reactie op een verlies.

Als vanzelf gingen Sofia's gedachten naar Maria Magdalena, die volgens de evangeliën de eerste was die op de zondagochtend na Jezus' kruisiging hem weer in levenden lijve ontmoette. De steen was weggerold en het graf was leeg. Maria rende weg om Petrus en een andere leerling te halen, die ook constateerden dat het graf leeg was. Nadat zij weer weg waren gegaan, bleef Maria huilend alleen achter. Ze boog zich naar het graf en zag twee engelen in witte kleren zitten, een bij het hoofdeind en een bij het voeteneind van de plek waar het lichaam van Jezus had gelegen.

'Waarom huil je?' vroegen ze haar.

Ze zei: 'Ze hebben mijn Heer weggehaald en ik weet niet waar ze hem hebben neergelegd.'

Na deze woorden keek ze om en zag ze Jezus staan, maar ze wist niet dat het Jezus was. *Waarom herkende ze hem niet? Hij moet er dan dus anders hebben uitgezien dan toen hij nog leefde.*

'Waarom huil je?' vroeg Jezus. 'Wie zoek je?'

Maria dacht dat het de tuinman was en zei: 'Als u hem heeft weggehaald, vertel me dan waar u hem heeft neergelegd, dan kan ik hem meenemen.'

Jezus zei tegen haar: 'Maria!'

Sofia vond dit een van de meest ontroerende scènes die de Bijbel rijk was. Alleen maar doordat hij haar bij haar naam noemde, zag ze wie hij was.

Ze draaide zich om en zei: *'Rabboeni!'* Meester.

'Noli me tangere,' zei Jezus. Houd me niet vast.

De vroege kerk had nog behoorlijk in haar maag gezeten met het gegeven dat een vrouw feitelijk de eerste getuige van Jezus' opstanding was geweest. En dan ook nog eens een vrouw over wie de Bijbel zo duidelijk schreef dat er zeven demonen uit haar waren verdreven.

Was de wederopstanding niets meer dan een hallucinatie geweest van de rouwende Maria, die bovendien een – wat wij nu zouden omschrijven als – 'psychiatrisch verleden' had?

Sofia trok de deken tot aan haar hals, zich afvragend waarom juist op dit moment de episode van Maria van Magdala bij het graf van Jezus bij haar zo sterk naar boven kwam.

Noli me tangere.

De oorspronkelijke Latijnse woorden konden ook iets betekenen als 'stop met aan me vast te houden' of 'stop met je aan me vast te klampen'.

Was dat het? dacht Sofia. *Was dat de boodschap? Houd me niet meer vast...*

Ze ging op haar zij liggen en pakte het andere hoofdkussen dat ze onder de deken wriemelde en tegen haar borst legde.

Sofia sloeg haar armen eromheen.

'Alles op zijn tijd,' fluisterde ze. 'Maar voor nu houd ik je nog even vast.'

Bondini

Toen Luigi Navagero tijdens zijn werk aan de nieuwe rubricering van de collectie op de codex was gestuit en hij de eerste bladzijde grofweg had gelezen, had hij onmiddellijk beseft dat hij iets groots in handen had gehad. In samenspraak met Gabriele Bondini had hij het eenvoudige en briljante plan bedacht om het via een ander boek naar buiten te smokkelen. De ideale kandidaat om hen daarbij te helpen was Marco Visconti geweest, die binnen het Marciana een buitenstaander was. Luigi zou hem duidelijk maken dat zijn medewerking allesbepalend zou zijn voor het verloop van zijn verdere carrière.

Dat deze Marco een eigen willetje had, was iets waar ze geen rekening mee hadden gehouden. En een zo in de kern overzichtelijk plan was volledig in duigen gevallen en sindsdien was Bondini alleen maar bezig om de brokstukken bij elkaar te rapen.

Nu Luigi rustig de tijd had om op basis van de foto's van de codex een volledige vertaling te maken, nam de noodzaak om het werk voor de openbaarheid te behoeden alleen maar toe. Al op de eerste bladzijde was er sprake van een huwelijk tussen Jezus en Maria van Magdala, waar bovendien een kind uit was voortgekomen. De schrijver leek toch echt Simon te zijn, de broer van Jezus.

De anonieme aanbieder van het manuscript had een scan van de eerste pagina naar Agostine Barbarigo gestuurd, die er nu van overtuigd was dat dit manuscript koste wat kost verworven moest worden. Het Grieks was authentiek eerste-eeuws en wat er geschreven stond was overtuigend genoeg. De zes miljoen euro – in monero – was een schijntje als je de culturele en theologische waarde ervan in ogenschouw nam.

Luigi had namens Barbarigo een afspraak met de verkoper in Leiden kunnen maken.

Bondini en Luigi waren zich zeer wel bewust van het immense belang van de codex. Als onomstotelijk kwam vast te staan dat Jezus en Maria Magdalena getrouwd waren en een zoon hadden, dan was dit ondersteunend bewijs voor de authenticiteit van de beenderkistjes in het graf van Talpiot. Tot Bondini's afgrijzen was Luigi, bijna aan het eind van het manuscript, de naam Talpiot al tegengekomen.

De koude rillingen liepen Bondini letterlijk over de rug. Het had hem veel inspanningen en vooral heel veel geld gekost om verder onderzoek naar de ossuaria tegen te houden. Ook moesten allerlei mensen worden betaald – influencers was het moderne woord – die twijfel moesten zaaien rond de herkomst en de ouderdom van de kistjes. Die zaak leek voldoende te zijn uitgedoofd. Zelfs voor het feit dat het patina in de inscripties origineel was en even oud als de ossuaria zelf was in de media zo goed als geen aandacht geweest. Maar met het wereldkundig maken van deze codex zou het graf van Talpiot ook weer volop in de onwelkome belangstelling komen te staan. Bondini twijfelde of hij er dan nogmaals in zou slagen om wetenschappelijk onderzoek naar de kistjes tegen te houden.

Maar wellicht was het niet nodig. Alles hing af van het verloop van de operatie in Leiden. De universiteit had als motto: 'Het bolwerk van vrijheid', maar Bondini wist heel goed dat onbeperkte vrijheid niet goed was voor de mens.

Adam en Eva waren vrij en zie eens wat daarvan is gekomen...

Alleen de wet zorgt ervoor dat mensen echt vrij kunnen zijn.

Sofia

Ergens tussen Parma en Aix, 13 juli

Sofia was net weer in de auto gestapt toen een heel nieuw idee plotseling bij haar postvatte. *Als ik een figuurtje in een cartoon was geweest, zou er nu een lampje boven mijn hoofd zijn verschenen,* dacht ze geamuseerd.

Ze nam de eerste de beste afrit die ze zag en parkeerde haar auto. 'Cassis' typte ze in op het navigatiesysteem van haar auto. Het bleek een kleine zeshonderd kilometer rijden te zijn.

Sofia koos de ss1, die ook wel bekendstond als de Via Aurelia, de weg die deels al in 240 voor Christus door de Romeinen was aangelegd en die officieel vlak bij Vaticaanstad begon.

Giacomo en Sofia reden meestal via Turijn, een route die iets langer was, maar toch sneller omdat je beter kon doorrijden.

'Ik heb geen haast,' besloot ze. 'Dus dan kan ik net zo goed de toeristische route langs de kust nemen.'

Ze haalde de cd van Mozarts *Requiem* uit de speler en deed er een nieuwe in, een van Eros Ramazzotti.

De klanken van 'Più che puoi' schalde door de auto. Zoveel als je kunt. Sofia voegde opnieuw in op de snelweg.

'*Più che puoi, più che puoi,*' zong Ramazzotti in dit duet samen met Cher. '*Afferra questo istante e stringi…*' Met alles wat je hebt, met alles wat je hebt, grijp dit moment en houd het vast…

'*Più che puoi, più che puoi e non lasciare mai la presa,*' zong nu ook Sofia. Met alles wat je hebt, met alles wat je hebt. Laat hem nooit gaan. '*C'è tutta l'emozione dentro che tu voi di vivere la vita più che puoi.*' Met alle emotie die je in je hebt om te leven met alles wat je hebt.

Sofia zette de muziek uit omdat ze bang was dat ze in tranen zou uit-barsten en een ongeluk zou veroorzaken.

'Ik ben toch erg benieuwd naar wat je vrouw te vertellen heeft, Pierre,' sprak ze hardop en ze drukte het gaspedaal in om gelijk op te gaan met het verkeer om haar heen.

Veronica

Leiden, 13 juli

Alwina had enthousiast gereageerd toen Veronica over het manuscript had verteld. Twee dagen eerder had Alwina een paper voor een congres later deze zomer afgerond. Doordat ze geen college meer hoefde te geven en nog niet heel veel mensen in Leiden kende, voelde ze zich een beetje onthand.

'Ik ben een verloren ziel,' had ze het in haar eigen woorden met veel gevoel voor Duits romantisch pathos gezegd. 'Ik ben blij met iedere afleiding die zich voordoet.'

Ze had toegezegd om negen uur voor Veronica's deur te staan en had zich stipt aan haar afspraak gehouden.

Pierre was in alle vroegte vertrokken, maar had de envelop met de foto's onder de deur van Veronica's slaapkamer door geschoven. Hij had er een gele post-it op geplakt waar FOR YOUR EYES ONLY op stond geschreven.

Veronica had er een beetje om moeten lachen, al had ze ook weer iets van de ergernis van de avond ervoor gevoeld. Er waren zoveel zaken waar Pierre geen openheid van zaken over had willen geven: waar het manuscript vandaan kwam, bij welk instituut hij het liet onderzoeken, waar de rest van het manuscript was, van wie hij een auto had geleend en waarom, wie zijn klant was… Op basis van dat ene zinnetje had Veronica begrepen dat dit iets groots leek te zijn, maar ze maakte zich ook zorgen om Pierres veiligheid.

Beseft hij wel helemaal met wie en wat hij zich heeft ingelaten? Misschien is dit veel groter en verstrekkender dan hij zelf beseft. En dan weet je nooit welke krachten je oproept.

Beneden in de woonkamer had ze de foto's eerst gescand om ze op haar computer op te kunnen slaan. Ze stuurde ze als bijlage vanaf haar privémail naar haar werkmail en sloeg ze in beide mailboxen op in het mapje waar ze haar correspondentie aangaande lezingen over Maria Magdalena bewaarde.

Veronica had Alwina in alle openheid verteld wat ze van Pierre had gehoord, inclusief haar eigen bedenkingen bij het hele gebeuren. Tegelijkertijd had ze haar eigen opwinding niet kunnen verbergen.

'En zelfs als deze tekst niet echt van Simon is,' zei Veronica tegen Alwina toen ze in de woonkamer zaten. 'Net als met al die andere evangeliën die de Bijbel nooit hebben gehaald, krijg je er toch weer nét een andere kijk op. Al was het maar op hoe mensen over Jezus dachten.'

'Dat is waar,' beaamde Alwina.

Alwina en Veronica hadden zich aan grote eettafel gezet, die helemaal leeg was op de foto's na en een A3-papier waarop Veronica nauwgezet de Griekse tekst overnam. Na elke regel liet ze een witregel open, zodat Alwina ruimte zou hebben voor haar vertaling.

Zodra Veronica met de eerste foto klaar was, nam Alwina het vel van haar over. Met een rode fineliner trok ze een lijn onder de letters en onderbrak die telkens als ze meende dat een bepaald woord er eindigde.

'Ik heb nog nooit zoiets gezien,' mompelde ze verrukt. 'Ik bedoel, normaal zou je al weken en weken bezig zijn om het Grieks over te zetten waarbij je zo ongeveer iedere letter moet bevechten. Er zitten vaak gaten in het papyrus, stukjes zijn afgebrokkeld of verkruimeld, maar dit... Als we in dit tempo doorgaan, kunnen we vandaag al klaar zijn met de eerste overzetting van de foto's naar het papier.'

'En de vertaling?'

'Ook dat zou normaal gesproken maanden kosten of in het beste geval weken van monomane, intensieve arbeid, maar dit is... Dit is ongehoord. Ik kan de eerste zin al lezen.'

Veronica staakte een kort moment haar kopieerwerk.

'Simon, broeder en apostel van de Heer, groet... Philokrater en de gemeente van Alexandrië,' las Alwina. 'En dan... Even kijken wat hier staat... Je schrijft me... Je kent de woorden van de Heer... De woorden… de woorden die mijn broeder Juda heeft opgeschreven. Juda die Thomas wordt genoemd… Maar… Daarin niets over… over het leven van… Maar daarin staat niets over het leven van de Heer… Onze geliefde broeder Jakobus… Onrechtvaardig vonnis… Getuige van Jezus de Christus… Overleden, heengegaan… Onze geliefde broeder Jakobus is overleden… Door een onrechtvaardig vonnis…'

Alwina schudde het hoofd. 'En dit is wat ik nu zo eventjes uit de losse pols lees zoals jullie zeggen,' zei ze.

Alwina liet Veronica vaak versteld staan over het gemak waarmee zij zich het Nederlands – en vooral ook Nederlandse uitdrukkingen – eigen had gemaakt.

'Dit wordt niet alleen een van mijn opwindendste opdrachten ooit,' ging Alwina verder, 'maar ook een van mijn makkelijkste.'

Vanzelfsprekend wist Veronica dat Simon een broer van Jezus was, over wie verder weinig bekend was. Over Jakobus, een andere broer, wisten de geleerden meer: hij was de leider van de vroegchristelijke gemeente in Jeruzalem. In colleges vertelde Veronica haar studenten altijd dat je over de vroege kerk beter in termen van een joodse gemeente met christelijke trekjes kon spreken. Tot aan de Joodse Oorlog, die in 66 na Christus begon, was er in Palestina immers nog geen duidelijk onderscheid tussen joden en christenen geweest. Dat bleek ook toen Jakobus in het jaar 62 op bevel van hogepriester Ananias ter dood werd gebracht, omdat hij de leer van Jezus predikte. Deze maakte gebruik van een machtsvacuüm om Jakobus te veroordelen tot de dood door steniging.

Onze geliefde broeder Jakobus is overleden door een onrechtvaardig vonnis…

Nota bene de farizeeën, die er in de Bijbelse evangeliën zo slecht van afkwamen, kwamen toen in opstand. Want er was een 'Rechtvaardige' – de joodse eretitel voor Jakobus – vermoord. De hogepriester werd uit zijn ambt gezet, een unicum in de geschiedenis van het jodendom.

'Na de dood van Jakobus werd Simon toch de leider van de Jeruzalemse gemeente?' dacht Veronica hardop.

'Ja, precies. In de christelijke literatuur uit de vierde eeuw werd hij als een familielid van Jezus aangeduid, of ook wel als een zoon van Klopas

– een zwager van Maria, de moeder van Jezus. Maar steeds meer onderzoekers beschouwen Simon tegenwoordig gewoon als een volle broer van Jezus.'

'Laten we verdergaan.'

'Ja, graag!'

Korte tijd was alleen het gekras van hun pennen op het papier te horen.

Veronica keek opzij en zag hoe bij Alwina het puntje van haar tong naar buiten stak, als van een kind dat helemaal opging in het maken van een tekening.

'Het ouderwetse handwerk,' grapte Veronica.

'Precies,' zei Alwina en ze lachte kort, maar direct erna werd ze serieus. 'En wanneer komt Pierre terug? Hij wilde toch eigenlijk niet dat we het kopieerden?'

'Het ging hem er meer om dat de spullen dit huis niet verlaten. Maar als we de tekst vertaald willen krijgen, is dit wel het minste wat we kunnen doen toch?'

'En waar is hij nu eigenlijk?'

'Dat zou ik ook weleens willen weten.'

'De volgende keer gewoon maar vragen,' zei Alwina. 'We zijn nu tenslotte zijn partners in crime.'

Hoewel Veronica met Alwina meelachte, voelde ze na het horen van die laatste woorden hoe een onaangename rilling door haar heen ging.

Sofia

Cassis, 13 juli

Cassis bleek een heel aardig kustplaatsje te zijn, gelegen aan de Baie de Cassis, met een jachthaventje waar aan de houten steigers grotere en vooral heel veel kleinere boten en speedboten lagen aangemeerd.

Sofia had haar auto op een grote parkeerplaats neergezet en was te voet naar het oude centrum gelopen. Haar plan was eenvoudig: langsgaan bij antiekzaken om daar naar Pierre en Pascal te informeren. Het bleek doeltreffend, want al bij de eerste de beste zaak kon men haar verder helpen.

'Zonder toeristen wonen we hier met nog geen tienduizend mensen,' zei de eigenaar van Antiquités de Cassis, een volgepakte winkel. 'Een beetje gechargeerd zou je wel kunnen stellen dat iedereen elkaar kent en dat geldt zeker voor de ondernemers van Cassis. We trekken toch samen op, gaan naar dezelfde borrels, komen elkaar tegen op evenementen… En vanzelfsprekend ken ik Pascal en Pierre, want er zijn maar drie antiekwinkels hier. Bovendien, Pascal is net als ik een autochtoon. We zaten op dezelfde lagere en middelbare school.'

Hij schreef het adres op een A4'tje dat hij uit de lade van zijn printer trok. Vervolgens trok hij enkele lijnen om de straten in de directe omgeving mee aan te geven en gaf hij met een andere kleur pen de looproute aan.

'Het is nog geen drie minuten lopen,' zei hij. 'En doe vooral de hartelijke groeten aan mijn collega.'

Het bleek inderdaad erg dichtbij te zijn. BROCANTE CASSIS stond er in sierlijke letters op de winkelruit geschreven, met eronder de tekst DEPUIS 1947 – PASCAL BERGER.

Eenmaal binnen moesten Sofia's ogen even wennen aan de relatieve duisternis in de winkel. Maar al vrij snel zag ze dat deze zaak veel ruimer was opgezet dan die waar ze even tevoren was. Daar was je bang iets per ongeluk om te stoten, maar daar hoefde je hier niet voor te vrezen.

Tafels, kasten en stoelen kregen alle ruimte. Aan de muur hingen heel erg veel schilderijen, vooral van berglandschappen, akkers vol bloeiende bloemen en nostalgisch ogende tafereeltjes van vissers die hun vangst binnenhaalden en boeren die op het land werkten.

Ze herkende Pascal onmiddellijk. Hij was een lange, slanke man, een vijftiger, gladgeschoren, met gemillimeterd grijs haar. Hij droeg een lichtbeige flanellen broek en bijpassend jasje, glimmende leren schoenen eronder en om zijn nek hing zijn bril aan een koordje.

'Kan ik u van dienst zijn?' vroeg hij in een mooi zangerig Frans.

Direct erna vernauwden zijn ogen zich tot spleetjes.

'Hé,' zei hij. 'Hebben wij elkaar niet eerder ontmoet?'

'In Milaan,' zei Sofia. 'Mijn man kreeg een hartaanval.'

Pascal vertrok zijn gezicht tot een smartelijke grimas, al kwam het op Sofia in de eerste plaats over als professionele meelevendheid.

'Ach,' zei hij en hij deed een stap naar voren en gaf haar een stevige handdruk. Een frisse geur van een bloemige eau de cologne hing om hem heen.

'Gecondoleerd. Ik heb van Pierre begrepen dat uw man niet lang erna alsnog is overleden.'

'Bedankt. Ja, dat was... dat was toch nog onverwacht. Het was een grote schok.'

'Dat kan ik me voorstellen,' zei hij. 'Maar nu hier? Pierre is teruggereisd naar Italië om het schilderij op te halen en bij u langs te brengen. In Bologna meen ik? Hij wilde de begrafenis bijwonen?'

Sofia knikte.

'Dan bent u ver van huis,' zei Pascal, die plots op zijn hoede leek.

'Ik kom uit deze streek. We hebben... Ik heb nog altijd een huis in Aix-en-Provence. En ik had een sterke behoefte om op pad te zijn, even weg uit Bologna, weg uit het huis waar mijn man is overleden.'

'Dat begrijp ik.'

'En ik zoek Pierre.'

'Ik ook,' zei Pascal, die een stapje naar achteren deed.

'Iedereen zoekt hem,' zei Sofia, die Pascal vervolgens vertelde wat er bij haar thuis was voorgevallen.

'Dus echt niemand weet waar hij is?' vroeg hij geschokt. 'Dat is... vreemd.'

'Nee, niemand. Er is een internationaal opsporingsbericht uitgegaan. Pierres auto staat op een parkeerterrein bij Zaventem. Daar is hij nog op bewakingscamera's gezien, maar daarna ontbreekt ieder spoor.'

'Hij wordt gezocht?' vroeg Pascal verbaasd.

'Nou, het is niet zo dat Interpol al zijn mankracht heeft vrijgemaakt om hem op te sporen,' zei Sofia. 'Ik bedoel: hij wordt niet van moord verdacht of iets dergelijks. Maar hij is er wel vandoor met een waarschijnlijk zeer kostbaar manuscript en dat nemen ze hoog op. Pierre deed dat weliswaar met mijn toestemming, maar zijn absolute radiostilte is ronduit verdacht.'

'Ik begrijp het. Ik heb hem sinds ik hem voor het laatst zag een paar keer gebeld en telkens een boodschap voor hem achtergelaten. Ook Susanna, zijn vrouw –'

'Precies,' onderbrak Sofia hem. 'Voor haar kwam ik, om eerlijk te zijn. Ik zou haar graag spreken.'

'– zei ook niet te weten waar hij was.' Pascal praatte onverstoorbaar verder. 'Ik weet wel dat hij een schoonzus in Nederland heeft, bij wie hij vaak verblijft als hij in het noorden is.'

'Ik maak me echt zorgen,' zei Sofia. 'We hebben geen idee wie er achter het manuscript aan zitten en ook geen idee over welke middelen deze mensen beschikken. Dus de afwezigheid van enig teken van leven zou net zo goed kunnen betekenen dat Pierre niet langer in staat is om een teken te geven.'

'Nee, nee,' zei Pascal snel. 'Susanna heeft één keer contact met hem gehad.'

'Echt?'

'Ja, maar hij wilde niet zeggen waar hij precies was.'

'Dus hij leeft.'

'Ja, op dat moment wel in ieder geval,' zei Pascal, die onmiddellijk rood kleurde. 'Ik bedoel: laten we niet van het slechtste uitgaan… Blijkbaar heeft hij een goede reden om even van het toneel te verdwijnen.'

'Of hij denkt een goede reden te hebben,' zei Sofia. 'Hoe dan ook is het een vreemde situatie. Daarom zou ik graag zijn vrouw even spreken. Susanna? Woont ze hier in Cassis?'

'Ja, ze wonen hier,' zei Pascal, die naar een bureau liep dat achter in de zaak stond. 'Als je even met me meeloopt, geef ik je het adres. Het is dichtbij, want in Cassis is feitelijk alles dichtbij. En dan zal ik je ook mijn visitekaartje geven.'

'Ik geef hoe dan ook even aan de politie in Bologna door dat ze contact heeft gehad met Pierre,' zei Sofia. 'Ik weet niet of ze dat weten en het lijkt me toch wel belangrijke informatie. En dat hij een schoonzus in Nederland heeft zullen ze ook willen weten.'

'Dat lijkt me een goed idee, ja,' zei hij terwijl hij iets op een papiertje krabbelde. 'Zijn gedrag is heel vreemd. En het schilderij?' Pascal keek op. 'Dat is wel goed afgehandeld verder?'

'Zeker,' zei Sofia. 'We zijn tienduizend euro overeengekomen.'

Pascal duwde zijn onderlip een miniem stukje naar buiten, als van een pruilend kind. 'Zo,' zei hij. 'Dan heeft hij je gematst. Of jij bent een heel scherpe onderhandelaar natuurlijk. Dat kan ook.'

Sofia glimlachte. 'Het zal een combinatie zijn geweest,' zei ze. 'Maar ik zie de nota wel tegemoet. Dat is er in Pierres haast bij ingeschoten.' Op haar beurt gaf Sofia hem haar contactgegevens, zowel die in Bologna als in Aix-en-Provence.

'Die nota handel ik wel af,' zei Pascal. 'Ik kan hem gewoon per mail aan je sturen, als dat geen probleem is.'

'Dat is goed,' zei Sofia. 'Maar nu… Susanna.'

'Susanna, ja.' Hij overhandigde haar het blaadje met daarop een straat-naam en een telefoonnummer. 'Een lieve vrouw. Ze voelde zich in het begin wat verloren hier. Pierre was veel op pad en dan zat zij maar alleen in dat huis dat te groot is voor één persoon. En te duur, maar goed… An-toine, mijn man, en ik hebben haar vaak te eten gevraagd en een enkele keer hielp ze weleens in de winkel. Maar nu is ze goed ingeburgerd.'

'Dat is fijn te horen.'

'Doe haar mijn hartelijke groeten.' Pascal stond op ten teken dat het gesprek wat hem betreft voorbij was.

Samen liepen ze naar de voordeur.

'Ik weet niet goed wat ik ervan moet denken,' zei Pascal, met zijn hand nog op de deurklink. 'Een kat in het nauw...'

Sofia bevroor in haar beweging. 'Hoe bedoel je dat?' vroeg ze, op haar hoede. Ze meende dat er achter Pascals woorden iets verscholen ging wat hij niet uitsprak.

'Ehm,' zei hij en voor de tweede keer kleurde hij rood. Het was duidelijk dat hij zich had versproken. 'Pierre en Susanna hebben enorme schulden.'

Veronica

Het werk van Veronica en Alwina vorderde gestaag. Het waren twaalf foto's in totaal en Veronica was klaar met het overnemen van de tekst op de vierde foto.

'Het is weer net alsof ik terug op de middelbare school ben,' zei Veronica, die haar pen neerlegde en haar vingers bewoog als een pianiste voordat ze gaat spelen. 'Van onze docent Grieks – Van Lieshout heette hij, een franciscaner priester – moesten we een te vertalen tekst altijd eerst overschrijven. Zo raakten we volgens hem meer vertrouwd met het ritme van de taal.'

'Wat een mooie gedachte,' zei Alwina. 'En het klopt ook denk ik. Als je handmatig aantekeningen maakt, gebeurt er iets in je hersenen waardoor je het beter onthoudt. Daarom stoor ik me ook altijd zo aan studenten die tijdens college weigeren mee te schrijven, omdat de powerpointpresentatie toch online verschijnt.'

Veronica pakte de vijfde foto en een maagdelijk wit vel.

'Tabula rasa,' grapte ze. Een onbeschreven blad.

'De eeuwige vraag,' zei Alwina, terwijl ze verderging met haar werk. 'Komen we ter wereld als onbeschreven blad, met een schone lei? Zonder enige kennis of persoonlijkheid, zonder vaardigheden en zijn we dus helemaal afhankelijk van wat we zelf zien en meemaken? Of ligt je karakter bij de geboorte al helemaal vast?'

'Wat denk jij?'

Alwina legde haar fineliner neer en wiebelde wat met haar schouders. 'Het zal een combinatie zijn,' antwoordde ze. 'Je leert Duits, Chinees of Nederlands, afhankelijk van waar je wieg staat, maar het vermogen om taal te leren is aangeboren. Verder mag ik graag denken dat we als mensen een zekere vrijheid hebben en niet voorgeprogrammeerd zijn. Ik las dat boek *Wij zijn ons brein* van die Nederlandse hersenwetenschapper.

'Dick Swaab.'

'Precies, Swaab,' zei ze enthousiast en waar Veronica de naam nog had uitgesproken als 'Zwaap' kon je in Alwina's uitspraak haar Duitse achtergrond duidelijk horen. 'Volgens hem ligt werkelijk alles vast. Je seksuele geaardheid, je aanleg tot criminaliteit, de mogelijkheid van empathie, of je een opvliegend persoon bent, muzikaal aangelegd, vatbaar voor depressie, álles. Het boek was overtuigend genoeg, maar ik ben een romantische ziel – zoals de meeste mensen denk ik. Het haalt iets van ons mens-zijn weg vind ik, van wie we zijn. Of van wie ik denk dat de mens is. Ik denk dat God ons de vrijheid heeft gegeven om zelf keuzes te maken. We zijn tenslotte geen machines.'

'Behalve de erfzonde dan,' wierp Veronica tegen. 'Volgens christenen wordt de mens schuldig geboren, door de oerzonde van Adam en Eva. Dus helemaal vrij zijn we niet.'

'Daar heb jij weer een punt,' zei Alwina, die haar pen weer oppakte.

'Al las ik laatst een roman die die hele zondeval – en dan met name de rol die Eva zou hebben gespeeld – in een heel nieuw daglicht zette.'

Alwina reageerde al niet meer, alsof ze een terrein hadden betreden dat ze onaangenaam vond.

'En zo'n Maria Magdalena?' vroeg Veronica, die de nieuwe foto goed legde om de tekst over te kunnen schrijven. 'Wat denk je van haar?'

'Ik denk dat heel veel van de zaken die in de Bijbel worden beschreven terug te brengen zijn tot ziekten die de mensen toen niet goed begrepen. Als je over een aanval van bezetenheid leest, over hoe iemand op de grond valt, heen en weer rolt en wartaal uitslaat, dan heeft dat alles weg van een epileptische aanval. Ik weet niet of je daar weleens getuige van bent geweest, maar dat is ook nu nog een angstwekkende ervaring kan ik je vertellen – zelfs als je weet wat het is. Kun je nagaan hoe dat in die tijd werd gezien.'

Opnieuw legde Alwina haar pen neer. 'In het geval van Maria Magdalena kan die "bezetenheid" ook duiden op een psychische ziekte, een psychose bijvoorbeeld. En dan is het ook wel weer bijzonder dat uitgerekend zij de eerste is die de opgestane Heer ziet. Een ex-psychiatrische patiënt.'

'Die dingen zag die er misschien helemaal niet waren bedoel je?'

'Nee, dat bedoel ik niet,' zei Alwina geïrriteerd. 'Ik bedoel dat in die nieuwe wereld na de opstanding, in het Koninkrijk dat Jezus ons heeft beloofd, voor iedereen plaats is – en dat daarin zelfs een cruciale rol was weggelegd voor iemand als Maria. Jezus ging om met de verschopten der aarde: met tollenaars, melaatsen, kreupelen, hoeren… Er waren veel vrouwen die met hem meereisden. En over die bezetenheid gesproken, ik woonde een tijdje geleden een college bij van Simon Ryevaar. Je kent hem toch?'

'Zeker, zeker,' zei Veronica. 'Hij doet toch onderzoek naar allerlei religieuze fenomenen? Mariaverschijningen, eindtijdbewegingen, wondergenezingen…'

'Ja, inderdaad. Een van zijn colleges ging over religieuze bezetenheid. Ik begeleidde een studente die daar onderzoek naar deed, een meisje met een Marokkaanse achtergrond. Maar Ryevaar plaatste het fenomeen in een bredere context. Zo is er in het Midden-Oosten en Noord-Afrika een bepaalde bezetenheid onder vrouwen die alleen kan worden genezen als aan de soms vreemde eisen van de demon of djinn wordt voldaan. Er moet een nieuw gasfornuis komen, een bijgebouw voor een keuken, nieuwe kleding… Of de man moet afzien van zijn voornemen om een tweede vrouw in huis te nemen.'

Veronica lachte. 'Echt?'

'Ja, echt,' beaamde Alwina. 'En dat fenomeen is heel wijdverspreid. Uit alle onderzoeken komt naar voren dat het om vrouwen gaat die volkomen klem zitten en dit blijkbaar als de enige uitweg zien om hun wensen kenbaar te maken.'

'Doorzichtig toch?'

'Van een afstandje gezien misschien wel,' zei Alwina. 'Maar binnen de betreffende culturen wordt het serieus genoeg genomen. Er zijn vrouwen overleden, omdat ze weigerden te eten of te drinken. Dus wie weet wat er bij onze Maria heeft gespeeld. Misschien hadden haar ouders een bepaalde huwelijkskandidaat op het oog die zij niet zag zitten en was dit haar manier om daaraan te ontkomen.'

'Of had ze zélf haar oog op iemand laten vallen,' zei Veronica met een glimlach. 'En gaven haar ouders haar uiteindelijk toestemming omdat hij de enige was die haar weer rustig kon krijgen.'

Nu glimlachte Alwina ook. 'Misschien gaan we in deze tekst lezen hoe het zat.'

Sofia

Pascals opmerking over de schulden van Susanna en Pierre plaatste het vreemde gedrag van Pierre opeens in een ander perspectief. 'De gelegenheid maakt de dief,' had Rosa al gezegd, maar nog altijd had Sofia moeite om dit scenario te aanvaarden. Dan moest hij dat plan al hebben opgevat toen hij aanbood het manuscript naar een instituut in Brussel te brengen.

Of misschien is het idee bij hem opgekomen tijdens de lange rit naar België...

'Maar dan nog,' had Sofia tegen Pascal gezegd. 'Het zou toch een onvoorstelbaar domme actie zijn? Eentje die vroeg of laat uitkomt? We weten dat hij het manuscript heeft meegenomen.'

'Heb je het hem echt zien meenemen?' had Pascal gevraagd. 'Heb je het hem in zien pakken?'

'Nee, dat niet,' had Sofia aarzelend bekend.

'Dan kan hij zeggen dat hij het toch niet heeft meegenomen. Of dat hij alsnog is achterhaald door de mensen die jouw huis hebben overvallen, die hem dwongen het af te staan. Grote kans dat zoiets in een rechtszaak standhoudt. Vooral omdat de werkelijke koper van zo'n manuscript er geen enkel belang bij heeft om met het echte verhaal naar buiten te treden. Voor die persoon komt een versie waarbij het manuscript van de aardbodem is verdwenen waarschijnlijk nog wel goed uit ook.'

'Maar dan zal hij het geld toch niet uit kunnen geven?'

'Niet ineens nee,' zei Pascal, 'maar als hij daarmee zijn dagelijkse boodschappen doet, zijn benzine ermee betaalt, zijn hotelkosten, et cetera, dan blijft er op zijn gewone bankrekening meer geld over waarmee hij zijn schulden af kan lossen. Of hij koopt kunst aan waar hij veel minder voor betaalt dan hij opgeeft en veel meer voor terugkrijgt dan hij aan de belastingdienst doorgeeft. Zo kun je ook geld witwassen.'

Tijdens het korte autoritje naar het adres dat op het briefje stond, moest Sofia tandenknarsend toegeven dat Pascal een punt had gehad.

Ik kan inderdaad niet voor honderd procent bewijzen dat hij het manuscript heeft meegenomen. Voor ons vertrek heb ik de kluis niet meer bekeken, dus voor hetzelfde geld hebben de inbrekers het daarná meegenomen. Voldoende gerede twijfel lijkt me zo...

Ze stuurde een brede laan in een hoger gedeelte van Cassis in. Zo af en toe waren er voor de grote huizen met hun ruim opgezette en weelderig begroeide voortuinen doorkijkjes naar de zee die erachter lag. Sofia had de autoraampjes half naar beneden gedaan waardoor een aangename, zilte bries langs haar gezicht en bovenlichaam streek.

Wat moet het geweldig zijn hier te wonen! Dat uitzicht, die heerlijke geuren, de wind in je haren...

Maar toen ze het huis naderde, overviel haar een enorme twijfel over het nut en de noodzaak van deze hele onderneming. Misschien zou Susanna zich wel rot schrikken en denken dat ze Pierres Italiaanse minnares was die hun geheime relatie kwam opbiechten.

Om die reden bleef ze nog een minuut of tien in de auto zitten voordat ze durfde aan te bellen. De galm van de bel in de hal was nog niet weggestorven of de deur zwaaide al open.

Sofia zag een vrouw die zonder meer aantrekkelijk was geweest als haar gezicht niet getekend was door diepe wallen, een vale huid als van iemand die weinig buiten komt en het haar dat weinig verzorging verraadde.

'Bent u Susanna Delarue?' vroeg Sofia.

'Bent u van de politie?' vroeg Susanna direct. 'Is er nieuws van Pierre?'

'Sorry, nee,' zei Sofia, die besefte dat ze nauwelijks een meer ongelegen moment uit had kunnen kiezen voor haar onaangekondigde bezoek. 'Ik ben niet... Ik kan misschien beter op een ander moment terugkomen.'

'Wie bent u dan?'

'Mijn naam is Sofia Palazzo,' antwoordde ze. 'Ik kom net bij Pascal vandaan. Hij gaf me uw adres.'

Susanna reageerde op Sofia's uitgestoken hand met een krachteloze handdruk.

'Mijn excuses dat ik u zo overval,' stak Sofia van wal. 'Ik heb in Milaan een schilderij bij uw man gekocht. En kort erna overleed mijn man. Giacomo.'

'Ah, ú bent Sofia,' zei Susanna, wier gezicht iets verzachtte, al leek het aanvankelijke wantrouwen nog niet helemaal uit haar blik te zijn verdwenen. 'Dan moet ik u condoleren met het verlies van uw man.'

'Bedankt,' zei Sofia. 'Maar... zou ik even mogen binnenkomen? Ik denk dat we elkaar veel te vertellen hebben.'

'Oké,' zei Susanna en ze deed uitnodigend een stap naar achteren.

Vanuit de woonkamer met een open keuken had je uitzicht op een grote tuin en daarachter de zee waarvan de horizon naadloos overging in de blauwe lucht erboven.

Sofia deed haar verhaal, voor de tweede keer in korte tijd. Af en toe werd ze onderbroken door Susanna's vragen om toelichting. Al na enkele minuten waren ze elkaar gaan tutoyeren en had Susanna haar terughoudendheid laten varen.

'Ik vond het zo vreemd dat Pierre naar de begrafenis wilde van een man die hij maar één keer kort had ontmoet,' bekende Susanna. 'Ik dacht eerst dat hij geïnteresseerd was in jou, maar...'

'Nee, nee,' zei Sofia verschrikt. 'Dat heeft geen seconde gespeeld. En hij kan ook niet op het manuscript uit zijn geweest, want hij wist nog niet van het bestaan af toen hij naar mijn huis kwam. Ik denk dat de hartaanval, waar hij getuige van was, veel indruk op hem heeft gemaakt. Ik kan me niet voorstellen dat het hem alleen om de verkoop van het schilderij te doen was geweest. Hij is direct akkoord gegaan met ons openingsbod, waarmee hij ons volgens Pascal heeft gematst.'

'Het zou ongepast zijn geweest je op dat moment het vel over de neus te halen natuurlijk.'

'Dat zal hebben meegespeeld,' gaf Sofia toe.

Beide vrouwen deden er even het zwijgen toe.

'Maar er zijn zoveel onbeantwoorde vragen,' zei Sofia toen. 'Ik ken hem natuurlijk niet, maar ik schat hem totaal niet in als een oplichter.'

'Nee, zeker niet,' zei Susanna. 'Die hele kunstwereld hangt van leugen en bedrog aan elkaar. Ze handelen in mooie spullen, maar het is een nare wereld vind ik. Pascal is wat minder zuiver op de graat moet ik zeggen, maar Pierre heeft zich altijd verre van duistere zaakjes gehouden. Of hij heeft dat zo in het geniep gedaan dat hij het voor mij verborgen heeft weten te houden. Maar anders zouden wij niet zulke...'

'Schulden hebben?' maakte Sofia haar zin af, waarna ze bloosde. 'O sorry, dat had ik niet moeten zeggen.'

Susanna keek geërgerd. 'Heeft Pascal je dat verteld?'

Sofia knikte, waarna Susanna diep zuchtte.

'Anders zouden we niet zulke schulden hebben inderdaad,' zei Susanna. 'Ik zou liever zelf bepalen aan wie ik dat vertel, maar goed. Ik zal het daar eens met Pascal over hebben. Het is... We verkochten onze zaak in België al met verlies en kochten toen dit huis dat eigenlijk te groot en te duur was, maar Pierre heeft een goede babbel en de bank ging mee in zijn verhaal. Eerst was hij hier zelf een eigen zaak begonnen, maar die ging binnen een jaar op de fles, waardoor de situatie alleen maar erger werd. De huizenmarkt hier is momenteel niet heel goed, dus verkopen is nauwelijks een optie.'

'Ik begrijp het.'

'Misschien heeft hij op weg naar België het plan gekregen om een grote slag te slaan, maar dat past zó niet bij hem. Niet bij de Pierre die ik ken in ieder geval.'

'En je hebt geen idee waar hij kan zijn?' vroeg Sofia. 'Je hebt toch nog contact met hem gehad?'

'Ben je echt niet van de politie?' vroeg Susanna, maar ze glimlachte. 'Ja, hij heeft kort gebeld. Ik dacht aan mijn zus in Nederland, maar hij wilde niet loslaten waar hij was. Pierre zei dat dat beter was voor mijn eigen veiligheid.'

'En heb je je zus gebeld?'

Susanna schudde het hoofd en kreeg een wat verbeten trek rond haar mond. 'Veronica is een absolute schat, maar ook wel iemand die het altijd beter lijkt te weten. Van jongs af aan heeft er altijd iets van een concurrentiestrijd tussen ons gespeeld, misschien niet ongewoon tussen twee zusjes... Ze waarschuwde me destijds de zaak niet met verlies te verkopen, dit huis niet te kopen, niet direct een nieuwe zaak in Cassis te beginnen... En ze heeft op alle punten gelijk gekregen. Ik weet dat ze zich ook vaak ergert aan Pierre, met name als hij over zijn werk praat. Dan kan hij ook wel iets pedants over zich krijgen hoor.' Susanna glimlachte. 'Maar daar moet je een beetje doorheen prikken.'

'Heb je de politie wel verteld dat je een zus in Nederland hebt?'

Susanna reageerde niet, alsof ze Sofia niet had gehoord.

'Ik denk dat de politie op dit moment blij is met ieder snippertje informatie dat ze krijgen, toch?' vroeg Sofia.

'Je hebt gelijk,' gaf Susanna toe. 'Ik zal het doorgeven. En dan bel ik straks toch mijn zus maar even. Zij is ook... Ze heeft een aantal jaar geleden haar man verloren, net als jij.'

'Wie liefheeft, is altijd kwetsbaar,' zei Sofia, die even in gedachten verzonk.

Susanna stond op en Sofia volgde haar voorbeeld.

'Ik zal je mijn adres in Aix geven en mijn telefoonnummer,' stelde Sofia voor. 'Dan kunnen we elkaar op de hoogte houden.'

'Dat is goed, maar... waarom blijf je niet nog even? We kunnen samen eten. Ik kan wel wat gezelschap gebruiken. Het is zo'n gekke tijd.'

Sofia keek Susanna aan en herkende iets van de wanhoop die haar sinds Giacomo's dood ook had geplaagd.

'Dat is goed,' zei Sofia. 'Ik hoef nergens heen.'

'Fijn. Dan kijk ik even wat ik in huis heb. De afgelopen dagen heb ik niet echt goed voor mezelf gezorgd, moet ik toegeven,' zei Susanna en ze verdween naar de keuken.

Sofia verbaasde zich over hoe snel zij en Susanna met elkaar vertrouwd waren geraakt. Ze had gewild dat ze elkaar in een minder stressvolle tijd hadden leren kennen. Ze sloot haar ogen en stelde zich voor hoe het zou zijn geweest als ze hier met Giacomo had gezeten, terwijl Pierre en Susanna tegenover hen zaten, wijn drinkend, keuvelend, met op de achtergrond het vage maar geruststellende ruisen van de zee.

De vredige rust werd verstoord doordat er iemand aanbelde.

Gehaast kwam Susanna de keuken uit gelopen, op weg naar de gang. Sofia volgde in haar kielzog.

Voor de deur stond een jongeman van een bezorgdienst, met in zijn handen een platte doos ter grootte van een A3-papier. 'Ik heb een zending uit Brussel voor u,' zei hij, terwijl hij het pakket scande met een handscanner en daarna aan Susanna overhandigde. 'Als u hier nog even wilt tekenen?'

Met een pennetje krabbelde Susanna iets op het scherm van het apparaat.

'Dan is het zo in orde,' zei hij en hij liep weg.

'Wat is het?' vroeg Sofia nadat Susanna de deur weer had dichtgedaan.

'Een aangetekende verzending voor Pierre,' zei Susanna en ze liep terug naar woonkamer. 'Het voelt heel licht aan.'

'En de afzender?'

'Het CIOB, het Centrum voor Isotopen Onderzoek Brussel.' Ze legde het pakketje op de eettafel neer, liep naar de keuken en kwam terug met een klein mesje. 'Misschien wordt hierdoor duidelijk waar Pierre mee bezig is.'

Voorzichtig sneed ze de tape los die in ruime mate om de doos heen was gewikkeld. Ze klapte de deksel open waardoor een nóg steviger uitziende envelop zichtbaar werd. Erbovenop lag een open envelop.

Susanna haalde er een brief eruit. 'Beste Pierre,' las ze hardop voor. 'Hier is de uitslag van mijn onderzoek naar de ouderdom van je manuscript. Ondanks de kostbare spoedprocedure die ik op jouw verzoek heb gevolgd, durf ik voor de volle honderd procent in te staan voor de juistheid van mijn data.'

Susanna's ogen schoten over het papier en een diepe frons tekende haar voorhoofd.

'Het papyrusvel plus de foto's die je aan mijn zorg hebt toevertrouwd,' las ze verder, 'stuur ik samen met mijn rapport op.'

Susanna liet de brief zakken en samen met Sofia staarde ze naar de verzegelde envelop, die baadde in een zee van bolletjes piepschuim.

Veronica

Op hoge snelheid kwam er een ambulance over de Witte Singel gereden, kort erna gevolgd door twee politiewagens, waar weer drie motoragenten achteraan reden. Niet veel later hoorden Veronica en Alwina een helikopter die laag overvloog.

Veronica stond op en liep naar het raam. Opnieuw kwamen er twee politiewagens voorbij, hun blauwe zwaailichten drongen de huiskamer binnen.

'Er moet iets groots aan de hand zijn,' zei Veronica. 'Ik kan me niet herinneren dat ik de politie ooit zo massaal heb zien uitrukken.'

'En dan die helikopter er nog bij,' zei Alwina, die zich weer op haar werk richtte. 'We zullen het later wel horen.'

Veronica draaide zich om en zag dat Alwina gestopt was met het onderstrepen van de woorden.

'Weet je,' zei Alwina. 'Als jij nu gewoon doorgaat. Op dit vel...' Ze pakte een van de A3'tjes op. '...ben ik nu zo vaak de naam Mariamme tegengekomen. Ik kan gewoon niet wachten om dit onder handen te nemen.'

'Fantastisch,' reageerde Veronica. 'Doe maar. Ik ben ook zo ontzettend benieuwd.'

Ze ging weer aan tafel zitten. 'Daarom verbaasde het me ook zo dat Pierre gisteren niet of nauwelijks geïnteresseerd leek in de inhoud van het manuscript dat hij bij zich had.'

'Misschien had hij te veel dollartekens in zijn ogen?'

'Tja, wie weet... Misschien is hij gewoon wel bang voor de inhoud. Wie zal het zeggen?'

'Die geheimzinnigheid van hem is volgens mij ook overbodig. Ik denk dat die wereld van de handel in manuscripten zo klein is dat nieuws over een spectaculaire vondst weleens heel snel zou kunnen reizen.'

'Ja, zoiets is moeilijk geheim te houden lijkt me,' zei Veronica, die zich vervolgens weer aan haar monnikenarbeid zette.

Alwina humde af en toe tevreden, bladerde druk in een papieren woordenboek en raadpleegde websites. In nog geen uur tijd had ze een versie klaar, terwijl Veronica ondertussen trouw was doorgegaan met het overschrijven van de Griekse tekst.

'Dit is sensationeel,' zei Alwina. 'Ronduit sensationeel. Ik hoop toch zo dat dit echt is, Veronica. Dat dit geen vervalsing is.'

'Lees voor dan!'

'Goed,' zei Alwina. 'Ik heb er in vierkante haken "De ontmoeting met Maria van Magdala" boven gezet. Daar gaat-ie dan…'

[De ontmoeting met Maria van Magdala]

Al vanaf heel jonge leeftijd had Jezus de gave van genezing, die zich steeds sterker ontwikkelde.

Op een dag was er een man naar Kafernaüm gekomen. Hij kwam uit Magdala aan de Zee, enkele mijlen in de richting van Tiberias. 'Meester,' zei hij, 'ik heb mijn dochter Mariamme naar u gebracht, omdat zij door geesten is bezeten en dan onsamenhangende klanken uitstoot. Dan komt het schuim haar op de mond te staan, ze knarst met haar tanden en wordt helemaal stijf.' Jezus zei tegen hem: 'Breng haar bij me.'

De vader ging weg en kwam terug met zijn dochter, een jonge vrouw, zeer schoon van gestalte. Jezus zag haar en had haar lief.

Mariamme viel meteen op de grond met het schuim op de lippen en stootte klanken uit. Jezus vroeg aan haar vader: 'Hoelang heeft zij hier al last van?' Hij antwoordde: 'Al vanaf haar vroegste jeugd. Als u iets kunt doen, help ons dan alstublieft.' Toen zei Jezus tegen hem: 'Of ik iets kan doen? Alles is mogelijk voor wie gelooft.' Meteen riep de vader van de jonge vrouw uit: 'Ik geloof! Kom mijn ongeloof te hulp.' Jezus raakte Mariamme aan op haar voorhoofd en richtte zich tot de vader. 'Uw geloof zal u redden en uw dochter zal haar opgesloten wijsheid naar buiten uit laten stromen. Jezus pakte haar bij de hand om haar overeind te helpen en zij stond op. Haar ogen straalden.

Mariamme ging niet met haar vader mee terug naar Magdala, maar bleef bij Jezus en week niet van zijn zijde.

Toen Alwina het blaadje op tafel legde, merkte Veronica dat zij zelf inmiddels ook tranen in haar ogen had gekregen.

'Het is schitterend,' stamelde ze. 'Dat Jezus haar zag en haar onmiddellijk liefhad.'

'Liefde op het eerste gezicht.'

'En ze ging niet met haar vader mee naar huis, maar bleef bij Jezus en week niet van zijn zijde. Daarna komt dat stuk waar ik gisteravond een paar woorden van herkend had, over Jezus die trouwde met Mariamme.'

'En niets over zeven boze geesten,' zei Alwina. 'Jezus zegt dat Maria haar opgesloten wijsheid naar buiten liet stromen. Dat komt veel meer overeen met het beeld van Maria als wijze vrouw. En met hoe er toen werd gedacht over demonen die uitgedreven moesten worden. In de oudheid was een *daimon*, een demon, iets neutraals. Bij Plato lees je dat Socrates zijn innerlijke demon liet spreken als hij zijn wijsheid verkondigde.'

'Dit is echt hoogst explosief materiaal,' zei Veronica. 'Ik weet niet of iedereen blij zal zijn als dit naar buiten komt. Het laat zien hoe Maria Magdalena Jezus heeft ontmoet en het bewijst dat ze getrouwd waren. Maar nog belangrijker is dat Maria dus helemaal niet geestesziek was, maar letterlijk een "begeesterde" vrouw was. Als Pierre zou beseffen wat hij in handen heeft, dan…'

Plots voelde Veronica een onrust die ze niet goed kon verklaren. De ontroering die ze nog maar kort ervoor had gevoeld, was zo goed als helemaal verdwenen. 'Mag ik even?' vroeg ze, maar zonder op toestemming te wachten, trok ze de laptop naar zich toe.

'Leiden 112' typte ze in op de zoekbalk.

'Wat doe je?' vroeg Alwina.

'Uitruk ambulance, politiewagens… Helikopter…' mompelde Veronica. 'Rapenburg, Academiegebouw…'

'Leiden Dichtbij' toetste ze in en al in het eerste bericht op de website met lokaal nieuws werd de commotie rond het Academiegebouw vermeld.

'Het gebied is afgezet,' las Veronica voor. 'Er is een dode gevonden, in het gebouw. Het zou gaan om een blanke man van middelbare leeftijd. De politie vraagt getuigen om…' Veronica voelde hoe al het bloed uit haar gezicht wegtrok.

'Doe eens niet zo gek,' zei Alwina, die schrok van Veronica's reactie. 'Nu zit je jezelf iets aan te praten. Dat hoeft Pierre toch helemaal niet te zijn?'

Een omstander was erin geslaagd een foto te maken van de plaats delict. Voor het gebouw lag een lichaam, door een laken grotendeels aan het zicht onttrokken. Onder het laken piepte nog net een schoen vandaan.

En een helblauwe sok met gele smileys.

De Magdalenacodex

I

[Introductie]
Simon, broeder en apostel van de Heer, groet Philokrater en de gemeente van Alexandrië.

Je schrijft me dat je weliswaar de woorden kent die mijn broeder Juda, ook wel Thomas genoemd, heeft opgeschreven, maar dat daarin niets staat over het leven van de Heer. En nu onze geliefde broeder Jakobus ons door een onrechtvaardig vonnis is ontvallen, is ook een van de laatste getuigen van Jezus, de Christus, niet meer onder ons.

[Doel van de brief]
Veel is er al geschreven over Jezus, de profeet van de Waarheid, onze geliefde broeder. Mijn bloedbroeder Juda heeft een aantal uitspraken van de Heer opgeschreven ten behoeve van onze gemeente in Jeruzalem. Anderen hebben zich gezet tot het schrijven van een levensverhaal. Zij steunden daarbij vaak op woorden van anderen, zelfs van broeders die de Heer nooit hebben gekend.
Daarom, geliefde Philokrater, zet ik mij aan een verslag van datgene wat ik mij nog kan herinneren van mijn geliefde broeder Jezus, onze Heer, de profeet van de Waarheid.

[Jeugd van Jezus]
Over zijn jeugd kan ik je weinig meedelen. Van mijn moeder Maria heb ik vernomen dat hij onder het bewind van Caesar Augustus, toen Herodes koning was, geboren is in Nazareth in Galilea. Ik was nog klein toen

we verhuisden naar Kafernaüm. Ik herinner me nog dat Jezus een stille jongen was. Vaak zat hij aan het Meer van Gennézareth, maar ook wel op een steen, zomaar midden in het veld. Mijn moeder moest hem dan zoeken. Het was ook in die tijd dat onze vader Jozef stierf. Diens broer, Klopas, heeft, samen met zijn vrouw Maria, mijn moeder en ons in zijn huis opgenomen. Oom Klopas en tante Maria hadden kinderen die samen met ons opgroeiden. Jezus was nogal gesteld op Levi, de oudste. Levi, ook Matteüs genoemd, werkte op de tolpost van onze stad. Ze spraken vaak lang met elkaar. Levi schreef soms ook dingen op die hij van Jezus hoorde. Later heeft hij deze 'lessen', zoals hij dat noemde, naar broeders in de diaspora gestuurd. Samen zijn ze ook een tijdje bij de Wijze Esseense Broeders in de leer geweest. In die tijd miste ik mijn jongere broer, herinner ik me nog.

[De ontmoeting met Maria van Magdala]
Al vanaf heel jonge leeftijd had Jezus de gave van genezing, die zich steeds sterker ontwikkelde.
Op een dag was er een man naar Kafernaüm gekomen. Hij kwam uit Magdala aan de Zee, enkele mijlen in de richting van Tiberias. 'Meester,' zei hij. 'Ik heb mijn dochter Mariamme naar u gebracht, omdat zij door geesten is bezeten en dan onsamenhangende klanken uitstoot. Dan komt het schuim haar op de mond te staan, ze knarst met haar tanden en wordt helemaal stijf.' Jezus zei tegen hem: 'Breng haar bij me.'
De vader ging weg en kwam terug met zijn dochter, een jonge vrouw, zeer schoon van gestalte. Jezus zag haar en had haar lief.
Mariamme viel meteen op de grond met het schuim op de lippen en stootte klanken uit. Jezus vroeg aan haar vader: 'Hoelang heeft zij hier al last van?' Hij antwoordde: 'Al vanaf haar vroegste jeugd. Als u iets kunt doen, help ons dan alstublieft.' Toen zei Jezus tegen hem: 'Of ik iets kan doen? Alles is mogelijk voor wie gelooft.' Meteen riep de vader van de jonge vrouw uit: 'Ik geloof! Kom mijn ongeloof te hulp.' Jezus raakte Mariamme aan op haar voorhoofd en richtte zich tot de vader. 'Uw geloof zal u redden en uw dochter zal haar opgesloten wijsheid naar buiten uit laten stromen. Jezus pakte haar bij de hand om haar

overeind te helpen en zij stond op. Haar ogen straalden.

Mariamme ging niet met haar vader mee terug naar Magdala, maar bleef bij Jezus en week niet van zijn zijde.

DEEL V

SOFIA – VERONICA

Sofia

Cassis, 13 juli

'Op basis van de analyse van zowel de inkt als van het papyrus zelf,' las Susanna verder, 'kan ik stellen dat het dateert uit de eerste eeuw. Als ik rekening houd met de gebruikelijke foutenmarge zou dat betekenen dat het manuscript ergens tussen 30 en 70 na Christus kan worden geplaatst. In de bijlage vind je de wetenschappelijke verantwoording van mijn methode en een meer uitgebreide, zij het vrij technische, uitleg van hoe ik tot deze conclusies ben gekomen. Ook stuur ik je foto's van alle pagina's van de codex retour – ook al weet ik dat je zelf over een set beschikt. Ze hebben me goed geholpen om deze pagina te vergelijken met de rest van het manuscript.'

Susanna en Sofia keken elkaar een kort ogenblik vol ongeloof aan, waarna Susanna weer verder las.

'Er volgt nog een ps,' zei ze. 'Hier. Hij schrijft: "Maak je geen zorgen, Pierre. Volgens afspraak heb ik niemand van mijn onderzoek op de hoogte gebracht – een persoonlijke gunst aan jou. Ik zal nooit vergeten wat je destijds voor mij hebt gedaan en ik ben blij dat we nu weer op gelijke voet staan. Van het rapport dat ik je stuur, bestaat geen kopie. Alles is gewist, dus wees er voorzichtig mee!"'

'Dat is… bijzonder,' merkte Sofia op.

'Ja, nogal,' zei Susanna. 'Er staat ook geen naam onder. Pierre heeft het heel voorzichtig aangepakt.' Ze legde de brief neer en pakte de verzegelde envelop op.

'Maar los daarvan…' stamelde Sofia alsof nu pas de consequenties van de uitslag van het onderzoek volledig tot haar doordrongen. '…betekent dit dat het mogelijk ouder is dan welk boek uit de Bijbel dan ook. Nog ouder dan de brieven van Paulus. Zelfs als het niet echt door Simon is geschreven, is het mogelijk wel het vroegste ooggetuigenverslag in de geschiedenis van het christendom.'

'Dan kan ik me voorstellen dat dit gewild is,' zei Susanna en ze pakte het mesje op. 'Zullen we hem openmaken?'

Sofia knikte. 'Oké, goed.'

Heel voorzichtig opende Susanna de envelop waarin het papyrus zat. Het lag tussen plexiglasplaten, die weer zaten ingeklemd tussen twee plankjes van dun, maar onbuigzaam hout.

'Ja, dat is het,' sprak Sofia.

'Wat mooi zeg,' zei Susanna. 'Jammer dat er maar twee zinnen op staan.'

'Het zal de laatste pagina zijn.'

'Echt schitterend,' zei ze. 'Je kunt zelfs zien dat de hand van de schrijver gebibberd heeft.'

'Dit is niet voor te stellen,' zei Sofia. 'Stel dat dit echt is geschreven door Simon, de broer van Jezus… Dat hij over dit vel gebogen heeft gezeten, een directe ooggetuige van alles wat Jezus heeft gezegd en gedaan.'

'Of op zijn minst iemand uit die tijd,' zei Susanna relativerend. 'Iemand die zich van de naam Simon bediende.'

Susanna stopte het papyrus terug tussen de houten plankjes en in de envelop, die ze weer in de doos deed. Er zat nog een grote envelop in waarin twaalf loepzuivere foto's zaten die aan de achterzijde waren genummerd.

'Dit is dus het hele manuscript,' stamelde Susanna, terwijl ze de foto's aan Sofia liet zien.

'Ik bel die inspecteur in Bologna om hem hiervan op de hoogte te brengen,' zei Sofia gedecideerd. 'Ik zal hem meteen van je zus in Nederland vertellen, maar dan heb ik wel even haar gegevens nodig.'

'Ja, is goed,' antwoordde Susanna en ze schreef het adres en het telefoonnummer op een blaadje. 'Dan bel ik daarna Pascal en Veronica even.'

Waarom bel je Veronica niet eerst? wilde Sofia vragen. Maar ze besloot zich er verder niet mee te bemoeien. Als buitenstaander was het sowieso beter je buiten familiezaken te houden – en Sofia kende Susanna nog geen twee uur. 'Ik hoop dat we snel nieuws krijgen over Pierre,' zei ze in plaats daarvan.

'Dat hoop ik ook,' zei Susanna. 'En dat het goed nieuws is.'

Veronica

Haar eigen huis voelde plots als een onveilige plaats.

'Kunnen we naar jouw huis gaan?' vroeg Veronica.

'Dat is goed,' zei Alwina

Veronica belde 112 om de politie te melden dat ze vrijwel zeker wist wie het dodelijke slachtoffer bij het Academiegebouw was. Ze gaf Pierres gegevens door en het adres van Alwina en ze vroeg of ze door een inspecteur kon worden teruggebeld.

Samen met Alwina pakte ze de foto's, de A3'tjes met haar kopieën van de Griekse tekst en de eerste vertaling in. Veronica snelde naar boven om in een klein reiskoffertje wat kleding, haar paspoort en toiletartikelen in te pakken. In een opwelling ging ze de logeerkamer in, die opvallend netjes aan kant was. Het bed was opgemaakt en de spullen op het bureau leken door iemand met behulp van een liniaal te zijn neergelegd: recht en alles op een regelmatige afstand van elkaar.

Veronica gunde zich geen tijd om de inhoud van Pierres koffer te inspecteren, maar ze pakte hem op en nam die samen met haar eigen koffertje mee naar beneden.

Alwina stond in de gang al op haar te wachten, de hand op de knop van de voordeur. 'Denk je dat dit echt nodig is?' vroeg ze.

'Ik denk het wel,' antwoordde Veronica. 'Ik ben bang dat Pierre zich in een wespennest heeft begeven. We zeiden toch al dat zo'n spectaculaire vondst in dat wereldje niet geheim te houden is?'

Alwina opende de deur.

'Laten we achterom gaan,' stelde Veronica voor. 'Was jij op de fiets gekomen? Of lopend?'

'Lopend,' zei Alwina en ze liep door de hal naar de keuken die in het verlengde daarvan lag. 'De Magdalena Moonsstraat is vlakbij. Als we via de Hugo de Grootstraat lopen, kunnen we via het bruggetje zo oversteken naar de Schelpenkade. In nog geen vijf minuten zijn we bij mijn huis.'

Veronica draaide de voordeur op slot, liep achter Alwina aan de achtertuin in en deed toen ook de achterdeur op slot.

'Moet je je zus in Frankrijk niet bellen?'

'Die ga ik bellen, natuurlijk,' zei Veronica. 'Maar ik moet eerst zeker weten dat het Pierre is. Ik bedoel, de kans is te verwaarlozen dat iemand anders die sokken en die schoenen draagt… maar ik ga haar niet bellen om dan te moeten toegeven dat er nog een sprankje hoop is dat het om iemand anders zou kunnen gaan.'

'Iemand die Pierres sokken en schoenen heeft aangetrokken?' vroeg Alwina scherper dan ze had bedoeld, want ze verontschuldigde zich direct. 'Sorry, je hebt gelijk ook. In feite weten we nog niets.'

'Precies.'

'We zullen er waarschijnlijk snel genoeg achter komen,' zei Alwina.

Veronica opende de grote houten tuindeur en draaide ook die op slot toen ze samen in het poortje achter het huis stonden.

'Misschien is het een overtrokken reactie hoor,' verdedigde Veronica zich zwakjes toen ze Alwina naar haar twee koffers zag staren. 'Er is er maar eentje van mij, die andere is van Pierre. Vanavond ga ik wel naar een hotel. Bij de Morspoort is dat Boutique Hotel d'Oude Morsch. Als ik met de politie heb gesproken…'

'Je gaat toch niet naar een hotel?' riep Alwina half-geamuseerd, half-beledigd uit. 'Je blijft gewoon bij mij hoor, tot de storm gaat liggen.'

'Oké, bedankt.' Veronica nam toch wel opgelucht het aanbod van haar collega aan.

'En bovendien,' zei die, terwijl ze de Hugo de Grootstraat in liepen, 'zijn we bezig met die vertaling.'

Veronica verbaasde zich erover dat Alwina überhaupt aan de vertaling kon denken, maar toen bedacht ze dat er toch ook wel een zekere urgentie was.

Als het echt Pierre is, dan moet er veel op het spel staan. Dan is het in- derdaad zaak om zo snel mogelijk heel die tekst te doorgronden.

'Als we een beetje doorwerken,' zei Alwina, 'kunnen we vandaag de tekst al helemaal overgeschreven hebben. En omdat alles zo ontzettend goed leesbaar is, verwacht ik dat ik echt maar een paar dagen nodig heb voor een grove eerste versie. Het echte finetunen doen we erna wel.'

Ze stapten stevig door.

Nadat ze via de smalle en hoge boogbrug het water waren overgesto- ken, liepen ze de Stadhouderslaan in. Toen ze de Magdalena Moonsstraat insloegen, zagen ze twee mannen uit een suv-achtige wagen stappen.

'Daar woon ik,' zei Alwina gealarmeerd.

De beide vrouwen hielden onmiddellijk halt.

Vechten, bevriezen of vluchten, schoot het door Veronica heen.

Ze bevroor.

Sofia

'Bellini.' De inspecteur uit Bologna meldde zich aan de telefoon. 'Ben jij dat Sofia?'

'Ja, ja, ik ben het.' Sofia legde uit waar ze was en wat ze had ontdekt. Ook meldde ze de aankomst van een pakketje voor Pierre, afkomstig van een Brussels onderzoeksinstituut, compleet met de foto's van de hele codex. Ze vertelde over Susanna's zus Veronica in Nederland en gaf de gegevens van het Belgische instituut door.

'Heel erg goed dat je me direct hebt gebeld,' zei Mauricio. 'Nu weten we in ieder geval welk instituut we moeten benaderen. Misschien dat zij ons meer kunnen vertellen. En we nemen natuurlijk ook direct contact op met de zus van Susanna.'

'Fijn.'

'En ik laat mijn collega's in Cassis vanmiddag even langskomen om die spullen veilig te stellen,' zei Mauricio. 'Het is een fijn idee dat die foto's van het manuscript niet in jullie huis zijn. Ik zal alle informatie ook aan de mensen van Interpol doorgeven. Ze zullen blij zijn in ieder geval een spoor te hebben dat ze kunnen nagaan.'

Direct erna belde Susanna Pascal om hem op de hoogte te brengen van de laatste ontwikkelingen.

'De politie van Cassis komt het pakketje vanmiddag ophalen?' vroeg hij. 'Is dat allemaal wel veilig denk je?'

'Natuurlijk,' zei Susanna. 'Waarom niet?'

'Ik weet het niet,' zei Pascal. 'Er zijn zoveel gekke dingen gebeurd de laatste tijd. Zou het niet beter zijn als ik die zaken onder mijn hoede neem? Ik kan ze ook onder de juiste klimatologische omstandigheden bewaren.'

'Weet je… Alles is nu al in werking gezet. Bij de politie lijkt het me in goede handen. En zij zorgen er dan wel weer voor dat de spullen veilig en wel weer op de juiste plek terechtkomen.'

'Hm,' bromde Pascal, die zich met tegenzin gewonnen leek te geven. 'Goed dan… Op weg naar huis kom ik vanmiddag ook nog wel langs om even gedag te zeggen, goed?'

'Dat is goed,' zei Susanna en ze verbrak de verbinding. Ze stond op en pakte de platte doos.

'Bel je nu eerst je zus dan?' drong Sofia aan.

'Ja, je hebt gelijk,' zei Susanna. 'Dat zal ik doen.' Ze legde de doos weer terug. 'Maar eerst moet ik nog even een ander telefoontje plegen. Ik ben zo terug.' Ze liep de kamer uit en was na enkele minuten alweer terug.

'Het is een fijn idee dat er wat beweging in de zaak zit,' zei Sofia.

'Klopt. Al zou ik het nog fijner vinden als ik iets van of over Pierre zou horen.' Susanna pakte haar mobiel, opende de adressenlijst en drukte op het fotootje van haar zus.

Een paar seconden was het zo stil dat het leek alsof de tijd tastbaar was.

'Hij gaat over,' zei Susanna tegen Sofia.

Veronica

'Ik hoop dat u mevrouw De Nijs bent,' vroeg een van de twee mannen.

Hij was de oudere van de twee, begin zestig schatte Veronica hem in, met een keurig getrimde snor, kort grijs haar en een vermoeid gezicht. De andere was een stuk jonger, een dertiger, geheel kaal, die heel wat energieker overkwam.

'En wie wil dat weten?' vroeg Veronica. Ze merkte hoe haar grip op het handvat verstevigde, zodat ze met de koffer uit kon halen mochten ze te dichtbij komen.

'Excuus,' zei hij onmiddellijk en hij klapte een portemonnee open om een identiteitsbewijs te tonen.

Zijn collega deed hetzelfde.

De oudere man deed een paar stappen dichterbij.

Op de foto stond een veel jongere versie van dezelfde man.

'Mijn naam is Rijsbergen,' zei hij. 'Willem Rijsbergen. En dit is mijn collega Van de Kooij. Wij maken deel uit van het team dat de zaak bij het Academiegebouw onderzoekt. U had gebeld.'

'Ja, dat klopt,' zei Veronica, die zich ontspande en nu pas voelde hoe verkrampt ze erbij had gestaan sinds de twee mannen uit de auto waren gestapt.

'En u bent?' vroeg Rijsbergen.

'Alwina Glückhorscht,' zei Alwina. 'Ik ben een vriendin en een collega van Veronica. Ik was bij haar op bezoek en we besloten… We dachten dat het beter was als we even naar mijn huis gingen.'

'Zullen we maar even naar binnen gaan dan?' stelde Rijsbergen voor. 'Dat praat wat gemakkelijker.'

Veronica voelde hoe de telefoon in haar broekzak overging. Ze haalde hem eruit en zag dat het Susanna was die belde. Onmiddellijk verkeerde Veronica in tweestrijd. De identiteit van de dode was nog niet vastgesteld, dus ze wist nog evenveel als toen ze van huis vertrok.

Wat als die ene procent kans uitkomt en het Pierre niet is?

Ze besloot de oproep weg te drukken.

Ik bel je direct als ik het zeker weet...

Alwina opende de voordeur en liep naar binnen, gevolgd door de andere drie.

Een rossige kater schoot langs hun benen naar buiten toe.

'Dat was mijn kat Schrödinger,' zei Alwina.

Via de gang kwamen ze in de woonkamer, die baadde in het licht. Grenenhout domineerde de inrichting, van de grote eetkamertafel en de stoelen eromheen tot de goedgevulde boekenkasten, de salontafel, het televisiemeubel en de vloer aan toe. Op de lichtgrijze hoekbank lagen enkele bontgekleurde kussens die samen met de ruggen van de boeken voor de enige kleur in de kamer zorgden.

Alwina en Veronica trokken hun jas uit voor ze aan tafel gingen zitten, maar de twee inspecteurs hielden hun jas aan.

'Op de site van *Leiden Dichtbij* zag ik een foto van het slachtoffer,' stak Veronica van wal. 'Een schoen stak onder het laken vandaan en ik meende de sok van mijn zwager te herkennen: helblauw en met smileys. Pierre Delarue...'

Rijsbergen en Van de Kooij wisselden snel een blik met elkaar.

Nu leeft Pierre in principe nog, dacht Veronica. *Totdat deze man gesproken heeft. Als het Pierre is...*

'Dan heb ik slecht nieuws voor u,' zei Rijsbergen. 'Het gaat inderdaad om Pierre Delarue.'

Veronica sloeg haar handen voor het gezicht, met de ellebogen op tafel leunend. 'Ach, hemel,' stamelde ze.

Alwina legde een hand op Veronica's schouder en liet hem daar rusten. 'Wat is er gebeurd?' vroeg ze vervolgens.

'We kunnen niet in details treden,' zei Rijsbergen. 'Dat zult u begrijpen, maar het is duidelijk dat meneer Delarue door geweld om het leven is gekomen. Op zijn lichaam is zijn portemonnee aangetroffen en ook zijn telefoon had hij nog. Het lijkt dus geen "gewone" overval te zijn geweest'

'Hij staat op de bewakingsbeelden,' nam Van de Kooij het over. 'Daarop zien we hem met een koffertje naar binnen gaan, maar dat hebben we niet aangetroffen.'

'Ze zijn nu aan het bekijken wie er voor en na hem het gebouw in en uit is gegaan. Het is echter goed mogelijk dat de dader door een raam op de begane grond via de Hortus heeft weten te ontkomen.'

Veronica haalde haar handen weg. 'Kan ik nu mijn zus even bellen?' vroeg ze. 'Pierre was haar...'

'Vanzelfsprekend,' zei Rijsbergen. 'Waar woont uw zus?'

'In Zuid-Frankrijk. Pierre is een Belg en hij en mijn zus zijn enkele jaren geleden naar Cassis geëmigreerd, een kustplaatsje in de buurt van Marseille.'

Alwina stond op en verdween naar de open keuken.

Een diepe frons trok over Rijsbergens voorhoofd.

'Hm,' humde hij. 'Dat maakt het allemaal nog lastiger dan het al is.'

'Hoe bedoelt u?' vroeg Veronica.

'Dat leg ik u later nog wel uit,' zei hij.

Alwina kwam terug met een glas water, dat Veronica gulzig leegdronk.

Ze zette het glas neer. 'Hoe moet ik dit nou aan mijn zusje vertellen?' vroeg ze aan niemand in het bijzonder en tranen vulden haar ogen.

'Meteen met de deur in huis vallen,' adviseerde Van de Kooij haar. 'Zo van: "Ik heb slecht nieuws. Pierre is dood." Dat is het beste. Als een pleister die je er in één keer –'

Rijsbergen legde zijn hand op de onderarm van zijn collega. 'Het was niet echt een vraag denk ik,' zei hij.

Veronica stond op, liep naar de gang en haalde haar telefoon uit de binnenzak van haar jas.

Ze opende de 'belgeschiedenis' en toetste op de zojuist weggedrukte oproep van haar zus.

De telefoon ging over.

Bondini

Al snel kwam het telefoontje uit Leiden.

'We hebben zijn laptop,' zei Francesco. De beveiliging was minimaal, de amateur. Tedesco had de bestanden zo geopend. Er zit een rapportje bij in het Frans. Het manuscript is gedateerd op halverwege de eerste eeuw en we –'

'Halverwege de eerste ééuw?' riep Bondini uit. 'Maar dat is –'

'En we hebben de foto's,' praatte Francesco dwars door hem heen. 'Hij moet een professional foto's hebben laten maken, want ieder vel van de codex staat er haarscherp op.'

'Maar de foto's van de codex stonden ook op de computer van Giacomo Palazzo.'

'Deze zijn veel beter van kwaliteit.'

'En het origineel?'

'Dat is nog wel even... Dat is nog iets om uit te zoeken.'

Een weinig christelijke vloek kwam Bondini over de lippen. 'Had hij dat niet bij zich?'

'Nee, helaas.'

'En hebben jullie hem niet "gevraagd" waar het was?' vroeg Bondini.

'Er was een onfortuinlijk incident,' zei Francesco aarzelend. 'Toen Delarue ons doorhad, probeerde hij weg te komen. Tedesco liet hem struikelen...'

'Mio Dio.'

'Hij kwam nogal hard en... ongelukkig op de grond terecht,' ging Francesco verder. 'En omdat hij begon te schreeuwen, bedekte Tedesco zijn mond. Maar je kent hem...'

'Zijn mond, ja, maar dan –'

'En ook zijn neus. Het werd een klein beetje persoonlijk omdat hij Tedesco had gebeten, dus die was erg boos.'

'Stupido.'

'Delarue is gestikt. Dat is de kortste versie van het verhaal. En toen moesten we maken dat we wegkwamen.'

Bondini's gedachten draaiden op volle toeren. Wat was de volgende stap? 'We moeten het origineel hebben,' schreeuwde hij.

'Ja, dat begrijp ik ook nog wel,' zei Francesco. 'Maar die foto's... Wat als er nog meer foto's zijn? Als hij er meer kopieën van heeft laten maken?'

'Dat is van later zorg,' zei Bondini. 'En uiteindelijk is dat niet eens zo heel erg belangrijk. Foto's kun je niet op echtheid onderzoeken, je kunt de ouderdom ervan niet vaststellen. Dus daar kunnen we voldoende twijfel zaaien, zodat uiteindelijk niemand de geruchten meer serieus neemt. We moeten de originele codex hebben.'

'Ja, ik weet het,' zei Francesco.

'En waarom was die Pierre naar Leiden gegaan? Wat is daar?'

'Dat weten we nog niet precies.'

'Zoek het uit.'

'Doen we.'

'Stuur die hele laptop direct naar me op, met een expresdienst of iets dergelijks. Dan heb ik hem binnen vierentwintig uur. En laat me weten hoe ik erin kom.'

'Komt in orde.'

Zonder gedag te zeggen, hing Bondini op. Irritatie, opwinding, boosheid en nieuwsgierigheid streden met elkaar om voorrang. Hij kon niet geloven dat Tedesco zo grof was geweest dat Delarue er het leven bij had gelaten, de enige die hun had kunnen vertellen waar het origineel zich bevond.

Met een beetje geluk kunnen we dat vandaag nog hebben.

Bondini pakte zijn telefoon op.

'Pronto,' klonk een stem kortaf.

'Jij bent nog steeds in Cassis toch?' vroeg hij.

'Ja.'

'Blijf een oogje houden op het huis van de vrouw van Pierre Delarue. Zij zou weleens de sleutel tot de oplossing van het raadsel kunnen zijn.'

'Dat is goed.'

Direct verbrak Bondini de verbinding. 'Halverwege de eerste eeuw...' mompelde hij. 'De ramp is niet te overzien...'

Sofia

Susanna zat op de bank. De telefoon lag als een dood vogeltje op haar schoot.

Sofia zat naast haar, sprakeloos.

'Waarom, waarom, waarom?' jammerde Susanna. 'Wat heeft hij gedaan? Wat heeft hem toch bezield? Waarom is Pierre niet gewoon...' Haar zin eindigde in gesnik.

Sofia wist niet wat ze moest zeggen. Ze vond het bizar dat ze in heel korte tijd zowel zelf weduwe was geworden als er getuige van was dat iemand anders hoorde dat ze weduwe was geworden.

Al vrij snel nadat Veronica haar zus het rampzalige nieuws over de dood van Pierre had verteld, had Sofia de telefoon over moeten nemen omdat Susanna zelf niet meer in staat was geweest om te praten. Sofia had zich voorgesteld en Veronica op de hoogte gebracht van wat er was gebeurd sinds Marco Visconti bij haar man Giacomo was langsgekomen met het vermaledijde manuscript – voor de derde keer die dag.

'Wat moet ik nou?' vroeg Susanna, nadat Sofia had opgehangen. Ze keek Sofia met roodomrande ogen aan.

'Ik neem aan dat je naar Nederland gaat?' vroeg Sofia.

'Ja, ja, natuurlijk...' zei Susanna alsof ze nog helemaal niet aan die mogelijkheid had gedacht.

'Dan ga ik met je mee,' zei Sofia gedecideerd.

'Maar...'

'Ik ben dan wel niet verantwoordelijk,' onderbrak Sofia haar, 'maar dat voel ik me wel. Als ik dat manuscript niet in huis had gehad, dan... Ik ben stom geweest, ik had het direct aan de politie moeten geven. In de verwarring van het moment heb ik gewoon een domme beslissing genomen.'

'Ja, dat zie je nu,' zei Susanna. 'Maar je man was net overleden en nog niet eens begraven. Dan is het toch niet gek dat niet alles wat je doet rationeel en weloverwogen is. En je had nog die nachtelijke overval erbij.'

'Dat is wel waar,' moest Sofia toegeven.

Ze verbaasde zich over hoe snel Susanna schakelde tussen het grote verdriet van nog geen minuut geleden en het vinden van verzachtende omstandigheden om Sofia zich minder schuldig te laten voelen. Maar ze herkende ook de verdwazing die na dergelijk verpletterend nieuws over je heen komt, alsof dat niet helemaal tot je doordringt.

'En nu?'

'Laten we direct naar het vliegveld in Marseille gaan,' stelde Sofia voor. 'Ik weet dat er meerdere vluchten per dag naar Amsterdam gaan. Ze hebben vast nog twee stoelen over.'

Susanna stond op en omhelsde Sofia. 'Bedankt dat je dit doet.'

Ze maakten zich los van elkaar.

Het is gek,' zei Sofia. 'We kennen elkaar pas zo kort, maar het voelt alsof we al jaren vriendinnen zijn.'

Susanna knikte.

'Dit manuscript laat een spoor van dood en verderf achter zich,' sprak Sofia uiteindelijk. 'Daar moet een einde aan komen.' Sofia pakte de telefoon op. 'Als jij je paspoort hebt en snel een koffer inpakt, kunnen we straks meteen weg. Ik bel Pascal even en dan Mauricio in Bologna.'

Pascal vertelde tot in het diepst van zijn ziel geschokt te zijn en beloofde zo snel als hij maar kon naar Susanna's huis te komen.

Direct erna belde Sofia opnieuw met inspecteur Mauricio Bellini om hem op de hoogte te brengen van de laatste stand van zaken. Hij beloofde het nieuws direct door te geven aan de verschillende teams die zich met deze zaak bezighielden.

Het inpakken van een koffer bleek toch iets langer in beslag te nemen dan Sofia had ingeschat. Susanna leek niet helemaal helder te kunnen nadenken en twijfelde eindeloos over wat ze nu wel of niet zou meenemen.

Sofia besloot haar niet al te zeer op de huid te zitten. In de tussentijd zocht ze uit dat er vandaag vanuit Marseille nog zeker drie vluchten naar Amsterdam gingen. Terwijl ze in de huiskamer op de bank zat, hoorde Sofia iemand in de tuin achter het huis lopen.

Ah, dat zal Pascal zijn.

Ze hoorde de achterdeur al opengaan en liep erheen om hem te verwelkomen. Toen ze in de keuken was, stond daar weliswaar een man.

Maar het was niet Pascal.

Veronica

'Uw zwager handelde op eigen houtje?' vroeg Rijsbergen terwijl hij in een klein notitieblokje aantekeningen maakte.

'Die indruk had ik wel,' zei Veronica. 'Maar hij vertelde me er sowieso weinig over. Alles wat hij rond dat manuscript deed, was omgeven met een grote geheimzinnigheid.'

'En die lijkt hem fataal te zijn geworden,' zei Rijsbergen. 'Inmiddels weten we via uw zus dat hij het manuscript in Bologna heeft meegekregen om het bij een gerenommeerd instituut in België te laten testen.'

'Klopt,' zei Veronica. 'Het ging om één vel en dat is inmiddels bij haar thuis in Cassis bezorgd. Ik heb begrepen dat de politie het later vandaag komt ophalen.'

Rijsbergen tikte met zijn vinger op het tafelblad, alsof hij een inwendig liedje ritmisch begeleidde.

'We moeten uitzoeken met wie Delarue contact heeft gehad,' zei Van de Kooij.

'En de vraag blijft waar de rest van het origineel is natuurlijk,' vulde Rijsbergen hem aan. 'Het kan goed dat hij het bij zich had en dat ze op het punt stonden de deal te sluiten. Of dat hij dacht dat de uitwisseling zou plaatsvinden.'

'Maar het blijft een raar verhaal,' zei Veronica. 'Pierre is naar mijn weten altijd netjes geweest. Hij gaf juist af op illegale verkoop, op de zwarte markt, op de hoge winsten die sommige mensen maakten door zich niet aan de regels te houden. Pierre hanteerde wat dat betreft altijd een ouderwetse erecode.'

'Met alle respect,' zei Van de Kooij, 'maar op zich zegt dat natuurlijk weinig. Soms zijn juist mensen die zo nadrukkelijk het gedrag van anderen veroordelen zelf niet helemaal zuiver op de graat. Er was laatst een homofobe televisiedominee in de vs en die bleek zelf al jaren –'

'Je punt is duidelijk,' onderbrak Rijsbergen hem.

Veronica keek Van de Kooij verstoord aan. 'Hoe dan ook... Hij en mijn zus hadden door wat onverstandige beslissingen behoorlijke schulden opgebouwd. En het kan zijn dat de verleiding te groot was. Maar hij heeft in het verleden natuurlijk veel vaker heel kostbare dingen onder zijn hoede gehad. Dan is het raar dat hij er nu opeens mee komt. En een dergelijk manuscript kun je niet zomaar verkopen. De koper zal toch de herkomst ervan willen weten.'

'Als het een legale transactie was wel, ja,' wierp Rijsbergen tegen. 'Maar het punt is juist dat meneer Delarue zich mogelijk heeft ingelaten met een partij die niet erg zwaar aan de herkomst tilt. En gezien het geweld dat ze hebben gebruikt, lijken het niet de standaardhandelaren in antiquiteiten te zijn.'

'In die andere gevallen wist Delarue dat hij niet zou wegkomen met een illegale doorverkoop,' opperde Van de Kooij. 'Misschien had hij eindelijk de juiste schimmige partner gevonden en zag hij zijn kans schoon.'

'Laten we niet te veel speculeren,' zei Rijsbergen, die zijn boekje dichtsloeg. 'Voor nu weten we even genoeg.' Hij greep in zijn borstzak en overhandigde zijn kaartje aan Veronica. 'U kunt me altijd bellen als u nog iets te binnen schiet. Ik begrijp dat u voorlopig even hier zult blijven?'

Veronica knikte.

Ze stonden op en de poten van de stoelen schraapten over de houten vloer.

'De koffer?' bemoeide Alwina zich nu voor het eerst met het gesprek. 'Misschien zit daar iets in?'

'Welke koffer?' vroeg Rijsbergen.

'Ik heb Pierres koffer van huis meegenomen,' zei Veronica. 'Voor het geval er iets belangrijks in zat.' Ze liep naar de gang en kwam ermee terug. De koffer legde ze plat op tafel.

'Kijk eens aan,' zei Rijsbergen tevreden. 'Daar heeft u goed aan gedaan.'

'Ik haal even handschoentjes uit de auto,' zei Van de Kooij.

Toen hij weg was, staarden ze met zijn drieën zwijgend naar de koffer alsof ze er nog nooit eerder eentje hadden gezien.

Van de Kooij was al snel weer terug met een tasje waaruit hij plastic insteekhoesjes haalde en latexhandschoentjes waarvan hij er twee aan zijn collega gaf. Zelf trok hij ze ook aan.

Rijsbergen ritste de koffer open.

'Dit was alles?' vroeg hij. 'Verder had meneer Delarue niets bij zich?'

'Nee, de logeerkamer was verder leeg,' zei Veronica. 'Ik bedoel dat er geen spullen van hem meer lagen. De kamer is verder nogal kaal. Er zijn weinig verstopplekken, al zou je iets kunnen verbergen als je dat echt zou willen, bijvoorbeeld onder het matras. Ik moet eerlijk zeggen dat ik de kamer niet grondig onderzocht heb.'

'Dat zullen we dan in een later stadium mogelijk nog doen,' zei Rijsbergen.

Toen de koffer opengeklapt lag, was er enkel keurig opgevouwen kleding te zien. Zelfs de boxershorts leken te zijn gestreken. In de toilettas zat alles wat je in een toilettas kon verwachten.

Rijsbergen had de spullen er een voor een uit gehaald en ze naast de koffer neergelegd totdat de hele inhoud op tafel lag.

'Hm, hier zit nog een vakje,' merkte Van de Kooij op.

Hij ritste het open en haalde er een paspoort uit, twee kleine mapjes en twee sets autosleutels.

'Dit zijn autopapieren,' zei Van de Kooij nadat hij een blik op het mapje had geworpen. 'Deze zijn van zijn eigen auto. En deze...' Hij draaide het mapje om om een blik op de voorkant te werpen. Er stond een feniks op afgebeeld met eronder een spreuk in het Latijn.

'*Ardet nec consumitur*,' las Van de Kooij op waarbij zijn rollende 'r' zijn Leidse afkomst verraadde.

'Zij brandt, maar wordt niet verteerd,' vertaalde Veronica deze zin onmiddellijk. 'Het is een bekend motto dat vaak samen met de feniks wordt afgebeeld, de mythologische vogel die eens in de vijfhonderd jaar uit zijn eigen as herrees.'

'Deze papieren zijn van ene David Deschuttere uit België,' zei Van de

Kooij nadat hij een blik op de papieren had geworpen. 'En dit…' Hij pakte een kaartje van een parkeergarage dat er los in had gezeten. '…is van een parkeergarage aan de Morsweg.'

'Pierre zei dat hij een auto van een vriend had geleend,' zei Veronica.

'Die auto hebben we gevonden,' zei Rijsbergen. 'Nu deze meneer Deschuttere nog.'

Sofia

Cassis, 13 juli

'Wie ben jij?'

De man, kort en gedrongen, was een spierbundel. Hij sprak zeer kalm en produceerde een geforceerde glimlach, maar de opzwellende aderen in zijn stierennek verraadden zijn opwinding en boosheid.

'Ik wil dat je nu het huis verlaat,' zei Sofia met trillende stem. Ze keek schichtig om zich heen, maar zag geen ontsnappingsmogelijkheid.

'Ik ben klaar,' riep Susanna en ze kwam de keuken in gelopen, waar ze onmiddellijk bevroor.

'We kunnen dit op de moeilijke manier doen of op de gemakkelijke,' zei de man. 'Bij de moeilijke zal ik helaas genoodzaakt zijn jullie allebei heel veel pijn te doen, waarna jullie mij de envelop geven met het papyrusvel erin – en het rapport.'

'Maar…' stamelde Sofia verbouwereerd.

'Bij de gemakkelijke manier overhandigen jullie de envelop gewoon direct aan mij,' ging hij onverstoorbaar verder, 'en hoeft er niemand gewond te raken.'

Sofia en Susanna keken elkaar hulpeloos aan.

'Het is hier niet. We hebben het naar de bank gebracht,' stamelde Sofia. 'In een kluis…'

De man glimlachte alleen maar.

'Dit heeft geen zin,' zei Susanna het direct al opgevend.

Sofia keek haar verbaasd aan.

'Sorry, Sofia,' zei Susanna. 'Dit gaan we niet winnen.'

'Heel verstandig,' zei de man, alsof hij een verkoper was die een klant complimenteerde met de juiste keuze bij een aanschaf van een duur apparaat.

'Het ligt in de kamer hiernaast,' zei Susanna zo zachtjes dat ze nauwelijks was te verstaan.

'Dan gaan we met zijn allen even naar de kamer hiernaast,' zei hij.

Sofia en Susanna schuifelden voor hem uit naar de studeerkamer. Daar opende Susanna de bovenste lade van het bureau. Ze haalde de envelop eruit en overhandigde die aan de man.

'Ik ga er nu even in kijken,' zei hij. 'Maar ik raad je aan je geen gekke dingen in je hoofd te halen, want dan word ik erg boos.' Volkomen op zijn gemak haalde hij de houten plankjes en de platen van plexiglas waartussen het papyrusvel zat eruit. Hij klakte goedkeurend met zijn tong. 'Uitstekend,' zei hij tevreden en hij deed alles terug in de envelop. 'Ik wil alleen nog even jouw laptop, Susanna, en dan ben ik verder klaar hier.'

'Mijn laptop?'

'Ben je doof!' schreeuwde de man zo onverwacht dat de beide vrouwen geschrokken achteruitdeinsden.

'In mijn koffer,' zei Susanna. 'Hij zit in mijn koffer. Ik zal hem je geven.'

Gedrieën liepen ze naar de woonkamer waar Susanna de laptop uit haar koffer pakte en die aan hem overhandigde.

Hij klapte hem open. 'Dan heb ik alleen je wachtwoord even nodig.'

Susanna vertelde het hem.

De man probeerde het uit en leek tevreden met het resultaat. 'Je krijgt hem later wel weer terug,' zei hij. 'Zo ben ik dan ook wel weer.'

Hij stak zijn hand omhoog. Een fractie van een seconde dacht Sofia dat hij hun ten afscheid een hand wilde geven, als een oude vriend, maar toen besefte ze dat het een gebaar was waarmee hij hen tot stilte maande.

Nu hoorde Sofia het ook.

In de voordeur werd het slot omgedraaid.

Veronica

'Onze collega's zullen het vast geen straf vinden om deze meneer De-schuttere op te zoeken,' zei Van de Kooij en hij glimlachte.

Rijsbergen keek hem vragend aan.

'Hij woont in Grimbergen,' verklaarde Van de Kooij. 'Bij zijn adres staat ook "Abdij van Grimbergen", de monniken die dat heerlijke bier brouwen.'

Rijsbergen schudde het hoofd en zuchtte.

'Misschien heeft hij het manuscript daar ondergebracht?' opperde Veronica. 'Bij een bevriende monnik? Dat zou zomaar kunnen.'

'We gaan het uitzoeken,' zei Rijsbergen. 'Maar het is een interessante suggestie.'

Hij deed de spullen terug in de koffer.

'Wilt u de koffer meenemen?' vroeg Veronica.

'Nee, dat zal niet nodig zijn,' antwoordde Rijsbergen. 'Alleen de papieren van meneer Deschuttere en de autosleutels. Dan kunnen we de auto op sporen laten onderzoeken en sowieso even contact met die meneer opnemen.'

'En dan hebben we nog de foto's,' zei Alwina. Schuldbewust keek ze naar Veronica. 'Of had ik dat niet moeten zeggen?'

'Doe niet zo gek,' reageerde ze. 'Natuurlijk wel. Goed punt juist.'

'Welke foto's?' vroeg Van de Kooij.

'Pierre had professionele foto's van het manuscript laten maken,' legde Veronica uit. 'Hij gaf die aan mij om te vertalen, omdat ik het Oudgrieks beheers. Alwina doet dat nog beter overigens, dus daarom had ik haar hulp ingeroepen. We waren er druk mee bezig op het moment dat we het nieuws over Pierre hoorden. Moeten we die vertaling ook meegeven?'

'Het manuscript speelt een centrale rol in alle gebeurtenissen,' zei Rijsbergen. 'En we weten dat we te maken hebben met iemand – of met meerdere personen – die blijkbaar bereid is om over lijken te gaan. Dan lijkt het me voor uw veiligheid beter als u niks in huis heeft wat u ermee in verband kan brengen.'

'We kunnen een persbericht uit doen gaan en melden dat we foto's van het manuscript hebben?' stelde Van de Kooij voor. 'Dan weten ze in ieder geval dat ze daar niet achteraan hoeven te gaan.'

Rijsbergen knikte een paar keer snel. 'Dat is misschien geen slecht idee,' zei hij op een toon alsof dit het éérste goede idee was dat zijn collega tijdens deze samenkomst naar voren had gebracht.

'En dan weten ze dat de informatie sowieso publiek gemaakt wordt,' fluisterde Alwina tegen Veronica toen die haar passeerde om in de gang haar koffer te pakken.

Toen ze terug was, haalde Veronica Pierres autopapieren, zijn autosleutels en de envelop met de foto's uit de koffer en overhandigde ze aan Rijsbergen. 'Het is inderdaad wel een fijn idee als ze bij jullie zijn,' zei ze. 'Bij jullie zijn ze veilig. En als dit snel bekend wordt, dan ben ik – of zijn Alwina en ik – geen doelwit meer. En dat is ook een prettige gedachte.'

'Uitstekend,' zei Rijsbergen.

Hij deed de autopapieren en de autosleutels in twee aparte insteekhoesjes die hij dichtsealde.

Van de Kooij schoof over de tafel een formulier naar Veronica toe waarop hij had ingevuld wat ze zouden meenemen. 'Als u dit nog even wilt ondertekenen?' vroeg hij. 'Dan kunnen wij op het bureau alles verantwoorden en heeft u bewijs dat wij dit en alleen dit hebben meegenomen.'

Veronica zette haar handtekening.

Nadat ze afscheid hadden genomen en Alwina hen had uitgelaten, verwonderde Veronica zich toch een beetje over het uitblijven van het grote verdriet om de dood van Pierre. Ze zagen elkaar niet meer dan twee of drie keer per jaar. Voor het overlijden van Bérnard was het vaker geweest, omdat ze elkaar als stellen hadden bezocht. Maar nooit had ze een echt natuurlijke klik met hem gehad. Hij was eenvoudigweg de man van Susanna. Voor hetzelfde geld was ze met iemand anders getrouwd. Als ze waren gescheiden – en ze hadden meer dan eens op dat punt gestaan – dan zou ze Pierre ook nooit meer hebben gezien en zou hij geruisloos uit haar leven zijn verdwenen.

Maar als iemand zo door geweld om het leven komt, is dat wel even iets anders...

Ze weet het aan het verminderde contact en de bizarre situatie waarin ze zich bevond, alsof ze in een overlevingsstand stond en haar lichaam bepaalde waar haar levensenergie op dit moment het beste naartoe kon gaan.

'Ik dacht even dat ik iets stoms zei over die foto's,' verontschuldigde Alwina zich.

'Nee, nee,' zei Veronica. 'Maak je geen zorgen. Het is juist fijn dat we ze niet meer hebben, toch?'

'Gelukkig heb je de scans.'

'Ja, inderdaad!' zei Veronica. 'Als ze de vondst van de foto's wereldkundig maken, weet degene die het manuscript in handen wil krijgen dat de inhoud ervan niet meer geheim te houden is.' Ze pakte haar laptop, deed de lader in een stopcontact en klapte het scherm omhoog. 'Ik ga eerst Susanna even bellen,' zei ze. 'Dan vertel ik wat we hier net hebben besproken. En ik neem aan dat ze naar Leiden komt.'

'Oké, ik ga wel even naar de keuken,' zei Alwina.

'En dan gaan we verder waar we net waren gebleven,' zei Veronica. 'Als er bepaalde mensen zó veel aan gelegen is om deze tekst te laten verdwijnen, dan is het onze taak om die juist de wereld in te brengen.'

'Hoe zegt Lucas dat ook alweer?' vroeg Alwina. 'Want niets wat verborgen is, blijft geheim...'

'Precies,' vulde Veronica haar aan. 'En alles wat verborgen is, zal bekend worden en aan het licht komen.'

Sofia

Cassis, 13 juli

Ze hoorden de voordeur opengaan.

Sofia verstarde, als een hert dat in een bos een krakend takje heeft gehoord en verschrikt opkijkt.

Susanna's telefoon ging over in haar broekzak.

'Neem maar even niet op,' zei de man op waarschuwende toon.

'Susanna?' hoorden ze Pascal roepen. 'Waar zijn jullie? Ik ben er.'

Zijn voetstappen klonken vanuit de hal, aanvankelijk aarzelend, maar al snel kwamen ze naderbij.

'Laat het rusten,' siste de man, die een paar passen richting de achterdeur deed.

'Ah, hier zijn j–' zei Pascal toen hij de kamer binnenkwam, maar hij zweeg toen hij ze zag.

'Hij is weg,' zei Sofia.

'Wie is weg?' vroeg Pascal. 'Wat is weg?'

'We zijn overvallen,' wist Sofia nog uit te brengen. 'Een man drong de keuken binnen. Hij heeft het papyrus en mijn laptop meegenomen.'

'Waar ging hij heen?' Pascal passeerde hen.

'Laat maar,' zei Susanna. 'Hij is al weg, net op het moment dat jij binnenkwam.'

'We moeten de politie bellen!' riep Pascal. 'Hij kan nooit ver weg zijn.'

'Laat maar!' schreeuwde Susanna. 'Laat maar, laat maar! Ik hoop dat hij erin stikt, maar ik wil er niks meer mee te maken hebben. Nu wil ik naar Nederland, naar mijn man. Als we de politie bellen, moeten we nog langer hier blijven.'

'Ik begrijp het,' zei Pascal, die zijn telefoon pakte. 'Maar toch bel ik de politie. Nu kunnen jullie nog een goede beschrijving van zijn uiterlijk geven. En hij is nog in de buurt. Hoe zag hij eruit?'

Sofia gaf een snelle beschrijving.

Pascal liep de achtertuin in.

'Hij zei dat we het moesten laten rusten,' zei Susanna met verstikte stem. 'En we zijn er toch goed van afgekomen? We leven nog! Wat kunnen mij dat verdomde manuscript en die laptop nou schelen? Wil je soms dat er nog meer slachtoffers vallen?'

'Maar je wilt toch ook dat de moordenaars van je man gepakt worden?' vroeg Sofia.

Ze merkte dat ze heen en weer werd geslingerd tussen begrip voor de shock waarin Susanna zich moest bevinden en onbegrip voor Susanna's beslissing om het op te geven en de daders er zo gemakkelijk mee weg te laten komen.

Wat zou ik zelf doen? schoot het door haar heen. *Ik wil dat de mensen die de dood van Marco op hun geweten hebben, worden gestraft. En de mensen die bij mij hebben ingebroken. Maar ze gaan over lijken…*

Pascal had echter al voor hen gekozen.

'Ze zijn er in vijf minuten,' zei hij toen hij de keuken weer binnenstapte. 'De uitvalswegen zullen in de gaten worden gehouden en –'

'Dat is toch onmogelijk,' zei Susanna geïrriteerd. 'Er zijn tientallen sluipweggetjes hier. Die kun je niet allemaal controleren.'

'Hoe dan ook,' negeerde Pascal haar. 'Ze doen wat ze kunnen.'

Susanna ging demonstratief zwijgend op de bank zitten, de armen over elkaar.

Terwijl ze op de politie wachtten, belde Sofia weer met Mauricio Bellini, die begrijpelijkerwijs geschokt reageerde.

'De gebeurtenissen volgen elkaar nu wel heel erg snel op,' zei hij.

'Wij staan op dit moment met lege handen,' zei Sofia. 'Dat bedoel ik letterlijk: ze hebben zelfs de computer meegenomen waar de foto's op stonden.'

'Maar de rest van het origineel is nog niet opgedoken,' zei Mauricio. 'Dus mogelijk is nog niet alles verloren.'

'We zullen zien,' zei Sofia gelaten, die plots heel erg terugverlangde naar haar oude leventje in Bologna. 'Misschien wordt het alleen nog maar heftiger naarmate ze dichter bij hun doel komen.'

'Of dit was hun laatste puzzelstukje,' zei Mauricio, waarmee hij zijn eerder geuite gedachte weer tegensprak. 'Dat kan natuurlijk ook.'

Sofia hing op, nadat ze Mauricio had verzekerd zijn gegevens aan de politie van Cassis door te geven zodat ze hem direct op de hoogte konden houden. Hij wilde ook heel graag de compositietekening ontvangen, zodat ze die in Italië konden verspreiden en aan hun collega's van Interpol konden doorspelen.

In de verte klonken loeiende sirenes.

'Als we daarna maar zo snel mogelijk op een vliegtuig kunnen stappen,' zei Susanna, die stuurs voor zich uit bleef staren.

Sofia keek naar Susanna en haar hart brak.

En we weten niet eens waar of van wie we het slachtoffer zijn...

Veronica

Omdat Susanna niet had opgenomen, probeerde Veronica het voor een tweede keer. Deze keer nam Susanna wel op en vertelde ze haar met horten en stoten wat er zojuist was gebeurd.

'Maar we hebben scans en we hebben de tekst ook nog op papier overgenomen,' probeerde Veronica haar zus tegen het einde van het gesprek nog op te beuren. 'En de Nederlandse politie heeft de originele foto's. Van het hele manuscript.'

'Dat hele manuscript mag van mij van de aardbodem verdwijnen,' schreeuwde Susanna door de telefoon. 'Ik heb er toch niets aan dat jij de foto's hebt? Wat kan mij dat schelen? Ik ben mijn man kwijt en niets of niemand kan hem meer terughalen.'

'Sorry, lieverd,' zei Veronica snel. 'Je hebt gelijk. Dat was ongevoelig van mij, ik snap je.'

'En ik ook, sorry,' zei Susanna op rustiger toon. 'Het wordt me allemaal te veel.'

'Dat begrijp ik.'

'De politie is er nu. Sofia en ik moeten een beschrijving geven van de overvaller, en er is iemand die een compositietekening maakt – hoewel er volgens mij geen potlood aan te pas komt. Hij heeft een laptop bij zich en construeert zo te zien een gezicht… Ik word geroepen. Ze hebben mij ook nodig.'

'Oké. App of bel me als je je vluchttijd en vluchtnummer weet. Dan kom ik je op Schiphol ophalen.'

'Doe ik.'

Veronica ging weer bij Alwina aan tafel en ze hervatten hun werk.

'Je zou bijna hopen dat ze, wie het ook zijn, nu het hele manuscript in handen hebben,' zei Alwina toen Veronica haar over de gebeurtenissen in Cassis had verteld.

'Ja, ik dacht eigenlijk hetzelfde. Dan zijn we tenminste van die ellende af.'

Alwina gaf haar een vel papier met daarop enkele regels in het Nederlands. 'Jij had toch over het huwelijk van Jezus en Maria Magdalena gelezen?' vroeg ze. 'Moet je dit eens zien. Ik ben aan die regels begonnen terwijl jij belde. Ik was te nieuwsgierig.'

'"Toen mijn broeder Jezus zestien levensjaren telde, trouwde hij met Mariamme,"' las Veronica de tekst hardop voor en in één klap verdween de ellende naar de achtergrond. '"Een jaar en een dag nadat hij haar genezen had. Uit dankbaarheid voor haar genezing was haar vader onmiddellijk akkoord gegaan met het huwelijk, hoewel Jezus geen geld of goed had om aan te bieden."' Veronica merkte dat ze tranen van ontroering in haar ogen had. Ze wreef ze weg en moest lachen.

Alwina lachte met haar mee. 'Bijzonder, hè?'

'"Eerst woonden ze nog bij ons,"' las Veronica verder. '"Later in een klein huis niet ver van ons vandaan. Ik zag ze niet zoveel in die tijd."' Ze legde het blaadje neer en las de laatste zin bijna fluisterend voor: '"Wel hoorde ik dat hij en Mariamme de geboorte van een zoontje, vernoemd naar onze broer Juda, vierden."'

Er viel een stilte.

'Dat is… dat is… fenomenaal,' zei Veronica. 'Ik moet ook direct denken aan die beenderkistjes uit het graf van Talpiot. Die ken je toch?'

'Ik dacht dat dat al ontkracht was?'

'Nee, nee,' zei Veronica, 'Het bizarre is dat wetenschappelijk bewezen is dat de kistjes én de inscripties echt zijn, maar die conclusies zijn feitelijk doodgezwegen.'

'En als deze codex authentiek is…'

'Dan is dat heel sterk ondersteunend bewijs dat die beenderkistjes dat óók zijn.'

Bondini

Bondini dacht dat hij nergens meer van zou staan te kijken, maar dat iemand hen bij het huis van Susanna Delarue te snel af was geweest, was toch als een donderslag bij heldere hemel gekomen. Toen Enzo bij het huis was aangekomen, hadden er al meerdere politiewagens gestaan. Hij had zich voorgedaan als journalist en een loslippige agent had hem verteld dat er een woningoverval had plaatsgevonden. Er was geen twijfel over mogelijk dat het losse vel uit de codex buit moest zijn gemaakt. Het zou een astronomisch kleine kans zijn dat iemand precies op dit moment dit huis uitkoos om te overvallen.

Bondini tastte volledig in het duister met betrekking tot het antwoord op de vraag wie hierachter zat. Het enige dat hij kon bedenken was dat de oude Barbarigo niet zo onschuldig was als hij wel had doen voorkomen. Misschien had hij zelf, buiten Luigi om, ook nog andere mensen op deze zaak gezet. Het leek hem een onwaarschijnlijk scenario, maar iets of iemand anders kon hij ook niet bedenken, hoezeer hij zijn hersens ook pijnigde.

Ze hadden ontdekt dat Susanna Delarue een zus in Leiden had wonen, maar dat spoor was doodgelopen. Het inbreken in haar huis, vanuit de achtertuin, was voor Francesco en Tedesco een peulenschil geweest. De vrouw was niet aanwezig geweest en alles wees op een overhaast vertrek. Ze hadden rustig de tijd genomen om het huis zorgvuldig te doorzoeken, maar dat had helemaal niets opgeleverd.

Bondini had de beide mannen gesommeerd naar Cassis te vertrekken en daar nadere orders af te wachten.

Zijn telefoon ging.

Luigi Navagero.

'Ja?' vroeg Bondini, hopend dat hij voor één keer eens positief nieuws zou krijgen.

'Dat gestolen vel van die codex,' zei Luigi, die klonk alsof hij een stuk had gerend.

'Wat is daarmee?'

'Dat is zojuist bij het Marciana bezorgd.'

'Wat?'

'Barbarigo heeft het me zelf verteld,' zei Luigi in wiens stem nu voor het eerst ook iets van verslagenheid doorklonk. 'Samen met het originele certificaat, het volledige onderzoeksrapport en een set met haarscherpe foto's van alle pagina's van de codex.

Het pakket was geadresseerd aan Luca Di Maria, de algemeen directeur van het Marciana. Die heeft het laten zien aan Barbarigo en het daarna in de zwaarbeveiligde kluis in zijn kamer op het instituut gelegd. Daar kan verder niemand bij. Het spijt me dat –'

Bondini verbrak niet eens de verbinding. Hij gooide zijn telefoontje met zo'n kracht tegen de plavuizen vloer dat het in stukken uit elkaar spatte.

De Magdalenacodex

II

[Huwelijk en doop]

Toen mijn broeder Jezus zestien levensjaren telde, trouwde hij met Mariamme, een jaar en een dag nadat hij haar genezen had. Uit dankbaarheid voor haar genezing was haar vader onmiddellijk akkoord gegaan met het huwelijk, hoewel Jezus geen geld of goed had om aan te bieden.

Eerst woonden ze nog bij ons, later in een klein huis niet ver van ons vandaan. Ik zag ze niet zoveel in die tijd. Wel hoorde ik dat hij en Mariamme de geboorte van een zoontje, vernoemd naar onze broer Juda, vierden. Nog later begreep ik dat mijn geliefde broeder een doop had ondergaan van de profeet Johannes in de Jordaanrivier.

We weten nu, geliefde broeder Philokrater, dat dit van grote invloed is geweest op het leven van mijn broeder Jezus en op de ganse wereld, omdat toen het Licht over hem gekomen is. In onze gemeente belijden we dat hij de Christus is, de profeet van de Waarheid. Niet iedereen heeft dat begrepen en er was soms felle onenigheid onder de broeders en zusters, zowel binnen onze gemeente als met broeders in andere gemeenten.

Bij de doop in de rivier kwam de Geest van God over mijn geliefde broeder Jezus. Het was, vertelde hij mij, of hij uitgetild werd boven de wereld en in een fel licht in een oogwenk de totale Waarheid zag. Ook overzag hij als het ware in één flits de geschiedenis van heel de wereld

en de toekomst. Hij hoorde een stem die hem zei dat hij de langverwachte zoon en profeet was wiens kracht nu werkzaam werd tot het
einde der tijden.

[Houding van de familie]

Mijn geliefde broeder Jezus, onze Heer, profeet van de Waarheid, voelde
dit als een enorme opdracht. Hij worstelde daar aanvankelijk mee. Het
zou, besefte hij, zijn leven drastisch veranderen, ook zijn gezinsleven.

Wij, onze moeder, mijn broers en zusters, begrepen er aanvankelijk niet
veel van en we hadden er moeite mee. Broeder Jezus had geen vast
werk meer en leefde van wat hij aangeboden kreeg van mensen die
naar hem luisterden. Niet alleen in onze streek reisde hij rond, maar
ook ver hier vandaan. Het duurde enkele jaren voordat een van mijn
zusters en enkelen van mijn broers zich aansloten bij de groep die zich
om Jezus vormde. Al eerder hadden mijn broer Juda en mijn halfbroer
Levi zich bij Jezus gevoegd.

[De apostelen]

Er waren ook andere leerlingen die veel tijd met de Heer doorbrachten,
zoals de vissermannen Petrus en Andreas, die broers van elkaar waren.
Opvallend was dat Mariamme, zijn geliefde vrouw, ook vaak meetrok
en de andere leerlingen hielp bij het verduidelijken van Jezus' boodschap. Want veel dingen die Jezus zei, werden niet direct begrepen door
de leerlingen. Dat wekte nog weleens wat irritatie. Vooral Petrus was
vaak verstoord en zei dan heel onaardige dingen over onze zuster Mariamme, zowel tijdens het aardse bestaan van onze Heer, alsook daarna.

[Profeet]

De Heer trok rond door vele dorpen en steden in Galilea, Samaria en
Judea en zijn faam verbreidde zich. Hij genas vele zieken en zette velen
op het pad naar het Koninkrijk. Hij doorzag als geen ander valsheid en
onwerkelijkheid. Hij lette op de intentie van degene die hij ontmoette,
minder op de uiterlijke daden.

Toen ik eens met hem in Jeruzalem was en we de tempel bezochten, zag ik hem kijken naar de grote offerkist die daar stond. Velen, vooral rijken, gooiden er kletterend munten in, soms paraderend als protserige hanen. Er kwam ook een arme weduwe die er onopvallend een paar kleine muntjes in gooide. Toen zei hij tegen mij en enkele anderen die bij ons waren: 'Zien jullie die arme vrouw daar? Zij heeft meer geofferd dan al die rijken. Die hebben gegeven uit hun overvloed, maar zij heeft het weinige dat zij had geofferd.'

De profeet Jezus was een licht. Ik bedoel daarmee dat velen in zijn nabijheid een sterke kracht ervoeren. Het was of hij licht uitstraalde. Daarom kwamen veel mensen naar hem toe; eenvoudige mensen, maar ook rijke en machtige. Als hij zijn handen naar hen uitstak, genazen sommigen op wonderbaarlijke wijze van kwalen; zowel kwalen van de geest als van het lichaam. Ik kreeg wel de indruk dat dit alleen gebeurde als men zich ervoor openstelde, want niet iedereen leek door die kracht te kunnen worden aangeraakt.

[Het overstijgen van de Wet]
De Heer verinnerlijkte de uiterlijke geboden. Zo zei hij eens tegen ons, toen wij hem vroegen naar de betekenis van de besnijdenis: 'Als die nodig zou zijn, zou de Vader ons wel besneden uit onze moeders voortbrengen. Maar ik zeg jullie, de besnijdenis in de Geest is de ware die altijd nut heeft.'

Op een keer liepen we door de korenvelden. Sommigen van ons hadden honger en kauwden op de verse aren. Jezus werd daar door langstrekkende schriftgeleerden op aangesproken, want het was de dag van de sabbat. Jezus bleef staan en antwoordde de vrome mannen: 'Stel dat iemand maar één schaap heeft dat op de sabbat in een put valt. Zal hij er niet alles aan doen om het dier – en zichzelf – te redden, ondanks de sabbat? De mens is niet gemaakt voor de sabbat, de sabbat wel voor de mens.'

Een andere keer legde hij dat ook uit aan schriftgeleerden die hem vroegen hoe hij tegen echtscheiding aankeek. De Heer antwoordde: 'Staat er bij Mozes niet geschreven dat de schepper de mens bij het begin mannelijk en vrouwelijk heeft gemaakt en dat die zich aan elkaar zullen hechten zodat ze niet langer twee, maar één zijn?'

Maar de schriftgeleerden wierpen tegen dat Mozes de man eveneens de mogelijkheid geboden heeft om zijn vrouw, ook om lichtzinnige redenen, te verstoten door haar een scheidingsbrief te geven. Maar de Heer antwoordde: 'Mozes heeft dat toegestaan wegens jullie harteloosheid. Maar dat is in den beginne nooit zo geweest.'

DEEL VI
VERONICA – SOFIA
EEN WEEK LATER

Veronica

Voordat Susanna door de douane ging, omhelsde Veronica haar zus nog eens stevig. Ook Sofia gaf Susanna een flinke knuffel.

Ze hadden een week samen doorgebracht. De band tussen de twee zussen had zich verdiept en beiden hadden het gevoel dat Sofia gewoon al heel lang hun beider vriendin was. Het feit dat ze nu alle drie weduwe waren – in verschillende stadia van rouw – had ervoor gezorgd dat ze veel steun aan elkaar hadden gehad. Ze hadden honderduit met elkaar gepraat, veel gelachen en ook vaak gehuild.

Vanzelfsprekend waren er heel erg veel praktische zaken rond de repatriëring van Pierres lichaam geweest die moesten worden geregeld. Lang geleden hadden hij en Susanna al met elkaar afgesproken dat ze in Frankrijk, hun nieuwe thuis, begraven wilden worden. Op het kerkhof van Cassis rook het naar de zee, een geur die zowel Susanna als Pierre had geassocieerd met vrijheid en geluk. De idee van de dood leek er op de een of andere vreemde manier ver weg. Door de vele bomen met hun knoestige stammen, de bloedrode rozenstruiken en de bloeiende bougainvilles had het meer weg van een park waar toevallig ook mensen werden begraven.

Pierres lichaam was al na enkele dagen vrijgegeven. Over de doodsoorzaak bestond geen enkele twijfel. Door een val had hij ernstig hoofdletsel, maar hij was door verstikking om het leven gekomen.

Het onderzoek leek nog niet al te zeer te vlotten. Inspecteur Rijsbergen en zijn collega Van de Kooij waren enkele keren langs geweest om informatie te geven of juist in te winnen. Het internationale karakter van de zaak bemoeilijkte de voortgang nogal: een manuscript uit het Marciana, een moord in Venetië, een inbraak en een overval in Bologna, een overval in Cassis, een auto uit België en een moord in Nederland op een in Frankrijk woonachtige Belg. De Nederlandse, Belgische, Franse en Italiaanse politie moesten samenwerken en ook Interpol kwam om de hoek kijken.

De inspecteurs konden geen volledige openheid van zaken geven, maar tussen neus en lippen door gaven ze wel met zoveel woorden toe dat veel van de gevolgde sporen voorlopig doodliepen.

David Deschuttere bleek inderdaad een monnik te zijn in de Abdij van Grimbergen, waar hij de scepter zwaaide over de bibliotheek. Hij was een oud-klasgenoot van Pierre en had hem zijn auto uitgeleend – Pierre had erg geheimzinnig gedaan, maar David had er niet te veel aandacht aan besteed. Na analyse van de beelden gemaakt bij het Academiegebouw had de politie vast kunnen stellen dat er twee mannen weliswaar naar binnen waren gegaan, maar niet op dezelfde wijze naar buiten waren gekomen. De mannen hadden hun gezichten zorgvuldig afgeschermd, het hoofd omlaag gericht, een hand gekromd rond de ogen alsof ze die tegen de zon wilden beschermen. Via een raam aan de Hortuskant – en dan via de uitgang aan de kant van de Nonnensteeg – moesten ze ontkomen zijn. Maar de stills waren zo vaag dat feitelijk alleen kon worden vastgesteld dat het mannen van een gemiddelde lengte waren geweest, met een gemiddeld postuur en met kort, donker haar.

Er was contact opgenomen met het CIOB, maar daar was niets bekend over een onderzoek aan dit manuscript. Er was een rondgang langs de werknemers gemaakt die echter ook niets had opgeleverd. De directeur kon niemand bedenken die een speciale relatie met Pierre zou hebben onderhouden. 'We doen zoveel onderzoeken,' had hij zich geëxcuseerd. 'En we hebben met zoveel verschillende partijen te maken… Dit is absoluut een ongewone gang van zaken, maar ik ben bang dat we u niet verder kunnen helpen.'

Wat de politie wel had gedaan was bekendmaken dat een manuscript een centrale rol speelde in de moord op de Vlaamse antiquair Pierre Delarue en dat puntgave foto's hiervan boven water waren gekomen. De tekst was vaag genoeg om aan het grote publiek zo goed als niets weg te geven, maar de onzichtbare partij die erachteraan zat, moest hiermee doorkrijgen dat ze die slag had verloren.

Om die reden achtte Rijsbergen het voor Veronica al snel veilig genoeg om naar de Witte Singel terug te keren. Haar huis was onopvallend geobserveerd en er waren geen vreemde activiteiten waargenomen.

Alwina had zich als een moderne monnik op de ontcijfering van de Griekse tekst gestort. Telkens als ze weer een stukje vertaling af had, mailde ze die naar Veronica.

Susanna vloog terug in het vliegtuig met in het ruim het lichaam van Pierre. Op het vliegveld in Marseille zouden Pascal en zijn man haar opwachten om haar naar huis te begeleiden.

Inspecteur Rijsbergen had laten weten dat de auto van David Deschuttere volledig was onderzocht, zonder enig resultaat. Hij was dankbaar geweest toen Veronica in een opwelling had aangeboden de auto naar Grimbergen te rijden. Sofia zou met haar meegaan. Dan zouden ze eerst de van Zaventem door de Belgische politie weggehaalde en onderzochte auto van Pierre ophalen. Daarna zouden ze ieder een auto voor hun rekening nemen en ermee naar de abdij rijden. Vanaf daar zouden ze met Pierres auto naar Cassis rijden zodat ze de begrafenis van Pierre bij konden wonen. En zo had Susanna haar auto weer terug.

Vanaf Schiphol waren Sofia en Veronica met de trein terug naar Leiden gegaan, waar ze naar het politiebureau aan de Langegracht waren gewandeld. Na het regelen van enkele formaliteiten hadden ze de auto van David meegekregen en waren ze naar Veronica's huis aan de Witte Singel gereden. Hun koffers hadden ze al klaarstaan, dus ze konden vrijwel direct op weg.

Zoals altijd duurde het even voordat ze via de Lammenschansweg en de Europaweg de A4 hadden bereikt, maar vanaf daar konden ze al snel soepel doorrijden.

'Goh,' merkte Sofia geamuseerd op. 'Deze auto heeft nog een cassettespeler.'

Uit de opening stak een cassettebandje. Sofia duwde het naar binnen, waarna onmiddellijk de stem van de Franse chansonnière Edith Piaf door de cabine klonk. Ze zong 'À quoi ça sert l'amour', een wel zeer toepasselijk lied in de gegeven omstandigheden.

'Ik adoreer haar,' zei Sofia verrukt en ze draaide het volume omhoog.

'Ik ook, ik ook,' zei Veronica.

'*Même quand on l'a perdu,*' zongen ze samen mee. '*L'amour qu'on a connu. Vous laisse un goût de miel, l'amour, c'est éternel!*'

Zelfs toen we het verloren, de liefde die we hebben gekend. Laat je naar honing smaken, liefde is voor eeuwig!

Sofia

Ergens tussen Leiden en Brussel, 21 juli

Veronica en Sofia naderden het Prins Clausplein en vervolgden hun weg via de A13 richting Rotterdam.

'Als er één positief ding is dat uit deze ellende voortkomt,' zei Sofia, die de muziek zachter zette, 'dan is het dat wij elkaar hebben leren kennen. Jij en Susanna voelen als vriendinnen die ik al heel lang ken.'

'Ja, dat heb ik ook,' zei Veronica, die even opzijkeek en glimlachte. 'Dat hebben wíj ook. Ik had het er met Susanna nog over. Het is net alsof we elkaar jaren geleden uit het oog waren verloren en nu met elkaar zijn herenigd.'

'Ja, het is wonderlijk hoe snel zoiets kan gaan,' peinsde Sofia. 'Het is ook een gekke samenloop van omstandigheden... Drie vrouwen, drie weduwen... Soms hoorde ik jou of Susanna iets zeggen en dan was het alsof ik mezelf hoorde denken. Alsof jullie mijn dagboeken hadden gelezen en die hardop voorlazen.'

'I'm every woman,' begon Veronica te zingen, grappig genoeg met een Frans accent. *'It's all-in me...'*

'Drie vrouwen, één vrouw,' zei Sofia glimlachend.

'Precies.'

Veronica moest vaart minderen, omdat het ter hoogte van Delft zoals zo vaak erg druk was bij de afrit naar de IKEA.

'Wat je me hebt verteld over het politieonderzoek stemt me weinig hoopvol,' zei Sofia. 'In Italië schiet het ook allemaal niet erg op volgens mij.'

'Inderdaad. Het is ook ingewikkeld denk ik, zoals die inspecteur zei. Italië, Frankrijk, België en Nederland... Er is dan niet echt één persoon die een totaaloverzicht heeft omdat hij of zij niet iedere locatie en de omstandigheden kent.'

'En de mensen die erachteraan zitten, lijken tot een organisatie met veel tentakels te behoren,' zei Sofia. 'Wie weet over welke middelen en over welke contacten ze beschikken.'

'Wat ik me nog wel afvraag…' zei Veronica, maar ze maakte haar zin niet af. Ze kneep haar ogen tot spleetjes alsof ze zich extra probeerde te concentreren op de weg voor zich. Toen sloeg ze met een hand op het stuur. 'Maar natuurlijk!' zei ze. 'Dat ik daar niet eerder aan heb gedacht.'

'Waaraan?'

'Ik zat me de hele tijd af te vragen waarom Pierre een afspraak in het Academiegebouw had. Dat is toch niet de eerste plek waar je aan denkt als je afspreekt.'

De afgelopen week hadden ze gedrieën het Academiegebouw bezocht. Susanna wilde de plek zien waar Pierre zijn laatste adem had uitgeblazen. Erna waren ze onder de poort, die toegang gaf tot de Hortus Botanicus, door gelopen en hadden ze koffiegedronken op het terras achter de kas.

'Je zei toen toch dat het gebouw net een kerk leek?' vroeg Veronica.

'Ja.'

'Ik ben daar toen niet op ingegaan, maar blijkbaar is die opmerking toch blijven hangen. Het wás namelijk ook een kerk. Denk de toren weg, denk binnenin de scheidsmuren en plafonds weg, en dan zie je in grote lijnen de kerk die het ooit was. Ze werd in 1516 opgeleverd en één keer raden aan wie die werd gewijd.'

'Nou?'

'Aan Maria Magdalena,' zei Veronica. 'Ik denk dat hij die locatie heel bewust had gekozen, al dan niet voor de overdracht van het manuscript. In Leiden is er geen betere, symbolischer plek om dat te doen.'

Het verkeer kwam langzaamaan weer op gang.

'Wat Alwina tot nu toe heeft vertaald, is al prachtig materiaal,' zei Sofia. 'Ik kan niet wachten tot ze de rest van de tekst voor ons heeft ontsluierd.'

'En wat eens en voor altijd de wereld uit kan worden geholpen is dat Maria Magdalena een hoer zou zijn geweest. Dat is toch wel een van de meest schandalige pogingen geweest om een eerzame, intelligente vrouw te besmeuren. En dat beeld heeft vijftienhonderd jaar standgehouden.'

'De kerk heeft het herroepen toch?'

'Ja, maar niet bepaald met klaroengeschal. Het staat bij wijze van spreken in een voetnoot van een bijlage. Dat verklaart ook waarom veel mensen nog steeds niet op de hoogte zijn van dit late eerherstel. Uit alles blijkt dat Maria Magdalena juist een uiterst begaafde leerlinge van Jezus was. Zij "vertaalde" Jezus' woorden voor de andere, mannelijke, leerlingen. Zij is de *apostola apostolorum*, de "apostel der apostelen", die de anderen onderwijst.

'En dan valt ook dat huwelijk op zijn plek.'

'Precies. In die tijd was een dergelijk intiem contact tussen een man en een vrouw, die geen familie van elkaar waren, eigenlijk alleen mogelijk binnen een huwelijk. Het zou volstrekt onmogelijk zijn om als vrouw zo dicht bij een man – en ook bij andere mannen – te verkeren als er geen sprake was van een bloed- of huwelijksband. Het was zó vanzelfsprekend dat het niet meer gezegd hoefde te worden.'

'Een vrouw die mannen onderwijst,' zei Sofia. 'Dat is een beeld waar veel mannen tot op de dag van vandaag moeite mee hebben.'

'Op dat gebied is er nog maar weinig veranderd, ja.' Veronica lachte. 'Maar het gaat hier om veel meer dan om Maria van Magdala alleen,' zei ze, plots heel serieus. 'Ik heb daar veel over nagedacht. Ze is… Je zou haar kunnen zien als een symptoom van iets veel groters, iets universelers. Je zou kunnen stellen dat onze Maria het vrouwelijk aspect van God belichaamt. Bijna iedere godsdienst kent naast mannelijke goden ook vrouwelijke. Zelfs in monotheïstische godsdiensten zijn oude beelden bewaard van mannelijke godheden met naast zich een vrouwelijke partner. In patriarchale structuren zijn deze "godinnen" uit beeld geraakt.'

Veronica pauzeerde even, op zoek naar een goede metafoor. 'Ze hebben geprobeerd deze vrouwelijke gestalten weg te drukken, de schaduw in. Maar wat onderdrukt is, heeft de neiging om weer naar boven te komen, vaak gebruikmakend van de kracht waarmee het is onderdrukt. Denk aan een bal die je onder water duwt. Zodra je niet meer duwt, of niet meer verder kunt duwen, komt die bal met grote vaart omhoog en springt die het water uit. Zoiets gebeurt nu ook.'

'Dat is een mooi beeld.'

'Ja, vond ik ook. En de kerk kon vanaf het begin niet echt om haar heen,' legde Veronica uit. 'In de negende eeuw is ze heilig verklaard, maar niet als de vrouw die het licht zag toen de andere leerlingen nog in het duister verkeerden, niet als de vrouw die vaak door Jezus werd gekust, niet als de metgezellin van Jezus, niet als "apostel der apostelen", een ere-titel die nog in de eerste eeuwen van het christendom voor haar was weggelegd. Zij was immers de eerste die de opgestane Jezus ontmoette en vormde zo de enige schakel tussen de opgestane Jezus en de overige leerlingen. Maar de kerk...' Veronica deed er opeens het zwijgen toe, alsof iemand haar het spreken belette.

'Is er iets?' vroeg Sofia, half-geamuseerd, half-geschrokken.

'Nee, nee,' zei Veronica, die hevig met haar hoofd schudde. 'De enige schakel tussen de opgestane Jezus en de overige leerlingen... Ik vóél dat er iets gebeurt in mijn hoofd. Ergens wordt een connectie gelegd, maar ik weet niet welke en ook niet tussen welke zaken.'

'Herkenbaar.'

'Hm,' zei Veronica. 'Voor mij is dat eigenlijk altijd een teken dat ik iets op het spoor ben, alsof mijn onderbewuste me iets duidelijk wil maken. Maar goed... Als het echt iets te betekenen heeft, dan komt dat vroeg of laat wel weer naar boven.'

'Als een bal die je onder water hebt geduwd.'

'Zoiets, ja.'

'Maar je zei?'

'Ja, de kerk... Die verklaart Maria weliswaar heilig, maar dan als "Maria Magdalena van de Boetedoening". En de kerk stelde de vrouw "van wie zeven demonen waren uitgegaan" dus gelijk met de anonieme zondares die Jezus' voeten zalfde, die dan weer identiek zou zijn aan Maria, de zuster van Martha. Deze drie-in-eenconstructie is in de zesde eeuw bedacht. En zo werd Maria Magdalena, de ingewijde, de apostel der apostelen, een zondares, een prostituee.'

'En ook dat speelt nog steeds toch? Dat mannen moeite met krachtige vrouwen hebben? Als je alleen al ziet hoe moeilijk sommige mannen het vinden om een vrouwelijke leidinggevende te accepteren. Ik ben het hoofd van onze opleiding en heb vrijwel dagelijks te maken met mannen die daar maar lastig mee om kunnen gaan.'

'Precies,' zei Veronica. 'Bij ons op de universiteit is dat niet heel anders. Maar het mooie is dus dat Jezus, dwars tegen het cultuurpatroon van zijn tijd in, het mannelijke en het vrouwelijke als volkomen gelijkwaardig lijkt te hebben gezien. Er is het beroemde verhaal van de overspelige vrouw voor wie hij het opneemt, waardoor hij voorkomt dat ze wordt gestenigd.'

'Bij dat verhaal vraag ik me altijd af: waar is de overspelige man? Overspel plegen in je eentje is lastig… Het is de vrouw die erop wordt aangekeken en ervoor wordt gestraft.'

'We hebben nog een lange weg te gaan,' zei Veronica.'

'Maar misschien kunnen we een paar forse stappen zetten zodra de inhoud van deze codex met de brief van Simon definitief naar buiten komt.'

'En laten we het niet de Brief van Simon of zoiets noemen,' stelde Sofia voor. 'Dan krijgt weer een man alle aandacht en eer.

'Wat stel jij voor dan?'

'De Magdalenacodex.'

Veronica

Veronica en Sofia hadden de auto's vlak bij het grote plein voor de kerk geparkeerd. Vanaf het politiebureau in Brussel, waar ze na enige administratieve rompslomp de auto van Pierre hadden opgehaald, was Sofia in de auto van Pierre achter Veronica aan naar Grimbergen gereden.

Ze waren door de ingang van de stompe toren – die de indruk wekte alsof die nooit helemaal was afgewerkt – de kerk in gelopen, die over een opvallend lang koor bleek te beschikken.

David had voorgesteld hen voor het altaar te treffen dus daar liepen ze naartoe. Net toen Veronica haar telefoon wilde pakken om hem te laten weten dat ze er waren, kwam er een man op hen afgelopen.

'David?' vroeg Veronica.

'Dat ben ik,' antwoordde hij met een sterk Vlaams accent.

David Deschuttere bleek een slanke man te zijn met handen en ranke vingers als van een pianist, een smal gladgeschoren gezicht, haar zo zwart dat Veronica vermoedde dat hij het verfde en vriendelijke, onderzoekende ogen die met een grote welwillendheid de wereld in keken. Hij ging gekleed volgens de voorschriften van de orde der norbertijnen waar de Abdij van Grimbergen toe behoorde. Hij droeg een wit habijt, de kleding waardoor de norbertijnen ook wel de 'witheren' werden genoemd.

Als oud-klasgenoot van Pierre moest hij een leeftijdgenoot zijn, al zag hij er veel jonger uit, vond Veronica.

Dat is wat een leven van gebed en contemplatie je brengt, dacht Veronica, al had ze begrepen dat de orde het beschouwende leven verenigde met een actief optreden buiten de muren van het klooster, zoals zielzorg en onderwijs.

'Ik ben Veronica,' stelde Veronica zich in het Frans voor. 'En dit is...'

'Ik ben Sofia.'

David schudde beide vrouwen de hand. 'Zullen we hier even gaan zitten?' vroeg hij, nu ook in het Frans, en hij wees naar de voorste kerkbank in de verder verlaten kerk.

Toen ze zaten, overhandigde Veronica hem zijn autosleutels en de papieren. Ze legde uit waar ze de auto geparkeerd had.

'Fijn dat het zo is opgelost,' zei hij, terwijl hij de spullen naast zich op de bank neerlegde. 'En wat een vreselijk nieuws over Pierre. Is er al iets bekend over de daders? Of in welke hoek ze die zoeken?'

'Nee, helaas,' zei Veronica. 'Het schijnt erg ingewikkeld te zijn, misdaden die over landsgrenzen heen gaan. En wat ook niet helpt, is dat Pierre zelf erg geheimzinnig deed over waar hij mee bezig was. Daardoor zijn er ook weinig aanknopingspunten voor de politie.'

David opende zijn mond, maar sloot die weer zonder iets te zeggen.

'Jij hebt ook geen idee zeker?' vroeg Sofia.

Haar vraag klonk nonchalant genoeg, maar Veronica was ervan overtuigd dat ook Sofia de aarzeling bij David had opgemerkt.

Wat is hier aan de hand?

Haar vermoeden werd alleen nog maar bevestigd toen David net een fractie van een seconde te lang leek te wachten voor hij antwoordde. 'Nee, sorry,' zei David, waarbij hij ook weer iets te heftig met zijn hoofd schudde.

Veronica en Sofia keken elkaar een ondeelbaar kort moment aan, waarbij ze beiden als op afspraak hun wenkbrauwen licht fronsten.

'Waarom kwam hij eigenlijk naar jou toe?' vroeg Veronica.

David ontspande zich zichtbaar, alsof hij zich op veilig of veiliger terrein waande.

'Hadden jullie zo'n goed contact?' vroeg Sofia. 'Zelf heb ik geen oudklasgenoten met wie ik nog contact onderhoud.'

'En bij wie je terechtkunt om een auto te lenen,' deed Veronica er een schepje bovenop.

'O, heel eenvoudig hoor,' verklaarde David. 'Na de middelbare school was het contact aanvankelijk wat verwaterd, maar toen hij in Brussel een antiekzaak had geopend, kwamen we elkaar zo nu en dan weer tegen. In die tijd was ik nog eenvoudig bibliothecaris hier, maar inmiddels ben ik het hoofd van onze bibliotheek. In die hoedanigheid sta ik in contact met collega's over de hele wereld. Van heinde en verre komen mensen naar hier om mijn – ik bedoel: onze – bibliotheek te bezoeken. De bibliotheek bevat enkele eeuwenoude en unieke manuscripten, enorm kostbaar, meestal niet eens in geld uit te drukken. Soms laten mensen ons boekverzamelingen na. We kunnen niet alles opnemen en op die manier kwam ik ook opnieuw met hem in contact, om de verkoop ervan te regelen. En zelf kopen we ook een enkele keer iets aan, waarbij Pierre dan regelmatig als intermediair optrad. Het is een apart wereldje met bepaalde mores waar ik gewoon niet goed in thuis ben. Onderhandelen is niet zo voor mij weggelegd. Pierre was daar meer bedreven in.'

'Maar dan blijft het nog steeds bijzonder toch?' vroeg Veronica. 'Ik snap het professionele contact, maar je auto direct uitlenen aan iemand die zomaar bij je op de stoep staat, dat is toch wat anders.'

'Je kent Pierre,' zei David met een glimlach. Hij leek volledig ontspannen, alsof hij de situatie in de hand had. 'Hij hield van geheimzinnigheid, hij leefde ervoor. Dus toen hij hier kwam en me vertelde dat hij met "iets groots" bezig was, speelde ik het spel een beetje met hem mee. Ik heb hem geen vragen gesteld. Hij had zijn auto bij Zaventem geparkeerd, was naar de stad gegaan en had uiteindelijk een taxi genomen. Ik had de indruk dat hij zichzelf een hoofdrolspeler in een spannende film waande en nam het niet al te serieus, maar het bleek deze keer dus geen overdrijving.'

'Maar je nam het serieus genoeg om hem je auto mee te geven?' vroeg Sofia.

'Ja, dat wel,' gaf David toe. 'Maar weet je... Het motto van ons norbertijnen is niet voor niets *ad omne opus bonum paratus*: tot elk goed werk bereid. En als dan een vriend in nood langskomt, dan maakt het niet meer zoveel uit of die nood echt is of ingebeeld. En los daarvan: ik blijf toch meestal binnen de vier muren van onze bibliotheek. En als ik op pad ga, dan neem ik vaak de fiets of wandel ik. Pierre zei me dat hij de auto na een paar dagen terug zou komen brengen.'

'En hij heeft je niets verteld over wat hij in zijn bezit had?'

'Nee.'

Voor Veronica's gevoel wachtte David opnieuw nét te lang met het geven van zijn antwoord.

Sofia

Sofia stond op en Veronica volgde haar voorbeeld, waardoor beide vrouwen boven de zittende David uittorenden en op hem neerkeken.

'Met alle respect, David,' begon Sofia.

Veronica wist dat als mensen een zin met 'met alle respect' begonnen er dan meestal iets weinig respectvols volgde.

'Wij geloven je niet,' ging Sofia verder, waarbij ze zich nadrukkelijk van de meervoudsvorm bediende.

'Inderdaad,' viel Veronica haar bij. 'Het is net alsof je ons niet het hele verhaal vertelt.'

David bleef ontspannen glimlachen. 'Het spijt me zeer,' zei hij, 'maar ik begrijp niet goed waar je op doelt. Pierre, mijn oud-klasgenoot en vriend met wie ik professioneel regelmatig te maken had, klopte in nood bij me aan. Hij had het idee dat hij mensen van zich af moest schudden en wilde mijn auto te lenen. Ik vroeg niet door, vroeg niet waar hij naartoe ging. Ik ben de overdrijving waar hij soms aan ten prooi viel wel een beetje gewend. En ik verwachtte de auto binnen enkele dagen terug te hebben. Als er niet iets zo dramatisch mis was gegaan, zou hij nu zelf hier zijn geweest en dan zouden we een mooie Grimbergen Blond hebben gedronken om de goede afloop te vieren. En dan zou hij me ongetwijfeld hebben onthuld welke mooie deal hij had weten te sluiten.'

Tja, waterdicht verhaal, dacht Veronica. Toch was haar twijfel nog niet helemaal weggenomen

'Het ging om een deal dus?' vroeg Sofia.

'Ja, dat hij op het punt stond iets groots te verkopen, heeft hij nog wel verteld,' zei David, nog steeds vol zelfvertrouwen. 'En dat was niet gek, want anders zou hij geen reden hebben gehad zich zo te gedragen.' Ook David stond nu op. 'Kan ik jullie verder nog ergens mee van dienst zijn?' Sofia en Veronica schudden het hoofd.

'Dan kunnen jullie misschien nog even onze mooie kerk bekijken?' vroeg David. Hij deed een paar passen in de richting van het altaar en wees met gestrekte wijsvinger naar een beeld. 'Kijk, die lichte figuur daar – uitgevoerd in gemarmerd en verguld hout – is Sint-Servaas,' legde David uit.

De routineuze toon waarop hij sprak, verraadde dat hij dit al vaak had verteld. Veronica verbaasde zich enigszins over de plotselinge metamorfose van monnik naar toeristengids die David leek te hebben ondergaan. Tegelijkertijd besloot ze haar oren te spitsen om te luisteren of er in Davids woorden misschien een verborgen boodschap schuil zou gaan.

'Wat maar weinig mensen weten,' zei David, 'is dat Servaas een achterachterneef was van Johannes de Doper en van Jezus Christus. Zelf vind ik dat altijd een heel erg mooie gedachte: dat onze Heer Jezus hier op aarde heeft rondgelopen en ook gewoon familie heeft gehad, dat Hij zowel de Zoon van God als een mens van vlees en bloed was.'

'En de draak die hij met zijn staf bedwingt?' vroeg Sofia.

'Vaak staat de draak symbool voor de lagere driften in de mens,' praatte David op zijn toeristengidstoon verder. 'Deze lagere driften, deze lichamelijke verlangens, trekken de mens het moeras in en houden hem bij God vandaan. Op het seminarie had ik een docent...' David glimlachte bij de klaarblijkelijke herinnering aan de man. '...en hij haalde graag de abt van Cluny aan die het omhelzen van een vrouw vergeleek met de omhelzing van een zak vol drek.'

Sofia lachte ongelovig.

'Zover zou ik niet willen gaan,' ging David onverstoorbaar verder, 'maar ik heb me wel altijd aangesproken gevoeld tot de woorden van Augustinus die stelde dat –'

'Niets de mannelijke geest zo van zijn hoogten naar beneden haalde als het liefkozen van een vrouw,' maakte Veronica dit beroemde citaat van de kerkvader voor hem af.

'Dit kun je niet menen toch?' zei Sofia, die inmiddels niet meer lachte.

'We dwalen af,' ging David onverstoorbaar verder. 'In dit geval staat de draak voor de ketterij die de heilige Servaas bestreed, het arianisme, een ketterse stroming uit het begin van het christendom. Volgelingen van deze stroming weigerden te geloven dat Jezus een Zoon van God was. Ze vonden dat Hij zonder meer een bijzonder mens was geweest, maar zij konden zich niet voorstellen dat God mens kon worden.'

Op Veronica's voorhoofd tekende zich een diepe frons af.

'Maar goed,' zei David op een toon die afronding van de ontmoeting suggereerde. 'Nog bedankt voor het terugbrengen van mijn auto. Voor mij zou het toch wel een onderneming zijn geweest om naar Leiden af te reizen.'

'Leiden?' vroeg Veronica. 'Ik kan me niet herinneren dat ik heb gezegd dat we uit Leiden kwamen.'

David kleurde rood.

Veronica

Niet ver van de abdij hadden Veronica en Sofia een hotel gevonden waar ze de nacht wilden doorbrengen. Ze waren in het ernaast gelegen restaurant gaan zitten om te eten, uit gemakzucht, omdat ze weinig puf hadden om lang te zoeken. Bij het diner dronken ze het bier dat in de brouwerij van de abdij was gebrouwen.

'Op David dan maar,' prootste Veronica voor de grap.

Ze klonken met hun glazen en bespraken het toch wel vreemde gedrag van David.

'Hij lijkt echt meer te weten,' zei Sofia. 'Maar hij is niet dom. Hij heeft niets gezegd wat hem kan compromitteren.'

'Nee, maar die verspreking over Leiden was natuurlijk wel gek.'

'Maar je kunt niets bewijzen. Je kunt moeilijk de politie op hem afsturen op basis van deze vage verdenking, niet?'

'Dat is waar,' moest Veronica toegeven. 'Misschien is het een puzzelstukje dat later op zijn plek valt. Ik heb het gevoel dat er iets is – en mijn intuïtie laat me zelden in de steek.'

'Het was een goede vraag die je op een goed moment stelde,' zei Sofia. 'Hij was niet helemaal op zijn hoede.'

'De vraag is alleen: hoe kan hij erbij betrokken zijn?' zei Veronica.

'Ik denk dat Pierre hem hoe dan ook meer heeft verteld dan David ons heeft willen laten blijken. Dus mogelijk ook over de inhoud van het manuscript,' opperde Sofia.

Veronica schudde het hoofd. 'Dat kan bijna niet, want Pierre kwam juist bij mij vanwege mijn grondige kennis van het Grieks. Zelf had hij bij jou thuis alleen de eerste paar woorden gelezen waardoor hij zeker wist dat dit de codex was die Marco uit het Marciana had meegenomen. Pas bij mij in Leiden lazen we de eerste passages, zoals dat stukje over Jezus die op zestienjarige leeftijd met Maria trouwde.'

'Misschien hebben David en Pierre daarna nog contact gehad?'

'Wie zal het zeggen? Het enige wat we weten is dat Pierre het document wilde verkopen. We hebben geen idee aan wie, alleen dat zijn poging hem fataal is geworden.'

'Maar misschien stond Pierre wel op het punt het manuscript te verkopen aan een partij die het daarna wilde laten verdwijnen? En heeft diegene hem vermoord nadat ze het te pakken hadden gekregen?'

'En David dan?'

'Vertelde David niet dat hij als bibliothecaris contact had met bibliotheken over de hele wereld? Dan is het toch niet ondenkbaar dat hij connecties had met de Biblioteca Nazionale Marciana in Venetië?'

'Waar het manuscript vandaan komt?'

'Ja, precies,' zei Sofia, enthousiast over haar eigen gedachtegang. 'Stel nou dat Pierre geprobeerd heeft om het terug te verkopen. Aan het Marciana. Dan zou hij een grote slag slaan en veel geld binnenhalen. Tegelijkertijd zou hij zijn geweten enigszins kunnen sussen door zichzelf wijs te maken dat hij er in ieder geval voor had gezorgd dat het manuscript weer bij de oorspronkelijke en rechtmatige eigenaar terug was.'

'Hm,' zei Veronica. 'Maar het Marciana lijkt me een eerbiedwaardig instituut dat in zo'n geval waarschijnlijk de politie zou inschakelen en niet de aanbieder van het manuscript zou vermoorden.'

'Toch is dat niet uit te sluiten. Onderschat niet hoe rampzalig het voor de reputatie van een dergelijk, inderdaad eerbiedwaardig instituut kan zijn, als bekend wordt dat een kostbaar manuscript op klaarlichte dag mee naar buiten is gesmokkeld. Misschien hebben ze besloten om de politie erbuiten te laten en hun verlies te nemen door ervoor te betalen.'

'En er misschien zelfs mensen voor te moorden.'

Veronica

Na het avondeten had Veronica Susanna gebeld.

'Pierre is vanaf het vliegveld naar de begrafenisondernemer vervoerd,' zei Susanna, die zeer vermoeid en verdrietig klonk. 'Pascal en Antoine hadden alles al geregeld voor me. Ze zijn zó lief. Ik zou niet weten wat ik zonder hen had gemoeten.'

'Ben je alleen thuis nu?'

'Nee, nee,' zei Susanna. 'Ik blijf bij hen. Ze wonen op loopafstand van mijn huis. Ze hebben alle ruimte en ik vind het ook fijn om nu even niet alleen te hoeven zijn. Pascal neemt me alles uit handen. Hij helpt me bij het uitzoeken van de kist, het versturen van de uitnodigingen, de dienst in de kerk, de muziek, de teksten, alle administratieve rompslomp... Ik ben hem zo dankbaar.'

'Wanneer is de begrafenis?' vroeg Veronica zachtjes.

'De dienst is op 25 juli. De avond ervoor is er een wake in het rouwcentrum en dan kunnen mensen langskomen. Het is...' Susanna begon te huilen. 'Het is zo onwerkelijk allemaal,' zei ze snikkend. 'En het ging net allemaal goed tussen ons. We hadden onze dingen natuurlijk. En je weet van onze financiële problemen...'

Die Pierre in één klap dacht op te lossen, dacht Veronica, maar ze sprak haar gedachte niet hardop uit. Ze hoorde Susanna een paar keer diep in- en uitademen en een slokje drinken nemen.

'Maar ook die waren op te lossen geweest,' ging Susanna verder, rustiger nu. 'Eventueel hadden we dit huis lucratief kunnen verhuren en zelf kleiner kunnen gaan wonen. Ik had meer kunnen gaan werken... Ik snap niet dat Pierre heeft geprobeerd om dat manuscript te verkopen.'

'Het moet een wanhoopsactie zijn geweest,' zei Veronica. 'Ik denk niet dat hij een vooropgezet plan had toen hij ermee uit Bologna vertrok.'

'Hij heeft mij er ook helemaal niets over verteld. Ik denk dat hij het pas in Leiden heeft bedacht.'

'Dat zou heel goed kunnen,' beaamde Veronica, hoewel ze er zelf niet helemaal van overtuigd was. Daarna gaf ze haar zus een verslag van het bezoek aan David Deschuttere.

'Ik heb David een paar keer ontmoet,' zei Susanna. 'Het is een beetje een zonderling, maar dat vind ik waarschijnlijk al snel van iemand die in deze tijd nog kiest voor een monnikenbestaan. Je moet daar ook wel een bepaald karakter voor hebben lijkt me.'

'En wat was je verder indruk van hem?'

'Ik weet niet zo heel veel van hem. Ik ben een paar keer met Pierre mee geweest naar de abdij, omdat ze iets met elkaar moesten bespreken. Maar dan trokken zij zich terug en ging ik in de tuin wandelen of in de buurt iets drinken. Op de een of andere manier voelde ik me nooit helemaal comfortabel bij hem. Ik had het idee dat hij een issue met vrouwen had.'

'Of heeft,' zei Veronica, en ze vertelde over hoe hij Augustinus had geciteerd.

'Ja, dat past wel bij hem,' zei Susanna met een bittere ondertoon in haar stem. 'Zoals ik al zei: het zijn toch bepaalde types die zich tot een dergelijk bestaan aangetrokken voelen.'

'Maar goed, lieve schat,' zei Veronica. 'Het is laat en ik ga zo slapen. Hoe ziet je dag er morgen uit?'

'Ik ga met Antoine naar de gemeente om wat zaken te regelen. En naar de bank om te kijken of ik even uitstel van betaling kan krijgen. Op termijn zal ik toch een definitieve oplossing voor het huis moeten zien te vinden.'

'Dat begrijp ik,' zei Veronica. 'Als ik op de een of andere manier kan bijspringen, dan hoor ik het wel.'

'Bedankt, maar ik denk dat het te groot geworden is. Alleen een wonder kan me wat dat betreft nog redden...'

'We gaan het zien,' zei Veronica. 'Vertel Pascal en Antoine maar dat ik heel erg blij ben dat ze zo goed voor mijn zusje zorgen.'

'Dat zal ik doen. Nu slapen ze al hoor en Pascal gaat morgen alweer vroeg op pad. Hij moet dringend naar hun depot in Lyon, maar aan het eind van de middag is hij weer terug.'

'In Lyon?'

'Ja, daar komt hij vandaan,' zei Susanna. 'Hij had er een zaak voordat hij Antoine leerde kennen en voor hem naar Cassis verhuisde. De ruimte verhuurt hij, maar hij heeft de opslagruimte aangehouden omdat Lyon zo centraal ligt. Pascal doet veel zaken met mensen in Zwitserland, Duitsland, Italië en in Frankrijk en in de Benelux.'

'Ik begrijp het.'

'Trouwens, iets anders,' zei Susanna, die plotseling leek op te leven. 'Jullie zijn morgenavond hier toch? Morgen wordt in Saint-Maximin-la-Sainte-Baume de dag van Maria Magdalena gevierd en overmorgen vindt de processie plaats.'

'Waarbij ze de schedel van Maria door de straten ronddragen toch? Bérnard en ik hebben samen de kathedraal weleens bezocht, maar ik ben nooit bij de processie geweest.'

'Het stomme is: ik ook niet. En het is nog geen vijftig kilometer van Cassis. Maar nu stelden Pascal en Antoine voor dat we daar met zijn allen heen gaan. Ze willen er kaarsjes opsteken voor Pierres zielenheil.'

'Dat is wel heel erg gepast in dit geval, ja,' zei Veronica.

'Ja, ik vind het ook iets moois hebben, alsof het zo wordt afgerond.'

'Dat het begint en eindigt met Maria Magdalena. Inderdaad een mooie gedachte.'

Ze namen afscheid en hingen op.

Nadat Veronica een korte douche had genomen en haar tanden had gepoetst, lag ze in bed nog na te denken over alle gesprekken die ze vandaag had gevoerd. Voor ze het nachtlampje uitknipte, keek ze om zich heen in de keurige maar geheel onpersoonlijke hotelkamer. Het obligate schilderijtje met een landschapje vol bloemen hing scheef aan een spijker waaromheen het pleister gebarsten was. Ze wist dat ze zich deze kamer over twee dagen nauwelijks meer zou kunnen herinneren en dat hij niet veel later definitief zou zijn verdwenen in het zwarte gat van haar geheugen.

Of begin ik gewoon oud te worden? vroeg ze zich af. *En ben ik gewoon niet meer zo scherp als vroeger?*

Net als eerder die dag in de auto had ze opnieuw het gevoel dat ze iets wél had gehoord, maar dat de ware betekenis ervan haar ontging. Er was iets in het gesprek met Susanna geweest wat iets in haar had getriggerd.

Zou Susanna er toch iets mee te maken kunnen hebben?

Geërgerd draaide Veronica zich om.

Dat is de ellende als je in zulk soort gekke situaties terechtkomt, dacht ze. *Alles en iedereen wordt verdacht. En achter alles wat iemand zegt – of juist niet zegt – kun je wel een betekenis zoeken. Als ik maar genoeg verbanden leg, zou ik zelfs Sofia nog verdacht kunnen maken…*

Veronica schoot overeind.

Wat weet ik eigenlijk van Sofia? Is het niet vreemd dat een vrouw, net weduwe geworden, helemaal meereist naar Nederland? Om iemand te ondersteunen die ze pas net heeft ontmoet?

Veronica besefte dat ze alle informatie over wat zich in Bologna had voorgedaan uit Sofia's mond had vernomen.

Zou ze een stille afspraak met Pierre hebben gemaakt? vroeg ze zich af. *Waarbij ze samen de opbrengst van de verkoop zouden delen?*

Ze liet zich weer op haar bed vallen.

Met een knagend gevoel van onbehagen viel ze uiteindelijk in slaap.

Veronica

Die ochtend gingen Veronica en Sofia vroeg op pad, omdat ze nog een reis van iets meer dan duizend kilometer naar Cassis voor de boeg hadden.

Veronica schaamde zich met terugwerkende kracht voor het feit dat ze haar zusje ook maar één ogenblik van enige betrokkenheid bij de hele zaak had verdacht. Susanna maakte nota bene een heel zware periode in haar leven door. Hetzelfde gevoel overviel haar over Sofia toen die haar in de ontbijtzaal met veel warmte begroette en omhelsde.

Ik hoop dat deze gekke tijd snel achter me ligt, dacht Veronica. *En dat iedereen weer gewoon is wie ik denk dat hij of zij is. Al dat wantrouwen is niet goed voor een mens...*

Veronica stelde het navigatiesysteem in op het adres van Susanna. Toen ze eenmaal de verkeersdrukte rond Brussel achter zich hadden gelaten, schoten ze al snel op.

'Als we er inclusief pauzes twaalf uur over doen, dan kunnen we tegen achten in Cassis zijn,' zei Veronica. 'Heb jij al besloten wat jij vanaf daar wilt doen?'

'Met jou erbij is Susanna in ieder geval niet alleen. Ze heeft Pascal en zijn man al natuurlijk, maar in je eigen huis met je eigen zus is toch het fijnst. Ik zou graag nog een nachtje blijven slapen en dan ga ik naar mijn eigen huis in Aix. Voor de begrafenis van Pierre kom ik weer terug.'

'Of je gaat morgen mee naar de processie van Maria Magdalena in Sainte-Baume. Ben je daar al eens bij geweest?'

'Is dat niet te veel voor jullie?' vroeg Sofia. 'Zijn jullie me nog niet zat?'

'Nee joh, doe niet zo gek,' zei Veronica en ze legde haar rechterhand kort op het bovenbeen van Sofia.

'Ik vind het een mooie gedachte,' zei Sofia, 'maar ik denk er nog even over na. Ik merk dat ik toch wel erg moe ben. Er is ook zoveel gebeurd.'

'Dat snap ik,' zei Veronica, die het niet kon helpen dat die gekke gedachten van gisteravond laat opnieuw de kop opstaken.

Als om haar woorden over haar vermoeidheid extra kracht bij te zetten, draaide Sofia de leuning van haar stoel wat naar achteren, waarna ze haar ogen sloot. Al snel was ze vertrokken.

In gedachten ging Veronica terug naar de keer waarop zij en Bérnard de kathedraal in Sainte-Baume hadden bezocht. Ze hadden bij Susanna en Pierre gelogeerd – een eeuwigheid geleden leek het – en waren er samen een dagje op uit geweest.

In de kathedraal waren ze direct doorgelopen naar de crypte waar ze voor het hoge hek met spijlen hadden gestaard naar de in goud gevatte schedel van Maria Magdalena.

'Zou dat nou echt Maria Magdalena zijn geweest?' had Bérnard zich afgevraagd.

'Dat is echt zeer onwaarschijnlijk,' had Veronica gezegd. 'Het hele verhaal dat ze hier de laatste dertig jaren haar leven heeft gesleten, is puur en alleen gebaseerd op de *Legenda Aurea*, een geschrift uit de middeleeuwen. Daarin staat hoe Maria met een aantal van Jezus' volgelingen op een stuurloos schip werd gezet. Hun belagers gingen ervan uit dat het bootje op de klippen zou lopen en dat de opvarenden zouden verdrinken.'

'Maar het liep anders.'

'Inderdaad.' Veronica had moeten lachen. 'God zelf zorgde ervoor dat het scheepje alle klippen wist te omzeilen. Hij liet het stranden, hier op de kust van Saintes-Maries-de-la-Mer, een dorpje in de Camargue niet ver van Marseille. Daar zou Maria Magdalena eerst het evangelie hebben gepredikt, waarna ze zich in een grot zou hebben teruggetrokken. Deze grot – *baume* in het Provençaals – waar ze de laatste dertig jaar van haar leven in gebed zou hebben doorgebracht, bevindt zich hier in de buurt. Vandaar deze aan haar gewijde basiliek.'

'Altijd fijn als iemand ergens veel van afweet,' had Bérnard haar geprezen.

'Ik denk dat het een legende zonder veel historische waarde is.'

'De kracht van het geloof...'

'Ja, precies. Zolang mensen geloven dat dit Maria van Magdala is, dan hebben ze toch het idee dicht bij haar te zijn. En bij iemand die Jezus van nabij heeft meegemaakt.'

'Volgens sommigen wel heel nabij, nietwaar?'

'Daar is ook maar weinig bewijs voor hoor,' had Veronica gezegd. 'Maar ook daarvoor geldt: als je het wilt geloven en met die bril op de evangeliën leest, dan zijn er genoeg aanknopingspunten te vinden om die hypothese te onderbouwen.'

'In die tijd verlieten gewone mensen toch niet of nauwelijks hun leefomgeving?' vroeg Bérnard. 'Maria Magdalena zal gewoon in Palestina zijn gestorven. En als ze echt de vrouw van Jezus is geweest, dan zal ze gewoon in een familiegraf zijn bijgezet.'

Ik hoop zo dat daarover ook iets in het manuscript staat, schoot er nu door Veronica heen. *Ik kan niet wachten tot Alwina weer iets nieuws opstuurt.*

Het had Veronica en Bérnard verbaasd dat er, behalve Maria's schedel zelf, in de hele kathedraal geen enkele verwijzing naar het relikwie te vinden leek te zijn. Het was net alsof de kerk ook dit verhaal wilde uitwissen, zoals ze dat al veel eerder met de persoon Maria Magdalena hadden proberen te doen.

Bérnard had een oudere dame aangesproken die zorg droeg voor de vele mooie bloemenvazen vol geurige boeketten die de kathedraal opfleurden. Over haar witte, korte krullen lag een paarsige gloed.

'Weet u misschien of er in de kathedraal nog meer te zien is dat naar Maria Magdalena verwijst?' had hij gevraagd. 'We hebben de schedel gezien, maar verder kunnen we niets vinden.'

De vrouw had wat schichtig om zich heen gekeken voor ze had geantwoord, alsof ze een dealer was die zeker wilde zijn dat er geen politie in de buurt was.

'Komt u maar mee,' had ze gezegd en ze was hun voorgegaan naar een van de zijbeuken, haar handen afvegend aan het ouderwetse bloemetjesschort dat ze over haar kleding heen droeg.

'Hier,' had ze gezegd toen ze bij een fraai bewerkt houten altaar waren aangekomen.

Veronica en Bérnard keken haar bevreemd aan.

'We zien niets,' had Bérnard aarzelend gezegd.

De vrouw had op een doek gewezen dat over beeld heen hing. Voorzichtig had ze het opzijgeschoven. 'Kijk...' had ze gezegd. 'Dit is een beeld van Maria Magdalena, het enige in de kerk.' Ze had hun een korte blik op het prachtig gesneden beeld gegund, maar daarna liet ze het doek weer terugzakken.

Maar wij gaan ervoor zorgen dat Maria Magdalena niet langer achter een sluier verborgen wordt, verborgen kán worden. We gaan haar in het volle licht zetten. Wat onderdrukt is, heeft de neiging om weer naar boven te komen, vaak gebruikmakend van de kracht waarmee het is onderdrukt.

Veronica moest denken aan het gesprek dat ze onlangs nog met Sofia had gevoerd, waarin ze de vergelijking had gemaakt met een bal die je onder water duwt en die met grote kracht omhoogkomt zodra je hem loslaat.

Of ook mooi: het doek ophalen.

Als in het theater.

Veronica

In iets minder dan drie uur tijd waren ze een kleine driehonderd kilometer opgeschoten. Vooral rond Brussel hadden ze wat tijd verloren, maar daarna hadden ze flink kunnen doorrijden.

Veronica stuurde een afrit op die naar een tankstation leidde.

Sofia was sinds een kwartiertje wakker en zat nog wat versuft om zich heen te kijken.

'Tanken, plassen en koffie,' sprak Veronica. 'In die volgorde.'

'Uitstekend,' zei Sofia en ze geeuwde hartgrondig. 'En dan neem ik het stuur over voor de volgende etappe.'

Na het afwerken van hun 'programma' deden ze allebei nog wat rek- en strekoefeningen op de parkeerplaats. Veronica verving de Nederlandse simkaart in haar telefoon door een Franse, die ze had omdat ze met enige regelmaat in Frankrijk was.

Sofia nam plaats achter het stuur en voegde weer in op de snelweg, waar het nog steeds vrij rustig was. Langzaam maar zeker veranderde het landschap om hen heen. Het werd wat heuvelachtiger en de perfect geasfalteerde weg strekte zich voor hen uit alsof er een lint was uitgerold.

'Nog ongeveer zevenhonderd kilometer,' zei Sofia. 'Als we honderd kilometer per uur aanhouden...'

'Vergeet de pauzes niet. Mijn eigen ervaring is: als je alles incalculeert, schiet je zo'n tachtig kilometer per uur op. Dus we zijn nog ongeveer acht of negen uur onderweg.'

'Ik zal blij zijn als dit allemaal achter de rug is,' zei Sofia. 'Wat je allemaal wel niet in werking kunt stellen met één verkeerde beslissing... Ik heb het je al verteld, maar ik dacht toen echt: als iemand als Marco dat manuscript uit het Marciana smokkelt, moet hij een goede reden hebben gehad. Het was alsof ik zijn missie – welke dat ook is geweest – op de een of andere manier voortzette door het aan Pierre mee te geven. Maar ik had het gewoon direct bij het Marciana moeten laten terugbezorgen en moeten accepteren dat Marco's plan was mislukt. Maar zijn dood voelde zo zinloos.'

'Weet je,' zei Veronica. 'Dat zou inderdaad het beste zijn geweest – achteraf bezien. Maar op dat moment... Je man was net overleden, jullie vriend Marco ook, en dan nog de inbraak en de overval... Dan is het niet zo gek dat je tot zo'n beslissing komt. Maar met de kennis van nu heb je gelijk.'

Sofia perste haar lippen even zo hard op elkaar dat ze wit werden.

'O, ik vergeet bijna iets,' zei Veronica, in een duidelijke poging wat meer lucht in de conversatie te brengen.

Ze maakte haar autogordel los en draaide zich half om, waarbij ze met een deel van haar bovenlichaam tegen Sofia rustte. Ze graaide met haar vrije hand in de ruimte tussen de achterbank en de stoelen.

'Hier is-ie,' zei ze triomfantelijk toen ze haar schoudertas te pakken had. Ze ging weer goed zitten, deed haar gordel weer om en haalde een boek uit haar tas. 'Dit had ik op het laatste moment nog meegenomen. Toen ik lang geleden met Bérnard in Sainte-Baume was, heb ik het ge-kocht.'

Ze hield het boek even omhoog met de omslag naar Sofia gericht, die er een snelle blik op wierp.

'*Legenda Aurea?*'

'De *Gouden Legende*, ja,' zei Veronica. 'Het is een verzameling heili-genverhalen uit de dertiende eeuw. De schrijver heeft geput uit allerlei verschillende bronnen: de Bijbelse evangeliën, volksverhalen, apocriefe geschriften en overleveringen van kerkvaders. Zo componeerde hij zeer kleurrijke heiligenlevens. Het waren verhalen die mensen graag aan el-kaar doorvertelden. Je zou kunnen zeggen dat een boek als de *Legenda Aurea* veel meer invloed heeft gehad op het religieus besef van de gemid-delde gelovige middeleeuwer dan de Bijbel.'

'En daar staat ook een verhaal in over Maria Magdalena neem ik aan?'

'Precies,' zei Veronica. 'Heel lang heeft deze *Gouden Legende* het historische beeld van Maria Magdalena bepaald. Hierin lezen we dat Maria uit een koninklijk geslacht stamde. Haar vader heette Syrus, haar moeder Eucharia.'

'Een prinses? Dat is nieuw voor me.'

'Een vrouw van koninklijken bloede, ja,' beaamde Veronica. 'En nog eens heel welvarend ook. Ik zal er een stuk uit voorlezen.' Ze bladerde in het boek tot ze bij de juiste pagina was aangekomen. 'Hier. "Maria, haar broer Lazarus en haar zuster Martha waren eigenaar van het kasteel twee mijl van het Meer van Gennézareth, van het dorp Bethanië bij Jeruzalem, en nog een groot deel van de stad Jeruzalem. Zij hadden hun bezittingen verdeeld. Maria Magdalena werd eigenaar van het kasteel dat ook in haar naam voorkomt, Lazarus van het deel van Jeruzalem en Martha's deel bleef Bethanië. Daar nu Magdalena zich geheel aan de vleselijke wellust overgaf en Lazarus een ridder werd, nam Martha de zorg voor de bezittingen van deze twee over en bestuurde ze in grote wijsheid."'

'Ook hier dat beeld van Maria als zondige figuur,' onderbrak Susanna haar.

'Ze gaf zich geheel over aan de vleselijke wellust.' Veronica herhaalde de zin waar Sofia op doelde. 'Ja, dat is iets... Dat is iets universeels, lijkt het wel. Als je het bij vrouwen over zonde hebt, dan wordt dat altijd direct met seksualiteit verbonden. Bij mannen zie je dat eigenlijk nooit.'

Sofia knikte zo heftig dat Veronica vermoedde dat er een herinnering – misschien een pijnlijke episode uit haar huwelijk – naar boven kwam.

'Maar ik ga verder,' zei Veronica en ze richtte haar blik weer op het boek. '"Martha zorgde voor al haar strijders, haar personeel en de armen. Omdat Magdalena uitermate rijk was en rijkdom altijd gepaard gaat met lichamelijke genoegens, gaf ze zich, bewust van haar schoonheid en rijkdom, geheel daaraan over. Daardoor verloor ze haar goede naam en werd ze eenvoudig 'de zondares' genoemd. Toen Christus door het land trok om te prediken, kwam ze, door Gods voorzienigheid, in het huis van Simon, aangezien ze gehoord had dat Christus daar zou eten. Omdat ze als zondares niet bij de rechtvaardigen durfde te gaan zitten, ging ze rechtstreeks naar de Heer toe, waste zijn voeten met haar tranen, droogde ze met haar haren en zalfde ze met kostbare zalf. Want het was in deze landen gewoonte dat de mensen lekker ruikende oliën gebruikten, omdat het er zo warm was. Simon dacht bij zichzelf: *als dit een profeet was, dan zou hij zich toch niet laten aanraken door een zondares.* Maar de Heer bestrafte hem vanwege zijn oppervlakkige oordeel en vergaf de vrouw al haar zonden."'

'Het beroemde verhaal uit de Bijbel,' merkte Sofia op.

'Precies,' zei Veronica. 'Maar goed, het gaat verder. "Dit is de Maria Magdalena aan wie de Heer zoveel genade heeft geschonken en zoveel tekens van liefde heeft gegeven, de vrouw aan wie de Heer bij zijn verrijzenis als eerste verscheen, en die de apostel der apostelen werd genoemd."'

Veronica vertelde de legende over hoe na de hemelvaart van Jezus de leerlingen uitwaaierden om zijn boodschap te verspreiden. Maria Magdalena werd echter samen met onder anderen haar broer Lazarus en haar zus Martha op een schip zonder zeil of roer gezet en de zee op geduwd. Door Gods voorzienigheid verdronken ze niet, maar dreven ze rechtstreeks naar Marseille.

'En dat is allemaal...'

'Legende,' zei Veronica en ze lachte. 'Deze verhalen hebben nauwelijks tot geen basis in de realiteit. Ze waren puur bedoeld ter lering en vermaak.' Ze pakte het boek weer op. 'Maar het is nog niet afgelopen. De *Legenda* vervolgt: "Maria Magdalena verlangde naar een leven van gebed en trok de wildernis in van het woud, waar zij dertig jaar lang incognito leefde op een plaats die voor haar door de engelen geschikt was gemaakt. Daar waren fonteinen, bomen noch gras. Dit wijst erop dat de Heer haar niet in leven wilde houden met aards voedsel, maar met hemelse spijzen. Dagelijks werd ze ten hemel opgenomen door de engelen – zevenmaal vanwege de zeven gebedstijden – en ze hoorde met eigen oren de hemelse gezangen. En dagelijks werd ze teruggebracht op aarde met deze hemelse spijzen zodat ze nooit behoefte had aan aards voedsel. Toen ze uiteindelijk het aardse bestaan voor het eeuwige had ingeruild, werd haar lichaam in de Provence begraven."'

'En nog altijd wordt ze er vereerd. Ik weet dat in ieder geval steden als

Autun, Marseille en Vézelay haar als hun patroonheilige beschouwen,' zei Sofia.

'Exact. Er zijn in die streek zoveel verhalen over haar. Maar vooral is en blijft ze het grote voorbeeld voor alle zondaren die verlangen naar bekering.'

'Dat beeld raak je niet zomaar kwijt.'

'Het is een krachtig beeld, ja,' zei Veronica met een spijtig gezicht. 'Zo gemakkelijk bevrijd je haar niet van het stof dat in de loop van al die eeuwen op haar is neergedaald.'

Toen Veronica het boek in het handschoenenkastje wilde schuiven, dwarrelde er een parkeerkaartje op de grond. Ze pakte het op en wilde het terugleggen, maar toen viel haar oog op een rood met blauwe vlag. Het onderste rode deel nam driekwart in beslag, de blauwe streep erboven een kwart. Een witte, gestileerde leeuw die op zijn achterpoten stond en naar links keek – de voorpoten als in een aanvalshouding vooruit – sierde het rode gedeelte. Drie goudkleurige Franse lelies sierden het blauwe vlak. In sierlijke letters stond eronder geschreven: AVANT, AVANT, LION LE MELHOR. Vooruit, vooruit, Lyon de beste.

Daaronder stond in een zakelijker lettertype: MÉTROPOLE DE LYON.

Lyon... Het was alsof Veronica letterlijk een klik in haar hoofd hóórde. Ze draaide het kaartje om.

'Op welke dag precies vertrok Pierre eigenlijk bij jou uit Bologna?' vroeg ze aan Sofia. Maar toen ze de in kleinere matrixcijfers geprinte datum zag, wist ze het antwoord eigenlijk al.

Veronica

'7 juli,' zei Sofia.

'Hoe laat vertrok hij?'

Sofia dacht diep na. 'Een uur of zeven 's ochtends,' zei ze. 'Het kan iets vroeger of later zijn geweest, maar niet heel veel.'

Veronica pakte haar telefoon uit de handtas. 'Ik vond het al zo gek dat hij niet door Zwitserland was gereden,' zei ze. 'Dat is vanuit Bologna gezien de snelste route om in Brussel te komen. Ah, hier... Zeshonderdveertig kilometer van Bologna naar Lyon... Hij zal harder hebben gereden dan wij, misschien met één pauze. Hij kan er ergens tussen de vijf en zes uur over hebben gedaan. Als hij inderdaad om zeven uur uit Bologna is vertrokken, dan...' Veronica keek nog eens op het kaartje. 'Ja, dat klopt. Zijn parkeertijd in Lyon ging om 13.21 uur in. Als we zeven uur aanhouden als vertrektijd uit Bologna, dan is dat ruim zes uur later.'

'En wat zou hij daar gedaan moeten hebben?' vroeg Sofia.

'Susanna vertelde me dat Pascal in Lyon een depot heeft,' legde Veronica uit. 'Hij komt er oorspronkelijk vandaan en heeft er vroeger een zaak gehad. Lyon ligt voor hem handig op allerlei uitvalsroutes naar plaatsen in Frankrijk en andere landen waar ze veel mee handelen. Van Cassis naar Lyon is het...' Ze tikte wat in op haar telefoon. '...driehonderdvijftig kilometer. Soms heeft hij blijkbaar klanten die zich een extra rit naar het zuiden kunnen besparen als hij ze in Lyon ontmoet.'

'Dat klinkt nog wel logisch, toch?' zei Sofia.

Veronica humde iets onverstaanbaars.

'Denk je dat Pierre het manuscript daar heeft achtergelaten?' vroeg Sofia. 'In Lyon?'

'Ik denk dat dat heel goed mogelijk is.'

'Er klopt iets niet dan…' dacht Sofia hardop na. 'De foto's zijn van het hele manuscript toch?'

'Die kan hij daar hebben laten maken. Vanwege dat depot hier zal hij goed bekend zijn geweest in Lyon.'

'En één vel…'

'Eentje heeft hij meegenomen om bij dat instituut in Brussel te laten testen. Maar waarom zo ingewikkeld doen? Zo'n instituut is in Italië toch ook te vinden? Of in Marseille of Lyon?'

'Hij zei dat hij in Brussel iemand kende die nog bij hem in het krijt stond.'

'Ah, ja… Dat stond ook in die brief. Dat zal het zijn geweest.'

'De brief, het vel en het rapport zijn verdwenen.'

Veronica knikte langzaam met het hoofd. 'Maar dan weten we nog niet of hij toen al van plan was om het buiten jouw medeweten te verkopen,' zei Veronica.

Ze keek Sofia met een vorsende blik aan, maar die hield haar ogen strak op de weg gericht.

Of was het niet buiten jouw medeweten?

'Het kan ook,' zei Sofia, die ofwel niets van Veronica's priemende blik had gemerkt ofwel ervoor had gekozen die te negeren, 'dat hij het op die manier wilde veiligstellen. Aanvankelijk dan. En dat hij pas later op het idee is gekomen het te verkopen.'

'Hm.'

We zullen het wel nooit weten.

'Het rare is ook dat de mensen die achter de moord op Pierre zitten het opgegeven lijken te hebben,' zei Veronica. 'Mijn huis is door de politie in de gaten gehouden, maar er heeft zich niets vreemds voorgedaan. Je zou dus denken dat ze hebben wat ze wilden.'

'Of ze wisten dat het een beter idee was om zich even in de schaduw terug te trekken en op een later moment toe te slaan. Het is goed mogelijk dat die moord nooit hun bedoeling is geweest.'

'Dat kan ook.'

'Wat wil je doen?' vroeg Sofia. 'Wil je een kijkje gaan nemen in dat depot in Lyon?'

'Ik weet niet. Wat denk jij?'

Sofia gaf geen antwoord.

'Susanna zei dat Pascal vandaag op en neer naar Lyon moest voor een klus,' zei Veronica. 'Anders bel ik hem even. Dan kunnen we overleggen.'

Net op het moment dat Veronica het nummer van Pascal wilde kiezen, sloeg Sofia de telefoon uit haar handen.

'Niet doen!' riep Sofia.

Veronica moest bukken om de telefoon die tussen haar voeten op de vloer terecht was gekomen, weer op te pakken. 'Wat was dat nou opeens?'

'Niet doen,' zei Sofia alleen maar. En ze drukte het gaspedaal nog eens extra in.

Veronica

Ergens in Frankrijk, 22 juli

Veronica nam zich voor om niet als eerste te gaan praten. Maar ook Sofia zweeg, waardoor het een soort spel leek te zijn geworden waarbij de eerste die sprak, verloor.

Na een minuut of tien ijzige stilte was het Sofia die de stilte verbrak. 'Sorry voor net,' zei Sofia. 'Het was een opwelling, puur op intuïtie gebaseerd, een onderbuikgevoel. Ik heb die Pascal maar twee keer ontmoet, één keer op die kunstbeurs in Milaan en die ene keer in Cassis. Hij maakte op mij een zeer berekenende indruk, ik weet niet hoe ik het anders moet omschrijven. Toen Giacomo onwel werd, meende ik op Pascals gezicht vooral de zorg af te lezen dat hij het schilderij niet zou verkopen. Weet je wat het eerste was dat hij tegen Pierre zei toen Giacomo in een ambulance naar het ziekenhuis was weggevoerd?'

'Nou?'

'Hebben ze een bod uitgebracht?'

'Dat is wel erg, ja.'

'Niet: hoe is het met hem? Zal hij herstellen? Maar: hebben ze een bod uitgebracht?'

'Dat is behoorlijk harteloos,' beaamde Veronica. 'Tegen mij zei hij dat Pierre je gematst had met de prijs.'

'Misschien,' zei Sofia en ze glimlachte.

'Maar dat is toch nog geen reden om te denken dat hij iets met het manuscript te maken heeft?'

'Wie zal het zeggen? Het komt uit de eerste eeuw, het verkeert in perfecte staat, de inhoud ervan is revolutionair… Stel dat Pierre het aan het Marciana heeft aangeboden, zoals ontvoerders losgeld eisen voor iemand die ze hebben ontvoerd. En dat hij dat heeft gedaan met mede-weten van Pascal? Misschien was het wel Pascals idee! Die deal kan hun miljoenen opleveren. Susanna vertelde me dat Pascal wel vaker in een schemergebied opereerde...'

Veronica overdacht Sofia's woorden.

Het is niet ondenkbaar natuurlijk... Wie weet heeft Pascal hem overge-haald, hem een toekomst zonder schulden voorgespiegeld.

'En waar hadden ze dat geld willen laten dan?' vroeg ze.

'Het is en blijft een schimmige wereld, die hele kunsthandel,' zei Sofia. 'Hij koopt er nieuwe kunst voor, betaalt contant en wast het zo wit. Of hij stopt het geld in een Zwitserse kluis. Weet ik veel.'

Dans un coffre suisse...

'En vind je het niet toevallig dat Pascal vandaag naar dat depot gaat?' ging Sofia verder. 'Hij zou Susanna toch bijstaan? Er moet nogal wat worden geregeld, los van de emotionele steun die ze goed kan gebruiken.'

'Hij had een afspraak met een klant?' zei Veronica, maar ook haar be-kroop een zekere twijfel. 'Ja, als je het zo stelt... Hoe belangrijk kan zo'n afspraak zijn dat je hem niet even met een week kunt verzetten?'

Of probeer jij nu heel subtiel de aandacht naar iemand anders te ver-schuiven?

'Je zei net iets over geld in een Zwitserse kluis,' dacht Veronica hardop na.

'Ik zei maar wat.'

Dat is het! 'Wat stom!' riep Veronica uit. 'Natuurlijk.'

Ze leunde voorover om het navigatiesysteem te bedienen. Ze zocht in de geschiedenis.

LEIDEN

GRIMBERGEN

BRUSSEL

LYON

Ze tikte op Lyon, waarna het precieze adres verscheen dat Pierre had opgegeven. Vervolgens gaf ze de opdracht 'Kies deze route'.

'We gaan naar Lyon,' zei Veronica.

Veronica

'Wat jij wilt,' zei Sofia, alsof ze een Uber-chauffeur was die zich had te schikken naar de nukken van haar klant. 'En waarom? Wat denk je daar aan te treffen?'

'Het ligt op onze route,' zei Veronica. 'Met een klein beetje geluk treffen we Pascal daar. Ik denk dat als we een beetje aandringen hij ons wel een kijkje in zijn depot laat nemen.'

'Ik zat maar hardop na te denken, hè? Over Pascal,' zei Sofia, die plots minder zeker van haar zaak leek.

'Weet ik, weet ik. En dat is juist goed. Want weet je wat me triggerde? Dat wat je over die Zwitserse kluis zei. Ik spreek goed Frans, maar ik denk in het Nederlands. Deels bewust en deels onbewust vertaal ik alles wat ik hoor. Toen Pierre bij mij was, heeft hij één keer naar Susanna gebeld. Dat was een heel kort telefoontje. Ik ving er een deel van op en hij zei: "Ik was net nog in Lyon." En toen: *"Je l'ai mis dans le coffre."* Omdat hij het over zijn auto had, vertaalde ik dat in mijn hoofd met "kofferbak", *tronc.* Ik weet nog dat ik het een vreemde opmerking vond, zeker in zo'n kort gesprek. En wat was "het" dan? Maar "coffre" kan natuurlijk ook slaan op een "coffre-forte", een kluis. "Ik was in Lyon en ik heb het in de kluis gedaan" krijgt dan opeens een heel andere betekenis – een die wel logisch lijkt in de gegeven omstandigheden.'

Sofia nam iets gas terug. 'Maar dat zou betekenen dat je zus er toch meer van afweet?'

'Ja,' zei Veronica verslagen. 'Dat zou je dan wel zeggen.'

Veronica

Veronica dacht terug aan het gesprek dat ze in de dagen voorafgaand aan Pierres dood met hem had gehad.

'Mág jij het manuscript eigenlijk wel verkopen?' Ze had hem eindelijk de vraag gesteld die haar al zo lang op de lippen had gebrand. 'Ik bedoel: is het echt van jou of is het van jouw klant? En hebben jullie toestemming? Hebben jullie het recht op verkoop of hoe dat dan ook heet?'

'Het is...' begon hij, zoekend naar zijn woorden.

'Ingewikkeld zeker?'

'Ja, het ligt ingewikkeld,' zei hij en hij zuchtte theatraal om de complexiteit ervan te onderstrepen. 'De verkoop van het manuscript is in de eerste plaats gericht op het veiligstellen ervan.'

'En op het verdienen van geld lijkt me toch?'

'Ja. Ja, natuurlijk,' gaf Pierre onmiddellijk toe. 'Daar wil ik ook niet geheimzinnig over doen, maar het veiligstellen speelt wel degelijk een heel belangrijke rol – misschien wel minstens zo belangrijk. Kijk, mijn cliënt heeft het via via verkregen en op die manier voor de vergetelheid kunnen behoeden. Zij heeft de – ik denk terechte – angst dat het op het punt stond om in de krochten van de Vaticaanse bibliotheek te verdwijnen. De partij met wie ik nu op het punt sta een overeenkomst te sluiten, heeft beloofd dat dat niet zal gebeuren. Dus waar ik mee bezig ben, is in feite één grote reddingsoperatie. En die moet in het geheim plaatsvinden om geen slapende honden wakker te maken. Of de honden die al wakker zijn niet op mijn spoor te brengen.'

'Toch vind ik de hele gang van zaken een beetje vreemd,' zei Veronica.

'Ach, dat valt nog wel mee,' zei Pierre. 'Er zijn in onze wereld nog veel vreemdere verhalen hoor. Heb je die verwikkelingen rond het Evangelie van Judas destijds een beetje gevolgd?'

Vanzelfsprekend had Veronica kennisgenomen van het evangelie en de inhoud ervan. Wat vooral stof had doen opwaaien, was het volstrekt andere beeld van Judas dat erin werd geschetst. In de traditionele evangeliën was Judas de leerling die Jezus aan de autoriteiten had overgeleverd en was hij het archetype van de verrader geworden. Maar in dit evangelie werd het beeld honderdtachtig graden gekanteld: Judas werd voorgesteld als een in alle opzichten positief personage. Hij was het toonbeeld van loyaliteit en juist een rolmodel voor ieder die volgeling van Jezus wilde zijn. Hier kwam Judas naar voren als de belangrijkste vertrouweling en vriend, degene die Jezus beter dan wie ook kende, die Jezus aan de autoriteiten uitleverde omdat Jezus dat aan hem had gevraagd. Veronica had dit best een logisch scenario gevonden, omdat Judas' verraad hoe dan ook van vitaal belang was geweest voor het welslagen van Gods plan. Zonder overlevering geen arrestatie, geen kruisiging en geen opstanding – en geen christendom.

'Ik weet dat het bestaat,' zei Veronica, 'maar niet heel veel meer dan dat.'

Pierre ging er eens goed voor zitten, alsof hij blij was dat hij dit verhaal kon vertellen en zo even de aandacht af kon leiden van de lastige vragen die Veronica hem had gesteld. 'In 1978 werd in een grafspelonk aan de Egyptische Nijl een codex ontdekt,' zei hij. 'Langs een schimmige omweg was de codex in het bezit gekomen van Hannah Airian.'

Veronica opende haar mond, maar sloot die weer zonder iets te zeggen.

'Deze kunsthandelaar had de handschriften, met nog andere kostbare voorwerpen, meegenomen naar zijn appartement in Caïro om het aan een aspirant-koper te laten zien. Die nacht werd er echter bij Hannah ingebroken, waarbij de codex, een gouden halsketting en een gouden beeldje van Isis werden gestolen. Hij wendde al zijn contacten aan om de gestolen spullen terug te vinden. Dit soort zaken doken vaak ergens in het zwarte circuit op – zo ook de codex. Met hulp van een Griekse antiquair wist Hannah een groot gedeelte van de codex terug in handen te krijgen – maar niet alles.'

'De dief wordt bestolen...'

'Nou ja, dief... Hoe dan ook. Deze Hannah ging met de rest de boer op. In mei 1983 ontving hij in een hotelkamer in Genève enkele Amerikaanse wetenschappers, onder wie een expert in oude koptische teksten. De onderzoekers kregen in de halfduistere hotelkamer minder dan een uur de tijd om de documenten, verpakt in drie schoenendozen tussen krantenpapier, te bekijken. Daarna moest er worden onderhandeld. Ze hadden vijftigduizend dollar bij zich voor de aanschaf, maar Hanna vroeg zo'n exorbitant bedrag dat de onderhandelingen stukliepen. Ontmoedigd keerden de wetenschappers huiswaarts.'

'Maar vijftigduizend is niks toch?'

'Nee, inderdaad. En later hebben ze er natuurlijk echt ontzettend veel spijt van gehad dat ze niet gewoon de hoofdprijs hadden betaald. Ze stelden een rapport op waarin ze schreven dat op het moment dat de in leer gebonden codex werd ontdekt, deze waarschijnlijk in goede conditie was geweest, met volledige pagina's en alle vier de marges intact. Maar de codex was zeer slecht behandeld. Toen al. En het zou nog veel erger worden.'

'Ik kan heel slecht tegen zulk soort verhalen,' zei Veronica, die merkte dat ze zich door Pierres verslag liet meeslepen.

'Er was een andere antiekhandelaar in Zürich, en zij had een foto gekregen van een combinatie van twee pagina's. Toen al was er zo hardhandig met de tekst omgesprongen dat er over de hele breedte een diepe vouw was ontstaan, die wel tot een breuk van het broze materiaal moest leiden. Na de mislukte deal in Genève reisde Hannah naar de Verenigde Staten waar hij in 1984 een bankkluis huurde, die hij tot april 2000 aanhield. Iets meer dan zestien jaar lag de codex daar, in buitengewoon ongunstige sferische omstandigheden. Hannah verkocht de codex, maar de Amerikaanse antiquair bleef met zijn betaling in gebreke en de antiekhandelaar moest een procedure opstarten om de codex terug te krijgen. Toen dat eindelijk lukte en deze werd overgedragen, bleek de codex er verschrikkelijk uit te zien.'

'Wat was er gebeurd?'

'Ik krijg altijd buikpijn als ik eraan denk,' zei Pierre, die over zijn buik streek. 'Maar de koper bleek de codex in zijn diepvries te hebben bewaard. Hij dacht dat het dan gemakkelijker zou zijn om de bladzijden van elkaar te scheiden, maar de gevolgen waren natuurlijk rampzalig. De codex was nóg brozer geworden en verbrokkelde bij de minste aanraking, omdat het water uit de vezels was verdampt.'

'En toen?'

'Toch werd de codex opnieuw verkocht, dit keer aan de Maecenas Foundation for Ancient Art in het Zwitserse Basel. Toen een nieuwe expert zich over de codex boog, trof hij, zoals hij het later zei, op de bodem van een kartonnen doos de slordige resten aan van wat twintig jaar daarvoor een nog ongerepte papyruscodex was geweest. Het duurde daarna jaren en het kostte ongelofelijk monnikenwerk om er nog iets van te maken, de samengevoegde papyrusfragmenten samen te voegen en te vertalen. Uiteindelijk werd het karwei geklaard. Maar in de tekst zitten helaas allemaal gaten, létterlijk, en die roepen weer heel veel vragen op. Stel je nou toch eens voor dat die eerste koop gewoon was doorgegaan en ze het toen nog puntgave manuscript hadden kunnen bestuderen...'

Veronica had geknikt.

'Snap je het nu?' had Pierre gevraagd. 'Zo'n soort scenario probeer ik te voorkomen.'

Maar zelf stop je het ook in een kluis.

Veronica

Schuin voor het adres in Lyon dat in het navigatiesysteem was opgeslagen, had Sofia een parkeerplek kunnen vinden. In de straat zaten verscheidene kunsthandels; het was duidelijk dat ze zich in de juiste buurt bevonden.

Sofia en Veronica hadden goed zicht op het gebouw waar op de grote etalages meerdere woorden onder elkaar stonden, in dezelfde witte sierlijke letters. Het derde woord op het rechterraam was zelfs vanaf waar zij zaten goed te lezen:

BROCANTE CASSIS – PASCAL BERGER – SUR RDV

Sur rendez-vous. Op afspraak.

'En nu?' vroeg Sofia op spottende toon. 'Naar binnen gaan en vragen of we zonder de eigenaar erbij even een kijkje in de kluis kunnen nemen?'

Veronica's vastberadenheid was op de weg naar Lyon behoorlijk weggeëbd. De gedachte dat Susanna inderdaad op de een of andere manier van Pierres plannen op de hoogte leek te zijn geweest, zat haar enorm dwars.

Ga ik nu mijn eigen zus in de problemen brengen? In nog grotere problemen dan ze al zit?

Veronica bleef zich verzetten tegen het scenario van een mogelijke betrokkenheid van haar zus. Dit werd deels ook gevoed door het soms vreemde gedrag van Sofia, die wel heel gretig leek om andere mensen verdacht te maken, zoals Pascal.

En Susanna.

'Ik gooi even geld in de parkeermeter,' zei Sofia en ze stapte uit.

Ik heb het in de kluis gedaan… Of bedoelde Pierre tóch: in de kofferbak? Maar wat heeft hij er dan in gedaan?

Niet veel later kwam Sofia terug met een lookalike van Pierres kaartje dat Veronica op het Lyon-spoor had gezet. Ze kwam weer naast Veronica zitten en legde het kaartje goed zichtbaar op het dashboard neer. 'Ik geloof dat de kwestie al voor ons wordt opgelost,' zei Sofia. 'Daar is hij.'

Veronica tuurde door de voorruit en zag inderdaad een man door de glazen deuren naar buiten komen. Op zijn hoofd droeg hij een nette gleufhoed die hem een wat ouwelijk uiterlijk gaf. Hij had alleen een aktetas in zijn hand.

'Dat is hem,' zei Sofia.

'We gaan naar hem toe,' besloot Veronica. Ze opende de deur en had al een voet buiten de auto toen Sofia haar vastgreep.

'Wacht, wacht,' siste die. 'Ik heb een beter idee: ik bel hem.' Sofia pakte haar telefoon. 'Ik zet hem op de luidspreker.'

Veronica trok haar voet naar binnen en deed de deur weer dicht.

Ze zagen hoe Pascal naar zijn binnenzak greep en zijn telefoon pakte.

'Ha, Sofia,' klonk zijn stem door de auto. 'Hoe is het met jou? Met jullie? Susanna vertelde me dat jij en Veronica op weg naar Cassis zijn. Wat fijn.'

'Klopt,' zei Sofia. 'We zijn al een flink eind op weg. Op dit moment staan we bij een pompstation in de buurt van… Villefranche-sur-Saône… Dus dat is niet zo ver van Lyon. Susanna had ons verteld dat je daar vandaag bent. Nu leek het Veronica en mij fijn om jou even te zien en misschien wat te lunchen. Eten moeten we toch. Dan kun je ons ook je winkel laten zien.'

'Ehm,' zei Pascal. Ze zagen hoe hij met zijn vrije hand de rand van zijn hoed vastpakte, alsof hij houvast nodig zocht. 'Dat is jammer. Ik zit alweer in de auto…'

Sofia en Veronica keken elkaar bevreemd aan.

'Ik ben op weg naar Genève,' zei hij. 'Ik moet even op en neer naar een klant die van geen uitstel wilde weten. En de klant is koning zoals je weet. Anderhalf uur rijden, maar ik heb het er graag voor over.'

Veronica gaf met een hoofdgebaar aan Sofia te kennen dat ze ging uitstappen.

'Ach, wat jammer nou,' zei Sofia terwijl zij en Veronica uitstapten.

Samen staken ze de straat over en liepen op de stoep in de richting van Pascal, die net wilde instappen.

'Doen we een ander keertje, goed?' zei hij. 'Lyon is een heerlijke stad hoor. Antoine en ik –'

Ze waren hem nu op enkele meters genaderd.

Verbaasd keek Pascal om zich heen, waarschijnlijk omdat hij zijn eigen stem vlakbij en op versterkte wijze hoorde.

Sofia verbrak de verbinding en stopte de telefoon in haar tas. 'Hallo, Pascal,' zei ze.

Veronica had nog nooit iemand zó snel knalrood zien worden.

Veronica

'Wat is dit voor een raar gedoe?' vroeg Pascal boos. 'Waarom lieg je dat je in Villefranche bent?'

Het verbaasde Veronica hoe snel Pascal zich hervonden had.

Soms is de aanval de beste verdediging.

'En waarom lieg jij dat je op weg naar Genève bent?' vroeg Sofia. 'En waarom word je zo rood? Waar hebben we je op betrapt?'

'Jullie hebben me helemaal nergens op betrapt,' riep Pascal. 'Ik heb hier iets opgehaald en ik ga ook naar Genève voor een klant, maar ik had geen tijd om hier nog op jullie te wachten. Ik wil zo snel mogelijk weer terug naar Cassis.' Hij richtte zijn blik naar Veronica. 'Om jouw zus bij te staan.'

'Dan had je dat toch kunnen zeggen?' zei Sofia. 'Dat je geen tijd had?'

'Dan zouden jullie misschien zeggen: "Wacht nog even, we zijn er zo." Nu was ik zogenaamd al onderweg dus zouden we die discussie niet hebben. Doen jullie nooit zoiets?'

Veronica besefte dat hij gelijk had. Zij had ook meer dan eens een appgesprek afgebroken met de mededeling dat ze moest koken of boodschappen moest doen, terwijl dat niet waar was.

Pascal wilde zich omdraaien, maar Veronica pakte hem bij zijn elleboog.

'Sorry, Pascal,' excuseerde ze zich. 'We hadden het niet zo moeten aanpakken.'

Pascal blies via zijn neus een stoot adem uit als een briesende stier.

'Ik ben je echt heel erg dankbaar voor alles wat je voor Susanna hebt gedaan, en nog steeds doet, echt,' zei ze. 'Het zijn zulke... verwarrende tijden. Sofia is net weduwe geworden, een goede vriend van haar is vermoord, ik ben mijn zwager verloren. We zijn betrokken geraakt in een zaak die we niet goed kunnen overzien. De mensen tegen wie we het opnemen, blijven verborgen achter de schermen.'

'En jij dacht dat ik een van die mensen was?' vroeg hij.

Het was duidelijk dat zijn boosheid nog niet helemaal was verdwenen. *Of is het schaamte en hebben we hem wel degelijk ergens op betrapt?*

'We wisten gewoon niet meer wat we moesten denken.' Sofia bemoeide zich er nu ook weer mee.

Veronica vertelde Pascal wat ze had opgevangen van Pierres telefoongesprek met Susanna. En hoe ze die informatie had gecombineerd met het feit dat hij – ondanks de drukte rond Pierres begrafenis – toch naar Lyon was afgereisd.

Pascal was inmiddels iets rustiger geworden. 'Zullen we anders even naar binnen gaan?' stelde hij voor, terwijl hij nadrukkelijk op zijn horloge keek. 'Het komt ook weer niet op een kwartiertje aan.'

Hij ging hun voor en ze kwamen uit in een lange hal, met grote, perfect schoongeboende terracottakleurige tegels. Aan weerszijden boden de glazen puien zicht op de winkels die erachter zaten. Ze passeerden verschillende deuren die uitnodigend openstonden. Bij de laatste gingen ze naar binnen.

'Je laat dit zo open?' vroeg Veronica verbaasd.

'Nee, mijn plek zit hier nog achter,' antwoordde Pascal.

Al lopend groette hij in de winkel een paar mensen, onderwijl met zijn rechterhand in de zak van zijn colbert met een sleutelbos spelend. Het gerinkel van de sleutels was goed te horen. Aan het einde van de zaak, die veel groter was dan Veronica aanvankelijk had ingeschat, zat een massief ogende deur met een op een pinapparaat gelijkend kastje erop.

Discreet keken Sofia en Veronica de andere kant op toen Pascal de toegangscode intoetste. Met een droge klik sprong de deur van het slot. Zodra hij de deur had geopend, sprongen flikkerend de tl-buizen aan. In de ruimte, zo groot als twee klaslokalen, heerste een aangenaam koele temperatuur – zeker in vergelijking met de hitte van de straat waar ze net vandaan waren gekomen. Diverse stellingkasten stonden met de korte kant tegen de muur, waardoor er een breed middenpad was ontstaan met enkele zijpaden.

Veronica zag vooral veel schilderijen, maar ook grotere en kleinere beelden, meubilair, kandelaars, wereldbollen en lampen.

'Ik ga eerlijk tegen jullie zijn,' zei Pascal, die midden in de ruimte halt had gehouden.

'Nu wel?' vroeg Sofia.

'Nu wel,' antwoordde Pascal rustig, niet in het minst beledigd door Sofia's opmerking, zo leek het. 'Ik ga naar Genève, dat is waar. Maar het was niet de enige reden waarom ik hier was. Net als jullie, neem ik aan, was ook ik op de gedachte gekomen dat Pierre het manuscript misschien wel hier in de kluis had achtergelaten.'

Hij liep naar de verste hoek waar inderdaad een grote kluis stond ter grootte van een Amerikaans model koelkast.

'En?' vroeg Veronica.

'Het lag er niet.'

Veronica

Lyon, 22 juli

'Niet?' vroeg Veronica teleurgesteld. 'Maar Pierre had gezegd dat hij "het" in de kluis had gestopt.'

Pascal ging op zijn hurken zitten. 'Jullie mogen best een kijkje nemen hoor,' zei hij.

Hij draaide de grote ronde schijf een paar keer naar links en naar rechts en opende de dikke deur. 'De kluis is niet léég, maar er zit niets in waarvan ik niet op de hoogte was.'

Voor de vorm bukte Veronica om een blik in de kluis te werpen. Er lagen wat platte doosjes zoals je ook wel bij juweliers ziet, een paar stapeltjes euro's en dollars en een stapel grote gele akte-enveloppen.

'In die doosjes zitten sieraden,' legde Pascal uit terwijl hij laag bij de grond bleef zitten. 'Op mijn website staan goede foto's ervan. Er is wat geld zoals je ziet. En verder vooral eigendomspapieren en certificaten van dingen die ik heb aangekocht.'

Veronica ging weer rechtop staan.

Pascal pakte een envelop. 'Je mag erin kijken hoor,' zei hij en hij wikkelde het touwtje los waarmee het dichtgebonden was.

Veronica pakte de envelop aan en trok voorzichtig de inhoud eruit.

Geen papyrus.

'Voel je vrij om ze allemaal te inspecteren. Ik heb geen geheimen voor jullie.'

'Nee, dat hoeft niet,' zei Veronica. 'Ik geloof je.'

'Ik geloof je ook,' zei Sofia. 'Al begrijp ik nog niet waarom je zo geheimzinnig deed toen we je belden.'

'En je bent hier de afgelopen weken niet meer geweest?' vroeg Veronica, terwijl ze Pascal de envelop aangaf.

Pascal pakte de envelop van haar aan, wikkelde het touwtje weer zoals het had gezeten en legde het terug in de kluis.

Probeert hij nu tijd te winnen? schoot het door Veronica heen.

'Nee,' zei Pascal. 'De maanden juni, juli en augustus zijn echt de vakantiemaanden en dan is het in Cassis zelf altijd wat drukker met toeristen. In deze tijd ben ik zelden of nooit hier.'

'Dus Pierre had dat risico kunnen nemen,' zei Veronica.

'Als hij het hier wilde achterlaten... Ja,' zei Pascal. 'Hij wist dat de kans zo goed als nihil was dat ik het zou vinden.'

'En alleen jullie hebben toegang tot dit depot?' vroeg Veronica opeens.

'Ja,' zei Pascal. 'De eigenaar van het gebouw heeft natuurlijk een sleutel van alle ruimtes, voor noodgevallen. Dat is logisch.'

'Dus jij en Pierre hebben toegang?'

'Mijn man Antoine ook natuurlijk en...' Hij stopte met praten alsof iemand met veel autoriteit hem het zwijgen had opgelegd.

'En wie?' vroeg Veronica, gealarmeerd.

'Susanna.'

Veronica

'Zalig zijn de onwetenden,' had Jezus in de beroemde Bergrede gesproken.

Die woorden resoneerden in Veronica's hoofd.

Wat heb ik me op de hals gehaald? vroeg ze zich af. *Waarom heb ik het allemaal niet gewoon laten rusten?*

Van nature was Veronica er een voorstander van om kennis te vergaren en dingen te onderzoeken, maar soms was onwetendheid ook wel een zegen.

'Maar Antoine zou toch nooit zonder jouw medeweten iets uit deze kluis halen?' vroeg Sofia scherp.

'Nee, nee, natuurlijk niet,' antwoordde Pascal. 'Hij komt hier alleen als ik hem vraag iets voor me op te halen.'

'En Susanna?' vroeg Sofia.

'Zij heeft ook een sleutel, hetzelfde verhaal als bij Antoine en mij, maar... Nee. Zij is de afgelopen tijd toch ook helemaal niet in de gelegenheid geweest om hierheen te rijden?'

Veronica merkte dat die laatste opmerking haar toch wel geruststelde.

Het is ook een belachelijke gedachte dat Susanna er ook maar iets mee te maken zou kunnen hebben.

'Maar op zich...' zei Sofia. 'Zolang we niet weten wat Pierre bedoelde met "Ik heb het in de kluis gedaan" kunnen we feitelijk geen conclusies trekken. En misschien bedoelde hij toch gewoon "kofferbak", zoals Veronica aanvankelijk dacht. We weten nog helemaal niets.'

'Kun je nagaan op welke momenten de deur naar het depot wordt geopend?' vroeg Veronica, die blij was met Sofia's relativering, die ze als steun ervaarde.

'Goeie,' zei Pascal. 'Ja, dat wordt geregistreerd. Stom dat ik daar zelf niet aan heb gedacht.' Hij sloeg met zijn hand tegen zijn voorhoofd, maar omdat hij dit pas deed nadat hij die woorden had gesproken, kwam het wat theatraal over – als een acteur die besefte dat hij een ingestudeerde beweging was vergeten en die alsnog maakte. 'Sinds vorig jaar heeft het bedrijf zelfs een app,' zei Pascal. Hij pakte zijn telefoon. 'Als je inlogt, krijg je een overzicht.'

Gespannen keek Veronica toe hoe Pascal wat toetsen indrukte.

Een frons trok over Pascals voorhoofd. 'Even kijken...' zei hij. 'Dit is vandaag, dus dat ben ik geweest. Twee keer natuurlijk, eerst alleen en nu met jullie. Daarvoor... Dat was op 8 juli, veertien dagen geleden. En dáár weer voor op 7 juli... Dat moet Pierre dus zijn geweest. Dus tussen vandaag en het bezoek van Pierre is er inderdaad iemand hier geweest, meteen de dag erna... En ik weet dat ik dat niet ben geweest – en ik neem aan ook Antoine niet. Dan blijft –'

'Alleen Susanna over,' zei Veronica en ze voelde de onrust weer toenemen. 'We kunnen de beelden van de beveiligingscamera's in de winkel bekijken?'

'Dat kunnen we doen,' zei Pascal.

'Vaak worden die beelden na een tijdje gewist toch?' vroeg Sofia. 'Zeker als er niets vreemds is voorgevallen?'

Vraag je dat gewoon? Of hoop je dat?

'Ik weet niet wat het beleid is,' zei Pascal. 'Ik ga het meteen even vragen.' Hij sloot de deur van de kluis en liep terug naar de uitgang.

'Zullen wij dan doorrijden naar Cassis?' stelde Sofia voor. 'Dan kan Pascal op zijn gemak die beelden bekijken. Het is een lange dag geweest en ik verlang ernaar om even tot rust te komen. Voor Susanna zal het ook fijn zijn jou weer te zien.'

'Ja, dat is een goed idee,' viel Pascal haar bij. 'Mocht er iets te zien zijn, dan laat ik het jullie onmiddellijk weten.'

Veronica registreerde het snelle een-tweetje tussen Pascal en Sofia, maar werd het ook een beetje zat dat ze iedereen verdacht vond.

Ja, het is fijn voor Susanna als ze mij weer ziet en ik vind het ook fijn haar te zien. En het is zinloos om met zijn drieën naar beveiligingsbeelden

te zitten staren als één persoon dat ook kan doen. Het is een lange dag ge-
weest en het zal ook fijn zijn even tot rust te komen. Maar toch...

Nadat ze afscheid hadden genomen van Pascal en weer in de auto waren
gestapt, besefte Veronica dat er feitelijk nog helemaal niets was opgelost
en dat zelfs alle opties nog openlagen.

Pierre kan alleen hebben gehandeld en weet-ik-veel-wat in een kluis of
kofferbak hebben gestopt. Pierre en Susanna kunnen ook samen het plan
hebben opgevat om het manuscript te verkopen. Wie weet heeft Sofia haar
goedkeuring aan de verkoop gegeven. En waarom zouden ze met zijn drie-
en niet ook Pascal in de hele operatie hebben betrokken? En Antoine? Dan
ben ik de enige in dit hele drama die niet op de hoogte is, een onwetende
figurant.

Zonder na te denken was Veronica op de bijrijdersstoel gaan zitten,
hoewel het haar beurt was geweest om te rijden.

'We zijn niets opgeschoten.' Sofia leek Veronica's gedachten te raden
toen ze Lyon uit reden. 'We vertrouwen Pascal, maar voor hetzelfde geld
heeft hij het manuscript wel degelijk uit de kluis gehaald voordat wij
kwamen. Of werkte hij samen met Pierre. En met Susanna? En wist hij
straks de beelden als hij daar zelf op blijkt te staan. Of als Susanna daarop
staat.'

'Het was toch jouw idee om hem alleen naar die beelden te laten kijken?' vroeg Veronica geïrriteerd.

'Dat is waar,' zei Sofia. 'Dat was achteraf misschien niet zo'n heel erg
goed idee.'

'Ik vind het inmiddels ook een beetje raar worden dat jij alles en iedereen beschuldigt en verdacht maakt,' zei Veronica. 'Wie zegt me dat
jij en Pierre niet samen onder één hoedje speelden? Of jullie samen met
Pascal, én met Susanna? Dan is dat voorstel om hem alleen die beelden
te laten bekijken plots wel goed te begrijpen.'

'Pardon!' riep Sofia uit. 'Denk je er zó over? In dat geval parkeer ik op
de eerste de beste plek waar het kan. Dan kom ik zelf wel thuis. Ik huur
een auto, neem de trein of wat dan ook. Maar dit hoef ik niet te pikken!'
Bij ieder woord van de laatste zin sloeg ze met haar rechtervuist op het

stuur. De auto zwenkte naar rechts en een raspend geluid klonk door tot de auto.

'Rustig maar!' riep Veronica terug. 'Concentreer je op de weg. Je rijdt half op de vluchtstrook.'

'Ik wil dat je je woorden terugneemt,' zei Sofia. 'Ik hoef dit allemaal niet te doen, *dannazione*.'

Aan de scheldwoorden hoor je wat iemands moedertaal is.

'Ik had ook fijn naar Aix kunnen gaan,' ging Sofia verder. 'En echt tot rust kunnen komen. Maar ik voelde verantwoordelijkheid voor je zus en ik ben nota bene helemaal meegegaan naar Nederland. Denk je dat ik daar per se zin in had? Maar ik dacht ook: de afleiding zal me goeddoen. En ik dacht er nog twee vriendinnen aan over te hebben gehouden ook.'

Sofia was vuurrood geworden.

'Sorry,' zei Veronica. Ze strekte haar hand naar haar uit, maar liet die in de lucht zweven. 'Ik weet gewoon ook niet meer wat ik moet denken,' vervolgde ze op rustige toon. 'Ik ben echt in de war door de gedachte dat mijn zus hier iets mee te maken zou kunnen hebben. Het is zoals je zegt: we zijn niets opgeschoten.'

'Dus je dacht: ik verleg de verdenking naar iemand anders?'

'Nee,' zei Veronica. 'Ik zat hardop te denken, want het was me opgevallen dat jij nu al een paar keer over Pascal was begonnen, en over mijn zus. Maar als je alle scenario's openhoudt, kun je er net zo goed zelf bij betrokken zijn toch? Zo'n gekke gedachte is dat nou toch ook weer niet?'

Sofia zweeg een tijdje, de lippen op elkaar geperst. 'De gedachte is misschien niet zo gek,' zei ze uiteindelijk. 'Maar dat je het uitspreekt. Wat schiet je daar in hemelsnaam mee op? Dacht je dat ik, als ik erbij was betrokken, zou zeggen: "Wow, Veronica, je hebt ons door! We zijn iedereen te slim af geweest: de politie in Bologna, in Frankrijk, België en Nederland, Interpol, moordenaars en criminelen, alles en iedereen, maar we hadden buiten jou gerekend?"'

Veronica lachte, maar het was meer een lach uit onhandigheid en schaamte dan iets anders. 'Sorry,' zei Veronica. 'Je hebt gelijk, ik had het niet moeten zeggen. Ik neem mijn woorden terug.'

Sofia haalde diep adem en blies de lucht weer uit door haar neus.

'Goed dan,' zei ze. 'Maar niet meer van zulke rare dingen zeggen hoor. Of denken. Het deed me echt pijn dat je dat zei.'

'Nogmaals: sorry.'

'Oké, het is klaar.'

Veronica's telefoon ging.

Pascal.

Veronica zette hem op de luidspreker. 'En?' vroeg ze direct nadat ze had opgenomen.

'Ik heb de beelden van die dag bekeken,' zei Pascal.

'Heb je iemand kunnen zien?'

'Ja,' zei Pascal, twijfelend als iemand die niet weet hoe hij een slecht-nieuwsgesprek moet aanpakken.

'Nou? Ga je het ons nog vertellen?'

'Het spijt me, Veronica,' zei hij toen eindelijk. 'Ik zag Susanna.'

Bondini

Luigi nam contact op via het beveiligde videobelprogramma Jami dat ze gewoon waren te gebruiken. Toen Bondini op het schermpje van zijn telefoon zag dat hij het was die belde, was zijn eerste impuls om hem weg te drukken. Hij besefte echter dat hij het zich op dit moment niet kon veroorloven om bondgenoten tegen zich in het harnas te jagen.

'Nieuwe ontwikkelingen!' riep Luigi onmiddellijk uit zodra hij in beeld was. 'Er wordt een moment van overdracht vastgesteld.'

'Wát?' Bondini riep nu ook. 'Wie? Wat? Waar? Wanneer?'

'Dat is nog niet bekend,' zei Luigi, iets rustiger nu. 'Barbarigo is bezig met de financiën. Het toesturen van die eerste pagina, het onderzoeksrapport en de foto's meer dan een week geleden bleek te zijn bedoeld om te laten zien dat het de verkoper menens was. Nu laten Barbarigo en de directeur in het diepste geheim zes miljoen euro overmaken naar een rekening. Het is een sprong in het diepe, werkelijk...'

'Zonder enige garantie?'

'Zonder enige garantie, ja,' zei Luigi. 'Barbarigo heeft de pagina gelezen en is overtuigd geraakt van de fenomenale waarde van de codex, zowel voor het christendom als voor de bibliotheek. Als hij er de hand op heeft weten te leggen, wil hij het brengen alsof hij het eigenhandig heeft ontdekt. Daarmee zou hij zijn carrière op fabelachtige wijze afsluiten. Misschien gaat het werk zijn naam wel dragen, zoals dat vaker met codices gaat. Dan verwerft hij letterlijk eeuwige roem.'

'En dat geld?' vroeg Bondini.

'Komt uit een min of meer geheim fonds. De directeur kan daar vrij over beschikken. Hij hoeft zijn uitgaven pas achteraf te verantwoorden, maar als men ziet hoe spectaculair zijn aankoop is geweest, zal er binnen het Marciana echt niemand zijn die hem het vuur na aan de schenen zal leggen.'

'Mijn hemel... En nu?'

'Zodra het geld is overgemaakt, krijgt hij precieze instructies,' zei Luigi. 'De verkoper heeft laten weten op een bepaalde tijd en plaats een envelop te overhandigen met daarin de code van een kluis.'

'En Barbarigo? Vertrouwt hij jou nog altijd?'

'Siamo due fratelli separati alla nascita...' Wij zijn als twee broers die na de geboorte van elkaar gescheiden zijn...

'Dus jij...'

'Hij vertelt mij precies waar en wie,' stelde Luigi hem gerust. 'Want hij wil dat ik erheen ga om die envelop in ontvangst te nemen.'

'En dat, mio amico, is het beste nieuws dat ik in lange tijd heb gehoord.'

De Magdalenacodex

III

[Voor ingewijden]

De Heer sprak vaak met ons, zijn leerlingen, als we ergens samen waren. Sommige van zijn leringen zijn, zoals je weet geliefde broeder Philokrater, opgetekend door mijn broer Juda. Ook anderen, onder wie broeder Levi, schreven uitspraken van hem op. Ze helpen ons nog steeds om inzicht in de wereld en in onszelf te krijgen. Want, zoals de Heer ooit zei: 'Geef het kwade geen kans, want wie zondigt is een slaaf van de zonde. Laat de zon niet ondergaan over je boosheid. Ga op zoek naar de grote dingen en de kleine zullen je worden toegevoegd. Ook dat kleine is waardevol. Wie in het allerkleinste trouw is, zal ook in het grote en vele trouw zijn.'

De Heer voorvoelde dat hij niet lang meer onder ons zou zijn en hij bereidde ons voor op onze taak om het evangelie uit te dragen aan wie het horen wilde. Sommige woorden herinner ik me na al die jaren nog zeer levendig: 'Heb je broeder lief als je eigen ziel, bescherm hem als de appel van je oog. Want nooit zullen jullie gelukkig zijn als je niet vol liefde naar je broeder kijkt.'

[Het Koninkrijk]

De profeet van de Waarheid, onze Heer, sprak vaak over het Koninkrijk. Zowel in het openbaar als met ons, zijn leerlingen. Sommige buitenstaanders dachten dat hij daarmee een aards koningschap bedoelde. Ze waren blij, want een eigen koning zou ons verlossen van het Romeinse juk. Maar de Heer had het over een innerlijk Koninkrijk. Een

Koninkrijk dat er al is, maar meestal niet gekend wordt, aanvankelijk zelfs niet door ons, zijn eigen leerlingen. Een Koninkrijk dat je alleen kunt betreden als je wedergeboren wordt; niet in het lichaam, maar in de Geest. Broeder Jezus gebruikte daar vaak het beeld van 'het kind' voor. Kinderen zijn nog puur en staan open voor mysterie. Zij gaan nog niet gebukt onder scepsis, bitterheid, wraakzucht, arrogantie en ge- wichtigdoenerij. Want om het Koninkrijk te kunnen ervaren moeten al deze 'mantels' worden afgelegd. Tot ons zei Jezus eens: 'Pas als je de dualiteit en de tegenstellingen in jezelf hebt leren kennen, en deze met elkaar hebt verbonden tot een lichtend inzicht, dan zul je het Ko- ninkrijk ervaren. Het Koninkrijk is een innerlijke zaak, het is in je en het groeit in je!'

In een intiem gesprek met enkelen van zijn zeer dierbaren, onder wie mijn broeder Juda en zijn geliefde Mariamme, ging hij daarop door: 'Als iemand niet begrijpt waar de wind die blaast vandaan komt, zal hij erin meelopen. Als iemand de wortel van alle dingen niet kent, zullen ze verborgen blijven. Als je de wortel van het slechte niet leert kennen, kun je er ook geen vreemde voor worden.'

Door de vrijmoedige manier van spreken had onze geliefde Heer veel vijanden. Vooral de scherpslijpers onder de schriftgeleerden veroor- deelden hem met harde woorden en verweten hem ontrouw aan de Wet, of zelfs openlijke overtreding daarvan. Maar Jezus retourneerde hun woorden bijna altijd met zijn grote kennis, niet alleen over wat geschreven is, maar vooral wat de Onuitsprekelijke daarmee wilde uit- drukken. Hij was een ware profeet, die de bedoelingen van de Vader uitlegde aan eenieder die daarover met hem in gesprek kwam.

DEEL VII

VERONICA – SUSANNA

Veronica

Veronica meende in Sofia's blik iets triomfantelijks waar te nemen, nadat ze de verbinding met Pascal had verbroken. Ze vond het zowel onuitstaanbaar als ongepast, maar ze besloot het verder niet op de spits te drijven.

Alles goed en wel, dacht ze. *Je kunt boos worden, je kunt gaan huilen, je kunt dreigen uit de auto te stappen, maar uiteindelijk ben ook jij nog altijd niet vrijgepleit. En Susanna's betrokkenheid staat ook niet vast. We weten feitelijk niet eens of Pascal haar echt heeft gezien. En als ze wel op de beelden staat, dan kan ze net zo goed iets anders hebben opgehaald.*

Haar eerste opwelling was om haar zus direct te bellen om haar om opheldering te vragen. Het gesprek zou echter al lastig genoeg zijn, dus ze wilde dat liever face to face doen.

In haar mailbox zag ze dat Alwina inmiddels het derde deel van haar vertaling had opgestuurd. Ze opende de bijlage.

In de eerste twee delen stonden veel dingen die overeenkwamen met het reeds bestaande beeld van Jezus, inclusief verhalen die ook 'gewoon' in de Bijbelse evangeliën stonden. Maar daarnaast waren er ook zaken die binnen het christendom een onvoorstelbare schokgolf zouden veroorzaken. Zo ontzettend veel zou op zijn kop worden gezet, dat Veronica zich goed kon voorstellen dat er partijen waren die dit liever onder de pet hielden.

De briefschrijver Simon schreef gewoon over 'onze vader' Jozef waarmee iedere twijfel over wie Jezus' vader was werd weggenomen. Hij vertelde over het huwelijk en het zoontje Juda en de belangrijke rol van Maria Magdalena.

'Wie of wat kan hier nou iets tegen hebben, zou je denken?' had ze tegen Sofia gezegd toen ze erover hadden gediscussieerd. 'Het algemene beeld dat uit de tekst naar voren komt, is dat van een heel menselijke, heel aardse Jezus, een goed mens die over een enorme wijsheid beschikte.'

'Vergis je niet,' had Sofia tegengeworpen. 'De kerk is al eeuwenlang gegrondvest op bepaalde dogma's zoals de maagdelijkheid van Maria, de goddelijkheid van Jezus, het ongetrouwd zijn van Jezus... Als deze fundamenten weg zouden vallen, zou het hele gebouw instorten.'

Tijdens hun discussie had Veronica er nog een ander apocrief evangelie bij gehaald: het Evangelie van Filippus. Twee passages verwezen rechtstreeks naar Maria Magdalena en haar nauwe relatie met Jezus.

'"Er waren er drie die altijd met de Heer wandelden,"' had Veronica er toen uit voorgelezen. '"Maria, zijn moeder en zijn zus, en Magdalena, degene die zijn metgezellin werd genoemd. Zijn zus en zijn moeder en zijn metgezel waren elk een Maria."' Het Griekse woord *koinonos* werd gebruikt, een woord waarmee in de Bijbel naar een echtgenote werd verwezen.

In dit derde deel van Alwina's vertaling stond een stuk over het Koninkrijk, hetgeen ook weer een groot raadsel leek op te lossen. Een van de pijnlijke kwesties voor christenen was dat een van Jezus' belangrijkste voorspellingen nooit was uitgekomen. Hij had gezegd dat zijn beloftes over het Koninkrijk van God binnen één generatie werkelijkheid zou worden. Toen twee, drie generaties later iedereen dood was die Jezus nog had meegemaakt en het Koninkrijk nog steeds niet was aangebroken, zaten zijn volgelingen met een groot probleem. Onder theologen bestond de consensus dat op dat moment werd besloten dat Jezus dit Koninkrijk nooit letterlijk had bedoeld, maar figuurlijk.

Maar uit dit stuk bleek dat Jezus het Koninkrijk vanaf het allereerste begin geestelijk had bedoeld. Het was hem nooit om het omverwerpen van de Romeinen om vervolgens een aards rijk te stichten te doen geweest.

Veronica was erg onder de indruk van Alwina's vertaling. Om in zo'n korte tijd een zo soepele tekst tevoorschijn te toveren... En dan ook nog in het Nederlands, niet eens haar moedertaal.

Het wonderlijke was dat de Magdalenacodex op veel essentiële punten eerder de alternatieve evangeliën leek te onderbouwen dan de evangeliën die in de Bijbel waren terechtgekomen.

Zo las Veronica ook dat als je de dualiteit en de tegenstellingen in jezelf hebt leren kennen, je het Koninkrijk zult ervaren. 'Het Koninkrijk is een innerlijke zaak, het is in je en het groeit in je!' Dit waren tot haar verbazing leringen die bijna letterlijk ook in buiten-Bijbelse teksten voorkwamen.

Nog los van de bijna boeddhistische strekking van de boodschap: het overkómen van de dualiteit...

Veronica stopte haar telefoon weg en vertelde Sofia over wat ze zojuist had gelezen. Daarna stelde ze voor om het stuur over te nemen bij het eerste het beste tankstation dat ze tegenkwamen.

'Dat zou ik wel fijn vinden,' zei Sofia. 'Ik begin toch wat vermoeid te raken.'

'Nog een uurtje en dan zijn we er.'

'Zie je erg op tegen de confrontatie met je zus?'

'Ja, toch wel,' zei Veronica.

'Als je wilt, kan ik het gesprek met haar aangaan,' bood Sofia aan.

'Nee, dat hoeft niet, maar bedankt,' sloeg Veronica het aanbod af. 'Ergens geloof ik nog steeds dat ze straks een perfect logische verklaring kan geven voor haar aanwezigheid in het depot nadat Pierre haar had gebeld.'

Sofia keek haar even aan en fronste haar wenkbrauwen. 'Ik help het je geloven,' zei ze.

Veronica

Veronica en Sofia waren rechtstreeks doorgereden naar Pascal en Antoine. Hun huis was ingericht zoals je zou verwachten van twee kunst-
liefhebbers, van wie de een in antiquiteiten handelde en de ander
interieurontwerper was. Op de grond lagen enkele kleurrijke, geknoopte
Perzische tapijten en verder waren er veel kunstig gesneden eikenhouten
meubelen, antiek ogende fauteuils en schilderijen, beeldjes, een wereld-
bol – alles subtiel belicht door frivool vormgegeven lampen. Boven de
enorme eettafel hing een goudkleurige kroonluchter waar echte kaarsen
in staken. Veronica vond het iets weg hebben van een winkel waarin gewoond werd.

In de huiskamer was Susanna haar zus direct om de hals gevallen. Het
werd haar allemaal te veel, had ze gezegd: het overlijden van haar man,
de overval thuis, de reis naar Nederland... En nu moest ze ook nog van
alles rond de begrafenis van Pierre regelen. Veronica had het niet over
haar hart kunnen verkrijgen om Susanna direct te confronteren met het
feit dat Pascal haar op de bewakingsbeelden in Lyon had gezien.

Ze waren gedrieën naar het huis van Susanna gegaan en hadden al snel
hun bedden opgezocht. Maar de volgende dag, bij het ontbijt, besefte
Veronica dat er voor iets dergelijks nooit een goed moment zou komen.
Ze besloot maar door de zure appel heen te bijten en vertelde haar wat ze
van Pascal had gehoord.

'De vraag komt dus hierop neer,' zei Veronica. 'Wat deed je in Lyon? In
het depot?'

'Wat ik daar deed?' vroeg Susanna verbaasd.

'Ja, precies,' zei Veronica. 'Wat je daar deed. Zoals ik al zei: Pascal heeft de beveiligingsbeelden bekeken en hij zag jou.'

'En jullie hebben mij ook gezien?' vroeg Susanna, bij wie verbazing, woede en ongeloof om voorrang leken te strijden.

'Nee, wij niet,' zei Sofia. 'Wij waren al onderweg, maar Pascal belde om ons te vertellen wat hij had gezien.'

'En je gelooft hem?' vroeg Susanna aan Veronica, waarbij ze Sofia negeerde.

'Waarom geef je niet gewoon antwoord op de vraag?' hield Sofia aan.

'O, ik kan de vraag heel eenvoudig beantwoorden hoor,' zei Susanna. 'Dat is het probleem helemaal niet. Ik verbaas me er alleen over dat mijn zus onmiddellijk meegaat in Pascals verhaal over camerabeelden terwijl ze die zelf niet heeft gezien. Dat is het enige.'

'Maar was je er?' vroeg Veronica. 'Zelf denk ik dat je een perfect eenvoudige verklaring hebt als je er was.'

'Ja, ik was er,' zei Susanna. 'Zo. Mysterie opgelost. Verder nog vragen?'

'Ja, natuurlijk,' zeiden Sofia en Veronica bijna in koor.

'Waarom reed je driehonderdvijftig kilometer naar Lyon?' wilde Sofia weten. 'En weer terug? Wat was er zo dringend dat niet kon wachten?'

'En?' vroeg Veronica. 'Met welke auto? Of hadden jij en Pierre twee auto's?'

'Nee,' zei Susanna. 'Ik had er een van mijn buurvrouw geleend, een goede vriendin.'

In de open keuken waar Veronica, Sofia en Susanna stonden, daalde een stilte neer als een dikke mist.

'Goed dan,' zei Susanna na een poosje. 'Ik ben niet helemaal eerlijk geweest.'

Veronica

'Niet helemaal eerlijk?' vroeg Veronica, die voelde hoe het bloed uit haar gezicht wegtrok.

'Je weet dat Pierre en ik de laatste jaren financiële problemen hadden,' begon Susanna. 'We hadden haast om weg te komen uit België en verkochten de zaak met verlies, je weet er alles van: de nieuwe zaak hier in Cassis, de hypotheek die plots niet meer paste bij het inkomen dat we dachten te hebben.'

Veronica knikte.

'Toen Pierre op de beurs in Milaan was, had ik een gesprek met de bank,' ging Susanna verder. 'Een herevaluatie van onze situatie, zoals ze het dan netjes noemen.' Ze lachte schamper. 'Het was nog een heel gedoe om alle papieren bij elkaar te krijgen: een overzicht van de schulden, de originele salarisstrookjes van jaren terug, een inventaris van onze bezittingen compleet met de originele aankoopbewijzen, afschriften van bankrekeningen elders, enzovoort. De dag nadat Pierre opnieuw naar Italië vertrok, hadden we een vervolgafspraak staan. Maar hij moest en zou naar Bologna, om de begrafenis bij te wonen van een man die hij nog geen tien minuten had gezien.'

Ze keek nadrukkelijk de kant van Sofia op.

Sofia slikte zichtbaar. 'Je weet dat er tussen ons niets –'

'Nee, nee,' zei Susanna snel. 'Dat geloof ik wel. Ik bedoel: ik geloof je. Toen had ik natuurlijk mijn bedenkingen, maar nu ik je heb leren kennen... Jij lijkt me niet het type om met de man van iemand anders aan te pappen, terwijl je eigen man nog niet eens begraven is.'

'Inderdaad.'

'Hoe dan ook...' Susanna wilde verdergaan.

'Ik begrijp het,' zei Veronica toen. 'Ik keur het niet goed, maar ik kan me voorstellen dat jij dacht – of dat jullie dachten – dat de verkoop van het manuscript jullie in één klap uit de zorgen zou helpen. Als je in zo'n situatie zit als waarin jij zat, waarin júllie zaten, dan begrijp ik volkomen –'

'Het manuscript verkopen?' zei Susanna geschrokken. 'Waar heb je het over?'

'Wat bedoelde je dan?' vroeg Veronica.

'Door alle stress had ik die map met alle papieren erin in onze auto laten liggen,' riep Susanna uit. 'Je dacht toch niet dat ik naar Lyon was gegaan om een manuscript te stelen?'

'Maar ik...' stamelde Veronica.

Is het zo simpel?

Ze herpakte zich. 'Toen Pierre bij mij was, belde hij één keer met je en toen hoorde ik hem zeggen: "Ik heb het in de *coffre* gedaan."'

'De map, ja,' zei Susanna, die oprecht verbaasd leek. 'Hij had de map in de auto gevonden. En die had hij in de kluis gelegd... En omdat ik die map niet had, had ik de afspraak bij de bank verplaatst. En de bank begon ongeduldig te worden.'

'En aangetekend versturen?' opperde Sofia. 'Was dat geen optie?'

'Pierre had enorme haast om – naar nu is gebleken – in Brussel te komen,' zei Susanna. 'Bij het depot langsgaan, de map in de kluis stoppen en weer doorrijden, vond hij wellicht sneller en handiger. In het verleden is er meer dan eens iets misgegaan met het versturen van spullen – zelfs met aangetekende. En dit waren allemaal originele papieren, die we nodig hadden en die onvervangbaar waren.'

'Dat is het?' vroeg Veronica, die een enorme opluchting voelde.

'Dat is het,' antwoordde Susanna. 'Zo simpel is het. Ik ben erheen gereden, heb de map opgehaald en ben weer teruggegaan. De afspraak bij de bank verliep nog altijd moeizaam, maar we leken een paar stappen in de goede richting te hebben gezet. Totdat jij belde. Toen werden de gemaakte afspraken door de bank in de ijskast gezet en waren we weer terug bij af. Was ik weer terug bij af.'

'Totdat ik belde?'

'Ja,' zei Susanna. 'En me vertelde dat Pierre dood was.'

Veronica

De kwestie waar het originele manuscript zich nu bevond, was nog altijd niet opgehelderd, maar dat kon Veronica inmiddels al niet meer zo ontzettend veel schelen. Ze was vooral blij dat Susanna wat haar betreft was vrijgepleit van elke betrokkenheid bij Pierres voornemen om het te verkopen.

Doordat ze beschikten over goede foto's en een fantastische vertaling wisten ze wat erin stond. Veronica twijfelde er niet aan dat conservatiever groepen onmiddellijk de authenticiteit van het document ter discussie zouden stellen, maar zelf was ze ervan overtuigd dat het echt was. En de inhoud ervan had ze als troostend ervaren – nog los van het feit dat het veel zaken bevestigde die ze al heel lang vermoedde, zoals het huwelijk tussen Jezus en Maria van Magdala, en Maria's belangrijke rol binnen de groep van zijn eerste volgelingen.

Veronica had Pascal gebeld om hem op de hoogte te brengen van wat Susanna had gezegd en ook hij leek deze verklaring acceptabel te vinden.

Ze besefte dat de situatie ondanks alle nieuwe informatie feitelijk onveranderd bleef. Nog altijd kon Pascal iets uit de kluis hebben weggenomen voordat zij en Sofia waren gearriveerd – met of zonder medeweten van Sofia of Susanna. Ook kon Susanna het hebben gedaan, dankbaar gebruikmakend van het verhaal van de in de auto vergeten map. Het document kon er wel degelijk hebben gelegen, samen met de map.

Pierre konden ze niet meer vragen of hij het destijds tijdens het telefoongesprek echt over een map had gehad. Misschien had hij het manuscript in Leiden wel bij zich gehad en hadden zijn moordenaars het van hem afgepakt. Dat zou ook verklaren waarom zij zich sindsdien leken te hebben teruggetrokken.

'Als ze Maria Magdalena nou gewoon in Aix hadden laten liggen,' zei Sofia. 'Dan hadden jullie met mij mee moeten gaan.'

'Hoe bedoel je?' vroeg Veronica.

'Ken je dat verhaal niet?' vroeg Sofia, zichtbaar blij dat het nu eens haar beurt was om iets te vertellen in plaats van toehoorder te zijn.

'Volgens mij niet,' zei Veronica. 'Of ik ben het vergeten.'

Ook Susanna schudde haar hoofd.

'Maria Magdalena zou in Aix in Zuid-Frankrijk zijn gestorven,' vertelde Sofia, 'en werd daar door bisschop Maximus begraven. Maar in de tijd van Karel de Grote, rond het jaar 769, was er in Bourgondië een hertog. Zijn vrouw en hij hadden geen zoon gekregen. Daarom schonk hij al zijn bezittingen aan de armen en liet hij heel veel kerken en abdijen bouwen. Toen hij de abdij van Vézelay stichtte, stuurde hij een monnik naar Aix met de opdracht de relieken van Maria Magdalena naar Vézelay te brengen. De monnik ontdekte dat Aix volledig door heidenen was verwoest, maar tussen de puinhopen trof hij een ongeschonden graf aan dat helemaal uit marmer was opgetrokken. Er stond een grafsteen bij waarop was geschreven dat Maria Magdalena er lag begraven.'

'Kwam dat even goed uit,' grapte Susanna.

'Ja, dat was wel fijn natuurlijk,' zei Sofia. 'Hoe dan ook... 's Nachts opende hij het graf, pakte de relieken eruit en nam die mee. In diezelfde nacht verscheen Maria Magdalena aan hem. Ze zei dat hij niet bang hoefde te zijn en het werk moest afmaken waar hij voor was gekomen. De monnik ging naar huis, maar één mijl voordat hij de abdij had bereikt, werden de relieken zo zwaar dat hij ze niet langer kon dragen. De abt en monniken droegen de relieken van Maria Magdalena met zijn allen in een plechtige processie naar hun abdij.'

'Schitterend verhaal,' zei Veronica. 'En nu je het zo hebt verteld, meen ik me te herinneren dat het ook in de *Gouden Legende* staat.'

'Maar de schedel zou dus in Sainte-Baume liggen,' zei Sofia.

'Inderdaad,' zei Veronica. 'En die gaan we vanavond zien. Dichter bij Maria Magdalena kunnen we niet komen.'

Veronica besefte dat dat toch niet helemaal waar was. Fysiek kon je weliswaar niet dichter in de buurt komen van wat ooit haar stoffelijk omhulsel was geweest, maar door de Magdalenacodex had ze het idee gekregen dat ze een beter beeld dan ooit had van wie Maria bij leven moest zijn geweest.

Bondini

Het liefst was Bondini zelf met Luigi meegegaan, maar hij besefte dat het beter was buiten beeld te blijven. Je wist immers maar nooit wie nog meer in Saint-Maximin-la-Sainte-Baume rondliep. Luigi Navagero was daar op uitdrukkelijk verzoek van Agostine Barbarigo zelf, dus zijn aanwezigheid was geheel legitiem. Francesco en Tedesco zouden Luigi bijstaan.

Bondini zelf zou bij de stadsgrens wachten op wat komen ging. Hij had een solide houten kistje bij zich waar hij het manuscript in zou opbergen zodra hij het in handen had – wat hem betreft voor de eeuwigheid.

Met een ouderwetse soldeerbout had hij NOLI ME TANGERE *in de deksel gebrand. Raak me niet aan.*

Hij glimlachte bij de gedachte.

De opwinding die hij voelde nu de oplossing van het Magdalenaprobleem voor het grijpen lag, maakte alle teleurstellingen en tegenslagen van de voorbije weken in één klap goed.

De verkoper van de codex was nog altijd anoniem, maar had met veel gevoel voor symboliek gezegd herkenbaar te zijn aan een gevlochten krans van rozemarijn op het hoofd. Volgens een legende vond Maria Magdalena rozemarijn aan de voet van het kruis toen men Jezus eraf nam. Volgens een andere versie zou zij dit struikje hebben aangetroffen naast het lege graf van Jezus, op de ochtend van de verrijzenis. Sindsdien waren de rozemarijn – ook wel kruismirte genaamd – en Maria van Magdala voor altijd onlosmakelijk met elkaar verbonden.

En met nog meer gevoel voor symboliek had de bezitter – niet de eigenaar, want dat was volgens Bondini de rooms-katholieke kerk – de tijd en de plaats van de overdracht uitgekozen.

Op 23 juli tijdens de jaarlijkse processie ter ere van Maria Magdalena. In Saint-Maximin-la-Sainte-Baume.

Veronica

De goudkleurige buste van Maria Magdalena werd omringd door vier engelen die haar aanbiddend aankeken. Ze had lang golvend haar tot over de schouders dat met een onvoorstelbare precisie was vormgegeven. Normaal gesproken zat er voor het gezicht een glasvormige halve bol, als van een duiker, om de gelovigen een goed zicht op de schedel te gunnen, maar voor de processie was die vervangen door een goudkleurig masker van Maria's gezicht.

Het beeld, dat werd beschermd door een baldakijn, rustte op een draagbaar met twee lange bomen. Acht mannen, vier aan elke zijde, schreden behoedzaam voort met op hun schouders het kostbare, vierhonderd kilo wegende kunstwerk. Naast iedere drager liep een andere man om het zware werk op ieder moment over te kunnen nemen. In hun kielzog volgde een zingende menigte die zich door de nauwe straatjes rond de kathedraal wurmde. Velen droegen kleurrijke banieren met afbeeldingen van Maria Magdalena, maar ook andere heiligen waren goed vertegenwoordigd. In twee rijen liepen geheel in het wit geklede nonnen.

Aan de groep vooraf gingen twee misdienaren met grote wierookbranders die ze ritmisch heen en weer schommelden. Eruit omhoog steeg de onmiskenbare geur van kerkwierook die Veronica onmiddellijk terugbracht naar het kerkbezoek in haar vroegste jeugd. Daar weer voor liep een priester die een vat met wijwater droeg. Om de zoveel tijd doopte hij een op een wc-borstel gelijkend voorwerp in het water om de gewijde druppels vervolgens met korte, felle bewegingen over het publiek te verspreiden.

De processie werd geleid door een uit mannen en jongens bestaande muziekkapel waarin trommels en fluiten de boventoon voerden. Het was een plechtig, maar ook ietwat chaotisch geheel. Het niet erg zuivere gezang ging niet gelijk op met de muziek, die onderbroken werd door kreten van aanbidding en flarden van gebeden. Mensen liepen elkaar voor de voet om maar zo dicht mogelijk bij de schrijn in de buurt te kunnen zijn.

Het bleef een bizar gebeuren, vond Veronica. De gedachte dat iemands hoofd werd rondgedragen en dat mensen er ontroerd tot baden, alsof het nog in staat was te horen of te zien. Het was iets universeels. Op Sri Lanka werd eenmaal per jaar een tand rondgedragen die van de Boeddha zou zijn geweest en in het Indiase Gaya was een veertig centimeter grote voetafdruk van de god Vishnu te zien.

Gelovigen hadden inderdaad het idee hier op aarde niet dichter bij de door hen bewonderde of aanbeden persoon te kunnen komen dan door diens vingerkootjes te zien, of een ellepijp of de onderkaak. Het was een beetje als in het voetbalstadion het shirt van je favoriete speler weten te bemachtigen...

Zodra er wat ruimte ontstond, sloten ook Veronica, Sofia, Pascal en Antoine zich bij de processie aan. Susanna zou zich later bij hen voegen, zo had ze beloofd. Aan het einde van de middag had ze plots enorme haast gehad om weg te komen. Ze had iets gemompeld over de bank en had de inmiddels beruchte map met de papieren meegegrist.

'Ik zie jullie daar wel,' had ze gezegd. 'Ik ga gewoon aan de zijkant staan en zie jullie dan wel voorbijkomen.'

Veronica had zich er hogelijk over verbaasd dat ze midden in deze rouwperiode een afspraak met de bank had gemaakt. Over twee dagen zou Pierres begrafenis plaatsvinden en hoewel alles nu wel was geregeld, was een gesprek met de bank toch wel het laatste waar je tijd of ruimte voor zou willen maken.

Aan de andere kant konden banken ook wel erg onverbiddelijk zijn en was Susanna wellicht eenvoudigweg gesommeerd te komen. Ze hoopte dat ze snel goede afspraken met de bank kon maken, al betekende het waarschijnlijk wel dat ze haar mooie huis zou moeten verlaten. Als het hun met twee inkomens al niet of nauwelijks lukte om rond te komen, dan zou daar met het wegvallen van Pierre al helemaal geen sprake meer van kunnen zijn.

'*Dic nobis, Maria, quid vidisti in via?*' zongen Veronica en Sofia mee met de gelovigen om hen heen. Zeg ons, Maria, wat hebt gij op uw weg gezien? '*Sepulcrum Christi viventis: et gloriam vidi resurgentis.*' Ik zag het graf van de levende Christus en de heerlijkheid van de Verrezene.

De teksten van de gekozen liederen stonden op een A4'tje dat aan iedereen was uitgedeeld.

'*Angelicos testes.*' Zijn engelen zag ik als getuigen...

Pascal en Antoine leken geheel op te gaan in het ritueel. Met ernstige gezichten zongen ze mee, waarbij hun mooie, heldere stemmen duidelijk boven die van de andere gelovigen uit te horen waren.

Veronica wierp een blik op de tekst van het volgende lied en zag dat ook daarin het feit dat Maria Magdalena de eerste getuige van Jezus' verrijzenis was geweest een belangrijke rol speelde in haar verering.

Opnieuw klikte er iets in haar hoofd. Intuïtief wist ze dat deze gedachte niet zomaar bij haar was opgekomen, maar dat die verbinding zocht met iets wat ze eerder had gedacht – als een radiosignaal dat op zoek was naar een antenne.

Veronica

Niet lang geleden had Veronica *Jesus Christ Superstar* gekeken – voor de zoveelste keer. Het door Maria Magdalena gezongen 'I Don't Know How to Love Him' behoorde wat haar betrof tot een van de hoogtepunten van deze musical. En hoewel ze de tekst uit het hoofd kende, was plots de volle betekenis van wat Maria zong tot Veronica doorgedrongen:

He's a man, he's just a man.
And I've had so many men before
In very many ways:
He's just one more

Ook Andrew Lloyd Webber en Tim Rice hadden niet kunnen ontsnappen aan het beeld van Maria Magdalena als iemand die 'vele mannen had gehad'. Het imago van de boetvaardige zondares bleek tamelijk onverwoestbaar.

Met een *'Credendum est magis soli Mariae veraci'* werd het volgende lied ingezet. Meer geloof moet worden gehecht aan de waarachtige Maria… *'Quam peccatorum turbe fallaci, alleluya.'* …dan in de bedrieglijke menigte van zondaren, halleluja.

Veronica wist dat ze nog maar een klein duwtje nodig had om de losse gedachten met elkaar te verbinden.

Meer geloof moet worden gehecht aan de waarachtige Maria…

Hoewel ze in Leiden niet een heel regelmatige kerkgangster was, merkte ze wel dat ze het prettig vond om in deze processie mee te lopen. Je kon zeggen van de rooms-katholieke kerk wat je wilde, maar tradities wisten ze in ere te houden. Op momenten als deze voelde ze dat ze deel uitmaakte van die traditie, dat ze een klein schakeltje was, verbonden met de generaties katholieken die haar waren voorgegaan en de generaties die nog na haar zouden komen. Meelopen in de processie gaf haar de sensatie mee te drijven op een machtige rivier.

Iemand botste tegen haar aan, zo leek het. Maar toen ze opkeek, bleek het Susanna, die over iemand heen had gereikt en haar op de schouder had getikt. Haar gezicht zag er gespannen uit. Er stonden zweetdruppeltjes op haar voorhoofd, terwijl het niet zo warm was.

Susanna wurmde zich langs een paar mensen heen en kwam naast Veronica lopen. Ze stak haar arm in de hare en haakte in op het lied.

'Is het goed gegaan?' vroeg Veronica, die door de stof van haar jurk voelde hoe warm het lichaam van haar zus was.

'Met wat?' vroeg Susanna, die moeite leek haar adem onder controle te krijgen. 'Ik heb een stukje gerend om jullie in te halen.'

'Bij de bank natuurlijk,' fluisterde Veronica. 'Is het goed gegaan bij de bank?'

'Ja hoor… Nog niet alles is opgelost, maar ze gaan de situatie opnieuw bekijken om te zien tot welke regeling we kunnen komen. Ik vertel het je later wel.'

De stoet dwong haar, Sofia en Susanna om door te lopen. Pascal en Antoine liepen inmiddels een paar meter voor hen uit.

Terwijl de klanken van het laatste lied langzaam wegstierven, werd er een nieuw gezang ingezet – deze keer met een Franse tekst.

'*Les pieds Jésus vous lavarez… Avec les larmes de vos beaux yeux…*' De voeten van Jezus zul je wassen… Met de tranen van je mooie ogen…

Al snel hadden ze de melodie van het lied te pakken, zodat ze konden meezingen.

Veronica voelde hoe de vermoeidheid haar nu toch parten begon te spelen. Ze had een zeer inspannende reis achter de rug. Maar meer nog dan dat had het piekeren over de vraag of haar zus al dan niet bij de hele kwestie betrokken was haar veel energie gekost.

Ze keek opzij naar Susanna, die er ontspannener uitzag dan zo-even. Veronica bedacht dat het eigenlijk een wonder was dat haar zus hier überhaupt naast haar liep. Ze was nog maar net haar man verloren, zijn begrafenis zou over twee dagen plaatsvinden en daarbij had ze nog de schulden die haar boven het hoofd hingen.

'*Les pieds Jésus vous essuierez... Avec vos belles chevelures ondées...*' De voeten van Jezus zul je drogen... Met je mooie golvende haar...

Pascal en Antoine liepen inmiddels een meter of tien verderop. Pascal draaide zich om, mogelijk om te zien waar Veronica, Sofia en Susanna waren. Veronica stak beide armen in de lucht en zwaaide in een poging zijn aandacht te trekken. Net toen hij haar had gezien en zijn hand had opgestoken, vertrok zijn gezicht in een pijnlijke grimas. Om hem heen klonk gegil en geroep. Verschillende mensen vielen, waarbij ze in hun val weer anderen met zich meesleurden. Het leek alsof een onzichtbare hand vanuit de hemel over de stoet heen streek, want steeds meer mensen gingen naar de grond, struikelend over de mensen voor hen die al waren gevallen.

'Wat gebeurt daar?' vroeg Susanna geschrokken.

'Ik weet het niet,' zei Veronica. 'Het lijkt alsof Pascal is gevallen...'

Veronica

Veronica wist hoe gemakkelijk er paniek kon uitbreken in menigtes als deze. Achteraf blijkt de chaos vaak totaal onnodig te zijn geweest: iemand was eenvoudigweg gestruikeld, het geknal van vuurwerk was als geweervuur geïnterpreteerd... In Nederland raakten er bij een Dodenherdenking op de Dam ooit vijftig mensen gewond omdat één man heel hard was begonnen te schreeuwen.

Maar hier was meer aan de hand.

Op de plek waar Pascal en Antoine hadden gelopen, hadden een paar mensen zich weer opgericht. Zich met uitgestrekte armen breed makend leken ze een kring te vormen, mogelijk om mensen op de grond te beschermen. Maar het paniekerige geschreeuw dat tot Veronica doordrong leek te wijzen op iets veel ernstigers dan een paar gestruikelde processiedeelnemers.

'Attentat! Attentat!' riep een forsgebouwde man, met een hangsnor die hem het uiterlijk van een walrus gaf.

Anderen namen de kreet over.

'Attentat terroriste!' schreeuwde de man nu, op de toppen van zijn longen.

'Terroriste!' klonk het nu van alle kanten. *'Attentat terroriste!'*

Het pandemonium was compleet. In hun pogingen weg te komen vergrootten de mensen de chaos alleen maar. Nog meer mensen struikelden over elkaar heen, nog meer mensen vielen op de grond.

Veronica zag dat zich helemaal vooraan een haag had gevormd tussen het beeld van Maria Magdalena en de stoet erachter. De draagbaar wankelde iets en de gordijnen van de baldakijn zwiepten heen en weer. Al snel leken de dragers hun evenwicht te hebben hervonden en bewogen ze zich bij de menigte vandaan.

Susanna en Veronica repten zich zo goed en zo kwaad als het kon langs de deelnemers van de processie van wie er veel nog steeds op de grond zaten.

'*Restez calme!*' riepen verschillende mensen.

Ze kwamen dichter bij de plek waar Pascal en Antoine ergens moesten zijn.

'*Restez calme,*' riep een agent. '*Il n'y a pas des terroristes.*'

De ergste paniek leek te zijn weggeëbd en hier en daar krabbelden mensen weer op, wat de voortgang van Susanna en Veronica alleen maar bemoeilijkte. Maar ze waren er nu bijna.

Plotseling rees Antoine op, met een lijkbleek gezicht. Hij hief zijn handen omhoog, als een priester die zojuist een offer had gebracht en de goden om een teken smeekte. Zijn handen waren rood van het bloed.

Veronica's blik schoot naar Pascal, die op de grond lag, de armen langs het lichaam. Op zijn overhemd had zich een enorme bloedvlek gevormd, ter hoogte van zijn borst. Zijn hoed was afgevallen en de krans van rozemarijn, die hij die middag nog zo zorgvuldig had gevlochten en om zijn hoed had gedrapeerd, had losgelaten.

Veronica

'Wat is er gebeurd?' gilde Susanna nu zij en Veronica eindelijk vlakbij waren.

'Neergestoken,' wist Antoine nog uit te brengen. 'Hij is neergestoken.'

Twee agenten zaten op hun knieën naast Pascal. De een ondersteunde Pascals hoofd, de ander hield beide handen stevig op Pascals borst gedrukt, maar schudde hevig met zijn hoofd om de zinloosheid van zijn handelingen te onderstrepen.

'Il est déjà mort!' riep hij. Hij is al dood...

Met afschuw zag Veronica hoe Pascals levenloze ogen in het niets staarden.

Antoine viel op zijn knieën, hevig schokschouderend.

'Maar wat...' bracht Veronica uit.

'Vanuit het niets,' bemoeide de man met de hangsnor zich ermee. 'Ik liep achter hem en zag het zó gebeuren.'

'Een beroving,' concludeerde iemand die achter Veronica stond.

Een beroving? Te midden van een enorme menigte mensen? Dat lijkt me erg onwaarschijnlijk...

'Ze zijn zo brutaal tegenwoordig,' zei de man met de hangsnor. 'Ze slaan toe en weten in de paniek te ontkomen... Misschien zijn portefeuille?'

Maar dan iemand neersteken?

Susanna leunde tegen Veronica aan, alsof ze zonder haar steun om zou vallen. 'Wat gebeurt er toch allemaal?' fluisterde ze.

Iemand klampte Veronica van opzij aan.

Ze draaide zich om en staarde in het geschrokken gelaat van Sofia, die een hand voor de mond had geslagen.

'Het is Pascal,' fluisterde Veronica. 'Hij is doodgestoken…'

'*Mio Dio,*' stamelde Sofia, die met gebalde vuist een kruisteken maakte en daarna de hand voor haar mond sloeg.

'Een overval zeggen ze…' zei Veronica. 'Maar dat geloof ik niet… Niet zo, met zoveel mensen…'

'En na alles wat er gebeurd is,' stamelde Sofia.

'Wat heeft u nog meer gezien?' vroeg Veronica aan de man.

'Niet veel,' zei hij. 'Het ging allemaal zo ontzettend snel. Maar die meneer…' Hij knikte eerbiedig naar Pascal. '…keek een man die naast hem liep aan. Ze knikten even naar elkaar, alsof ze elkaar begroetten. Er was geen spoor van vijandigheid, maar nog geen seconde later zag ik een lemmet glinsteren.'

Veronica

De processie was vanzelfsprekend onmiddellijk afgebroken. De dragers van de baldakijn met de schedel van Maria Magdalena waren zo snel als ze met het gewicht op hun schouders konden lopen, terug naar de kerk gegaan. Tijdens hun hele tocht waren ze omgeven door een beschermende ring van gelovigen. Velen leken te menen dat er wel degelijk een aanslag had plaatsgevonden en dat die gericht was tegen Maria Magdalena.

In heel korte tijd was de straat afgezet en werd iedereen die niet direct iets met de zaak te maken leek te hebben op afstand gehouden. Het wemelde van de agenten, er stonden meerdere ambulances met draaiende zwaailichten en om hen heen klonk het gekraak en gepiep van portofoons. Pascals lichaam was bedekt met een wit laken, maar ook op de plek waar die contact maakte met de wond was een dieprode bloedvlek ontstaan.

Sofia, Susanna en Veronica stond in een halve cirkel om Antoine heen, die op de grond zat, met zijn hoofd op de opgetrokken knieën rustend en zijn armen om zijn benen geslagen. Hij wiegde zachtjes heen en weer, alsof die beweging hem enige troost gaf.

Veronica was ervan overtuigd dat dit geen overval was geweest. In het licht van de krankzinnige gebeurtenissen van de afgelopen weken kon het niet anders dan dat dit geen toevallige moordaanslag was.

Gevieren gingen ze mee naar het politiebureau waar ze hun verklaringen aflegden en waar Antoine in de eerste plaats slachtofferhulp kreeg. Een bevriend stel van Pascal en Antoine kwam hem uiteindelijk ophalen en beloofde de komende dagen bij hem thuis te zullen blijven.

Sofia belde naar Mauricio Bellini om hem op de hoogte te stellen van de laatste ontwikkelingen.

Intussen bleek het niet eenvoudig om het verhaal aan de Franse politie over te brengen. Elkaar aanvullend reconstrueerden ze het in grote lijnen. Maar op het cruciale punt moesten Susanna, Veronica en Sofia toegeven dat ze geen honderd procent zekerheid hadden – verre van. Ze wisten niet waar Pierre de codex had ondergebracht. En zelfs als hij die in de kluis in het depot van Lyon had gedaan, dan was er geen waterdicht bewijs dat Pascal het daar had weggenomen. De inspecteurs die met hen spraken noteerden dat Pascal na zijn ontmoeting met Veronica en Sofia naar Genève was gegaan – of had gezegd dat hij naar Genève zou gaan. Daar zouden ze nog achteraan gaan, zeiden ze.

De drie vrouwen twijfelden er na de dood van Marco en Pierre niet aan dat Pascals gewelddadige einde met de codex te maken had, maar zeker weten deden ze niets. Het was speculatie op speculatie, gebouwd op aannames en hypotheses, vol mitsen en maren, voorbehouden en onzekerheden.

Ze stelden zich beschikbaar voor de politie en beloofden contact op te nemen mochten ze zich iets herinneren wat ze niet al hadden verteld. Daarna werden ze naar huis gestuurd.

In Susanna's huiskamer zaten Susanna, Sofia en Veronica verslagen bijeen. Drie glazen wijn stonden onaangeroerd op de salontafel.

Marco, Giacomo, Pierre en Pascal…

Vier mannen, vier begrafenissen.

Drie weduwen en een weduwnaar.

Iedereen die de codex in handen had gehad, had dit met de dood moeten bekopen.

Veronica hoopte dat de lijdensweg ermee eindigde dat zij samen met Sofia en Susanna getuige was van de wederopstanding van Maria Magdalena.

Bondini

Pas door met zijn vlakke hand een klap in het gezicht van Luigi Navagero te geven, kon Bondini eindelijk een einde aan diens gejammer maken.

'Dit was niet wat we hadden afgesproken,' bleef Luigi maar zeggen. 'We zouden de envelop in ontvangst nemen en dat was het. Dát zou het zijn.'

Bondini zuchtte geërgerd en keek via het autoraam naar het bergachtige landschap waar ze doorheen snelden. Luigi dacht van zichzelf dat hij een dappere soldaat in Gods leger was, maar als puntje bij paaltje kwam schrok toch ook hij terug.

Voor Bondini was het van het begin af aan volstrekt duidelijk dat ze de verkoper van de codex direct voorgoed het zwijgen op moesten leggen zodra hij de envelop met de kluisgegevens had overhandigd. Het was beter om alle losse eindjes af te hechten. Zo iemand zou vroeg of laat toch zijn mond voorbijpraten.

Bondini was uiteindelijk niet verbaasd geweest toen hij had vernomen dat het toch Pascal Berger was geweest, de compagnon van Pierre Delarue, die de codex in zijn bezit had gehad. Maar ook die had ondanks al zijn omzichtigheid zijn eigen ondergang niet kunnen voorkomen.

Nadat Luigi de envelop in ontvangst had genomen, had Francesco met een rake beweging een mes rechtstreeks in de borst van Pascal geplant. In de commotie die vervolgens was ontstaan, was het eenvoudig geweest om te weg te komen – al hadden Francesco en Tedesco de geschokte Luigi met enige dwang met zich mee moeten voeren.

Zoals Pascal in zijn berichten aan Agostine Barbarigo had beloofd – het was een echte gentleman – zat er in de envelop een A4'tje met daarop een adres, een nummer van een kluis en verschillende codes om toegang tot het gebouw en uiteindelijk tot de kluis te krijgen.

Het was al zeer laat in de avond toen ze bij het gebouw in een buiten-

wijk van Genève aankwamen, waar een bedrijf bleek te zijn gevestigd met een vierentwintiguursservice voor klanten die er een kluisje hadden. De discretie bleek maximaal gewaarborgd. Na het intoetsen van de eerste code – Pascal had het op papier allemaal keurig uitgelegd – konden ze een ondergrondse garage in rijden. Nadat ze waren uitgestapt, gaf weer een andere code hun toegang tot een lift die hen zacht zoevend naar de juiste verdieping bracht.

Toen de deuren openschoven, sprong automatisch de verlichting aan. Ze stapten een ruimte binnen met kluizen van de vloer tot aan het plafond. Bondini schatte ze in op een halve meter bij een halve meter.

De hand waarin Bondini het briefje met de instructies hield, trilde licht toen ze voor de bewuste kluis stonden. Op de deur zat een kastje met een cijferpaneel. Hij toetste de juiste code in en met een nauwelijks hoorbare klik sprong het deurtje open. Bondini opende het verder en zag...

Een gipsen beeld van Maria Magdalena, compleet met de zalfpot waarmee ze traditioneel werd afgebeeld.

Aan het beeld was een briefje bevestigd met de tekst:

NUMQUAM ME TANGES

Eronder was een smiley getekend die zijn tong uitstak.

'Jij zult me nooit aanraken,' mompelde Bondini verslagen.

Veronica

Een week na de begrafenis van Pascal, die plaatsvond op dezelfde begraafplaats waar ze enkele dagen eerder Pierre ter aarde hadden besteld, vond Antoine de brief – zo vertelde Antoine aan Susanna, Veronica en Sofia.

Hij was voor het eerst sinds Pascals dood in de winkel om met iemand van de bank te bespreken hoe het nu verder moest met de zaak en de kostbare inboedel. Antoine had geen enkele intentie om het stokje van Pascal over te nemen. Hij had zelf een succesvolle carrière als interieurontwerper die hij wilde voortzetten.

Bij Susanna thuis – Veronica had haar verblijf verlengd en Sofia was een dag op bezoek – vertelde hij hoe hij door de ruimte had gedwaald, huilend, en ieder moment verwachtend dat het belletje bij de deur zou klingelen en Pascal binnen zou stappen.

Hij was aan Pascals bureau gaan zitten, waar zijn oog was gevallen op een crèmekleurige envelop met daarop de namen van de drie vrouwen en die van zichzelf, in het keurige, regelmatige handschrift dat hem zo vertrouwd was.

Pascals brief had hem tot in het diepst van ziel geschokt. De afspraak met de vertegenwoordiger van de bank had hij afgezegd en hij was direct naar Susanna gesneld.

'Ik weet gewoon niet wat ik moet doen,' zei Antoine, terwijl de envelop op zijn schoot rustte.

Hij had nog niets over de inhoud van de brief verteld. Antoine staarde voor zich uit en leek niet van plan dat wel te gaan doen.

'Misschien moet je hem maar even voorlezen?' stelde Susanna voorzichtig voor. 'Dan kunnen wij ook begrijpen waarom je zo onder de indruk bent.'

'Oké,' zei Antoine toen. 'De brief is een voorzorgsmaatregel geweest. Als alles goed was gegaan, zou hij hem zelf na afloop gewoon hebben weggegooid – vermoed ik.' Hij haalde een brief uit de envelop. Het had iets plechtigs, alsof hij de notaris was die de nabestaanden dan eindelijk het langverwachte testament ging voorlezen. Hij schraapte zijn keel en las voor:

'Mijn lieve Antoine, lieve Susanna, Veronica en Sofia,
Als jullie dit lezen, betekent het dat er iets gruwelijk is misgegaan en dat ik er niet meer ben. Zelf heb ik alle vertrouwen in een goede afloop van de zaak – ik heb volgens mij voldoende waarborgen ingebouwd – maar ik wil voorkomen dat jullie vol vragen achterblijven, mocht het allemaal onverhoopt toch anders lopen dan ik had ingeschat.
Ik zal jullie het eerlijke verhaal vertellen en niets weglaten.
Op weg naar België heeft Pierre de codex in de kluis in ons depot in Lyon achtergelaten. Bij een professionele fotograaf had hij foto's laten maken. Eén set hield hij zelf en eentje gaf hij aan zijn contactpersoon van dat instituut in Brussel, samen met de laatste pagina van de codex om die op echtheid te laten onderzoeken. Dat vertelde hij me in een kort telefoongesprek vanuit Lyon – hoewel hij toen nog niet over een codex sprak, maar over "een kostbaar manuscript". Boven op alles wat in de kluis lag, had hij voor Susanna een map met papieren neergelegd.'

'Wat stom dat ik het niet heb gezien,' stamelde Susanna. 'De codex lag dus voor het grijpen...'

'Maar je kwam voor die map,' zei Antoine. 'Er lagen natuurlijk wel meer kostbaarheden in die kluis.'

'Dat is waar.'

'Ik lees verder,' zei Antoine.

'Pierre had me nog verteld dat hij op het punt stond een grote slag te slaan, die in één klap een einde zou maken aan al zijn financiële zorgen. Het Marciana in Venetië was zijn beoogde klant, die naar zijn zeggen bereid was om grif te betalen. Pierre vroeg mij nadrukkelijk alles voor hem af te handelen mocht er iets misgaan, en dat beloofde ik hem.

Door de ontwikkelingen rond Sofia en Veronica begreep ik echter al snel dat Pierre een poging moest hebben gedaan om het manuscript dat hij van Sofia had meegekregen, te verkopen.

Net als Pierre heb ook ik niet zuiver gehandeld. Ik ben de eerste om dat toe te geven. Jullie weten dat ik in het verleden wel vaker de grenzen van de wet heb opgezocht. En soms heb ik die zelfs overschreden... Ik zal jullie alle morele overwegingen besparen. De kunsthandel is uiteindelijk gewoon een keiharde business waarin je met eerlijkheid alleen niet overleeft. Maar in dit geval was het niet alleen maar geld dat me dreef – al snap ik heel goed dat dit zal worden uitgelegd als een poging om mijn eigen straatje schoon te vegen.

Ik begreep dat ik, als ik naar de politie zou gaan, de reputatie van Pierre geweld aan zou doen. En indirect ook die van mijzelf; hij was bij mij in dienst immers. Ook Sofia zou er niet goed van afkomen, omdat zij dit kostbare stuk aan Pierre had meegegeven. En de goede naam en eer van haar man Giacomo – en die van zijn oud-student Marco Visconti – stonden op het spel. Ik besloot door te zetten wat Pierre was begonnen. Ik wilde én geld verdienen én de eer van al deze mensen beschermen.

Om het vertrouwen van het Marciana te winnen had ik iets goeds nodig, en het werd me in de schoot geworpen door jou, Susanna, toen je me belde om te vertellen dat je vanuit Brussel een pagina van de codex toegestuurd had gekregen – compleet met een echtheidscertificaat en het onderzoeksrapport.'

Susanna sloeg een hand voor de mond. 'Hij zal toch niet...'

'Ik lees even verder,' zei Antoine.

'Mijn oprechte excuses aan Susanna en Sofia voor de nare ervaring, maar toen jullie vertelden dat de politie alles op kwam halen, wist ik dat ik snel moest handelen. Zoals ik al zei: in mijn werk heb ik me niet alleen maar in de hogere kringen bevonden. Ik heb contacten op alle niveaus zogezegd. De enige voorwaarde die ik mijn handlanger stelde was dat hij geen geweld mocht gebruiken bij de "overval" en dat heeft hij ook niet gedaan – al besef ik dat het voor jullie allebei een angstig moment moet zijn geweest.

Hij bezorgde mij het pakketje dat Susanna gedwongen was af te geven. Nadat ik alles had gecontroleerd, heb ik hem ermee naar Venetië gestuurd. In het Marciana heeft hij Barbarigo naar de receptie laten komen en vertrok hij onmiddellijk zodra die aan kwam lopen. Hij liet de door het Brusselse instituut onderzochte pagina, de certificaten en de foto's van de codex op de balie achter, goed verpakt. Ik had er precieze instructies bij gedaan voor de betaling en de wijze waarop de rest van de codex in zijn bezit zou komen. Barbarigo ging na het zien van alle stukken onmiddellijk akkoord met mijn vraagprijs van zes miljoen euro, een schijntje voor wat zijn bibliotheek ervoor terugkreeg.

Ik wilde de overdracht op een symbolische plek doen en op een betekenisvolle dag en dat was de dag van de processie in Sainte-Baume. De codex lag al die tijd in de kluis van het depot in Lyon, ik had geen veiliger plek kunnen bedenken.

Het was een bijzonder ongelukkig toeval dat Veronica en Sofia mij in Lyon troffen. Zij wisten niet dat ik op dat moment de codex al in mijn koffer had zitten.

Ik was op weg naar Zwitserland om alles in een kluis op te bergen. De afspraak was om het Marciana de volgende dag, tijdens de processie, de locatie en de code van de kluis te geven, maar eenmaal in Genève bedacht ik me. Als die onzichtbare tegenpartij op de een of andere manier de hand op die code kon leggen, zou de codex mogelijk alsnog verloren zijn. In een winkeltje met religieuze artikelen kocht ik een beeld van Maria Magdalena en dat zette ik met een korte boodschap in de kluis. Ik ben teruggereden naar Cassis en heb onmiddellijk mijn "medewerker" opnieuw met de resterende elf bladzijden van de codex naar Venetië gestuurd. Hij zou de volgende dag, op 23 juli, dezelfde procedure volgen als de eerste keer. In het Marciana zou hij Barbarigo naar de receptie laten komen en onmiddellijk vertrekken zodra die aan kwam lopen.

Net als Pierre ging ik ervan uit dat Barbarigo liever het verlies van zes miljoen euro nam, dan dat hij publiekelijk moest erkennen dat er bij zijn laatste grote klus onder zijn ogen een kostbare codex was gestolen. Alles is ijdelheid... En niets menselijks is ook de bibliothecaris van het Marciana vreemd.

Tijdens de Magdalenaprocessie zou ik een envelop overhandigen met daarin alle gegevens. Zij konden me herkennen aan mijn hoed waar ik een krans van gevlochten rozemarijn omheen had gedaan. Ik had het misschien ook op een andere manier kunnen doen, maar jullie weten: ik ben een romantische ziel. En ik vond het eerlijk gezegd ook wel spannend en opwindend, alsof ik zelf een rol speelde in een van de spionagefilms die Antoine en ik altijd zo graag kijken. En daarbij was het ook bedoeld als een dwaalspoor – of als een extra garantie.

Voor het geval dat ik Barbarigo verkeerd had ingeschat en hij tóch de politie had ingeschakeld, dan zouden ze bij het openen van de kluis nog altijd met lege handen staan. In dat geval zou ik iets achter de hand hebben om voor een eventuele strafvermindering mee te onderhandelen. Hij was immers medeplichtig door met een gestolen manuscript te handelen.

Ook had ik begrepen dat er behalve Agostine Barbarigo van het Marciana een andere partij actief was die het op de codex had voorzien en die het nog minder nauw met de wet nam dan ik... Daarom wist ik dat ik op mijn hoede moest zijn. En ook dat droeg bij aan de extra adrenaline die ik niet onaangenaam vond.

Uiteindelijk kan ik alles wat ik heb gedaan voor mezelf verantwoorden. Ik denk dat Marco Visconti een bepaalde groep mensen voor is geweest door de codex naar buiten te smokkelen. Deze partij is bereid geweest om letterlijk over lijken te gaan om de codex terug te krijgen. Ik had het manuscript natuurlijk bij het Marciana terug kunnen laten bezorgen zonder geld te vragen, maar het is nu eenmaal mijn aard om gebruik te maken van een goede kans als ik die in de schoot geworpen krijg. Bij het Marciana zal niemand er een boterham minder om eten, terwijl wij – of jullie – door het geld een levenslange financiële onafhankelijkheid krijgen.

Als alles goed is gegaan, zullen jullie dit hele verhaal nooit kennen. Maar mocht er iets verkeerd lopen, dan weten jullie wat er achter de schermen heeft plaatsgevonden.

Dan het geld.

Op korte termijn zullen jullie vier – Antoine, Susanna, Veronica en Sofia – ieder post krijgen van een bank op de Kaaimaneilanden. Op een verder voor niemand te achterhalen bankrekening staat voor ieder van jullie een bedrag van anderhalf miljoen euro waar jullie vrijelijk over kunnen beschikken. De details over hoe en wat volgen nog. Als jullie dit op een verstandige manier regelen, betekent dit dat jullie alle vier nooit meer enige financiële zorgen zullen hebben. Antoine kan mijn kunsthandel aanhouden, eventueel samen met Susanna, en door slim kunst in te kopen en te verkopen kunnen jullie vrij eenvoudig enorme winsten maken.

Dat is verder helemaal aan jullie. Je kunt ook besluiten om het te schenken aan een goed doel, er een fonds voor studenten mee op te richten, wetenschappelijk onderzoek naar oude teksten mee te ondersteunen of wat dan ook. Voor Susanna betekent het hoe dan ook een einde aan de onzekerheid die zo'n zware stempel op haar leven heeft gedrukt. Ik denk dat het Pierre daar vanaf het begin om te doen is geweest.

Het heeft denk ik niet veel zin om dit alles alsnog bij de politie bekend te maken. De zaak zal worden afgesloten, alle reputaties blijven overeind en voor het Marciana is het een te verwaarlozen bedrag geweest.

Uiteindelijk is het vermoedelijke doel van Marco Visconti en Pierre bereikt, namelijk dat deze codex zal worden opgenomen in het Marciana en niet in de vergetelheid zal verdwijnen, maar voor het grote publiek toegankelijk zal zijn. De boodschap zal de wereld bereiken.

Ik vraag jullie bij voorbaat vergeving voor het feit dat ik jullie allemaal zo voor het blok heb gezet. Maar als ik het opnieuw zou moeten doen, zou ik precies hetzelfde doen.

Ik hoop dat mijn keuze voor iedereen een gelukkig einde kent – ook voor mij.'

De stilte in de kamer was bijna tastbaar toen Antoine klaar was met lezen en de brief op zijn schoot legde.

'Hij stelt ons wel voor een dilemma,' zei Veronica uiteindelijk. 'Ik bedoel...' Maar ze maakte haar zin niet af.

De betrokken inspecteurs hadden al laten weten dat het onderzoek naar de moord op Pascal vrijwel direct hopeloos was vastgelopen. Normaal gesproken zou je denken: hoe meer getuigen, hoe beter. Maar in dit geval waren er zó veel mensen bij de processie geweest dat er bijna evenveel versies als getuigenissen van de gebeurtenissen waren. Er waren er die een vrouw hadden gezien, of twee vrouwen, of meer. Er zou één man zijn geweest, een grote, nee, juist een opvallend klein persoon. Twee mannen, vier mannen die met elkaar samenwerkten. Eentje was kaal. Er waren helemaal geen kale mannen in de buurt geweest. Hij was dik, dun, gespierd, oud, jong, gekleed in een driedelig pak, in een jeans, een korte broek... Een snor, geen snor, rood haar, blond, zwart... En zo ging het maar door.

'Als we dit bij de politie melden,' dacht Susanna hardop, 'dan... dan weten ze in ieder geval in welke hoek ze de moordenaars moeten zoeken, of niet?'

Sofia schudde nadenkend het hoofd. 'Ik weet dat mijn stem in dit geheel... Het is wat Pascal schrijft en dat is dat de goede naam en eer van Pierre, Marco en Giacomo geweld wordt aangedaan. En ook die van mij... En die van Pascal...'

'Maar de moordenaars van Pascal gaan vrijuit,' zei Veronica. 'En die van Pierre en Marco. Toch? Antoine?'

Antoine leek haar niet te hebben gehoord.

'Toch? Antoine?' herhaalde Veronica op een iets meer dwingende toon. 'Wat vind jij ervan?'

Hij keek haar aan alsof hij net was wakker geworden en zich afvroeg waar hij was. 'Ik denk...' begon hij, maar daarna deed hij er het zwijgen toe.

De drie vrouwen keken naar hem; alsof hij degene was die het verlossende woord zou kunnen geven.

Antoine rechtte zijn rug. 'Het kan ook zijn dat... Ik denk dat de mensen die achter de dood van Marco, Pierre en Pascal zitten geen idee hebben van wat er nu echt is gebeurd. Net als dat wij dat niet zouden hebben geweten als Pascal het ons niet zou hebben uitgelegd. Voor hen is het verhaal in zekere zin klaar. Ze hebben de strijd verloren.' Aanvankelijk had hij met enige aarzeling in zijn stem gesproken, maar al pratend raakte hij die kwijt. 'Ik denk dat ze hun wonden likken en de situatie accepteren. Ze kunnen weinig meer doen. De vondst is al openbaar gemaakt en op televisie getoond. Dat kan op geen enkele manier meer ongedaan worden gemaakt. Als wij dit verhaal...' Hij pakte de brief even op en liet die toen weer terugvallen. '...aan de politie vertellen, wat dan? Gaan we dan niet opvallen? En krijgen we dan geen aandacht van mensen die we liever niet hebben? Zouden zij dan niet kunnen besluiten achter ons aan te komen? Om wraak te nemen?'

'Dat kunnen ze nu ook doen,' wierp Veronica tegen.

'Niet als we hun verder geen aanleiding geven?' zei Sofia voorzichtig. 'En ik moet zeggen... Het onderzoek naar Marco's dood heeft niets opgeleverd, het onderzoek naar de overval en de inbraak bij mij thuis zit op een dood spoor. Veronica vertelde dat er ook bij de moord op Pierre weinig aanwijzingen zijn. In het geval van Pascal waren er tientallen getuigen, maar die spreken elkaar allemaal tegen. Ik verwacht gewoon niet dat hier iets uit gaat komen. Deze mensen... Het zijn professionals, ze hebben overal contacten, ze zijn meedogenloos en ze opereren in het geheim. Wie weet hoeveel macht deze figuren hebben, tot hoe hoog dit gaat...'

'Dus jij zegt: laten rusten?' vroeg Veronica.

'Voor mij persoonlijk staat er natuurlijk veel op het spel,' zei Sofia aarzelend. 'Dus ik spreek duidelijk vanuit mijn eigen belang. Het gaat om mijn eigen goede naam en die van mijn man. En die van Marco.'

'Wat Pierre heeft gedaan, is niet goed te praten,' zei Susanna. 'Maar hij had het ook kunnen verkopen aan de hoogste bieder en dan nog veel meer geld kunnen verdienen. Er zat dus ook wel een... nobel idee achter. Een klein beetje dan. En hij deed het voor mij, om ons uit de financiële ellende te halen. Als ik dit geld kan gebruiken, dan ga ik een heel ander leven tegemoet. Dan ga ik een léven tegemoet. Dus ik vind dat er wel iets voor te zeggen valt om de zaak te laten rusten.'

'En Antoine?' vroeg Veronica, die besefte dat ze als enige geen direct belang in de kwestie had.

Zij had geen echtgenoot verloren. Al zou het ook haar – en indirect ook Alwina – kunnen worden nagedragen dat ze de codex niet direct bij de politie had gemeld zodra Pierre die haar had laten zien. In dat opzicht zou ook haar reputatie kunnen worden geschaad.

'Wat ik al zei,' zei Antoine. 'Ik denk dat de keten van geweld is gestopt. Als wij geen slapende honden wakker maken... Ik vermoed dat ze het hierbij zullen laten omdat de zaak al verloren is en ze met nieuwe acties alleen maar gevaar lopen om de politie op hun spoor te brengen. En de inhoud van de codex houden ze toch niet meer geheim.'

Susanna knikte, waarna Sofia en Veronica volgden.

'Ik stel voor,' zei Antoine, 'dat we de hele zaak laten rusten, in ieder geval voor de komende tijd. Dan kunnen we de scherven bijeenrapen en proberen onze levens weer op de rails te krijgen. Het is een krankzinnige tijd en ik weet niet of ik al dat andere er allemaal bij kan hebben. We kunnen er ook voor kiezen het hier en nu af te sluiten. Ook vanwege Pascals nagedachtenis... Deze "transactie" zal anders het enige zijn waar mensen zich hem om zullen herinneren. En zoals Sofia ook al zei: ik heb er heel, heel weinig vertrouwen in dat ze de mensen die echt verantwoordelijk zijn ooit zullen vinden. In het gunstigste geval zullen ze een "voetsoldaat" oppakken en berechten, maar de mensen achter de schermen zullen we nooit te zien krijgen. En hoe meer ik er nu over nadenk, hoe meer ik geneigd ben...'

Hij stond op en liep naar de open haard. Voordat iemand had kunnen reageren, hield hij de envelop en de brief boven de verkoolde boomstam-metjes. Van de schouw griste hij een aansteker en hij stak het papier aan. In nog geen twee, drie seconden waren de vlammen al te groot om de brief en de envelop nog vast te kunnen houden. Antoine liet ze vallen en nog eenmaal vlamden ze op. Met een pook prikte hij in de resten die zich met de as vermengden.

'Aarde tot aarde,' sprak hij plechtig terwijl hij weer ging staan. 'As tot as, stof tot stof... En uit deze as herrijzen wij.'

Bondini

Tandenknarsend keek Bondini op zijn werkkamer naar de live uitgezonden persconferentie die in een van de imposante zalen van het Marciana werd gehouden. Achter een robuuste eikenhouten tafel zaten Agostine Barbarigo en Luca Di Maria, de algemeen directeur van de bibliotheek. Voor hen lag, in een volledig glazen kast, de Magdalenacodex in zijn volle glorie.

Barbarigo sprak van een spectaculaire vondst waar iedere bibliothecaris van droomt. Hij prees zichzelf gelukkig dat hij zijn lange carrière met de ontdekking van dit manuscript af mocht sluiten.

Het ongetwijfeld spectaculaire verhaal omtrent de vondst, dat Barbarigo had verzonnen, kreeg Bondini niet mee. Woedend schakelde hij de televisie uit.

Op het internet circuleerden sinds gisteren al een Duitse én een Nederlandse vertaling van het complete manuscript en het was Bondini een raadsel hoe die tot stand was gekomen. Ze kwamen bijna woordelijk overeen met de vertaling die Luigi Navagero voor hem had gemaakt.

Luigi ontbrak op de persconferentie en Bondini wist heel goed waarom. In zeer korte tijd was die bij Barbarigo in ongenade geraakt. Het was hem opgevallen dat Marco Visconti, Pierre Delarue en Pascal Berger waren gestorven nadat hij Luigi op hen af had gestuurd. Hoewel Barbarigo geen bewijs van kwade opzet had, had hij hem toch voor onbepaalde tijd op non-actief gesteld.

Bondini wist dat Luigi nu een gevaar vormde waar hij een goede oplossing voor moest verzinnen.

De mannen van zijn eigen groep waren inmiddels onder een veelheid van pseudoniemen druk bezig om op allerlei fora hun vraagtekens te plaatsen bij de authenticiteit van de vondst.

Dit zogenaamd tweeduizend jaar oude manuscript is eenvoudigweg té perfect. Dit lijkt een wel zeer moderne tekst te zijn die in onze tijd werd geschreven, omdat die wel heel erg precies aansluit op theorieën die sinds de opkomst van Dan Brown populair zijn, zoals het huwelijk tussen Jezus en Maria Magdalena, het feit dat Jezus zelf vader was en het belangrijke discipelschap van Maria van Magdala. Hier is iemand aan het werk geweest die zo graag bevestiging voor deze theorieën zocht, die overigens weinig tot geen Bijbelse grond hebben, dat hij of zij zelf het bewijs maar gefabriceerd heeft. Maar ik moet toegeven dat deze persoon wel een waar kunststukje heeft geleverd, want het Grieks stamt daadwerkelijk uit de eerste eeuw, dus hier is iemand met kennis van zaken aan het werk geweest.

Tot Bondini's grote tevredenheid werden hun berichten grif gedeeld en voegden lezers er hun eigen twijfels aan toe. Het tij zat hun wat dat betrof mee, omdat veel mensen toch al ontvankelijk leken voor allerlei complotten.

Moeten jullie bij de 'ontdekking' van deze codex ook denken aan The Gospel Hoax, *waarin Stephen C. Carlson het door Morton Smith gevonden document als een knappe vervalsing afschilderde? De homo-erotische tendens van dit zogenaamde evangelie leek inderdaad meer in de richting te wijzen van de ontdekker, Smith, die zelf een onderdrukte homoseksueel was.*

Het hielp ook dat er destijds veel controverse was geweest rond de Dode Zee-rollen waarvan de vertaling in het diepste geheim plaatsvond en die vele tientallen jaren duurde. Om die reden werd iedere nieuwe vondst met argwaan bekeken.

Ik zie heel sterke parallellen met de zeventig fragmenten van de Dode Zee-rollen die aan het begin van dit millennium plotseling opdoken. Na lang onderzoek bleken dat ook vervalsingen te zijn, waarbij de vervalsers zeer gewiekst te werk waren gegaan. Ze hadden op eeuwen-

oud leer geschreven dat met een soort lijm was behandeld, waardoor het een typisch Dode Zee-roluiterlijk kreeg. Ook waren de fragmenten met kleimineralen bepoederd uit de regio waar de oorspronkelijke Dode Zee-rollen vandaan kwamen. Dus dat rapport van het instituut in Brussel zegt me eigenlijk niet zoveel.

De kunst van het verspreiden van nepnieuws was niet in de eerste plaats dat mensen jouw berichten geloofden, maar dat ze sceptisch werden ten opzichte van ieder nieuws dat door wie dan ook maar werd gebracht.

Te zijner tijd zou Bondini's genootschap wetenschappers beurzen verlenen om wetenschappelijk onderbouwde twijfels bij de codex te laten plaatsen.

De slag was dan weliswaar verloren, maar de oorlog nog zeker niet.

Iets waar Bondini zich wél zorgen om maakte, was de belangstelling voor het graf van Talpiot en de beenderkistjes die – precies zoals hij had verwacht – opnieuw was opgelaaid. Door de vondst van de Magdalenacodex gingen er onmiddellijk stemmen op om het onderzoek naar de ossuaria te heropenen – alsof ze erop hadden zitten wachten.

Twee losse eindjes dus, *dacht Bondini.* Luigi en het ossuarium.

Hij pakte zijn telefoon en belde.

'Luigi ha bisogno di dormire,' *zei hij eenvoudig, zodra Francesco had opgenomen. Luigi moet slapen.*

'Capito,' *antwoordde Francesco.* 'En verder?'

'Jij en Tedesco reizen daarna door naar Israël,' *zei Bondini.* 'Kun je daar aan springstof komen?'

'Dat moet lukken.'

'Nadere instructies volgen nog,' *zei Bondini.*

'Er zal geen steen op de andere blijven staan,' *beloofde Francesco.*

Bondini hing op. Hij schonk zichzelf een glas grappa in en stak de brand in een corona. Hij ging voor het raam staan en zag neer op de mensen die op straat voorbijgingen. 'Zalig zijn de onwetenden,' fluisterde hij. 'Want voor hen is het koninkrijk van de hemel.'

Hij nam een trekje van zijn sigaar en liet de rook door zijn mond rollen alsof het een vloeistof was.

De redding, de eer en de macht zijn van onze God, want zijn vonnis is betrouwbaar en rechtvaardig...

Met de sigaar in de hand maakte hij een zegenend kruisteken.

Hij heeft immers de grote hoer, die door haar ontucht de wereld in het verderf heeft gestort, veroordeeld en het bloed van zijn dienaren op haar gewroken.

Een ondeelbaar kort ogenblik bleef de zware sigarenrook in de vorm van een kruis in de lucht hangen.

Met een zacht pufje lucht blies Bondini het uiteen.

Halleluja! Haar rook stijgt op tot in eeuwigheid...

De Magdalenacodex

IV

[De graflegging]

Aanvankelijk schenen de Romeinen niet erg verontrust. De tempel-priesters in Jeruzalem verspreidden echter valse geruchten over Jezus, die ook de Romeinen bereikten. Uiteindelijk leidde dat tot de gevangenname en de verschrikkelijke dood van mijn geliefde broeder. Van al die feiten ben je goed op de hoogte, goede Philokrater. Jozef van Arimathea heeft zich, samen met Mariamme en haar broer Johannes, over het dode lichaam van de Heer ontfermd. Omdat Jezus de eerste van ons was die stierf, en vader Jozef nooit was bijgezet in een familiegraf, heeft rechter Jozef (van Arimathea) aangeboden het lichaam tijdelijk onder te brengen in zijn eigen nieuw uitgehouwen graf.

[Einde]

Jezus' lichaam bleef in dit graf, totdat we zelf in Talpiot een graf gevonden hadden waar we hem konden bijzetten. Dat hebben we ingericht en klaargemaakt voor onze geliefde broeder. Het werd een plaats waar we soms in stilte samenkwamen en waar ook mijn sterke moeder en later eveneens mijn bloedbroeder Joses en mijn halfbroeder Matteüs werden bijgezet.

In dezelfde tijd moesten we ook afscheid nemen van onze geliefde broeder Juda, zoon van onze Heer en Mariamme. Kortgeleden hebben we daar ook het stoffelijk overschot van onze geliefde broer en leidsman Jakobus neergelegd. Dat was kort na het gelijktijdig heengaan van onze geliefde zusters Mariamme en Martha.

[Besluit]

Geliefde Philokrater, vrede zij met u. De gemeente in Jeruzalem groet u. Groet elkaar met de kus des liefde. Gedenk de woorden die de Heer tot ons sprak: 'Ik heb vuur op de wereld geworpen en zie, ik waak erover tot het opvlamt. Ik ben jullie nabij tot aan de voleinding van deze wereld.'

Epiloog

15 augustus

Veronica had opnieuw tranen in haar ogen gekregen toen ze het laatste deel van Alwina's vertaling had gelezen. De dag waarop de vondst van de codex werd onthuld, had Alwina haar eigen Nederlandse tekst naar het Duits omgezet en die anoniem op verschillende websites geplaatst.

'Dit verandert alles, echt alles,' zei Veronica niet voor de eerste keer tegen Alwina, terwijl ze bij haar thuis in de woonkamer zaten. 'Hier is gewoon onomstotelijk bewijs dat Jezus in een graf is bijgezet, samen met Maria en hun zoontje Juda.'

'Talpiot wordt zelfs genoemd,' zei Alwina. 'Dus zelfs dat verhaal klopt. In die knekelkist bevinden zich de botresten van Jezus. Vind je het gek dat ze er alles aan hebben gedaan om dit tegen te houden? En dat ze onmiddellijk het verhaal de wereld in hebben gestuurd dat het een vervalsing is?'

'Maar nu kunnen ze een onafhankelijk onderzoek van die ossuaria toch niet langer tegenhouden?' vroeg Veronica zich hardop af. 'Niet nu we ook deze tekst hebben.'

Alwina knikte.

Veronica kreeg een appje binnen en ze pakte haar telefoon. Susanna had een foto gestuurd van haar en Antoine, voor de winkel van Pascal. Ze hadden met elkaar afgesproken om Brocante Cassis in ieder geval voor de komende tijd samen open te houden.

De ochtend na het verbranden van de brief door Antoine waren ze het er met zijn vieren eigenlijk verbazingwekkend snel over eens geworden om de hele zaak te laten rusten – voor een groot deel uit angst voor wat er overhoop kon worden gehaald als ze hun kennis met de politie deelden. Alle vier hadden ze er sowieso weinig vertrouwen in gehad dat de echte schuldigen zouden worden gestraft.

Susanna was verhuisd naar een kleinere woning in het centrum van Cassis en had via een makelaar haar eigen huis voor een exorbitant bedrag kunnen verhuren aan een bedrijf dat veel expats in dienst had. Door kunst te kopen en door hogere prijzen op te geven dan ze er bij de verkoop ervan daadwerkelijk voor kreeg, kon ze telkens een deel van de geheime bankrekening overhevelen naar haar eigen rekening. Met de bank had ze een regeling getroffen en iedere maand kon ze met gemak aan de verplichte aflossing van haar schulden voldoen.

Susanna had in overleg met Antoine besloten om de focus van de aankopen iets te verleggen en zich te richten op het werk van lokale en regionale kunstenaars om ook hun een kans te bieden.

Antoine had zijn werk als interieurontwerper gewoon aangehouden en gebruikte bij de inrichting van ruimtes voor klanten – frequenter dan voorheen – spullen uit Pascals winkel waar hij flink meer dan de oorspronkelijke prijs voor betaalde. Hij speelde met plannen om zijn eigen onderneming uit te breiden, met veel ruimte voor werkervaringsplekken voor kansarme jongeren.

Sofia was teruggegaan naar Bologna, waar ze na de zomer haar baan als docent Kunstgeschiedenis weer op zou pakken. Wel overwoog ze te verhuizen en in hetzelfde dorpje als haar vriendin Rosa een huisje met veel grond eromheen te kopen. Samen met Rosa onderzocht ze de mogelijkheid om er extra grond bij te kopen en er eventueel een opvanghuis te beginnen voor vrouwen die uit de prostitutie waren gestapt.

Veronica besefte heel goed dat deze goede werken deels voortkwamen uit een groot hart, maar deels zeker ook uit de wens het eigen geweten te sussen vanwege de anderhalf miljoen euro die ieder van hen in de schoot was gevallen. Zelf wilde Veronica met het geld beurzen ter beschikking stellen aan vrouwelijke wetenschappers om onderzoek te doen naar de rol van vrouwen in de vroege geschiedenis van het christendom. Alwina was de eerste die een dergelijke onderzoeksbeurs zou ontvangen.

Intussen was er op internetfora volop discussie over de Magdalena-codex, maar wat Veronica betrof ging die iets te vaak over de vraag of die al dan niet authentiek was en veel minder over de inhoud ervan. Alwina en zij hoopten door hun eigen artikelen hierover een goed tegenwicht te bieden aan het duidelijk georkestreerde nepnieuws dat over de codex en over Maria Magdalena de wereld in werd gebracht.

'Ik geloof dat ik het nu pas echt begrijp,' zei Veronica tegen Alwina, terwijl ze de print met het laatste deel van de vertaling oppakte. 'Hier... Wat hier staat over het graf van Jezus...'

'Wat is daarmee?' vroeg Alwina.

'Deze codex is heel sterk ondersteunend bewijs voor de hypothese dat het graf van Talpiot toch echt het familiegraf van Jezus is,' zei Veronica. 'Jezus is dus gewoon begraven... De opstanding van Jezus die we met Pasen vieren, heeft niets met een lichamelijke opstanding te maken, maar is een geestelijke geweest.'

'Zoals ook in de Nag Hammadi-geschriften staat,' zei Alwina.

'Ja, precies,' zei Veronica. 'Na Jezus' dood heeft zijn echtgenote Maria van Magdala zijn ideeën verder uitgedragen. Dat lezen we ook in het Evangelie van Maria Magdalena en andere vroegchristelijke teksten. Pas later, aan het eind van de eerste eeuw, hebben ze bedacht dat Maria lijfelijk de opgestane Jezus heeft ontmoet.'

'En dat Jezus ook aan de andere leerlingen verscheen.'

'Terwijl in die tijd... In die tijd was het heel gewoon dat je in een visioen dierbare overledenen ontmoette. Daar was helemaal niets vreemds aan. En nu hebben we een zeldzaam vroeg geschrift, geschreven zo'n kwarteeuw vóór de Bijbelse evangeliën. Een ooggetuigenverslag van een broer van Jezus, een zwager van Maria Magdalena. Een puur verhaal, zonder opsmuk, zonder welke vorm van theologie ook, over een zeer bijzonder mens. Een mens, geen god... De vroege christenen zagen Jezus als een profeet, niet als de zoon van God, laat staan als God zelf. Dat hele idee gaat in tegen alles waar het jodendom voor staat. Het is voor joden zelfs godslasterlijk.'

'Een mens met bijzondere gaven en met charisma en die in zijn aardse leven met een zeer bijzondere vrouw was getrouwd,' zei Alwina. 'Wat een rijkdom vinden we in deze codex.'

'En wat een eerbetoon aan Maria Magdalena, die de lessen van haar geliefde in haar hart koesterde en ze uitlegde aan iedereen die ervoor openstond.'

Ze zwegen allebei even.

'Weet je' zei Veronica toen. 'Ik had het er een keer met Sofia over en toen gebruikte ik het beeld van een bal die je onder water drukt. Als je die loslaat, komt die met extra veel kracht het water uit gesprongen. En zo is het met Maria Magdalena ook. Hoelang en hoe hard ze ook proberen om haar kopje-onder te houden, op een dag is ze niet meer tegen te houden.'

'En dan springt ze omhoog.'

'Als een duveltje uit een doosje.'

Man verdronken in Rio dei Miracoli
VENEZIA **(Reuters) – In de Rio dei Miracoli is gisteren het levenloze lichaam van een man aangetroffen. Een gondelier vond het tot zijn grote schrik in de vroege ochtend tijdens zijn eerste rondvaart van de dag.**

Het slachtoffer, de 63-jarige Luigi Navagero, was bibliothecaris in de Biblioteca Nazionale Marciana. Curieus genoeg werd enkele weken eerder op exact dezelfde plek, in de schaduw van de Santa Maria dei Miracoli, het lichaam aangetroffen van Marco Visconti, die tijdelijk aan hetzelfde eeuwenoude instituut in de stad was verbonden.

De politie gaat vooralsnog uit van een noodlottig ongeval, maar roept eventuele getuigen op zich te melden om Navagero's laatste gangen te kunnen reconstrueren. Over een eventueel verband tussen de dood van Navagero en Visconti wilde de leider van het politieonderzoek geen verdere uitspraken doen.

Aanslag op depot IAA **verijdeld**
JERUZALEM **(Reuters) – Afgelopen nacht is ternauwernood een aanslag verijdeld op een depot van de Israel Antiquities Authority (**IAA**) te Jeruzalem.**

Op basis van aanwijzingen van de Mossad, de Israëlische geheime dienst, konden twee mannen worden aangehouden van wie de nationaliteit niet bekend is gemaakt.

'Wij zijn buitengewoon opgelucht dat door de oplettendheid van onze veiligheidsdiensten schade aan ons instituut is voorkomen,' zei directeur-generaal Mr Moshe Hason. 'Naar het zich laat aanzien was de geplande aanslag heel specifiek gericht op dat deel van ons depot waar eeuwenoude ossuaria (beenderkistjes, red.) worden bewaard.' Over extra veiligheidsmaatregelen die worden getroffen, wilde hij zich verder niet uitlaten.

De Israel Antiquities Authority is een onafhankelijke Israëlische overheidsinstantie die verantwoordelijk is voor de handhaving van de Wet op de Oudheden van 1978. De IAA regelt opgravingen en conservering, en bevordert onderzoek.

Dankwoord

Jacob

Twee jaar geleden was ik bij Jeroen thuis op bezoek voor een werkbespreking voor *Het Evacomplex*. Bij het afscheid aan de deur hadden we het ook nog over het nieuwe project dat we zouden aanpakken, een thriller over een ontdekte brief van een broer van Jezus, waarin ook over Maria Magdalena wordt geschreven. Hamide kwam toen met het prachtige idee om de Magdaleense tot hoofdpersoon in het boek te maken als een mooie afsluiting van onze sterkevrouwentrilogie. We gingen aan het werk. Veel informatie, die ik al in de jaren daarvoor had verzameld, konden we nu goed gebruiken. Jeroen zette het betrouwbare historische materiaal met zijn prachtige schrijfstijl om in een bloedstollend verhaal. Mijn dank gaat dus in de eerste plaats naar Jeroen, met wie het heel leuk is samen te werken, en naar Hamide, zijn eega, voor het lumineuze idee. Maar natuurlijk ook naar de uitgever, HarperCollins Holland, en wel speciaal naar Lisanne Mathijssen die ons met raad en daad terzijde stond en Brenda Heeringa voor haar nauwgezette correctie. Ook dank aan mijn dochter Esther, die het boek in de kladversie kritisch las en enthousiast was over het verhaal.

Jeroen

Met *De Magdalenacodex* voltooien Jacob en ik onze zogenoemde sterkevrouwentrilogie. In *Het Isisgeheim* stond de Egyptische godin Isis centraal, die tot op de dag van vandaag een rol speelt in de religieuze beleving van veel mensen. En de meeste christenen zullen niet beseffen dat *Isis Lactans* – de zogende moedergodin Isis met haar zoontje Horus op haar schoot – model heeft gestaan voor een identieke scène, maar dan met Maria en het kindje Jezus. Na de kerstening van het Romeinse Rijk bleven op veel plekken de standbeelden van Isis en Horus gewoon staan, maar werden ze voortaan onder andere namen aanbeden.

Daarna volgde *Het Evacomplex* waarin Jacob en ik een radicaal nieuwe visie op het scheppingsverhaal van de mens lieten zien. In het Bijbelboek Genesis blijken twee van dergelijke verhalen te staan. In het eerste verhaal worden man en vrouw tegelijkertijd en gelijkwaardig aan elkaar geschapen. In het tweede verhaal wordt de vrouw uit een rib van de slapende Adam geschapen, als zijn helpster en ondergeschikt aan hem. In de rabbijnse literatuur wordt de naam van de eerste vrouw van Adam genoemd: Lilith. Vanwege haar eigengereidheid wordt ze weggestuurd en daarom creëert God een tweede, meer gezeglijke, vrouw: Eva. De kerk heeft zich altijd op dat tweede verhaal gericht om de rolverdeling tussen man en vrouw Bijbels te onderbouwen. Jacob en ik stelden dat die eerste versie – waarin man en vrouw volstrekt gelijkwaardig aan elkaar zijn – evenveel (Bijbelse) zeggingskracht heeft. Ook lieten we zien dat er veel kanttekeningen te plaatsen zijn bij de traditionele uitleg van Eva's rol in het hele verhaal van de zondeval…

In *De Magdalenacodex* gaat het om wat ons betreft een van de grotere schandalen van de rooms-katholieke kerk. Maria van Magdala behoorde als echtgenote van Jezus tot zijn intiemste kring. Zij was echter niet alleen zijn levensgezel, maar ook zijn briljantste discipel. Maria Magdalena was een ingewijde, een zeer wijze vrouw die aan anderen de werkelijke betekenis van Jezus' woorden uitlegde. De kerk maakte van haar een boetvaardige zondares, een vroegere prostituee, in een poging haar centrale rol in de vroege Jezusbeweging te bagatelliseren. Met ons boek willen we Maria van Magdala weer de plek geven die haar toekomt.

Zo bezien is onze trilogie een eerbetoon aan deze vier vrouwen – en daarmee aan vrouwen in het algemeen. Het ging ons om de Egyptische godin Isis die al duizenden jaren een bron van inspiratie vormt, om de oudtestamentische Lilith en Eva wier echte geschiedenissen dreigden te verdwijnen onder de stof van de traditie, en om de nieuwtestamentische Maria Magdalena, een zeer wijze vrouw, die zich niet laat weggummen. In *De Magdalenacodex* zegt Veronica niet voor niets: 'Wat onderdrukt is, heeft de neiging om weer naar boven te komen, vaak gebruikmakend van de kracht waarmee het is onderdrukt. Denk aan een bal die je onder water duwt. Zodra je niet meer duwt, of niet meer verder kunt duwen, komt die bal met grote vaart omhoog en springt die het water uit.'

En toeval of niet, maar alle mensen die ik wil bedanken zijn vrouwen. In de eerste plaats is dat Lisanne Mathijssen, mijn redacteur, die zoals altijd zeer betrokken was bij het boek – vanaf de allereerste oerversie tot aan de allerlaatste volledig herschreven eindversie. Ik bedank Brenda Heeringa, onze scherpe eindredacteur, die ook in wat wij dachten dat de eindversie was, nog ongelofelijk veel puntjes wist te vinden die niet op de i stonden. En natuurlijk bedank ik ook Hamide, aan wie dit boek is opgedragen, mijn eigen sterke vrouw.

Geraadpleegde literatuur

Arminger, Margret E., *Maria Magdalena. Moeder van de kerk*, Baarn 1998.

Benc, R., *Die Legenda Aurea von Jacobus de Voragine*, Heidelberg 1979.

Ben-Chorin, Schalom, *Broeder Jezus. De Nazarener door een jood gezien*, Baarn 1971.

Boer, Esther de, *De geliefde discipel; vroegchristelijke teksten over Maria Magdalena*, Zoetermeer 2006.

Boer, Esther de, *Maria Magdalena. De mythe voorbij. Op zoek naar wie zij werkelijk is*, Zoetermeer 1996.

Burnet, Régis, *Maria Magdalena; van boetvaardige zondares tot echtgenote van Jezus*, Averbode 2008.

Burstein, Dan en Anne J. de Keijzer, *Geheimen van Maria Magdalena*, Utrecht 2007.

Cameron, Ron, *The Other Gospels. Non-Canonical Gospel Texts*, Cambridge 1982.

Carlson, S.C., *The Gospel Hoax*, Waco 2005.

Charlesworth, James H. (ed.), *The Tomb of Jesus and His Family?*, Cambridge 2013.

Chilton, Bruce, *Mary Magdalene*, New York/Londen/Toronto/Sidney/Auckland 2005.

Cohen, Ariel, 'Geologists Claim Stats, Science Prove Jesus Buried in Jerusalem with Wife and Supposed Son,' *The Jerusalem Post*, 5 april 2015.

DeConick, A., *De dertiende apostel. Wat het evangelie van Judas werkelijk zegt*, Kampen 2007.

Dijk, Danielle van, *Maria Magdalena, vrouw naast Jezus*, Zeist 2012.

Ehrman, Bart D., *The Orthodox Corruption of Scripture. The Effect of*

Early Christological Controversies on the Text of the New Testament, New York/Oxford 1993.

Eisenman, R., *James the Brother of Jesus: Recovering the True History of Early Christianity*, Londen 1997.

Ent, Henk van der, *Maria Magdalena, een bron van inspiratie*, Kampen 1987.

Ernst, Allie, *Martha from the Margins: The Authority of Martha in Early Christian Tradition*, Leiden 2009.

Evans, C.A., *Life of Jesus Research: An Annotated Bibliography*, Leiden 1989.

Evans, C.A., *Jesus and the Ossuaries: What Jewish Burial Practices Reveal about the Beginning of Christianity*, Waco 2003.

Feuerverger, A., 'Statistical Analysis of an Archaeological Find,' *Annals of Applied Statistics*, 2, 2008: 3-54

Folliot, Katherine, *Jesus Before He Was God*, Richmond 1978.

Gardner, Laurence, *Maria Magdalena; onthullingen over de Da Vinci Code*, Baarn 2005.

Grassi, Joseph A., *The Hidden Heroes of the Gospels. Female Counterparts of Jesus*, Minnesota 1989.

Groot, Maria de, *Het evangelie naar Maria; een apocriefe tekst uit de vierde eeuw*, Kampen 1996.

Habermas, R., *The Secret of the Talpiot Tomb: Unraveling the Mystery of the Jesus Family Tomb*, Nashville 2008.

Haskins, Susan, *Mary Magdalen; Myth and Metaphor*, New York/Londen 1993.

Hearon, Holly E., *The Mary Magdalene Tradition*, Minnesota 2004.

Horst, P.W. van der, 'Geen ander evangelie? Notities over verdeeldheid in het vroegste christendom,' in: A. Houtepen (red.), *Breekpunten en keerpunten* (p. 55-70), Leiden/Utrecht 1989.

Jacobovici, S. en C. Pellegrino, *The Jesus Family Tomb: The Discovery, the Investigation, and the Evidence that Could Change History*, New York 2007.

Kasser, Rodolphe, Marvin Meyer en Gregor Würst (red.), *Het Evangelie van Judas uit de Codex Tchacos*, Amsterdam 2006.

Kershner, Isabel, 'Findings Reignite Debate on Claim of Jesus' Bones', *The New York Times*, 4 april 2015

Koester, H., *Ancient Christian Gospels. Their History and Development*, Philadelphia 1990.

Leloup, Jean-Yves, *The Gospel of Mary Magdalene*, Rochester, Vermont 2002.

Marjanen, A., *The Woman Jesus Loved. Mary Magdalene in the Nag Hammadi Library & Related Documents*, Leiden/New York/Keulen 1996.

Meyer, Marvin, *The Gospel of Mary; the Secret Tradition of Mary Magdalene, the Companion of Jesus*, New York 2004.

Mulack, Christa, *Maria Magdalena. Apostelin der Apostel – die Frau, die das All kennt*, Schalksmühle 2007.

Oort, J. van, *Het Evangelie van Judas*, Kampen 2006.

Oyen, Paul G. van, *De wijze Maria Magdalena, kenner van het Al*, Deventer 2001.

Oyen, Paul G. van, *Evangelie van Maria Magdalena; een vertolking en commentaar*, Deventer 1998.

Phipps, William E., *Was Jesus Married? The Distortion of Sexuality in the Christian Tradition*, New York/Londen 1970.

Price, Jonathan J., 'The Mariam Ossuary in Greek', in: James H. Charlesworth (ed.), *The Tomb of Jesus and His Family?*, p. 304-309, Cambridge 2013.

Rahmani, L.Y., *A Catalogue of Jewish Ossuaries: in the Collections of the State of Israel*, Jeruzalem 1994.

Ralls, Karen, *Maria Magdalena*, Kerkdriel 2009.

Rameijer, Jaap, *Maria Magdalena in Frankrijk*, Soesterberg 2012.

Reese, T.J., *In het Vaticaan. De organisatie van de macht in de katholieke kerk*, Amsterdam 1998.

Rossano, Bram, *Maria Magdalena; een vrouw met vele gezichten*, Leuven 2010.

Schaberg, Jane, 'Mary Magdalene as Mara, Honorable Teacher', in: James H. Charlesworth (ed.), *The Tomb of Jesus and His Family?*, p. 291-303, Cambridge 2013.

Schutten, H., *Het Judas-evangelie*, Utrecht 2006.

Shanks, Hershel en Ben Witherington III, *The Brother of Jesus*, New York 2003.

Slavenburg, J., 'Het vermoedelijke familiegraf van Jezus', in: *Groniek* 221, Groningen 2019.

Slavenburg, J., *Het graf van Jezus*, Zutphen 2007.

Slavenburg, J. (red.), *Het Grote Boek der Apokriefen. Geheime vroeg-christelijke teksten*, Deventer 2009.

Slavenburg, J. en W.G. Glaudemans, *De Nag Hammadi-geschriften*, Deventer 2004.

Slavenburg, J., *Het Maria Magdalena mysterie*, Zutphen 2021.

Slavenburg, J., *Maria en haar evangelie*, Deventer 2006.

Slavenburg, J., *Het openvallend testament. Nieuwe bronnen over Jezus en de vrouw uit Magdala*, Deventer 2001.

Smith, Morton, *The Secret Gospel. The Discovery and Interpretation of the Secret Gospel According to Mark*, New York 1973.

Starbird, Margaret, *De vrouw met de albasten kruik*, Deventer 1995.

Starbird, Margaret, *Maria Magdalena, bruid in ballingschap*, Deventer 2006.

Stendahl, Krister, *The Bible and the Role of Women*, Philadelphia 1966.

Stolp, Hans, *Maria Magdalena of het lot van de vrouw*, Baarn 2000.

Tabor, James D., *De Jezus-dynastie*, Utrecht 2006.

Tabor, James D. en Simcha Jacobovici, *The Jesus Discovery. The Resurrection Tomb that Reveals the Birth of Christianity*, New York 2012.

Thooft, Lisette, *Jezus & Maria Magdalena; een mythe van liefde en vrijheid*, Amsterdam 2006.

Winter, Miriam Therese, *The Gospel According to Mary*, New York 1973.

Geraadpleegde websites

https://www.ad.nl/wetenschap/jezus-lag-met-vrouw-en-zoon-begraven-
in-jeruzalem~ab48c8f4/

https://www.jesusfamilytomb.com/movie_overview.html

https://www.youtube.com/watch?v=Qyrrdoqspdg&t=14s

https://www.wsj.com/articles/biblical-conspiracies-jesus-family-tomb-
review-controversial-crypt-1492120789

https://libris.nl/postscriptum/BookInfo/GetSample?guid=b1aec8e3-a192-
413d-8e22-2772406a39c8

https://www.paroissesaintmaximin.fr/informations-pratiques-2/les-fetes-
de-sainte-marie-madeleine/

https://www.cpdl.org/wiki/index.php/Maria_Magdalene _(Fran%C3%
A7ois_Dulot)

https://www.kerkzondergrenzen.nl/column/maria/

http://neurowiki.nl/index.php/nl/hypnagoge-hallucinaties/

https://www.eoswetenschap.eu/psyche-brein/doden-zien-doodnormaal

https://www.trouw.nl/nieuws/maria-magdalena-weggesaneerd-niet-als-
ketter-maar-als-vrouw~b905688c/

https://adrielint.nl/evangelie-van-maria-magdalena/

https://parochiemariamagdalena.nl/wp-content/uploads/2018/12/Extra-
editie-Maria-Magdalena.pdf